STITCHES

STITCHES
DAVID SMALL

缝不起来的童年

〔美〕戴维·斯摩尔 著　廖美琳 译

著作权合同登记　图字 01-2021-1275号

David Small
STITCHES

Copyright © 2009 by David Small
This edition arranged with W.W.Norton & Company,Inc.,
through Bardon-Chinese Media Agency
Simplified Chinese edition copyright © 2017 by Shanghai 99 Readers' Culture Co., Ltd.
All rights reserved

图书在版编目（CIP）数据

缝不起来的童年／（美）戴维·斯摩尔著；廖美琳译．——北京：人民文学出版社，2017（2021.4重印）
（99图像小说）
ISBN 978-7-02-012523-4

Ⅰ．①缝… Ⅱ．①戴… ②廖… Ⅲ．①中篇小说－美国－现代 Ⅳ．① I712.45

中国版本图书馆CIP数据核字（2017）第 042115 号

责任编辑	叶显林　邱小群　骆玉龙
装帧设计	高静芳　黄禹慧

出版发行	人民文学出版社
社　　址	北京市朝内大街166号
邮政编码	100705
网　　址	http://www.rw-cn.com
印　　制	上海利丰雅高印刷有限公司
经　　销	全国新华书店等
字　　数	15千字
开　　本	787毫米×1092毫米　1/16
印　　张	20.75　插页　5
版　　次	2010年8月北京第1版
印　　次	2021年4月第2次印刷
书　　号	978-7-02-012523-4
定　　价	88.00元

如有印装质量问题，请与本社图书销售中心调换。电话：010-65233595

献给马克·斯图尔特·古恩和我的哥哥特德

六 岁 时

底 特 律

吃饭时,她只要把她的刀叉向右移动半英寸,我们就知道她生气了。

每当这种时候,她就会默默地离开餐桌。她的这种怒气会持续好多天,有时甚至几个星期。

她从来不说,所以,我们也就不知道她的心思。

至少我们兄弟俩不知道。

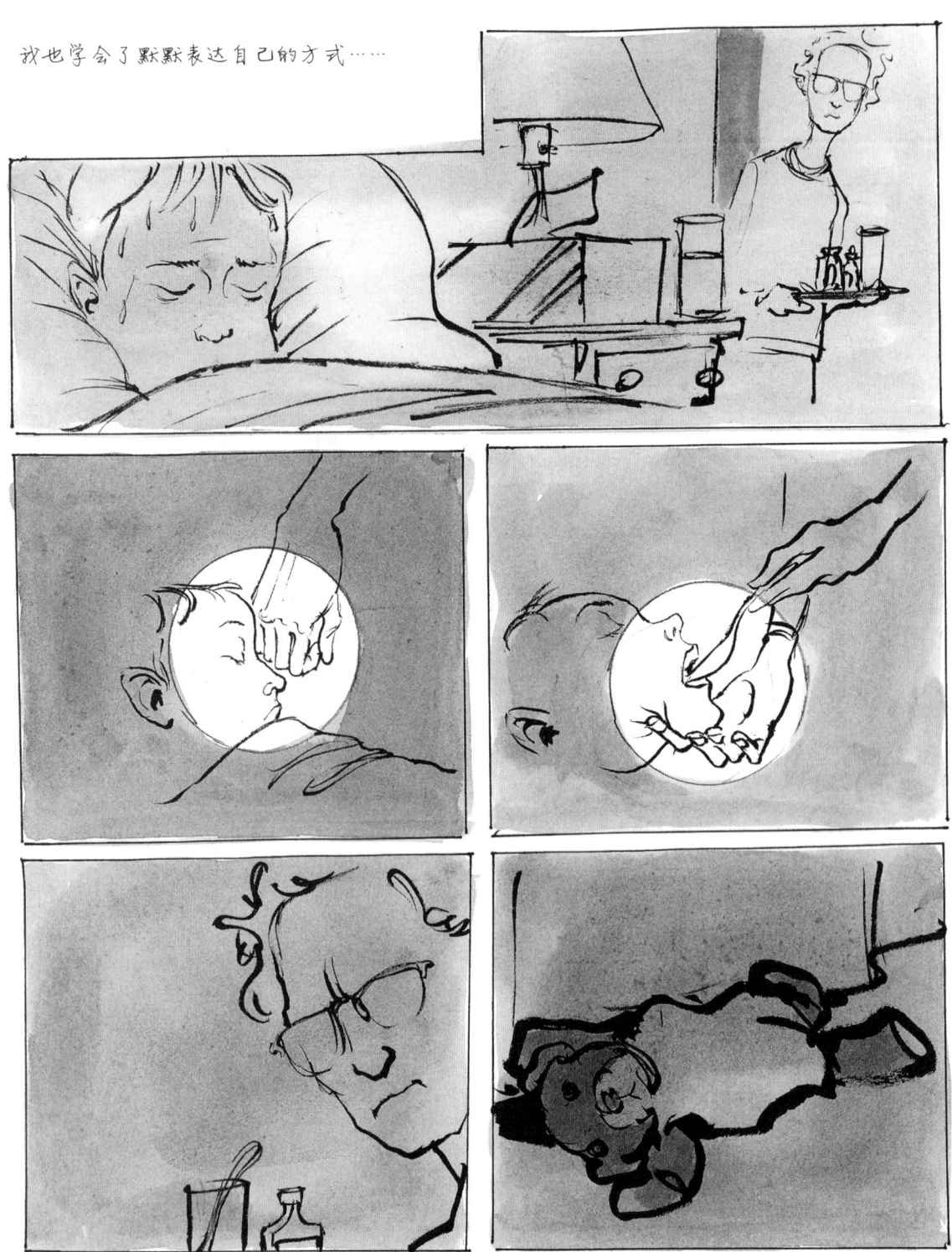

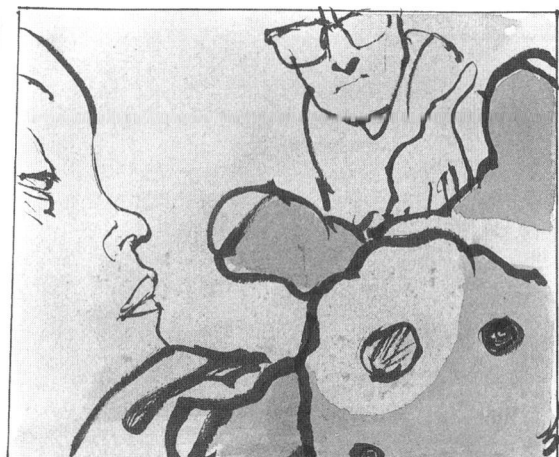

生病，是我的表达方式。

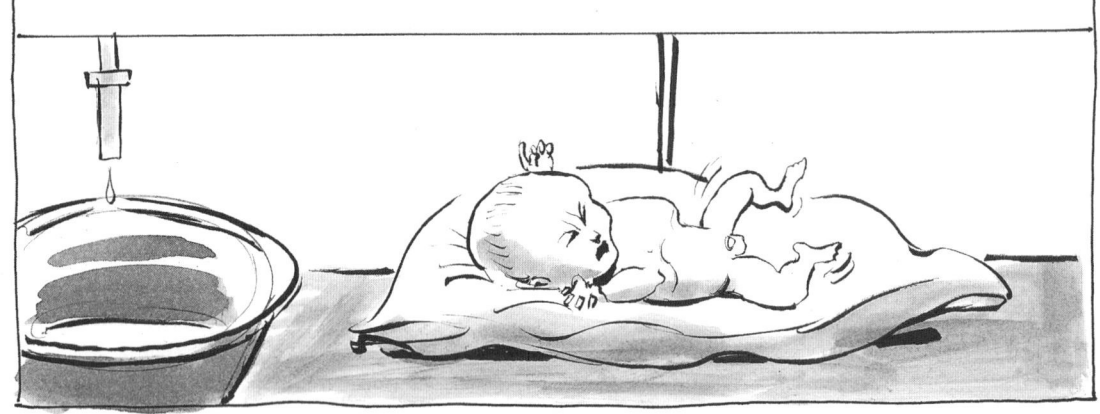

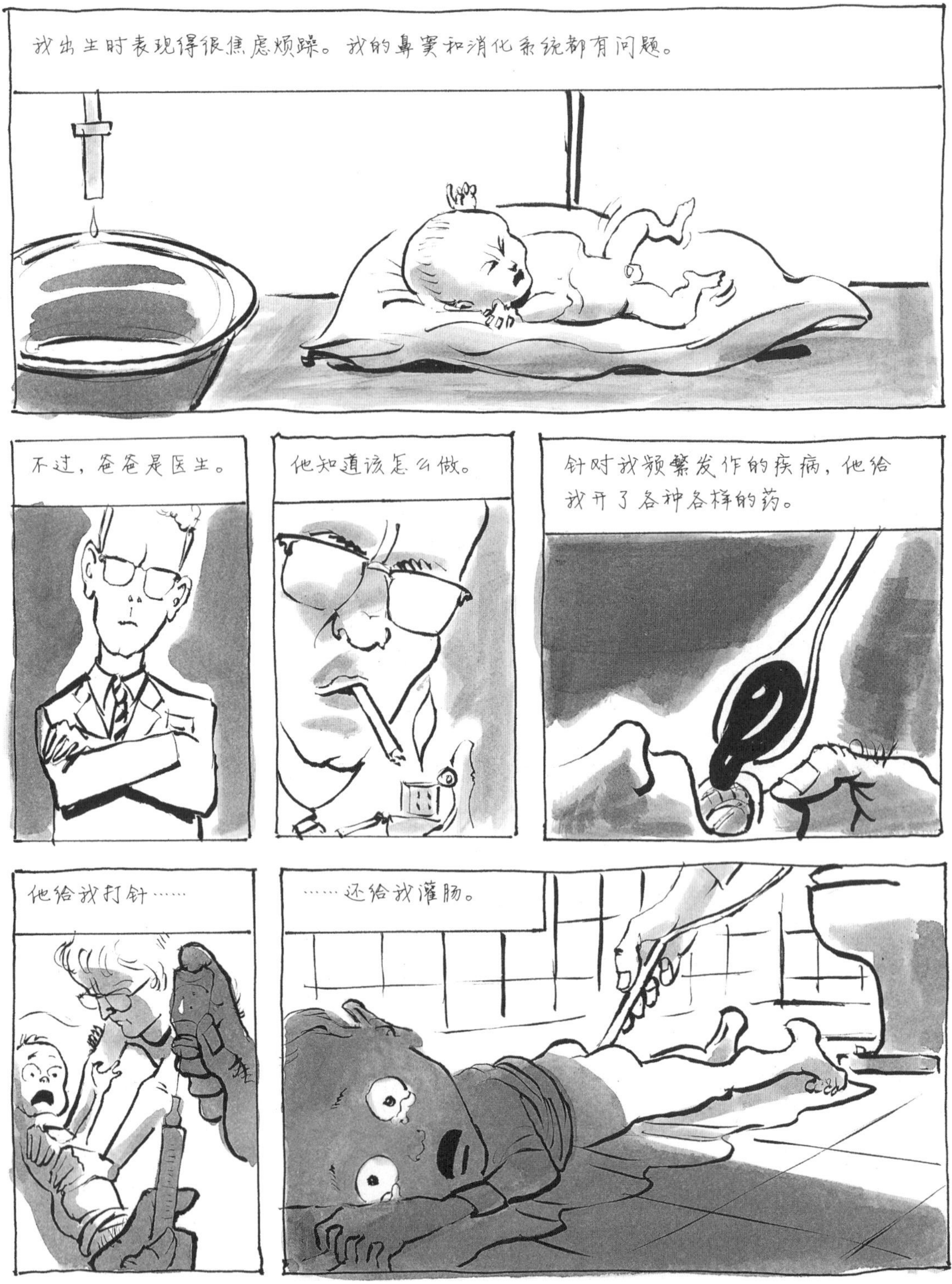

爸爸把我放在他的治疗台上，替我"叶嚓脖子"，这是我们家对整骨推拿疗法的别称。爸爸是在读医学院时学的。

爸爸是放射科医生，他给我照了很多X射线。他觉得X射线可以治愈我的鼻窦疾病。

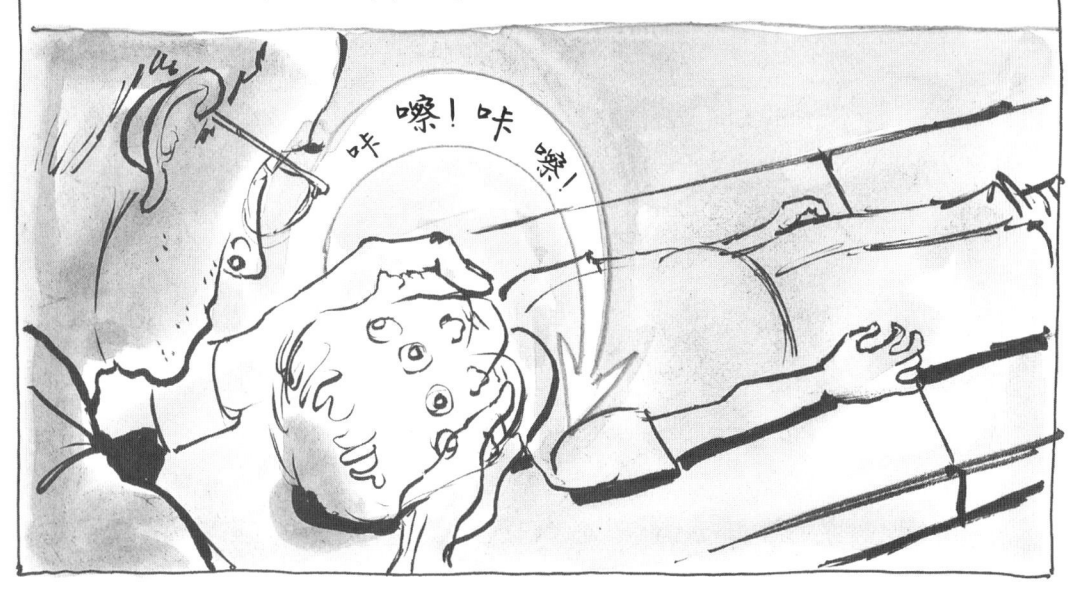

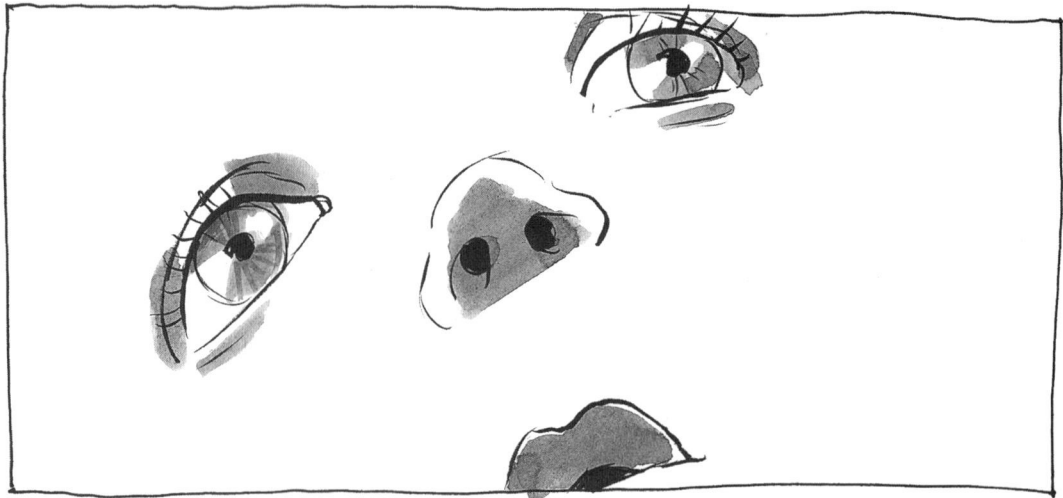

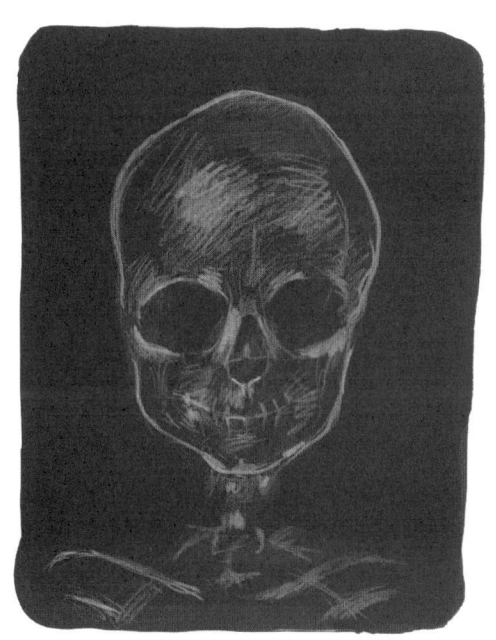

平日晚上我们开车去接爸爸下班。公用停车场在医院后面，但妈妈总喜欢冲下斜坡开到货物通道入口处，然后把车停在那儿。

当福特车的轮胎尖叫着冲下陡坡时……

我和哥哥开始兴奋地尖叫，并幻想……

妈妈松开了刹车……

车子疾驰而下……

然后四分五裂。

25

我们走进医院，经过地下室、自助餐厅、药房和洗衣房。一到晚上，这些地方都关着。

每次经过都能闻到相同的气味：苯酚、烘肉卷或者鸡块，还有漂白剂。

在一间凌乱又烟雾缭绕的小办公室里，我们找到了爸爸……

……他正和其他放射科医生们一起聚精会神研究×射线。

在我眼里,爸爸和他的同事们就像《生活》杂志广告上画显出的英雄人物,勇敢地朝着光明美好的未来大踏步前进。

他们是科学战士,X射线是他们的武器。X射线能穿透衣服、皮肤,甚至金属。它们是神奇的射线,能治愈一切疾病。

我和哥哥都很喜欢看小孩子胃的X片，他们吞下了各种东西，比如钥匙和珠串……

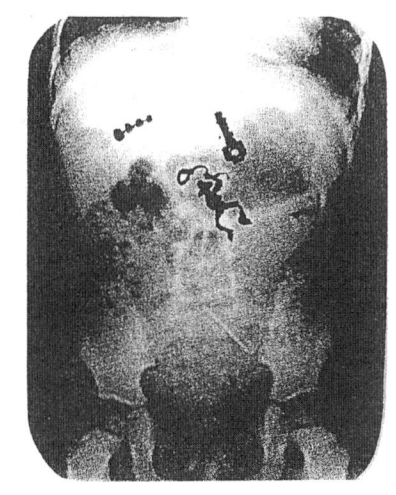

……还有玉米花生糖里的奖品。

我马上就好了，贝蒂，孩子们……你们到我办公室坐一会儿。

我从来没有来过四楼。一到晚上,这里的人都回家了。空气中弥漫着新鲜的地板蜡的气味。

眼前是一块刚刚擦亮的油地毡……

……一个完美的光袜子溜冰场。

멍! 멍! 멍! 멍! 멍! 멍! 멍!

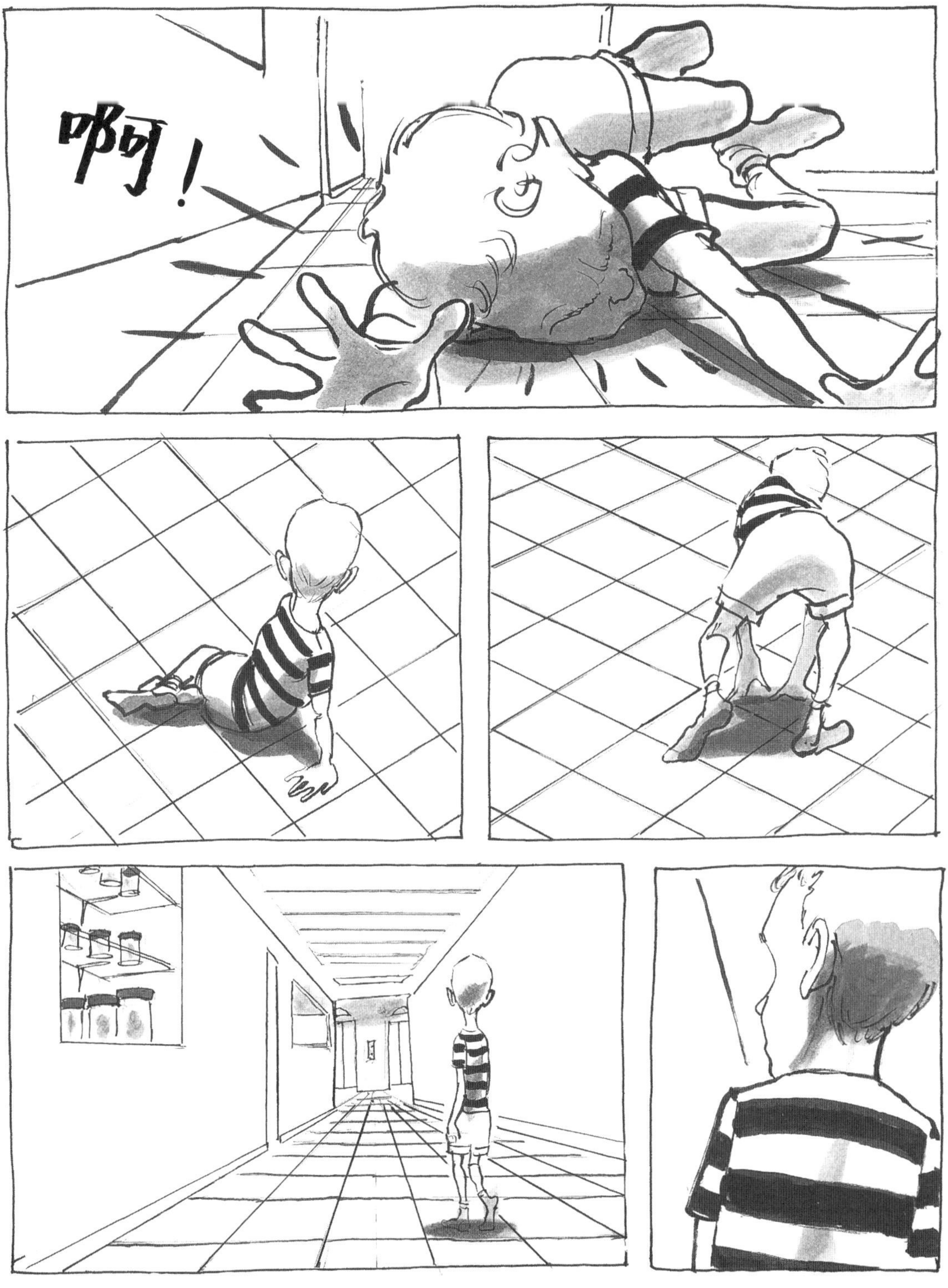
啊！

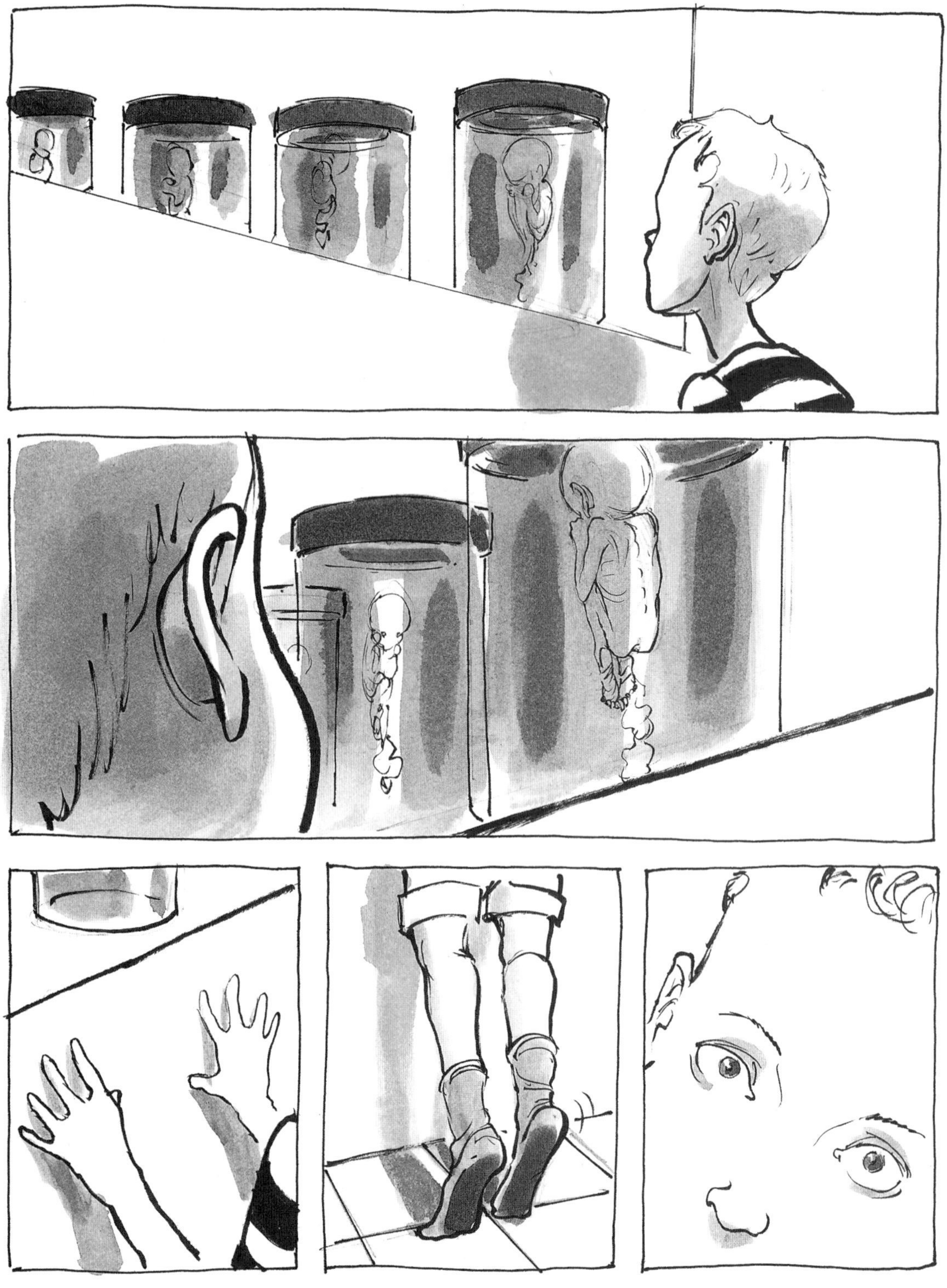

39

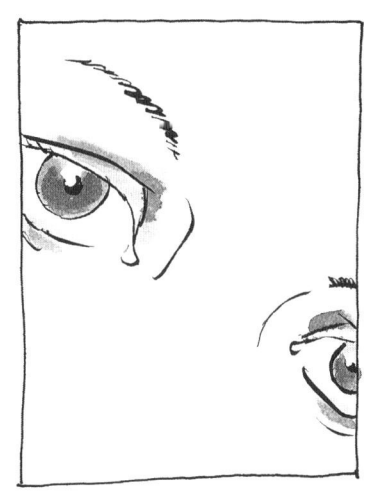

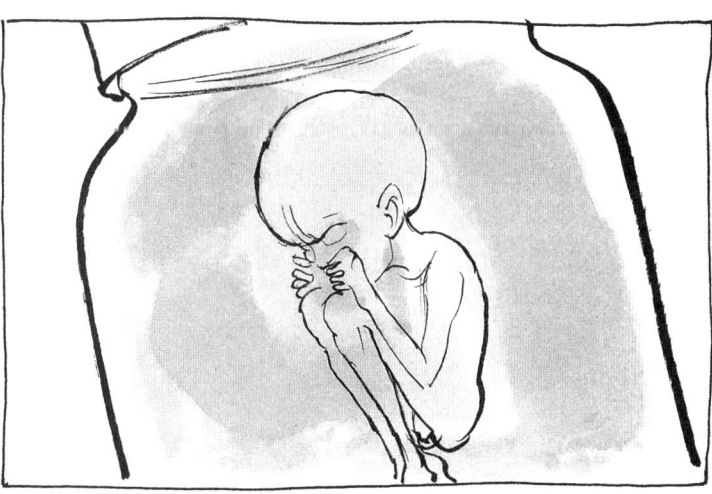

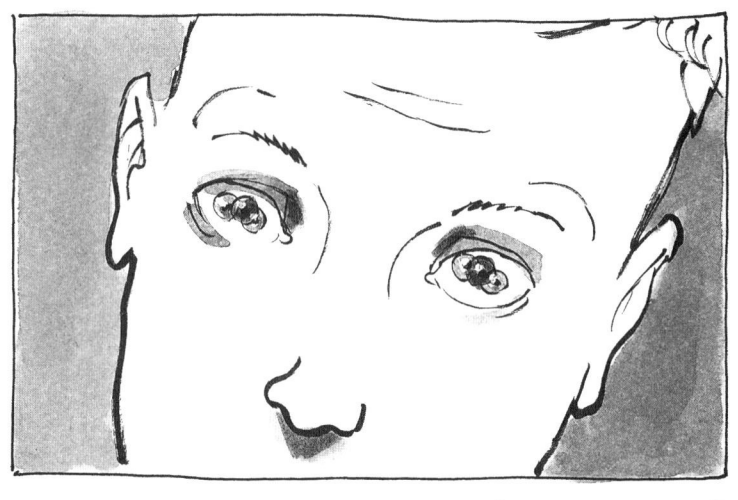

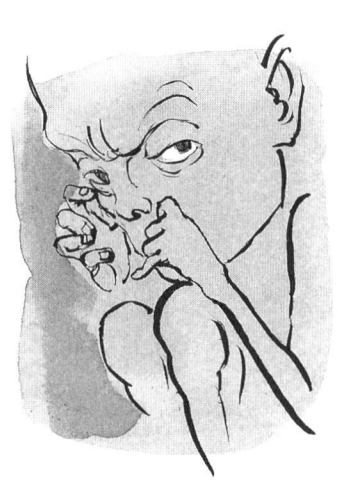

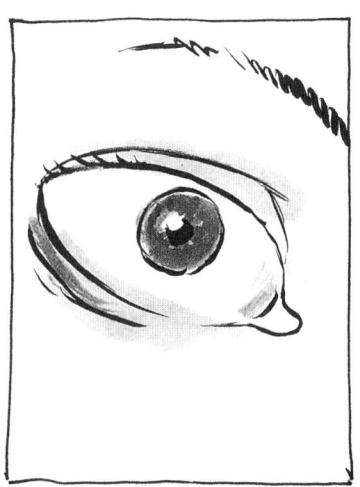

40

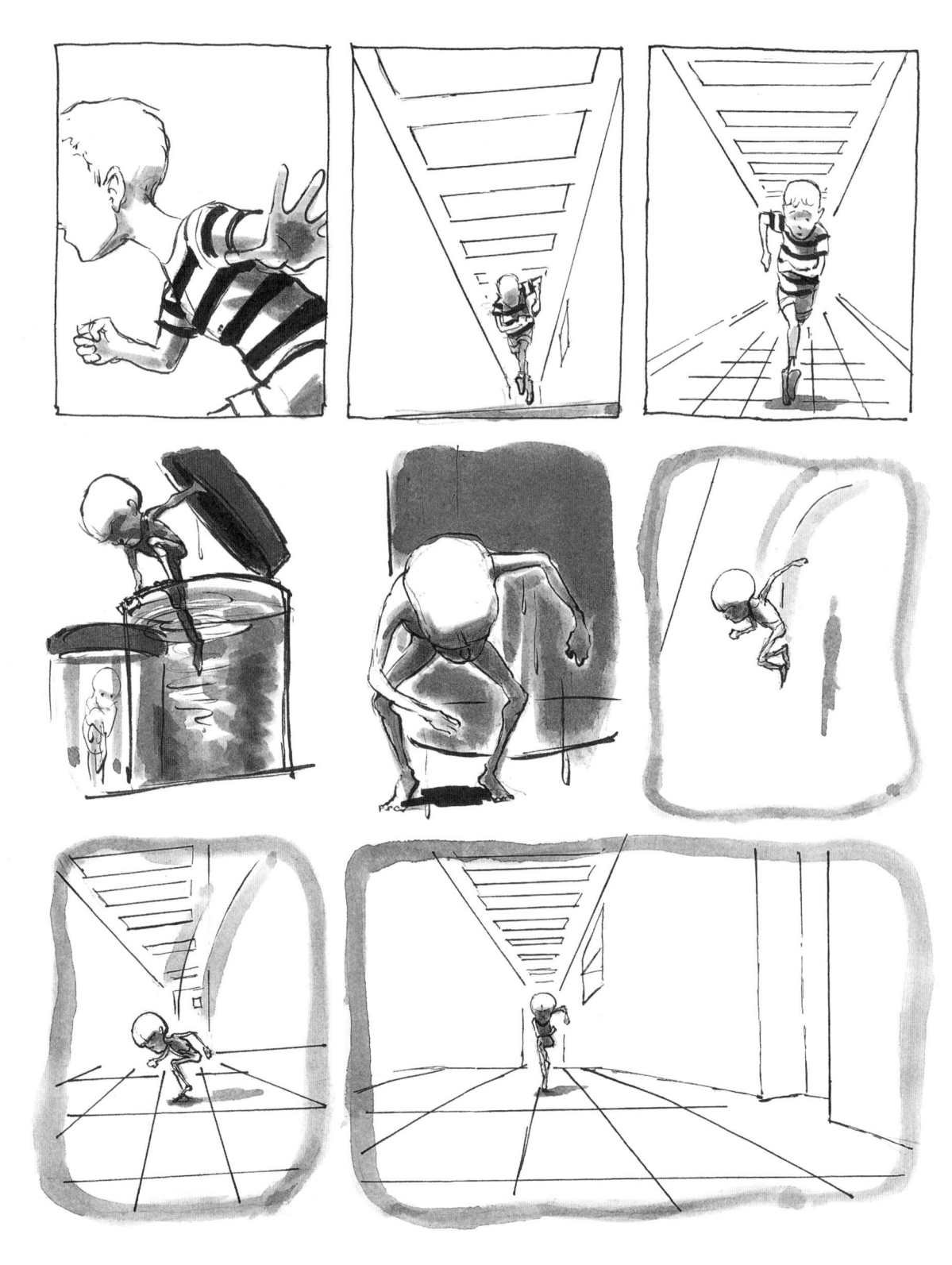

叮！

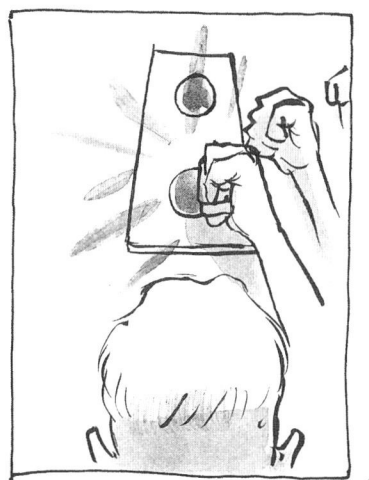

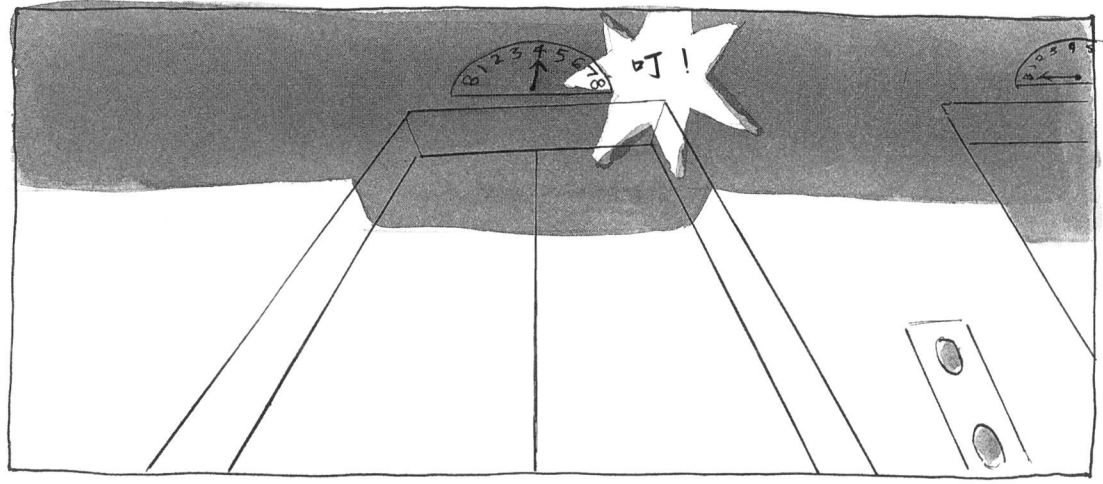

41

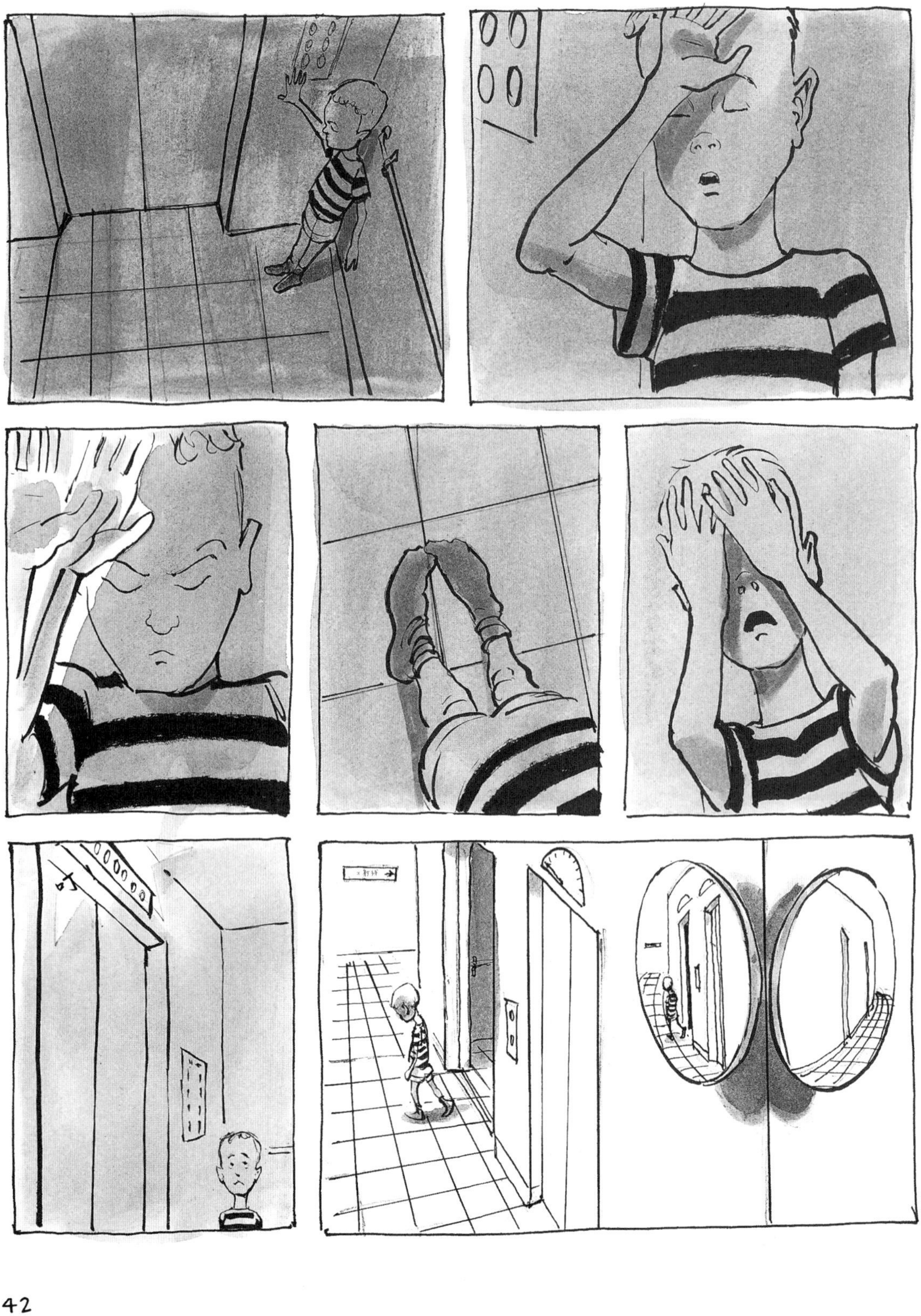

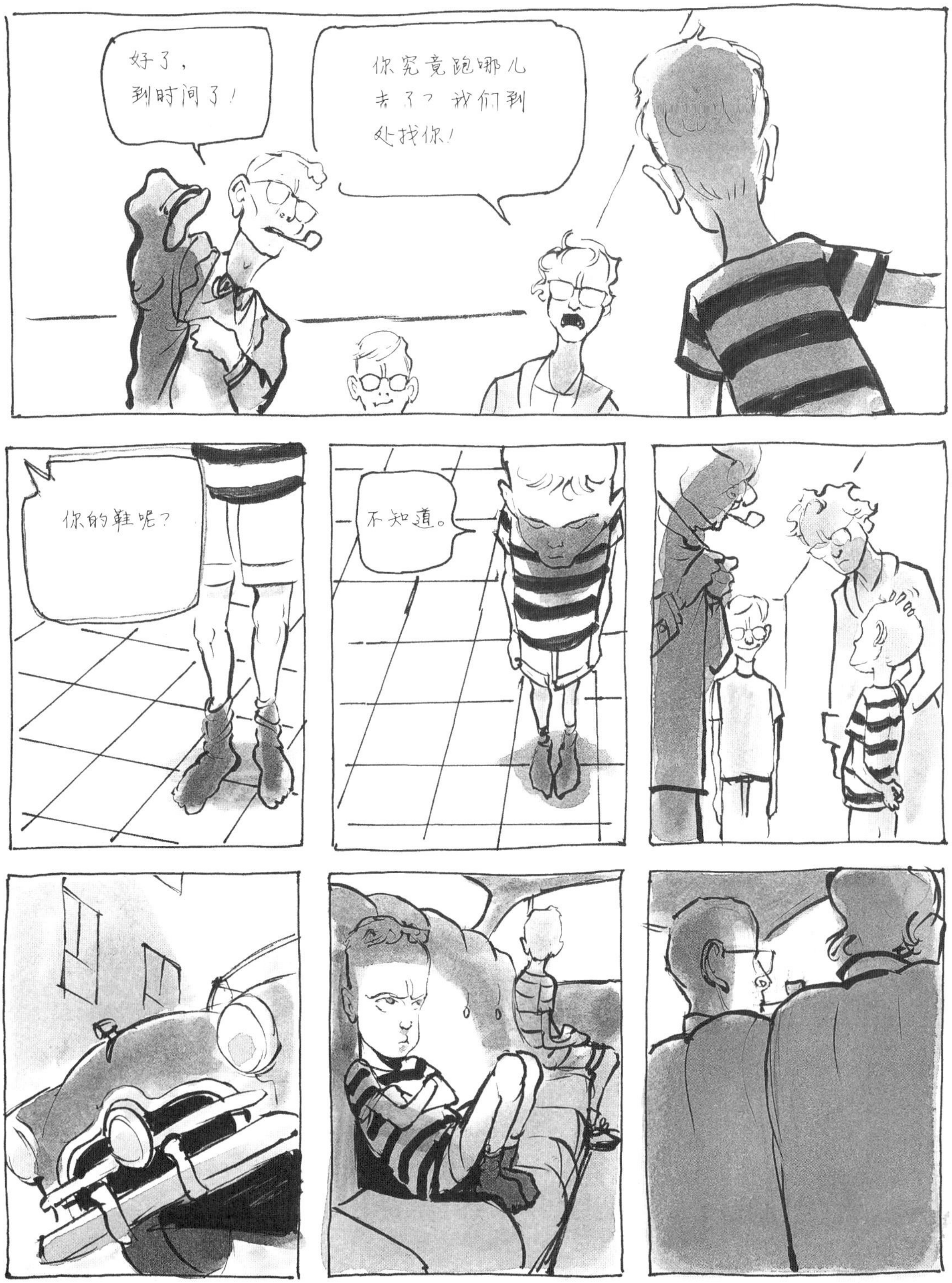
好了，到时间了！
你究竟跑哪儿去了？我们到处找你！
你的鞋呢？
不知道。

44

我连饭都没吃就被打发上床睡觉。那天晚上，我梦到了瓶子里的那个小人。

第二天，尽管医院打电话来说我的鞋找到了……

谢谢！

但妈妈还是怒气冲冲。

她那沉默中的怒火仿佛黑色的浪潮，
你要么夺路而逃，要么……

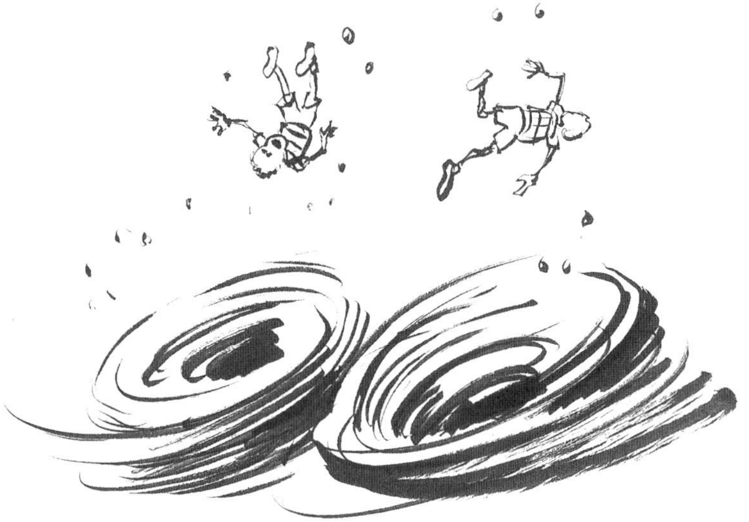

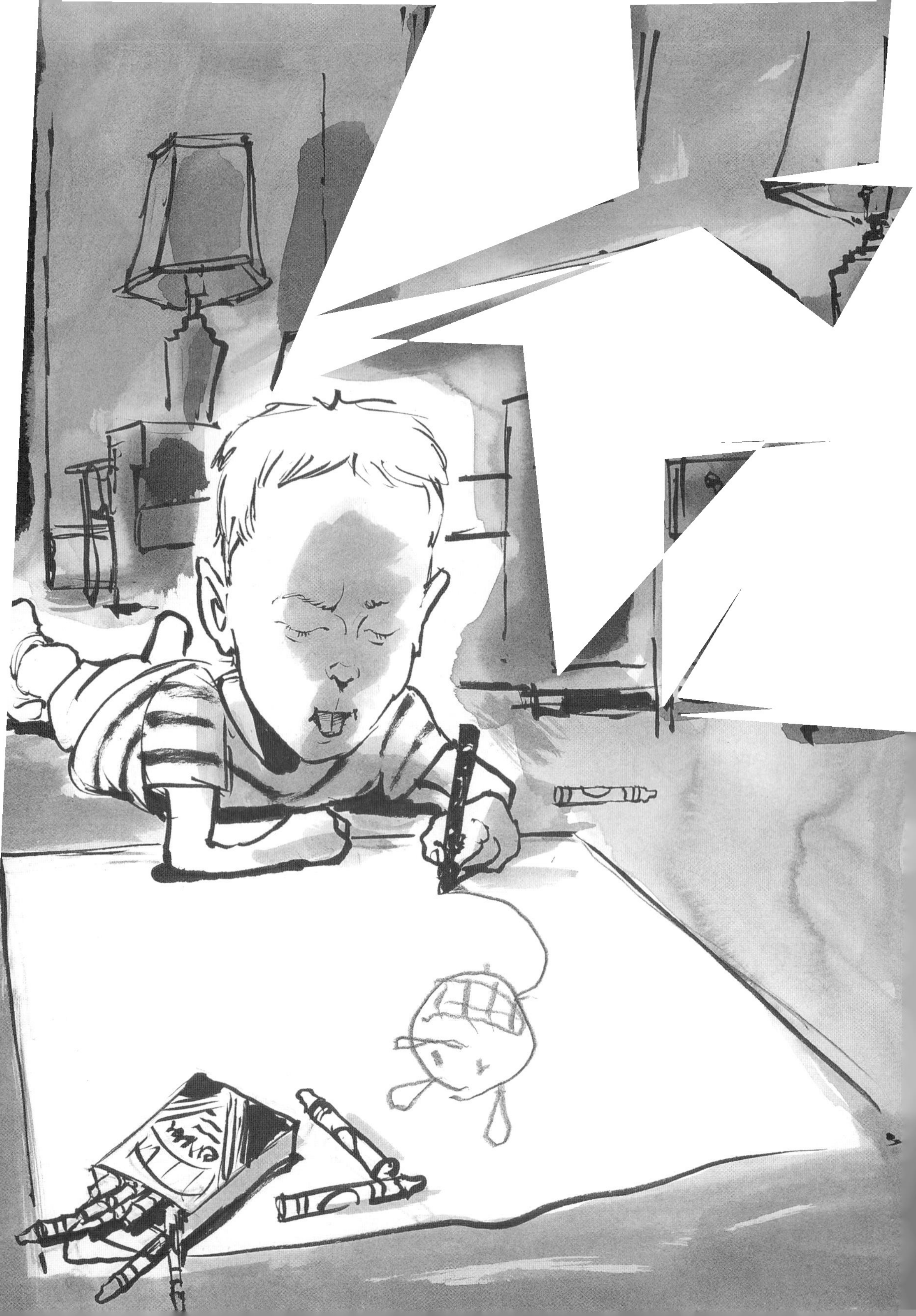

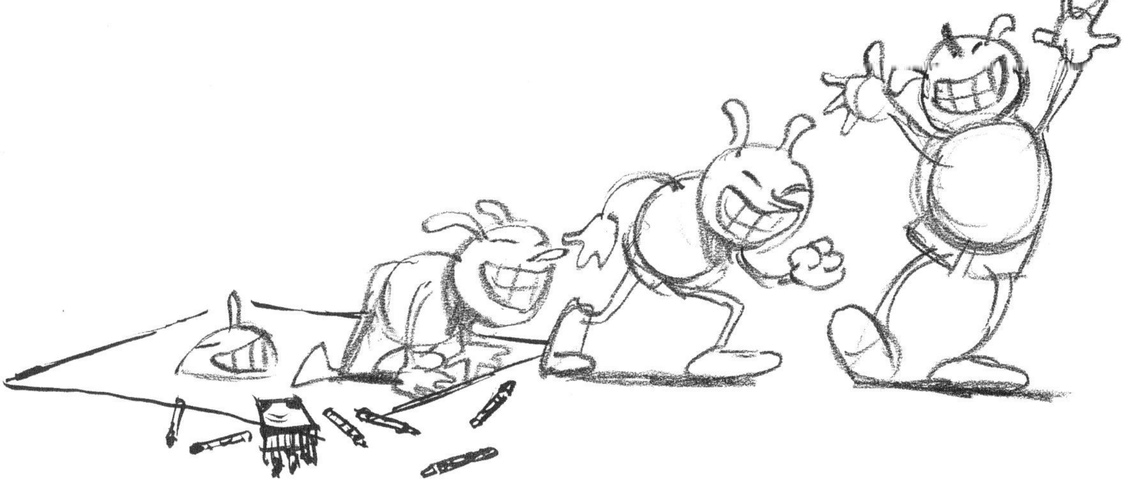

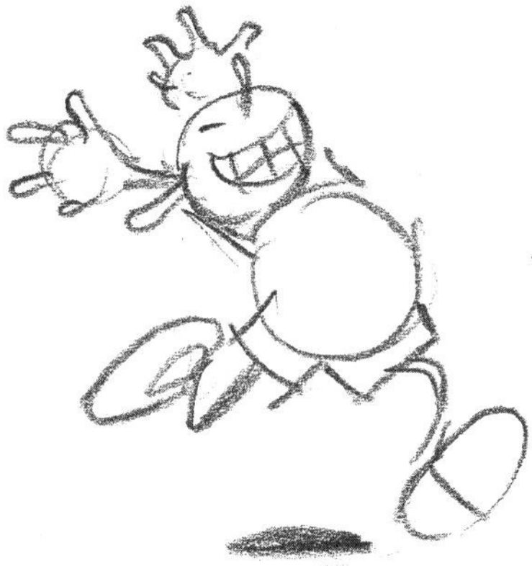

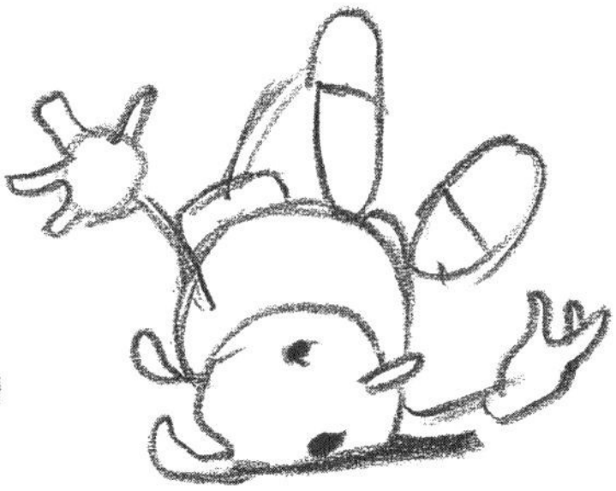

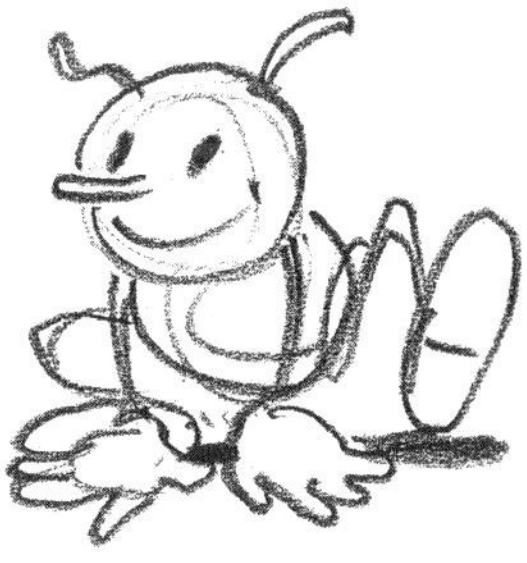

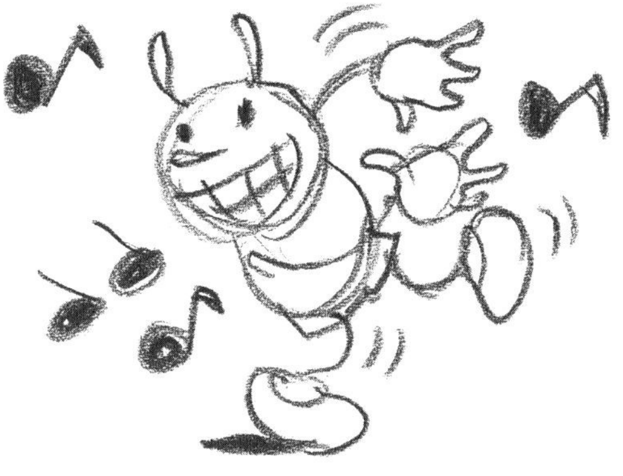

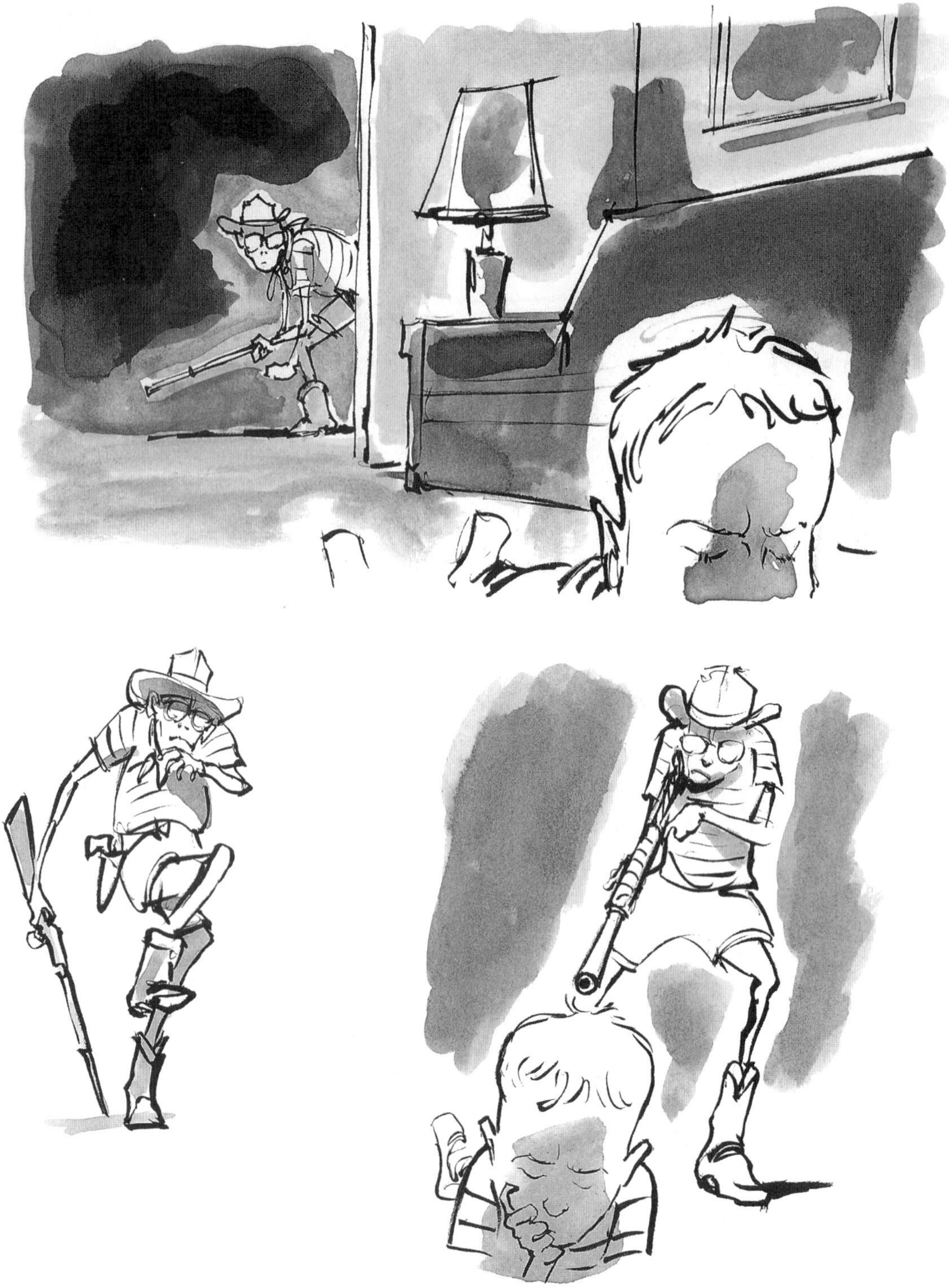

啪！

妈妈！

哭吧，喊吧，随便你。
妈妈不在家，
她去打高尔夫球了。
接下来的四个小时里，
家里我是老大！

来吧！
我们上楼去，
到爸爸房里
看书。

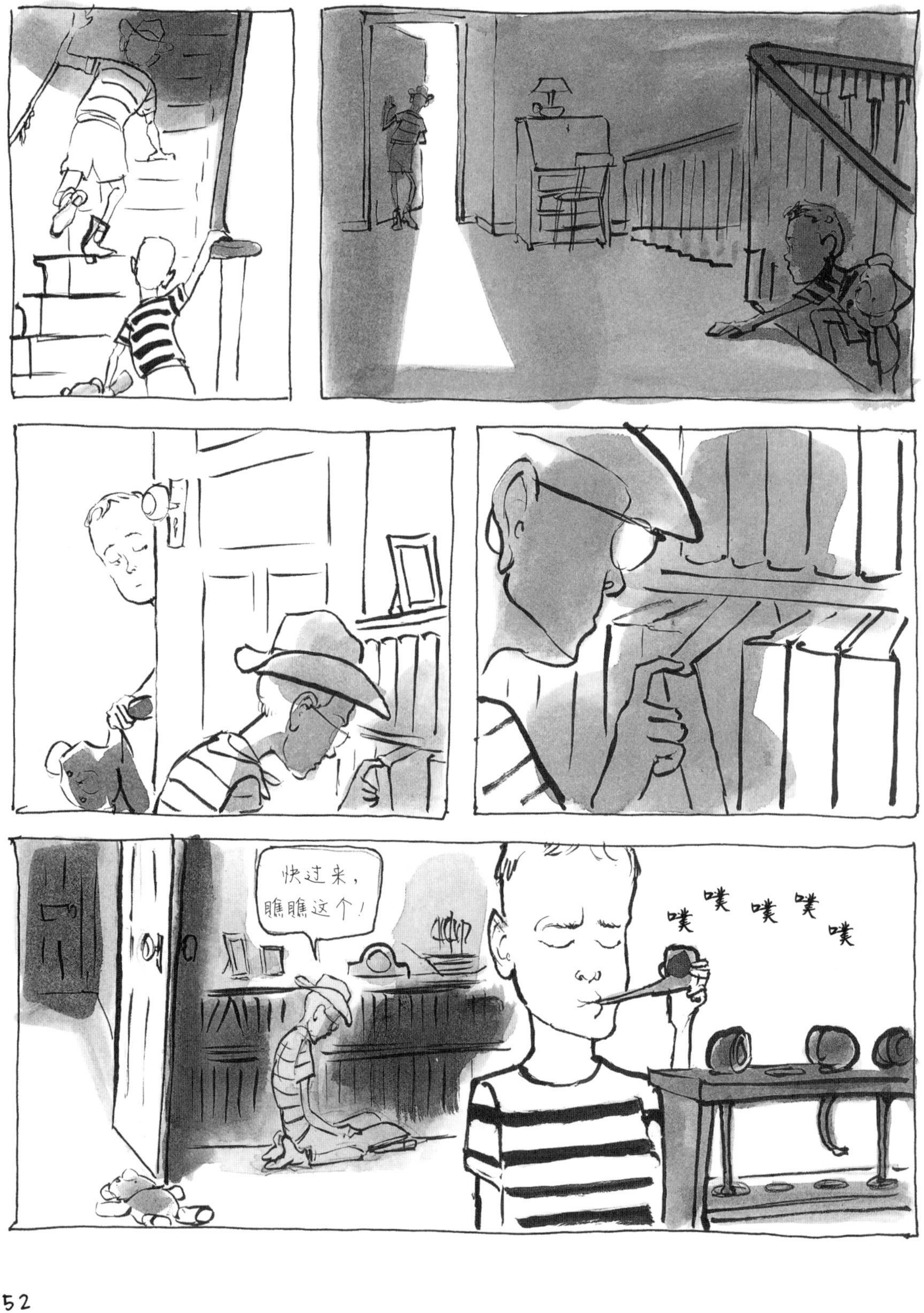
快过来，
瞧瞧这个！
噗 噗 噗 噗 噗

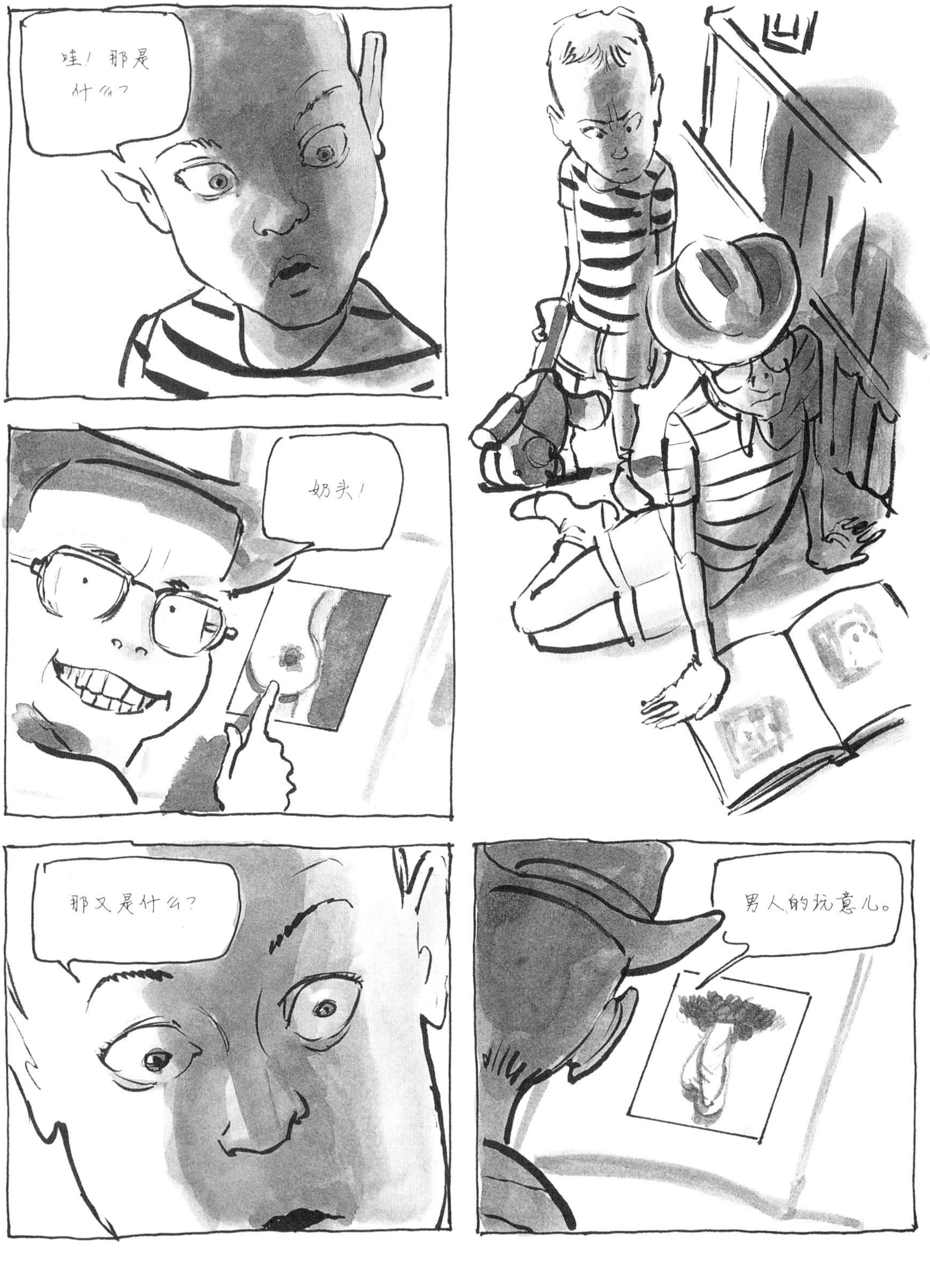
哇！那是什么？
奶头！
那又是什么？
男人的玩意儿。

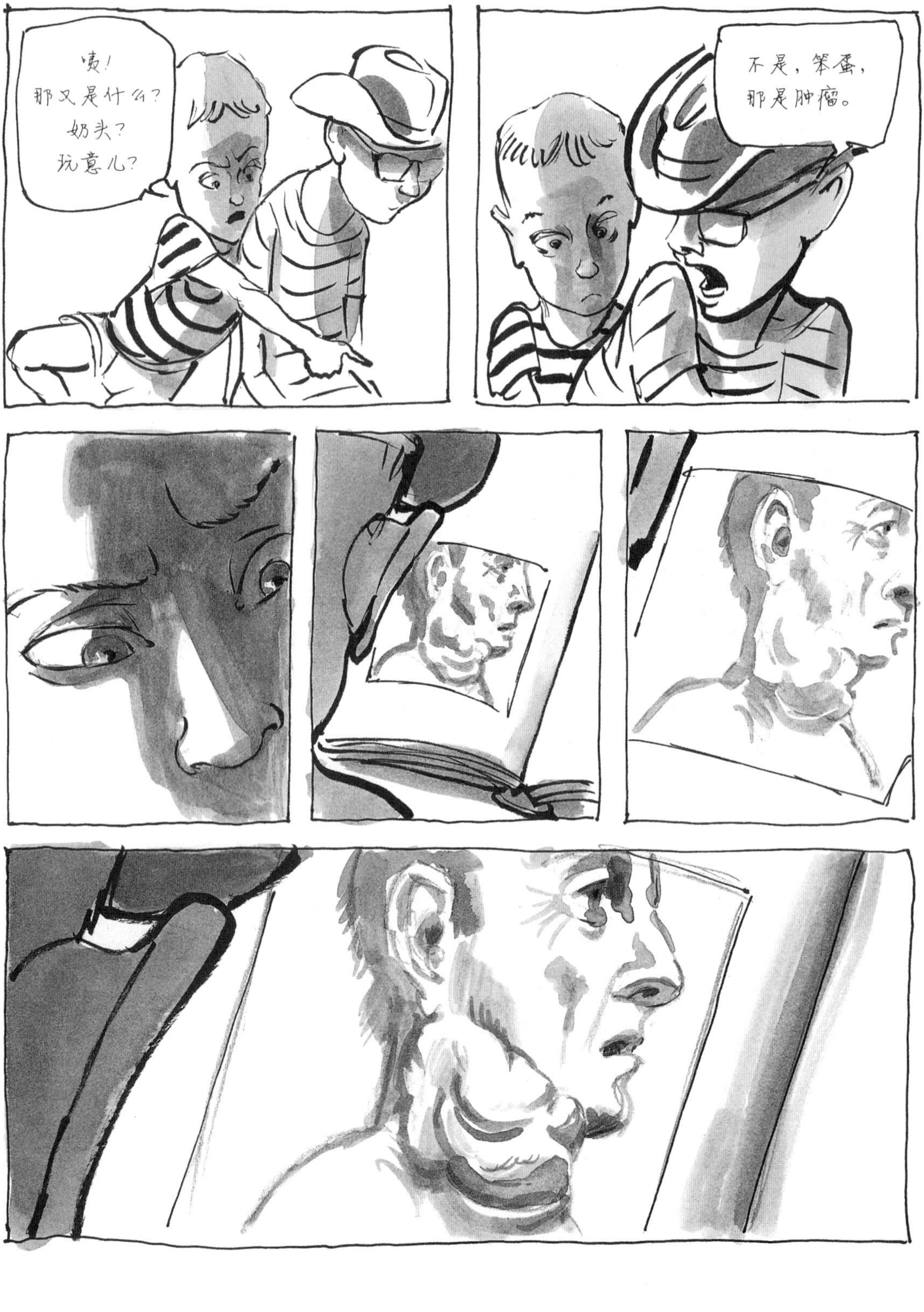
咦！
那又是什么？
奶头？
玩意儿？
不是，笨蛋，
那是肿瘤。

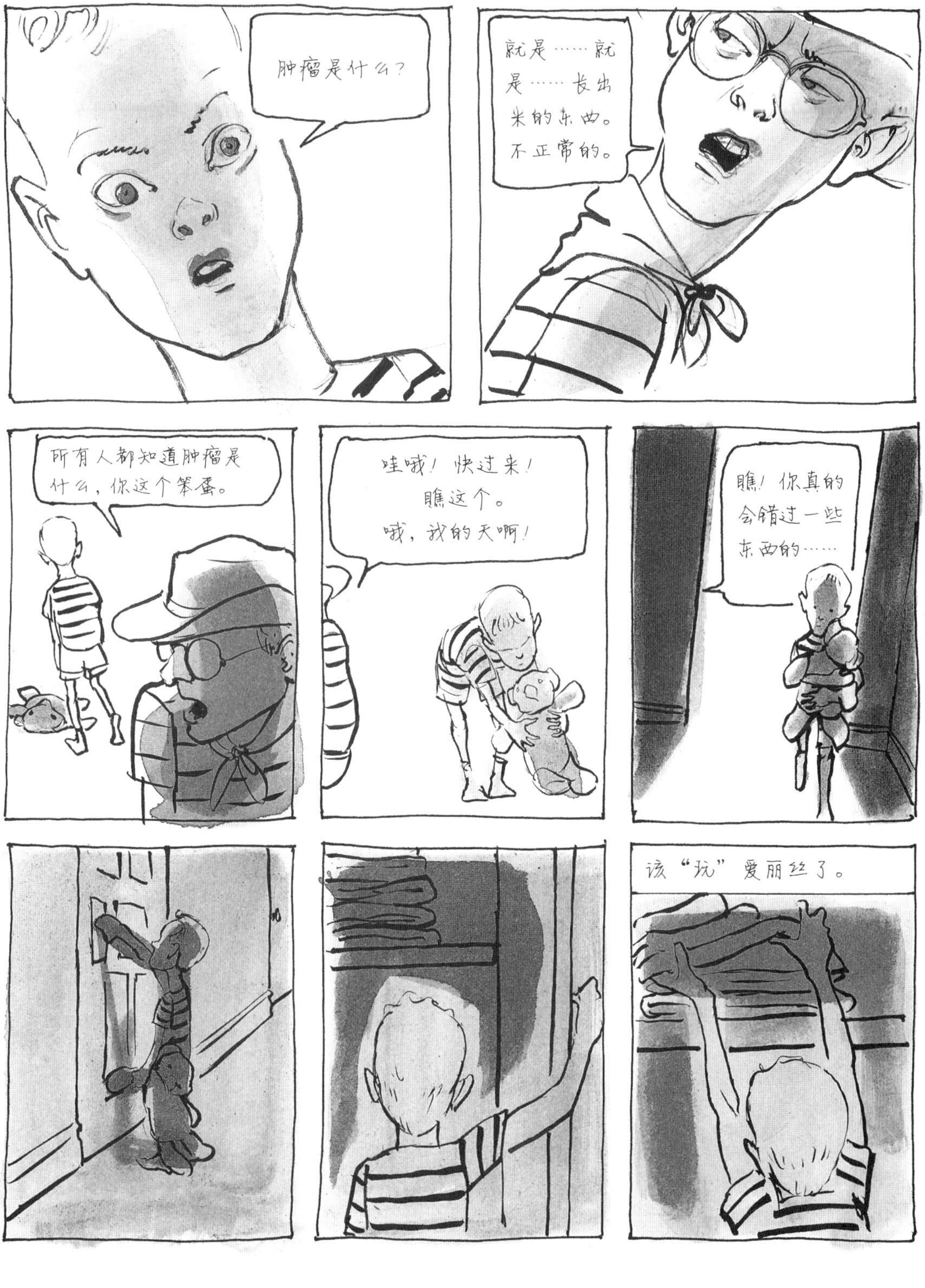

肿瘤是什么？
就是……就是……长出来的东西。不正常的。
所有人都知道肿瘤是什么，你这个笨蛋。
哇哦！快过来！瞧这个。哦，我的天啊！
瞧！你真的会错过一些东西的……
该"玩"爱丽丝了。

我爱上了爱丽丝。

特别是

她那长长的

棕色的

头发。

我想一定是爱丽丝的头发给了她神奇的力量，让她来到一个动物会说话、花儿会唱歌、茶壶会跳舞的地方。

我恨不得立即去那儿。

寻找别样的地方

我戴着黄色的毛巾到处跑。

看到我来了，妈妈们不让她们的孩子出来。

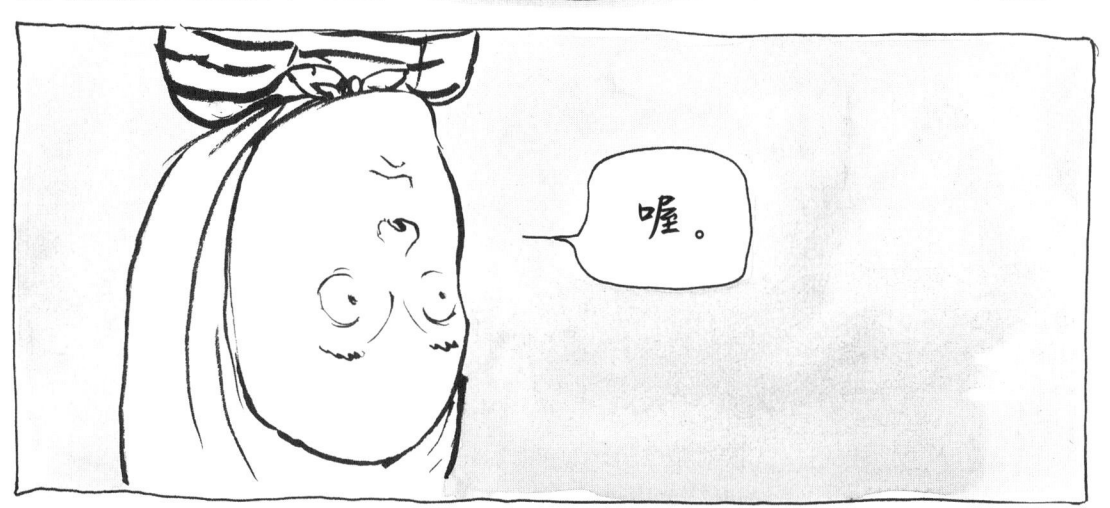

哦，上帝！越来越古怪了！我现在在哪儿？

喔。

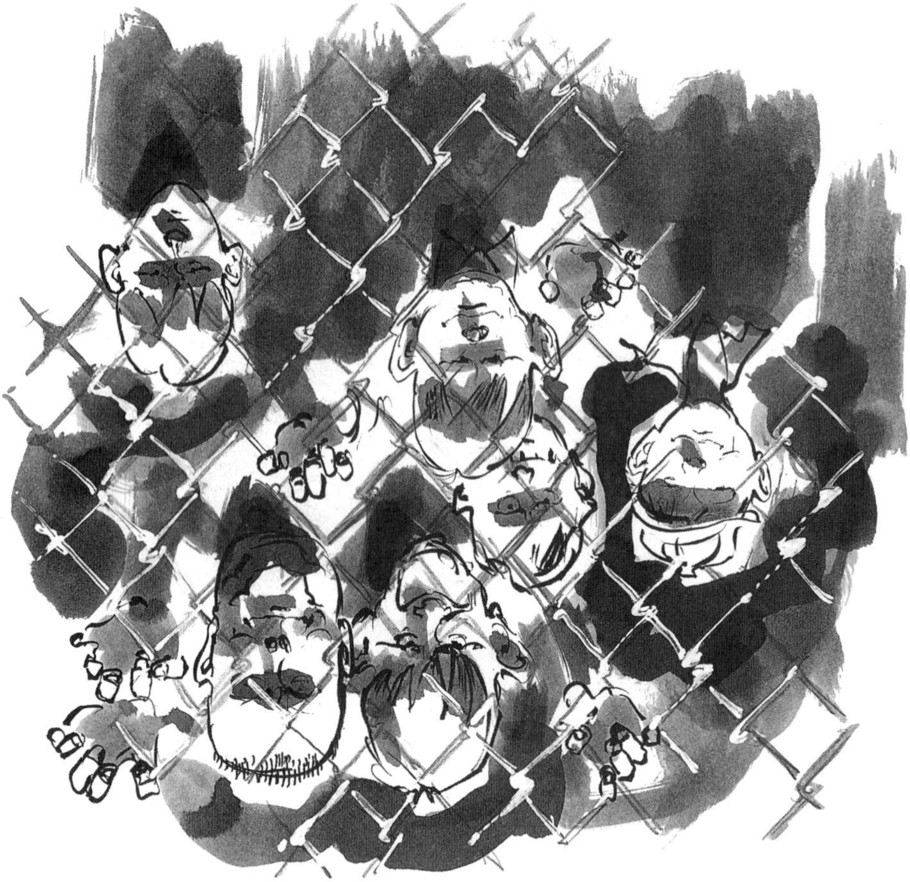

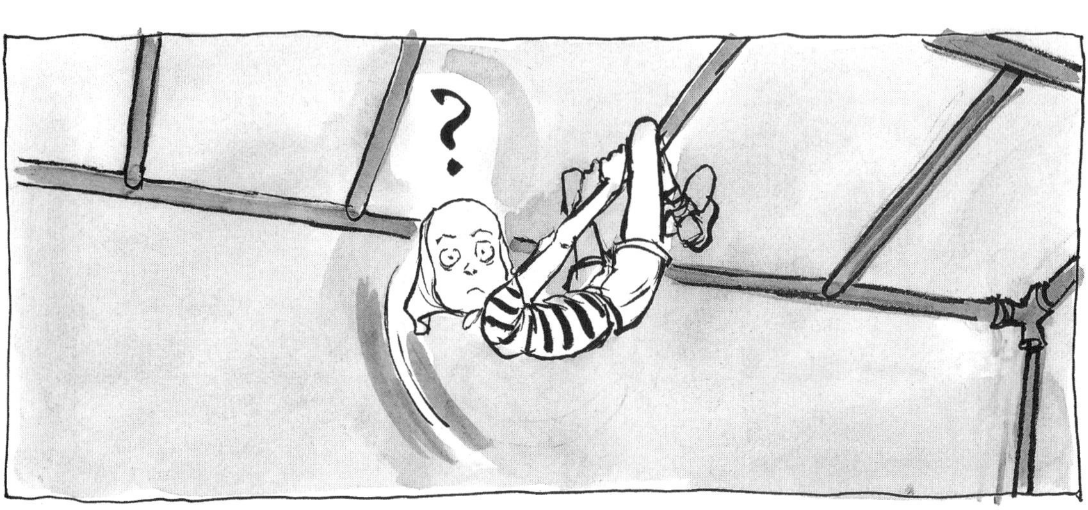

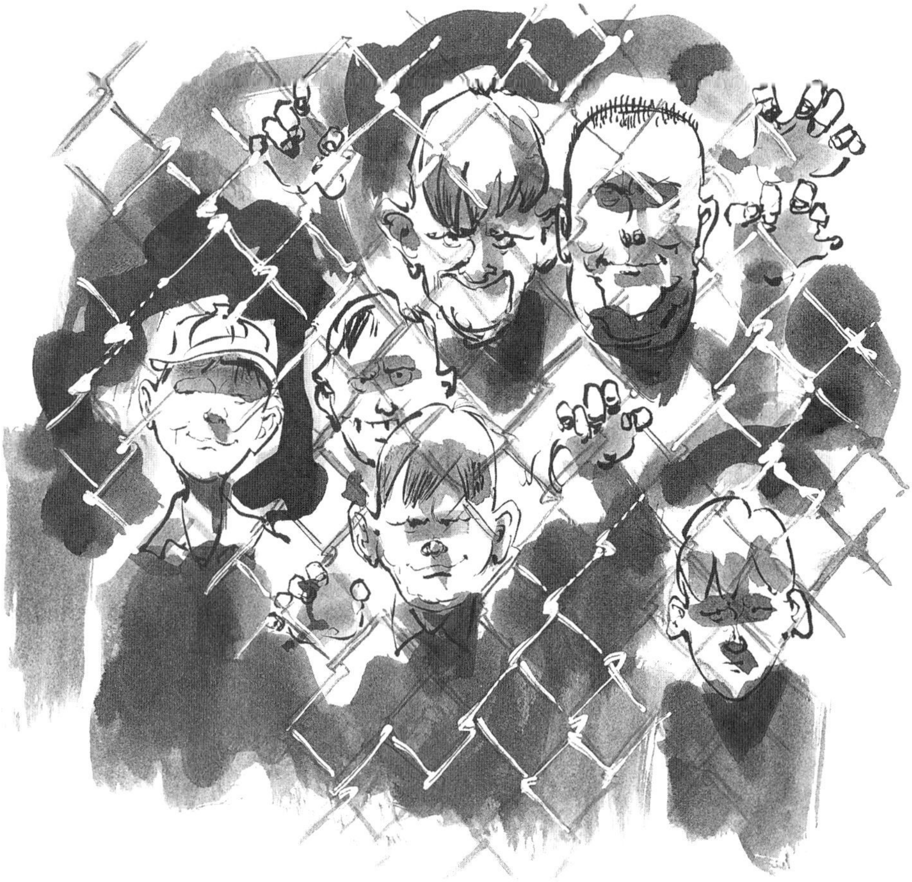

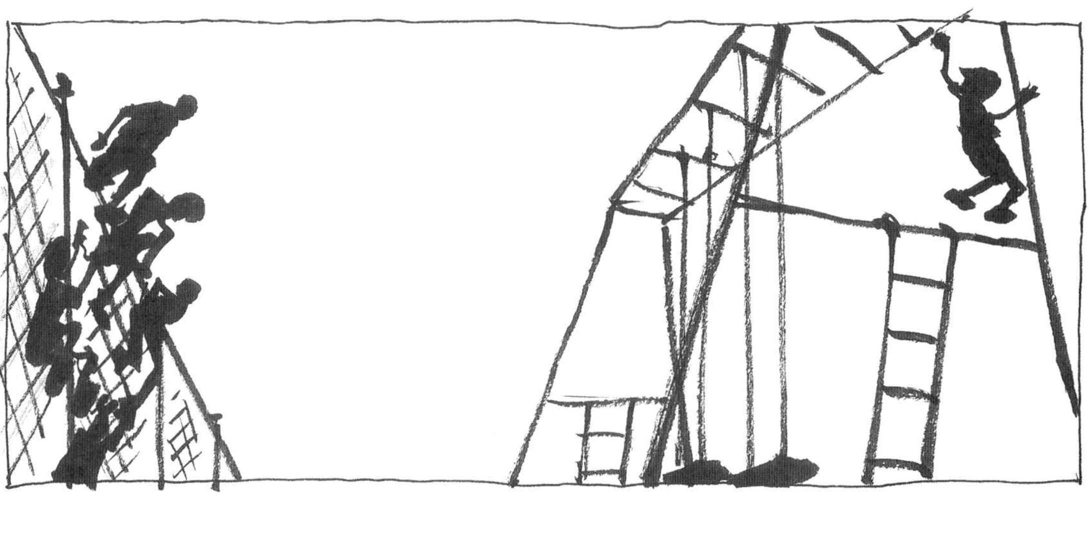

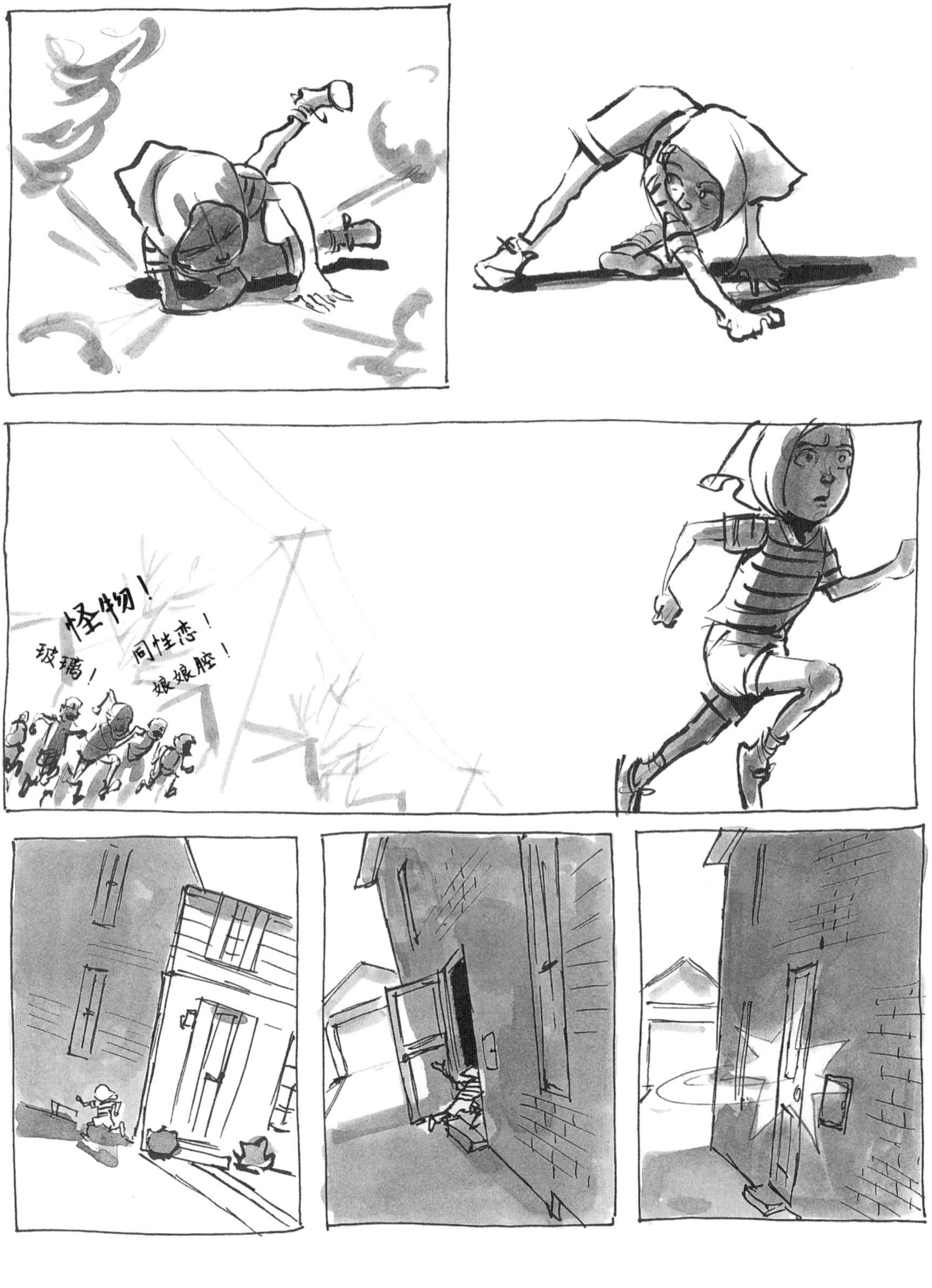
怪物！
玻璃！
同性恋！
娘娘腔！

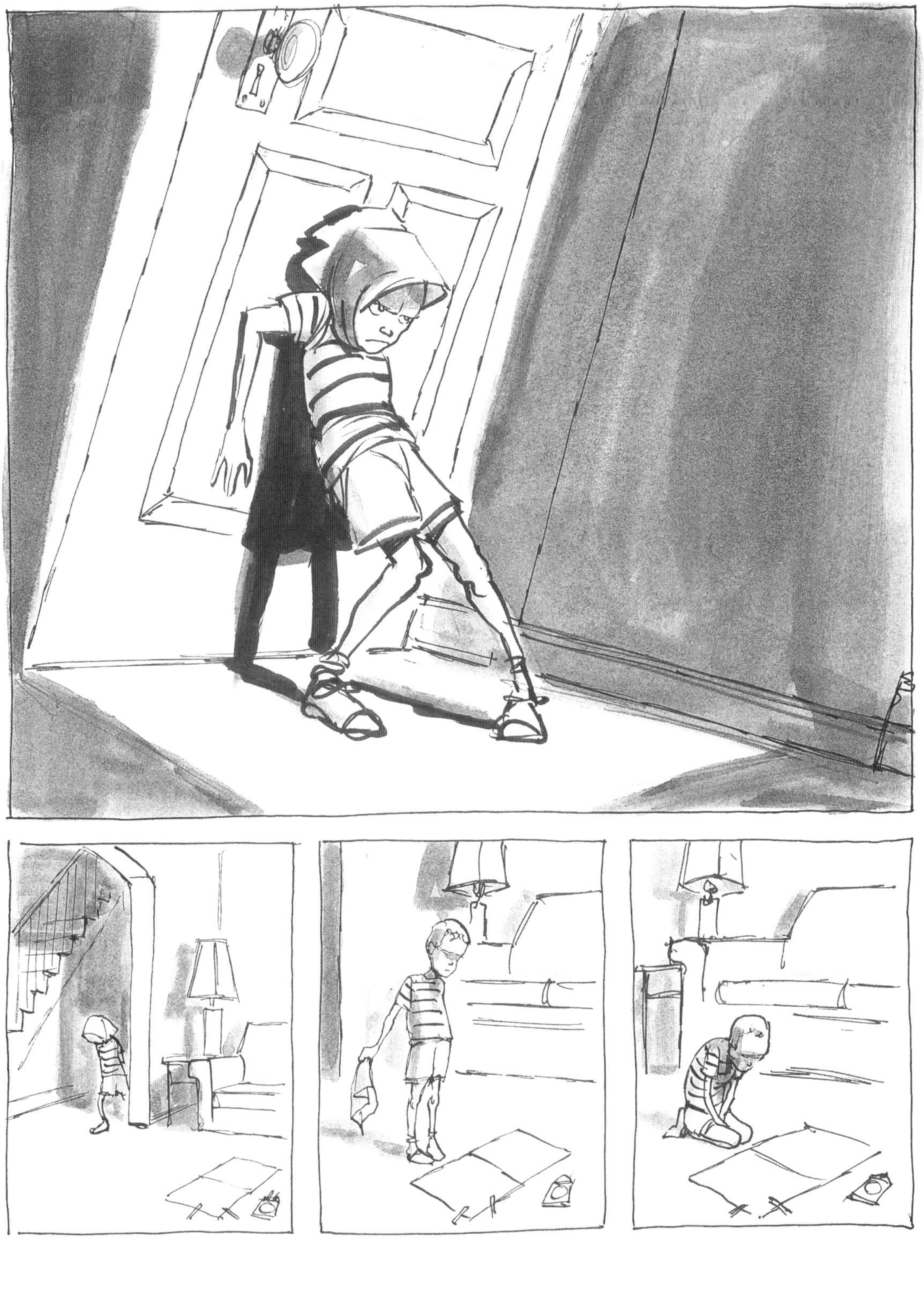

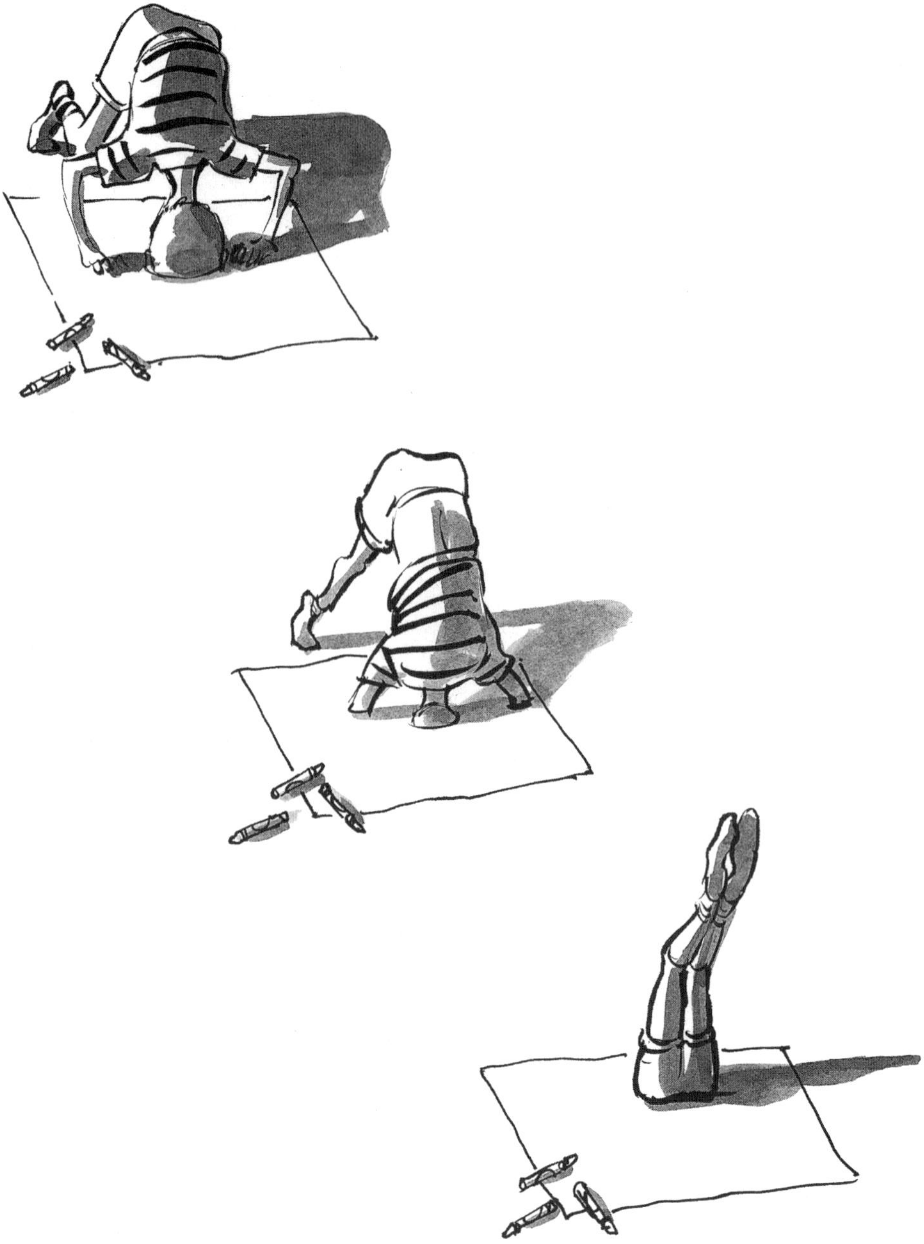

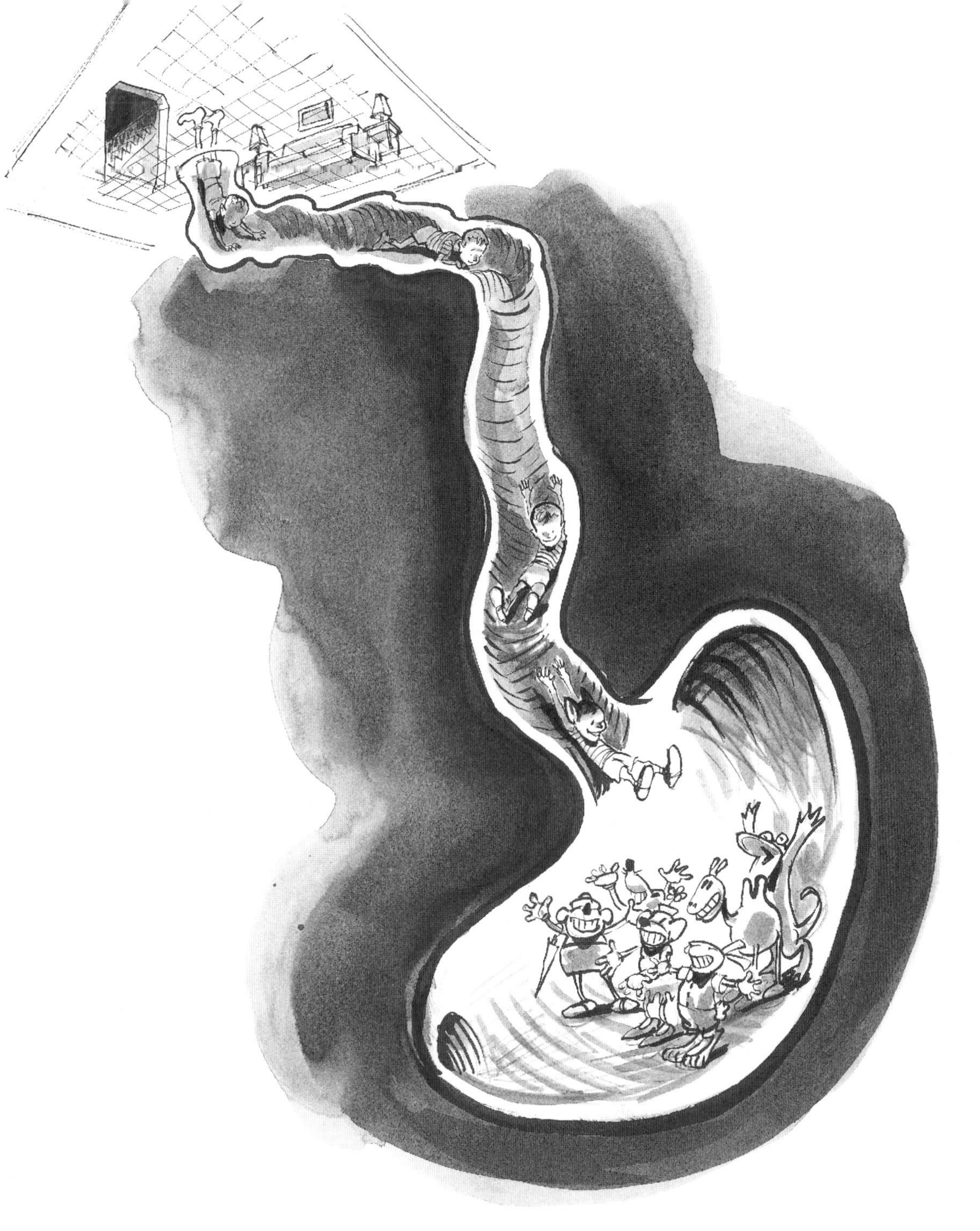

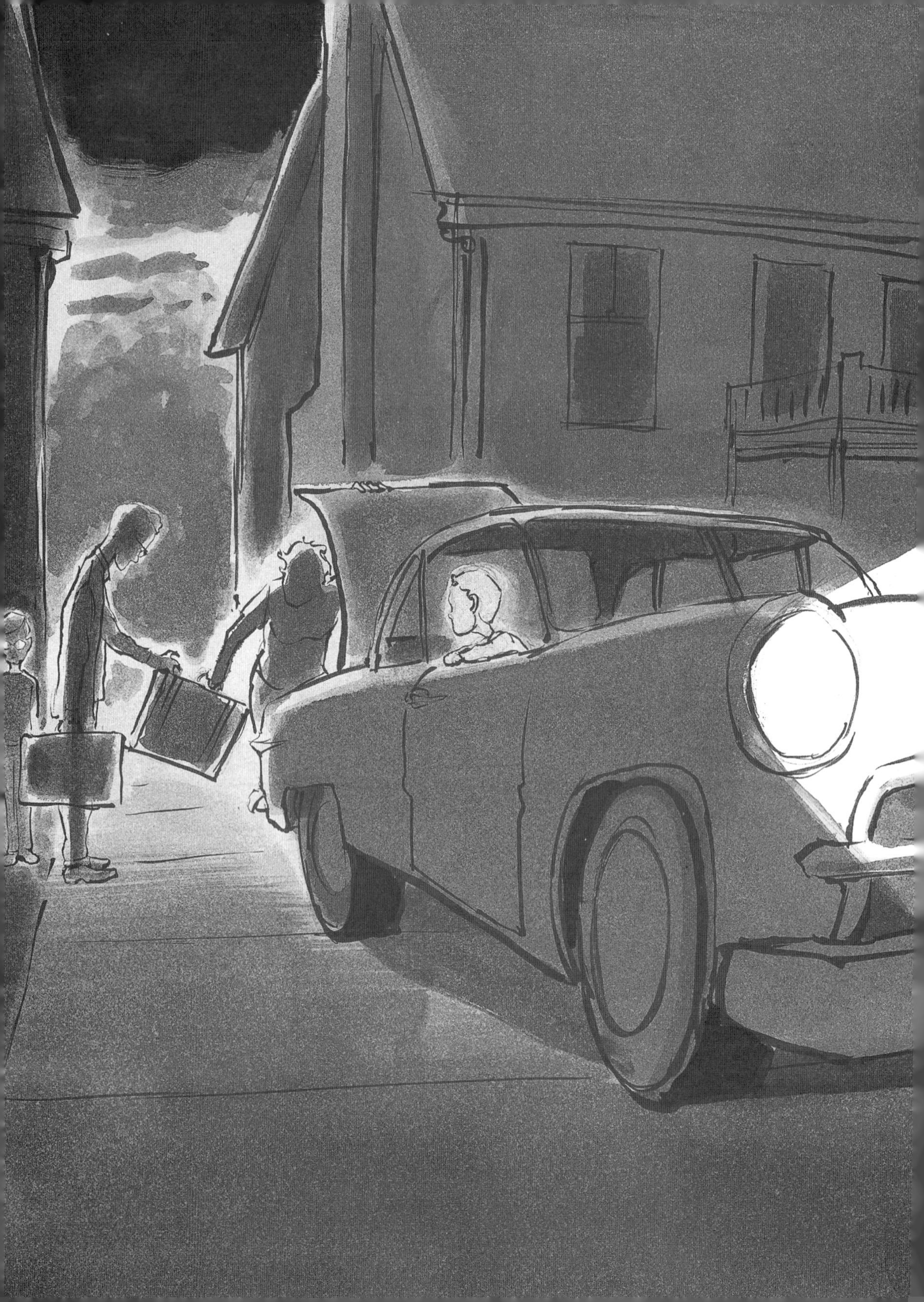

春假到了，我们分成两路。爸爸带着特德向东直奔他老母亲家，妈妈则带着我驱车向南探望她的母亲。

底特律离东南部的印第安纳州很远，一路上全是双向公路。

车上没有收音机，也没有空调。

车窗关上时，里面就像个火炉。

车窗打开时，里面就像个风洞。

夜色降临时，气温开始下降，地势开始起伏，而一路上缄默不语的妈妈也开始说话了。她对我说起了她的家庭。

我的外祖父母是在舞会上认识的。

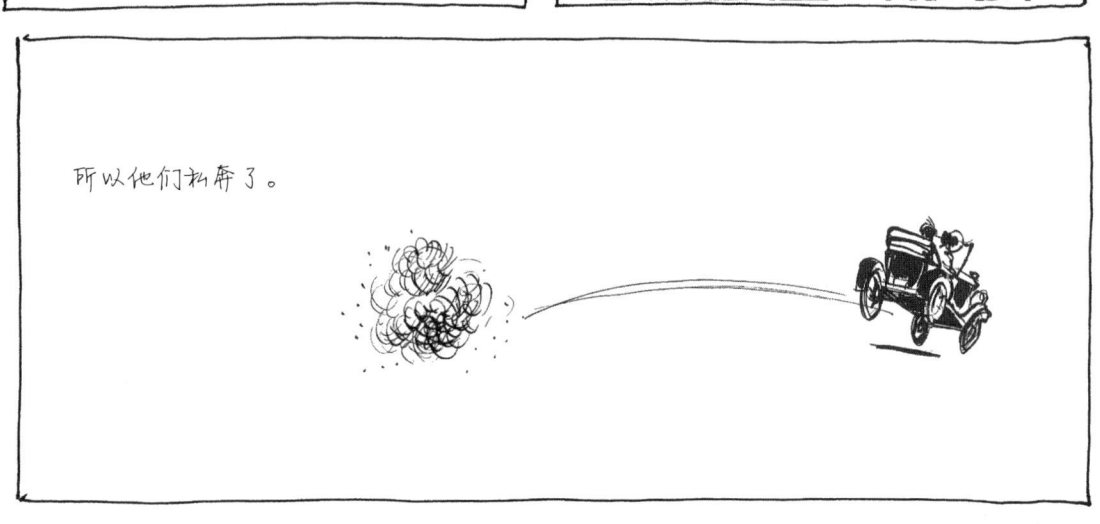

他们俩都喜欢美好的时光，所以他们不停地约会，不停地跳舞，直到，突然……

他们必须结婚。

但是他的父母（我的曾外祖父母默菲夫妇）憎恶跳舞，所以不喜欢她。

穷苦的白人荡妇！

所以他们私奔了。

结婚后，他们搬到了默萃家后面只有一个房间的小木屋里。默萃夫妇不许外祖母在他们屋里生孩子，妈妈便只能降生在那个小木屋里。

刚开始，医生找不到她的心脏。他以为她死了，但不知怎么她还有呼吸。后来他才发现她的心脏原来跑到胸腔的右侧去了。

在妈妈十岁的时候，她的父亲就去世了。他和两个朋友出去喝酒，天黑开车回家，不小心掉下了悬崖。

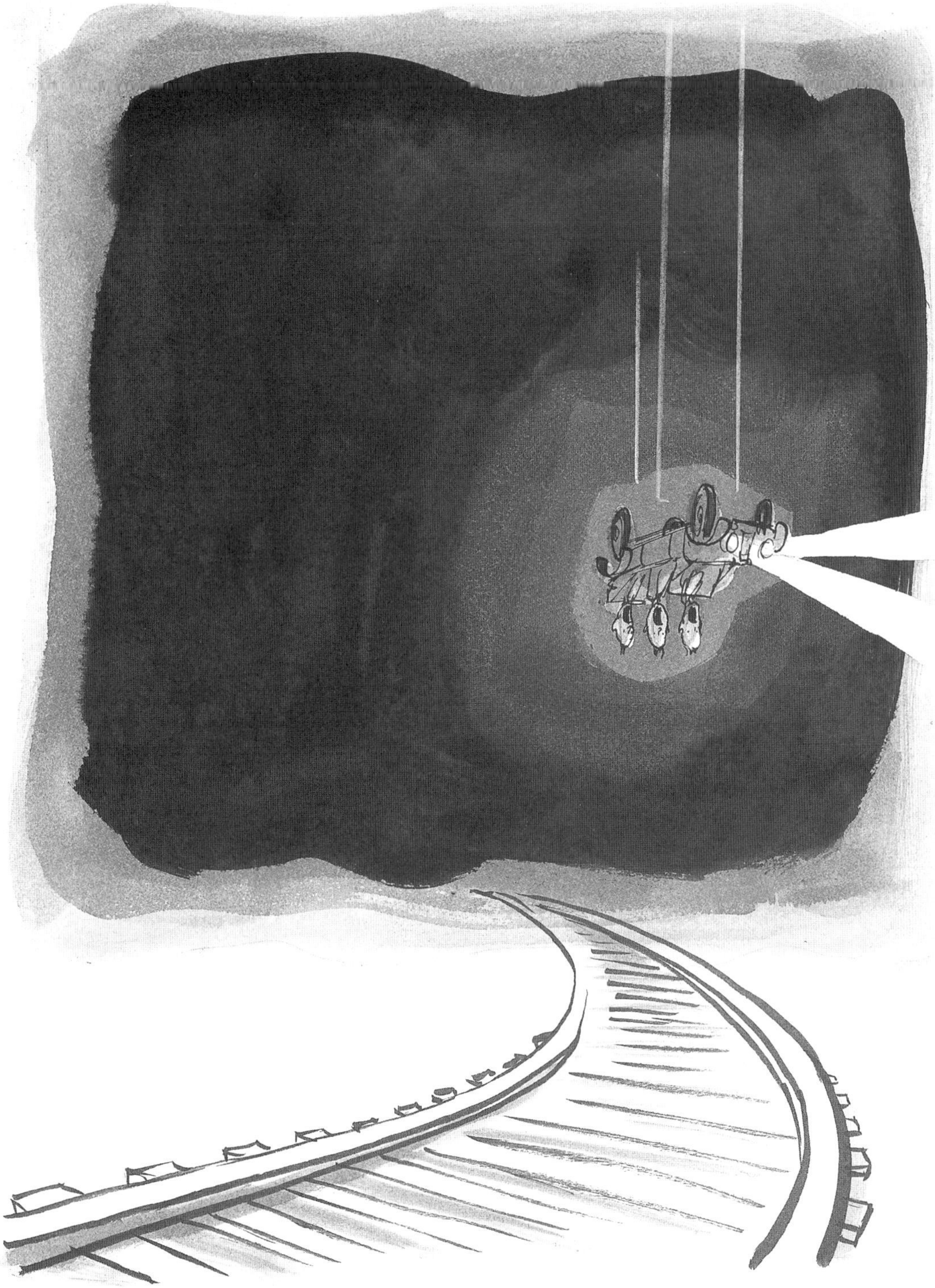

葬礼之后，曾外祖母对她的儿媳妇更加苛刻了。

她切断了经济来源，迫使外祖母离开了他们家。

外祖母带着妈妈搬到了康纳斯维尔，替人打扫了一段时间屋子后，又嫁人了。

曾外祖父默菲试图通过
吃通乐来自杀。

他虽然没死，却再也不能说话了。
毒药腐蚀掉了他的声带。

直到曾外祖母死后,大家才知道她原来是个小偷。她卧室的衣柜里塞满了各式杂物:女式羔皮手套、绸带、丝绸和一卷卷饰带。

每次默菲太太造访丝绸呢绒店之后，店主就会打电话给默菲先生，他总是立刻（当然也是悄悄地）便跑下去付账。

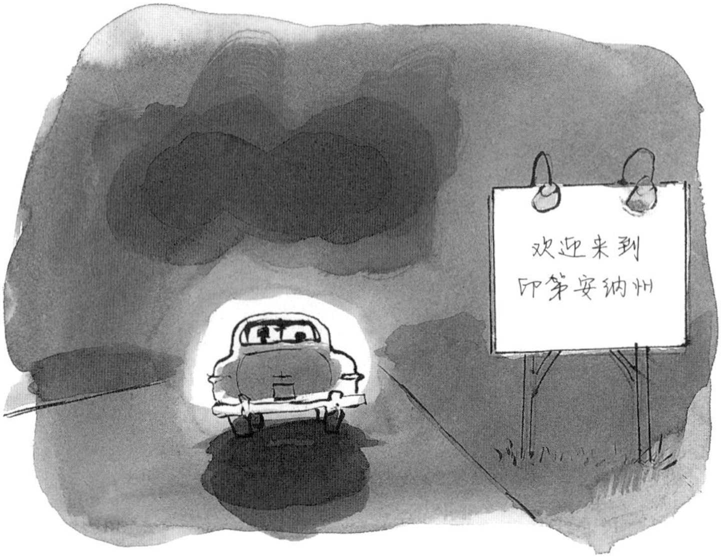
欢迎来到
印第安纳州

外祖母的房子在我眼里就像是《奇幻森林历险记》里的姜饼屋。
你好，妈妈。
他没怎么长个儿嘛！
ORD
洛雷塔的丈夫？她去世三天后他就中风了。乔治？去年十二月结婚了。那个邻家女孩，南希·琼？她没结婚就怀孕了，不过后来流产，孩子没了。
啪
啪

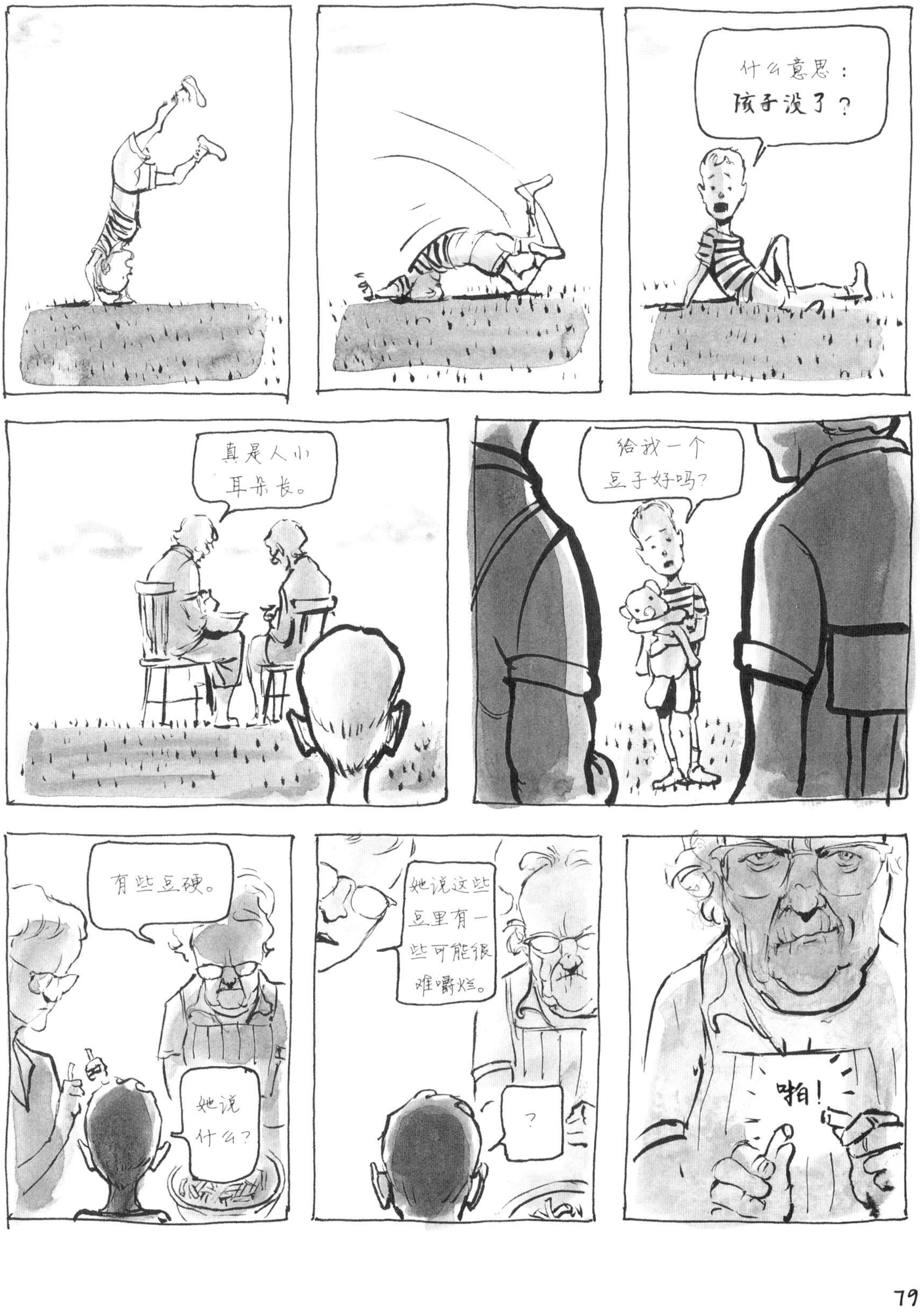
什么意思：
孩子没了？
真是人小
耳朵长。
给我一个
豆子好吗？
有些豆硬。
她说
什么？
她说这些
豆里有一
些可能很
难嚼烂。
？
啪！

我的继外祖父约翰爸爸下班回来了。	约翰爸爸脸上有很多抓痕。他戴着一块带表链的手表。
他是殡仪馆的"迎宾员"。	他带我去看驶进站的火车。
约翰爸爸认识镇上的每一个人。	他还认识酒吧里的所有"小伙子"。

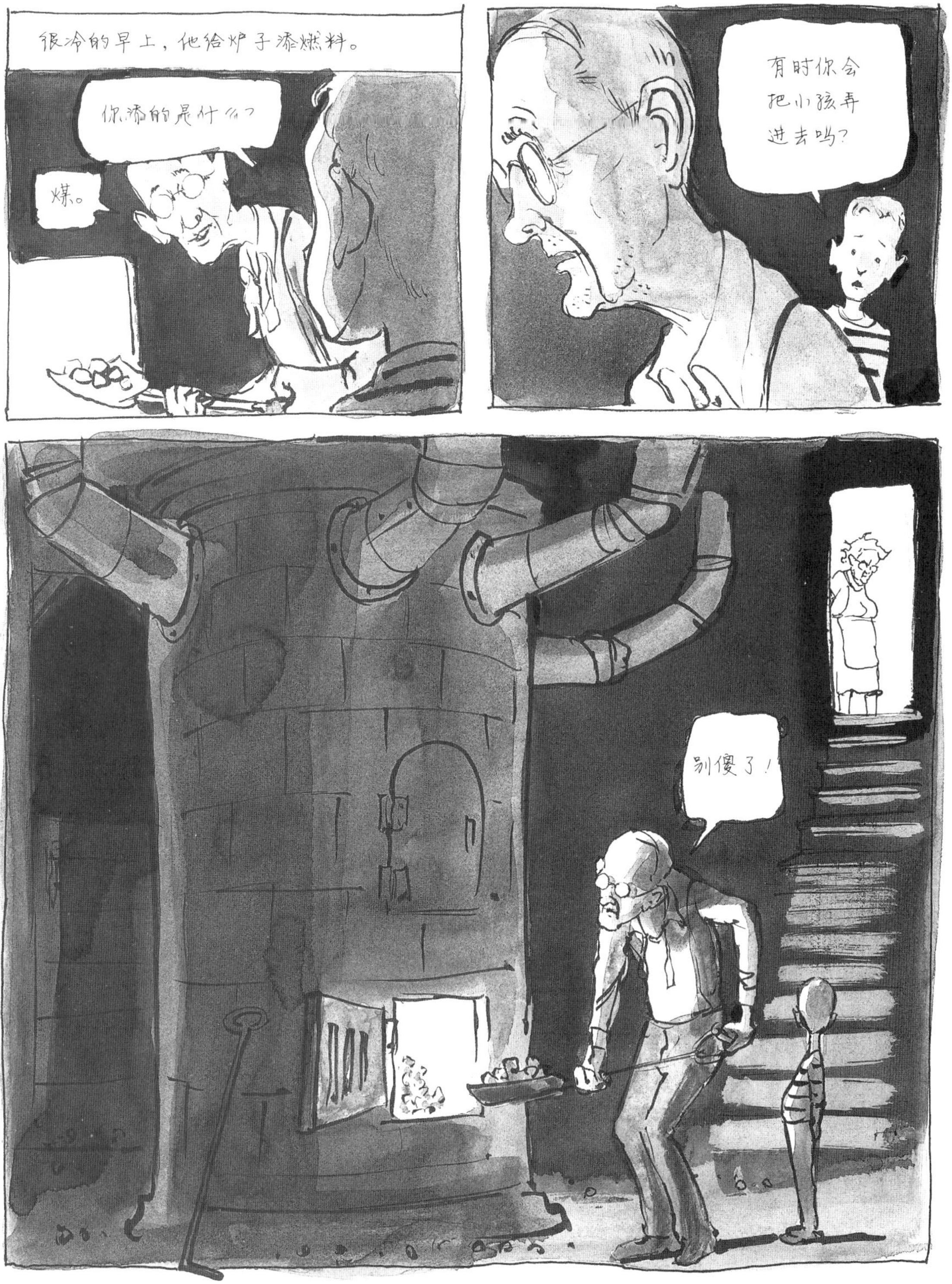
很冷的早上，他给炉子添燃料。
你添的是什么？
煤。
有时你会把小孩弄进去吗？
别傻了！

约翰爸爸有自己的牙齿，外祖母没有。

晚饭后，大人们坐在院子里聊天……

我去逮萤火虫，然后把它们装进一个瓶子里。

妈妈带我上楼睡觉。外祖母家的浴室是粉红色的，有一股很浓的瓦斯气味。

我很快就睡着了。

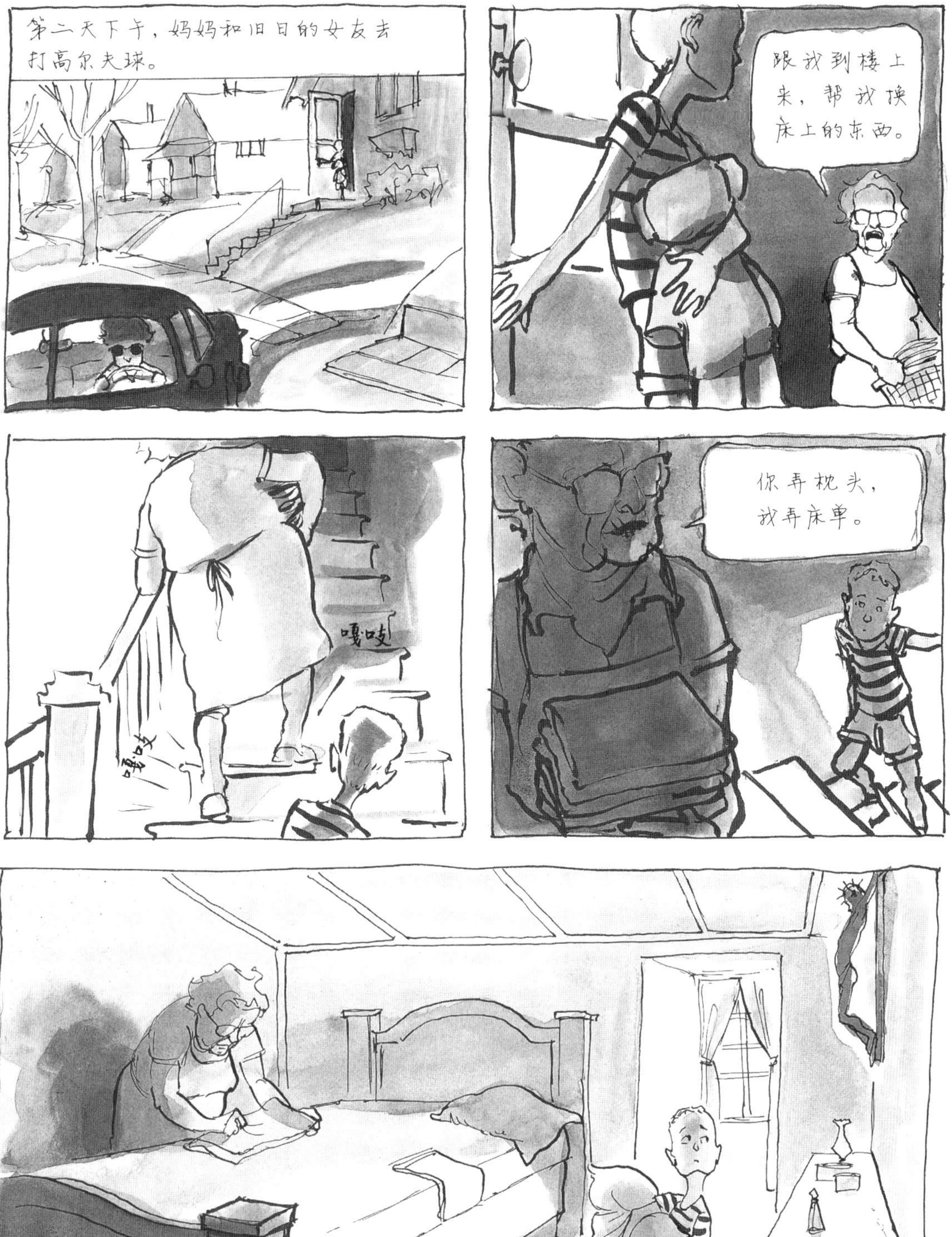
第二天下午，妈妈和旧日的女友去打高尔夫球。
跟我到楼上来，帮我换床上的东西。
嘎吱
嘎吱
你弄枕头，我弄床单。

别傻站着，把枕套换上。

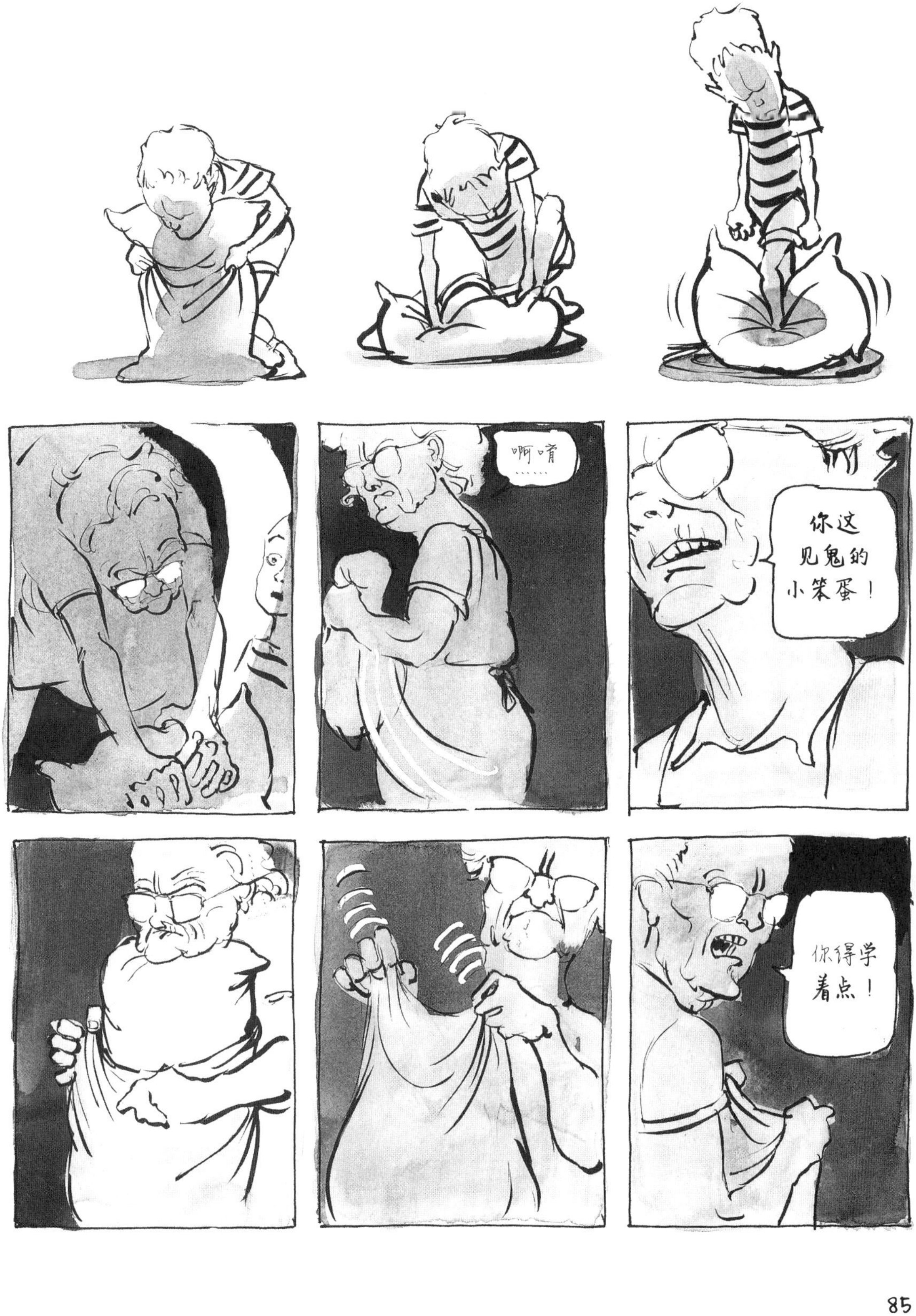
啊唷……
你这见鬼的小笨蛋！
你得学着点！

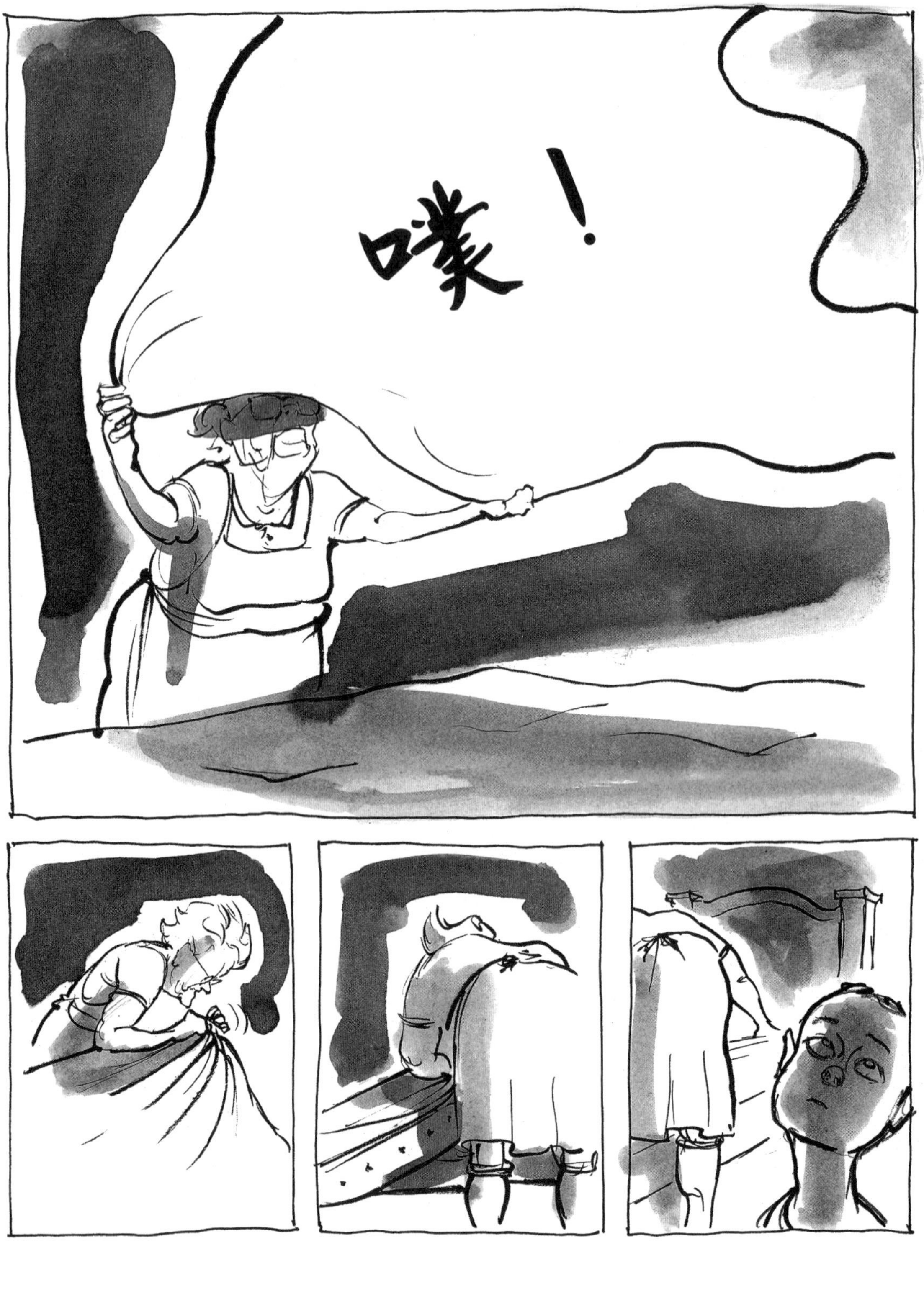
噗！

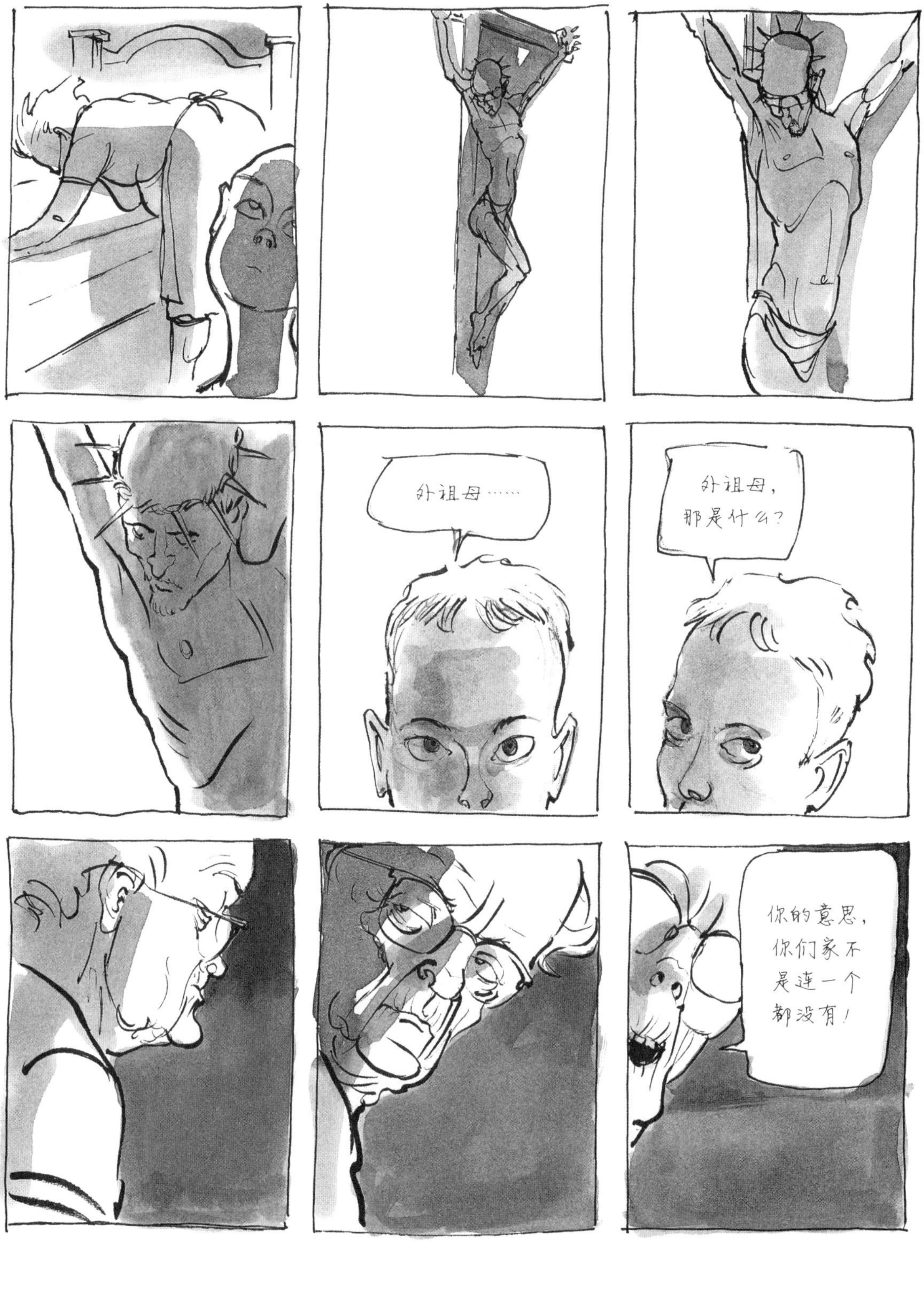
外祖母……
外祖母，那是什么？
你的意思，你们家不是连一个都没有！

妈妈说说"不是"的人是傻瓜。

那么你们大家一定觉得我是真正的傻瓜喽!

嗨?

呃……

我可以下楼玩吗?

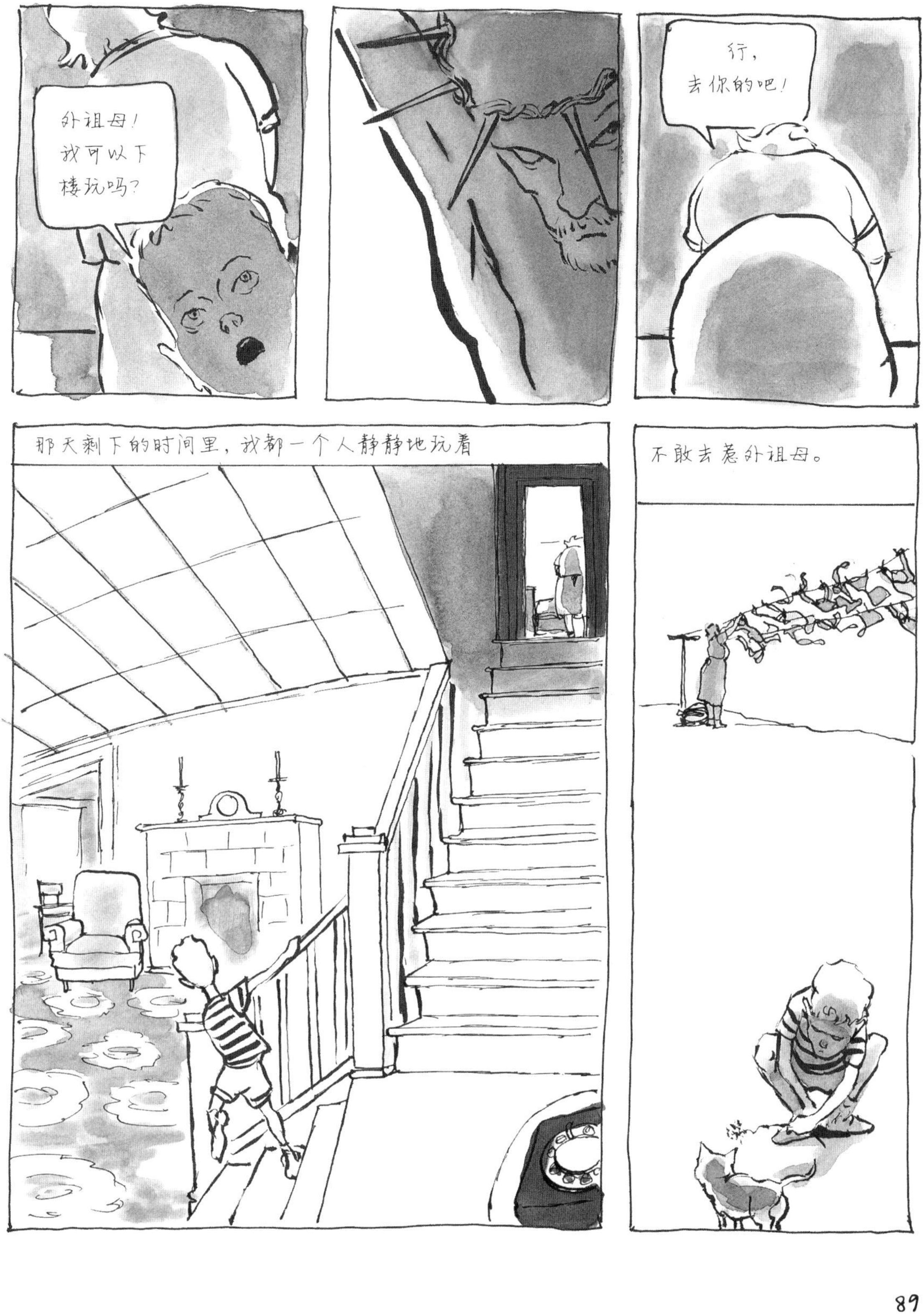
外祖母！
我可以下
楼玩吗？
行，
去你的吧！
那天剩下的时间里，我都一个人静静地玩着
不敢去惹外祖母。

那天晚上的晚饭很差，干巴巴的。

你不喜欢？

那**别**吃了！
上楼准备睡觉。
马上！

可外面还很亮！
我还不困！
我要妈妈！
我要跟约翰爸爸说晚安！

饭桶!
不许顶嘴!

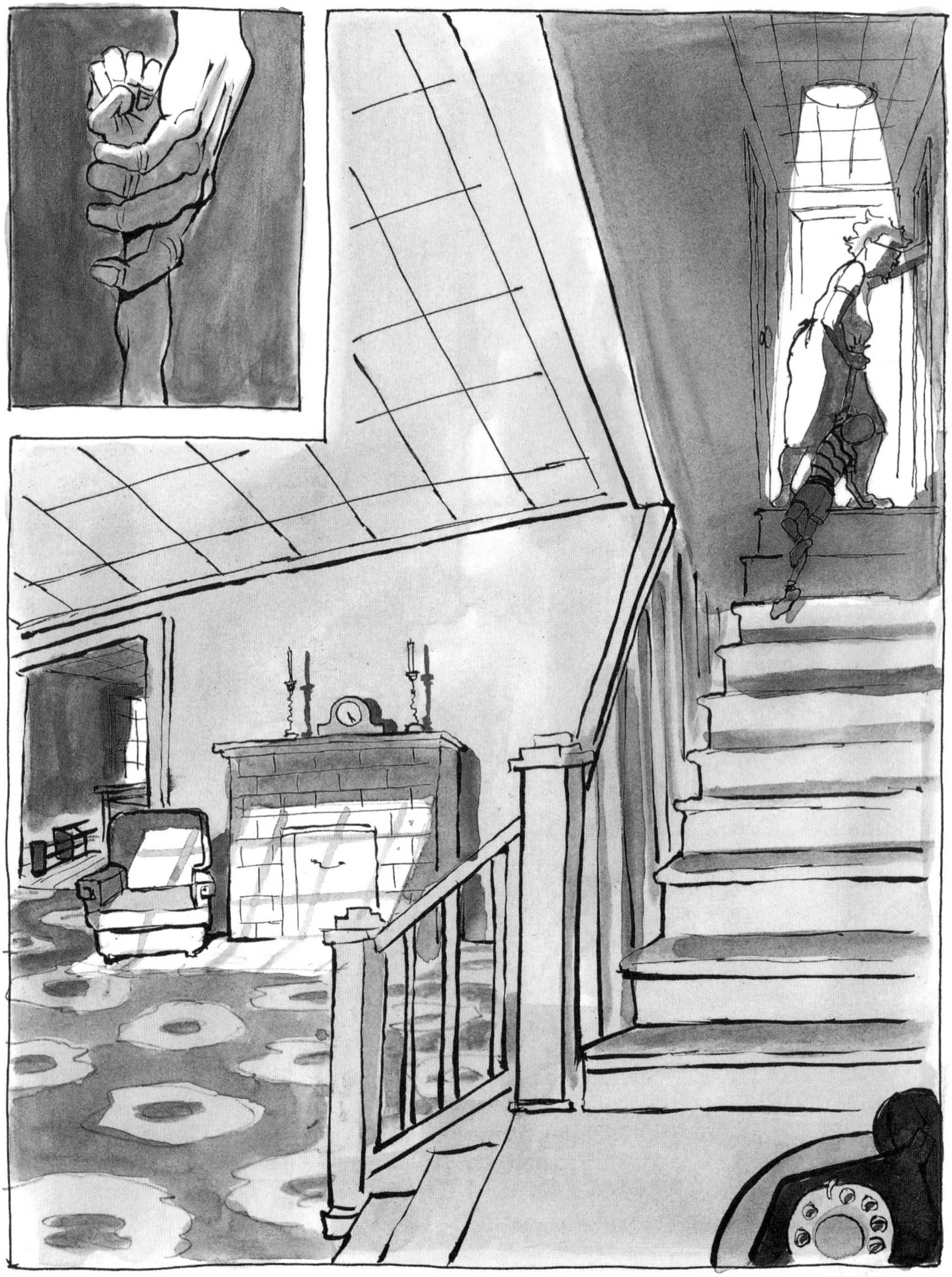

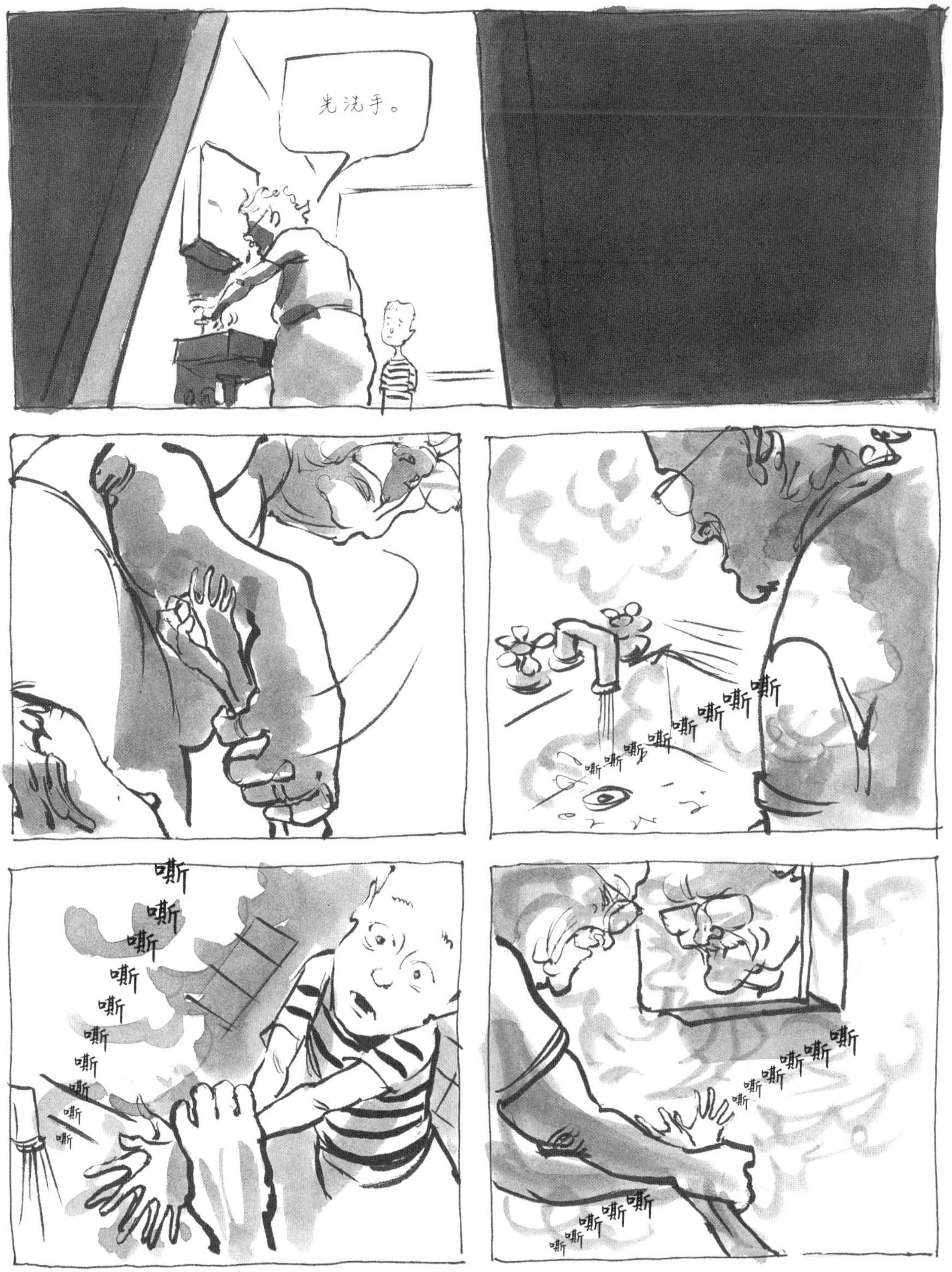
先洗手。
嘶嘶嘶嘶嘶嘶嘶嘶
嘶嘶嘶嘶嘶嘶嘶嘶嘶嘶
嘶嘶嘶嘶嘶嘶
嘶嘶嘶嘶嘶

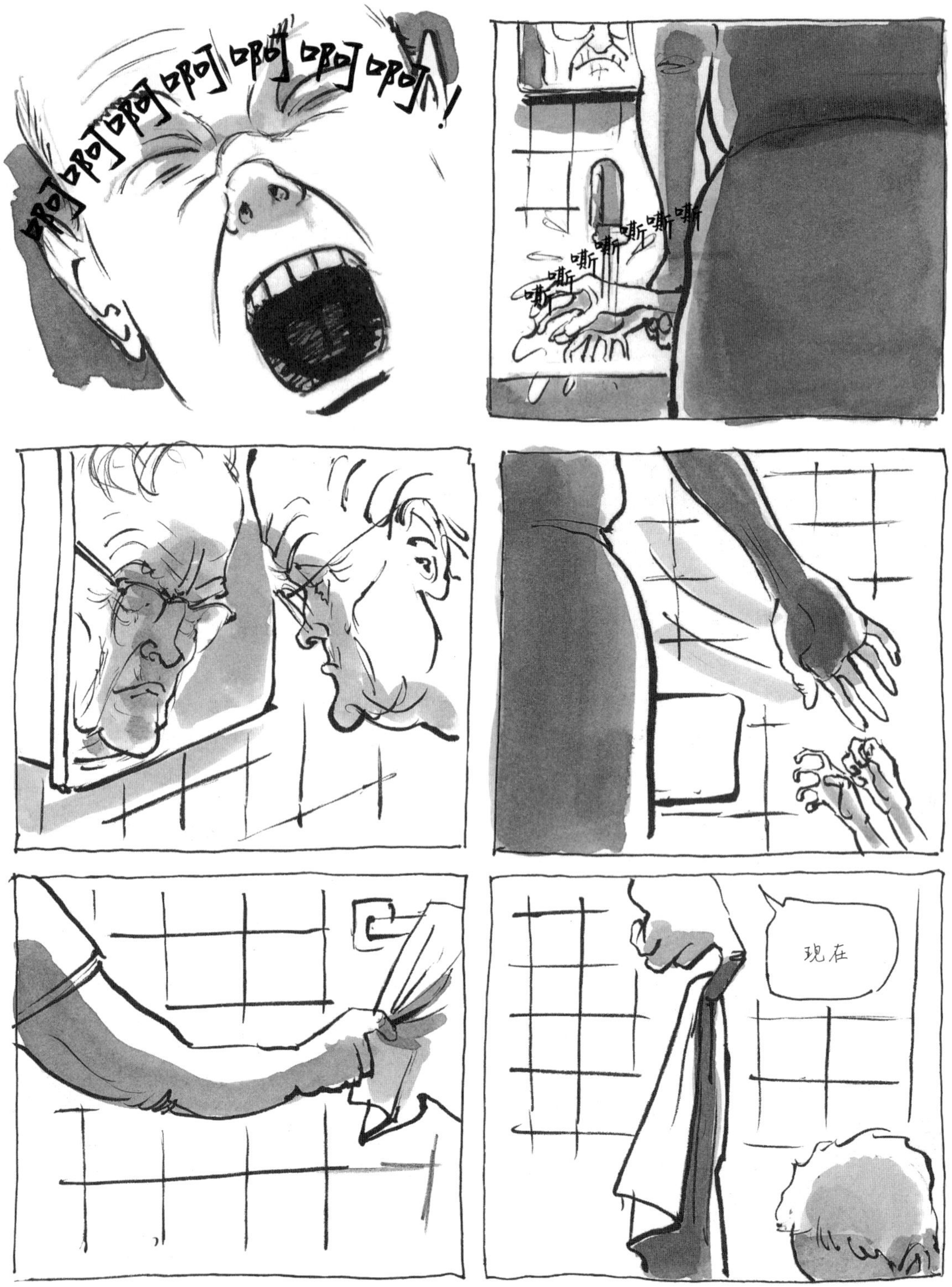
啊啊啊啊啊啊啊啊!
嘶嘶嘶嘶嘶嘶嘶
現在

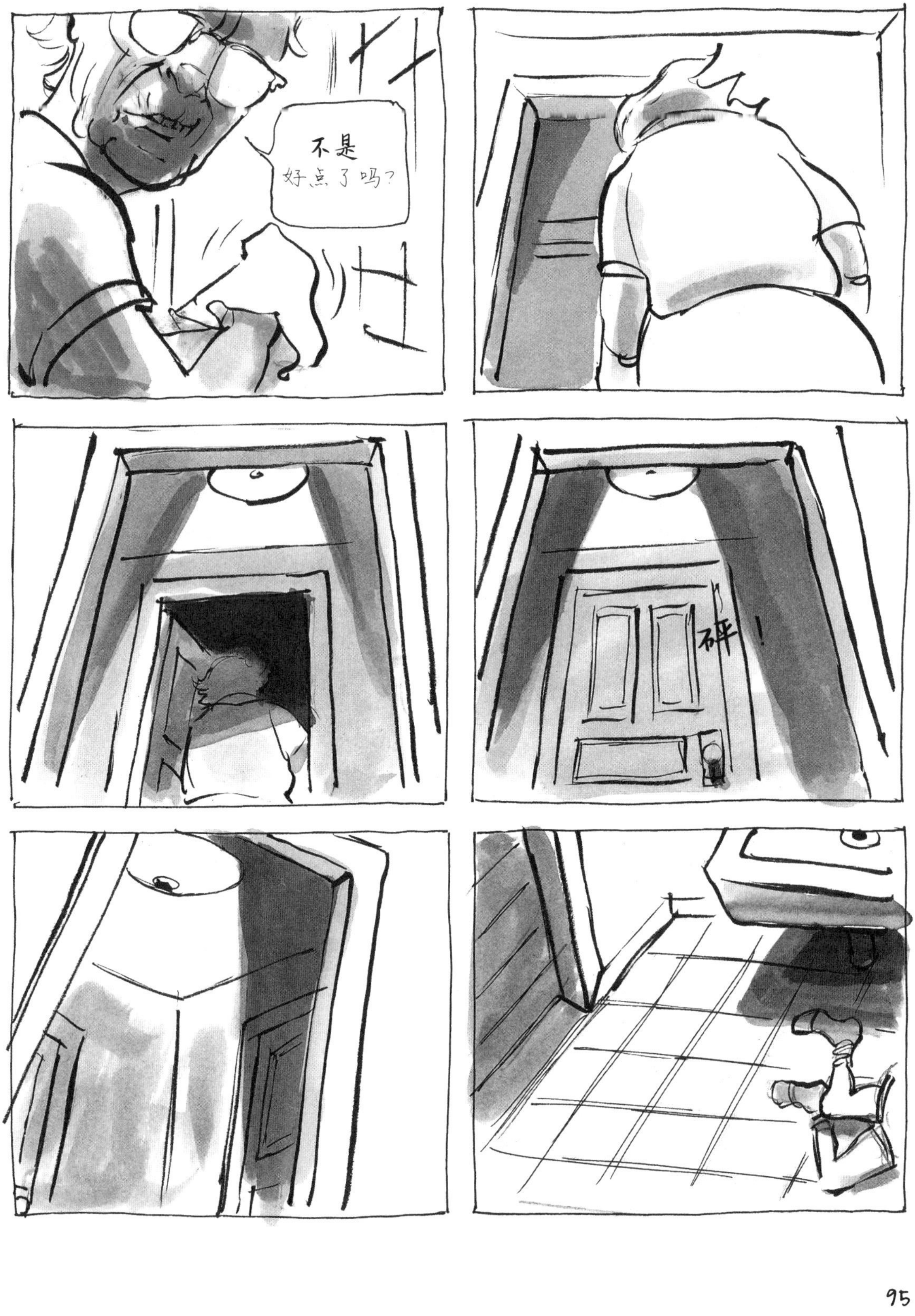
不是
好点了吗？
砰！

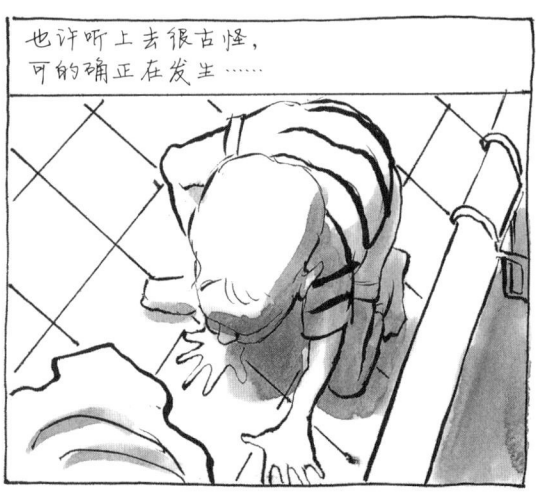

也许听上去很古怪，可的确正在发生……	我从两个角度掂量眼前发生的一切——她的和我的。

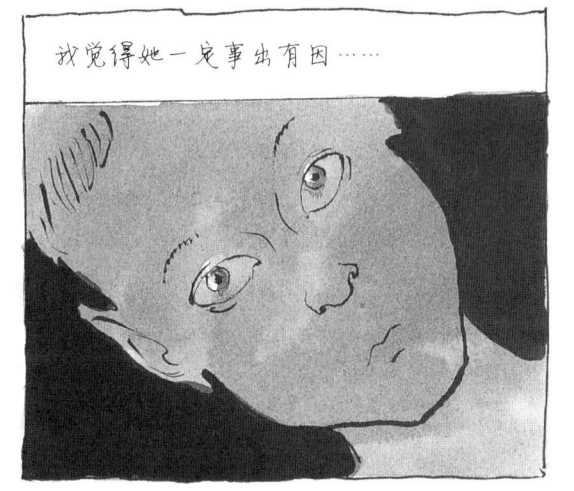

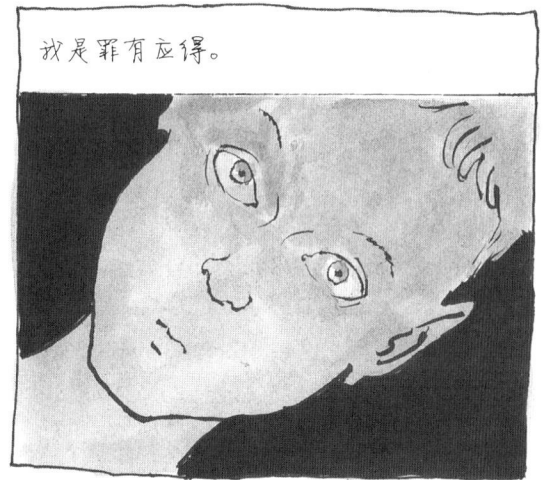

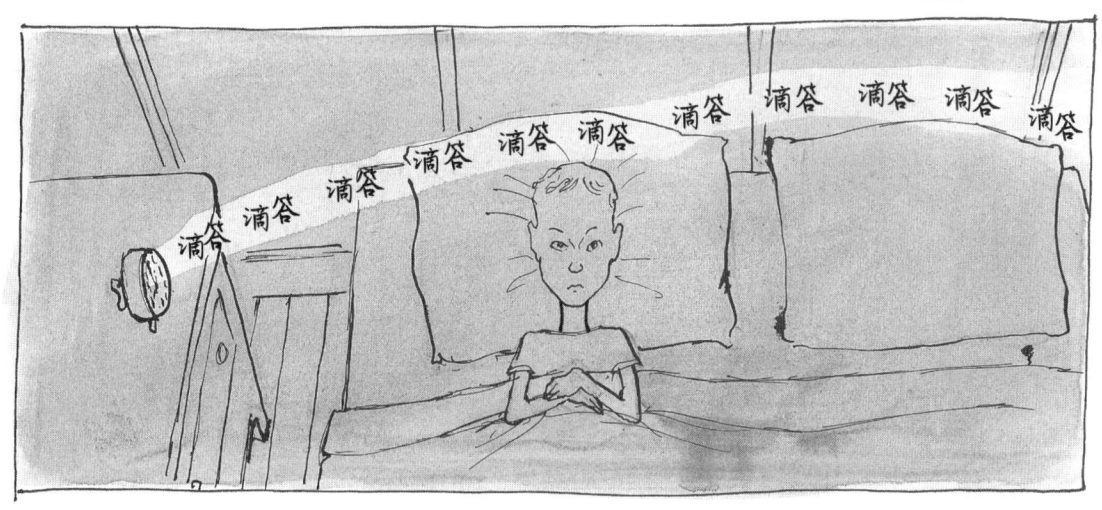

一方面，我感到害怕、耻辱和痛苦……	而另一方面，出于我无法理解的原因……
我觉得她一定事出有因……	我是罪有应得。

滴答 滴答 滴答 滴答 滴答 滴答 滴答 滴答 滴答

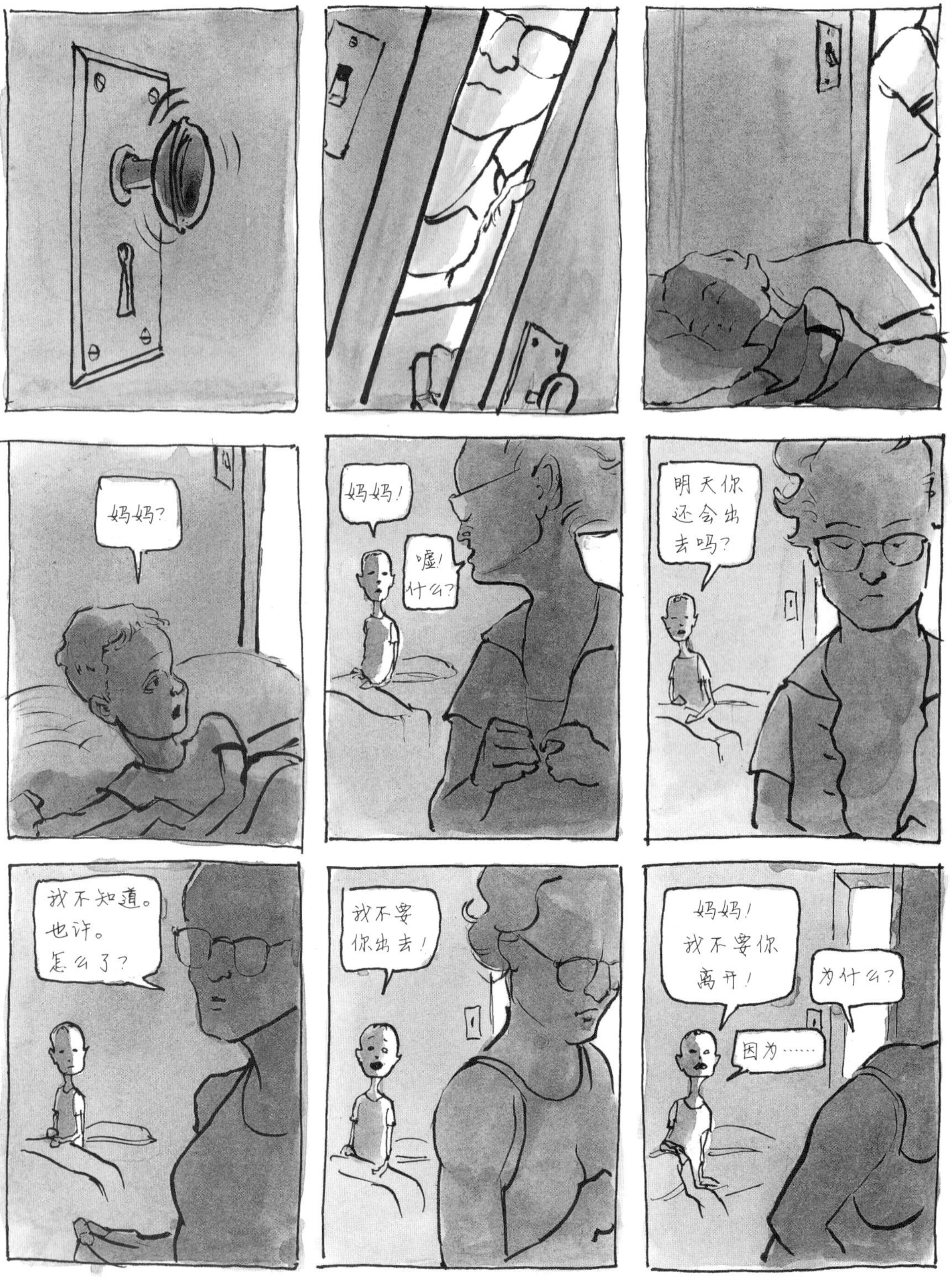
妈妈？
妈妈！
嘘！什么？
明天你还会出去吗？
我不知道。也许。怎么了？
我不要你出去！
妈妈！我不要你离开！
为什么？
因为……

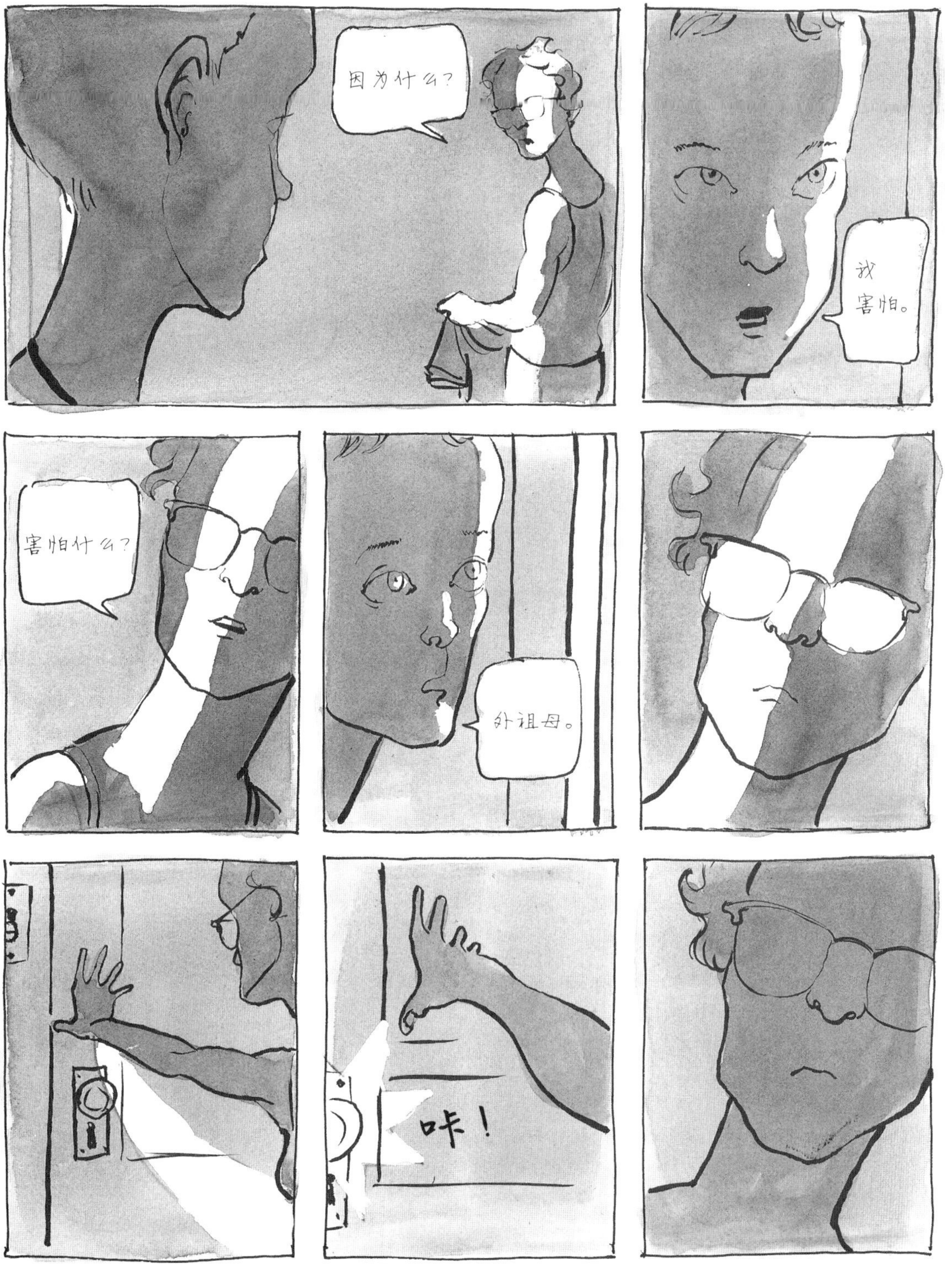
因为什么？
我害怕。
害怕什么？
外祖母。
咔！

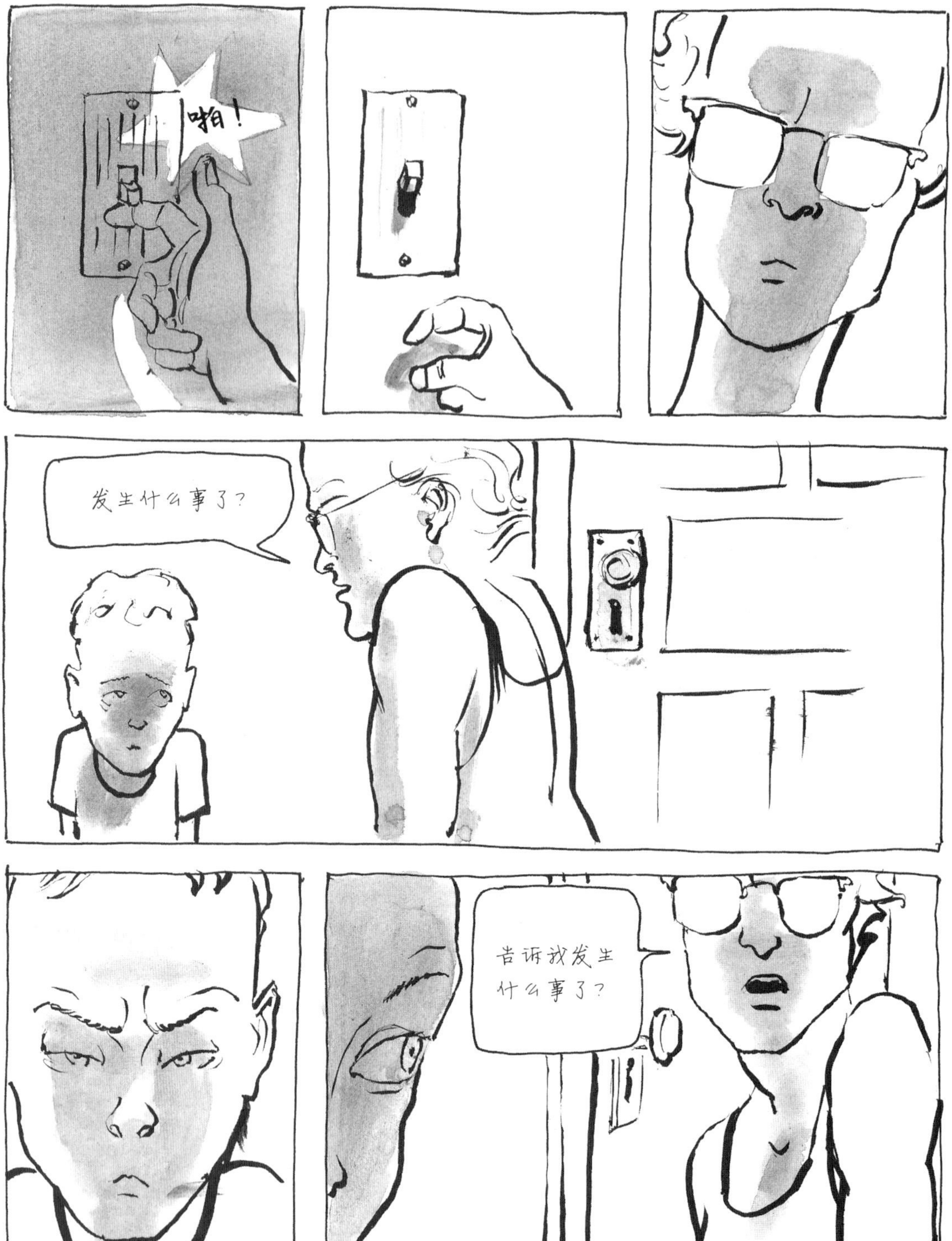
啪！
发生什么事了？
告诉我发生什么事了？

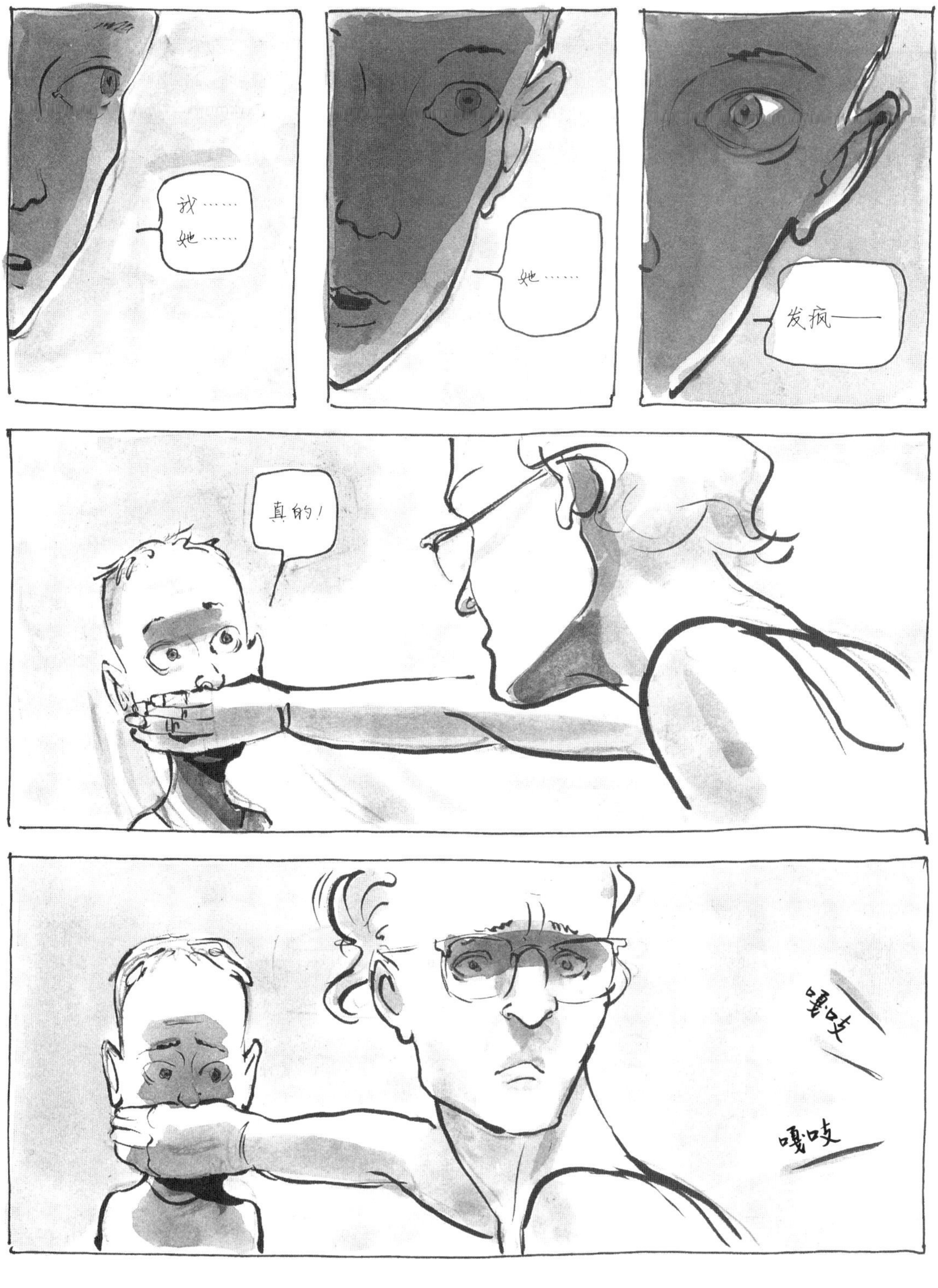
我……
她……
她……
发疯——
真的！
嘎吱
嘎吱

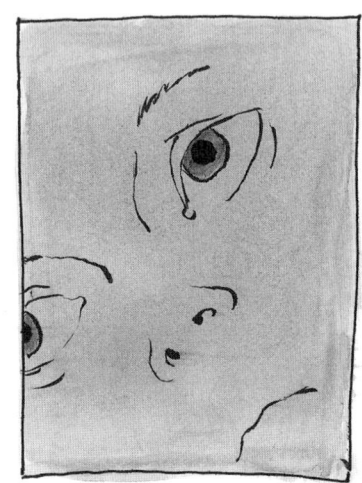

你给我听着：
我不想再听到你用那个词！
知道吗？
绝对不许！

现在她们俩都生我的气了。那个紧闭的小房间感觉就像一副棺材。

103

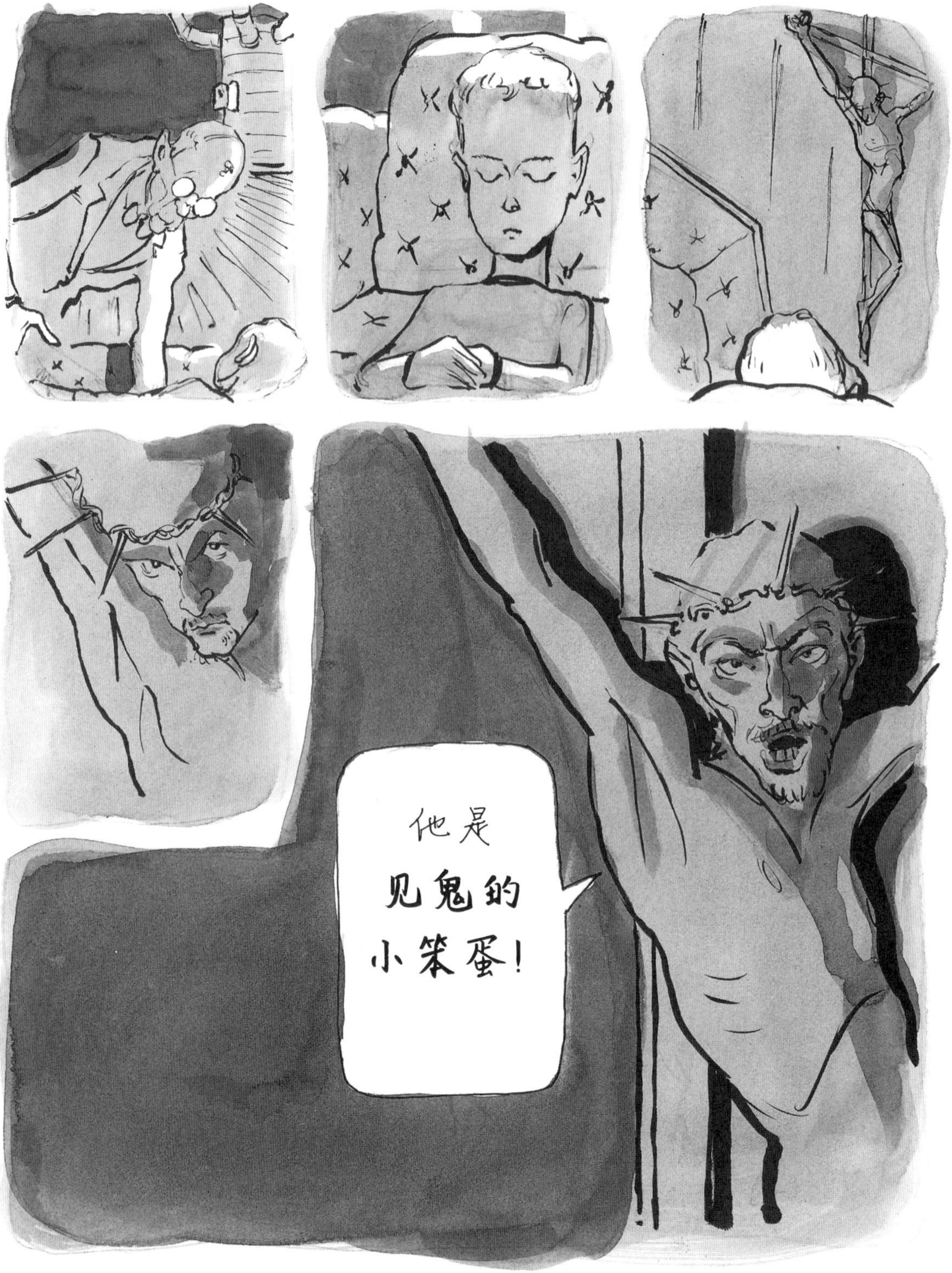
他是
见鬼的
小笨蛋！

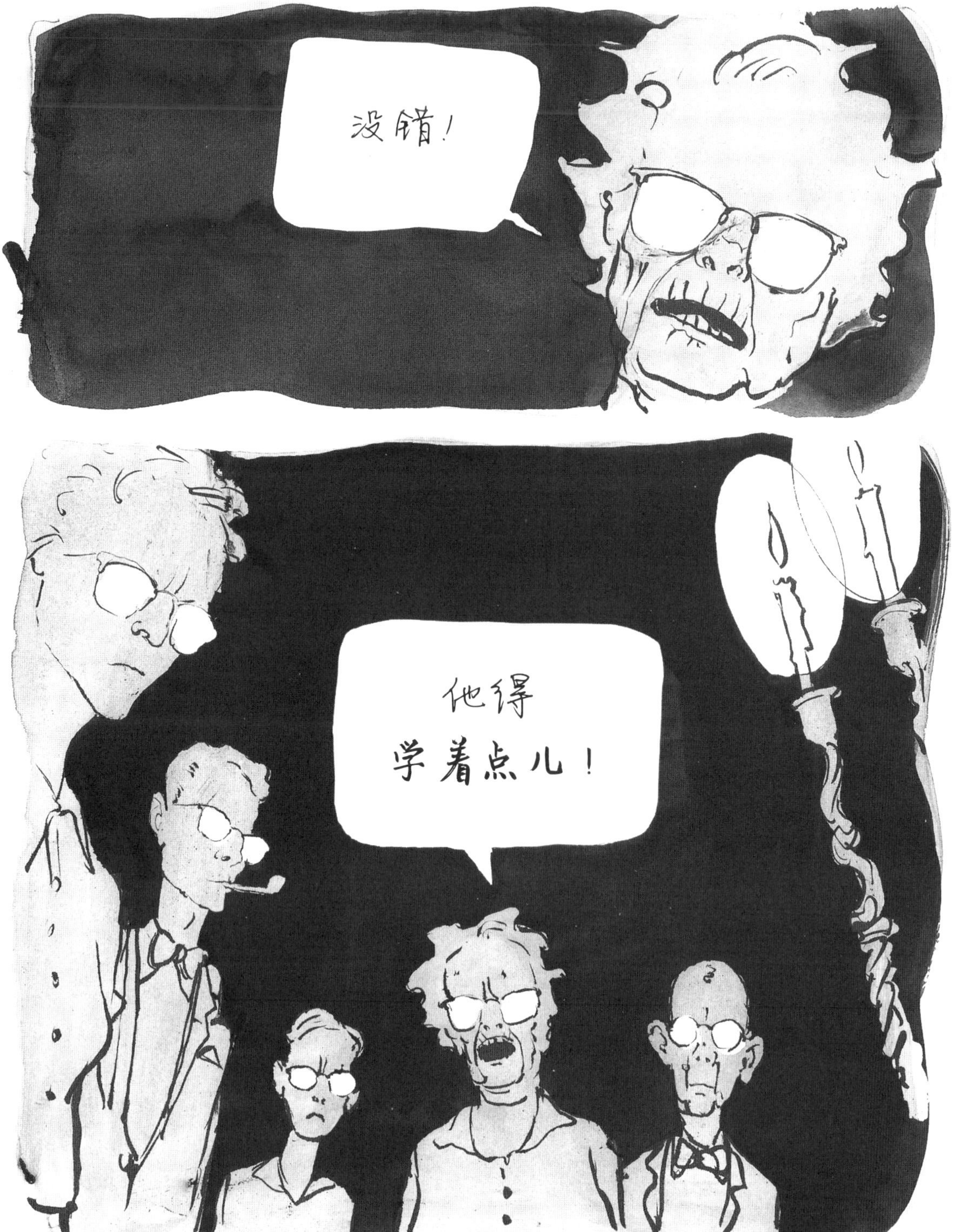
没错！
他得
学着点儿！

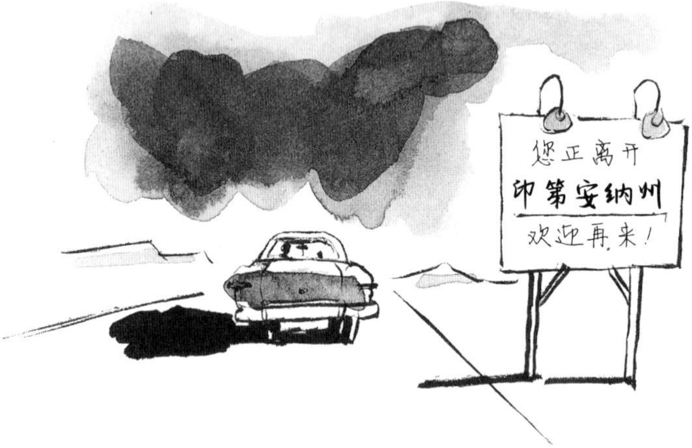
您正离开
印第安纳州
欢迎再来！

十 一 岁 时

底　特　律

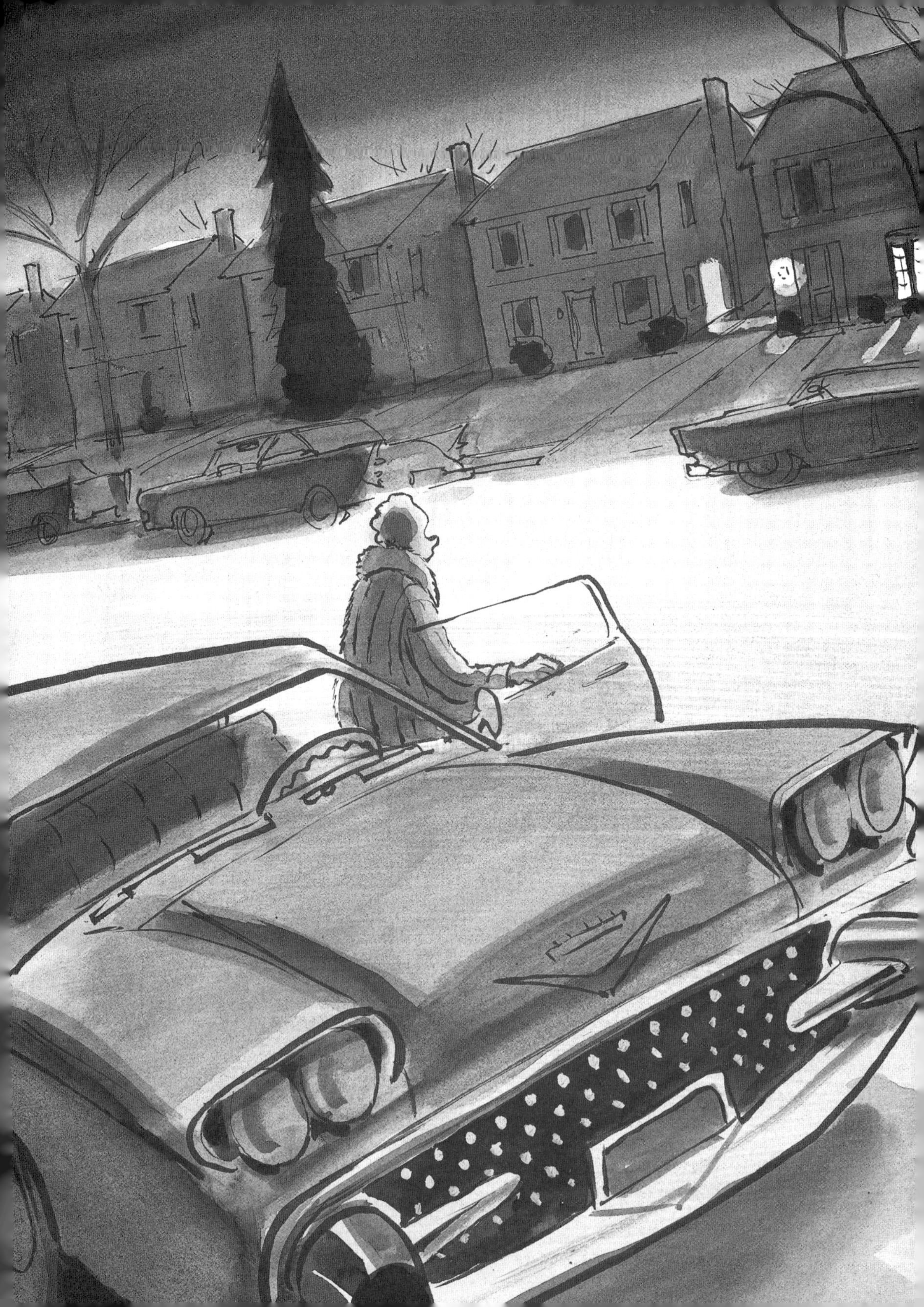

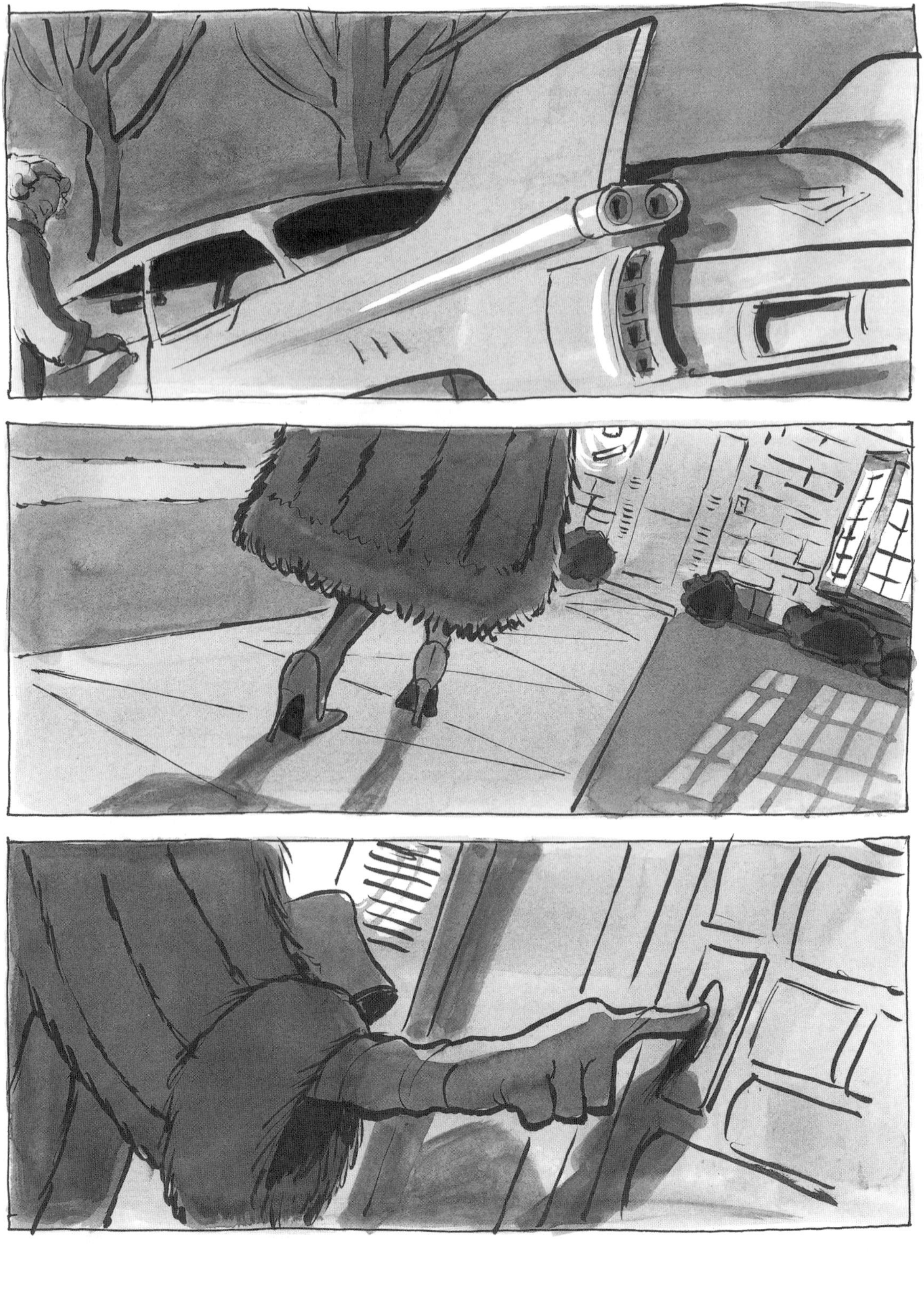

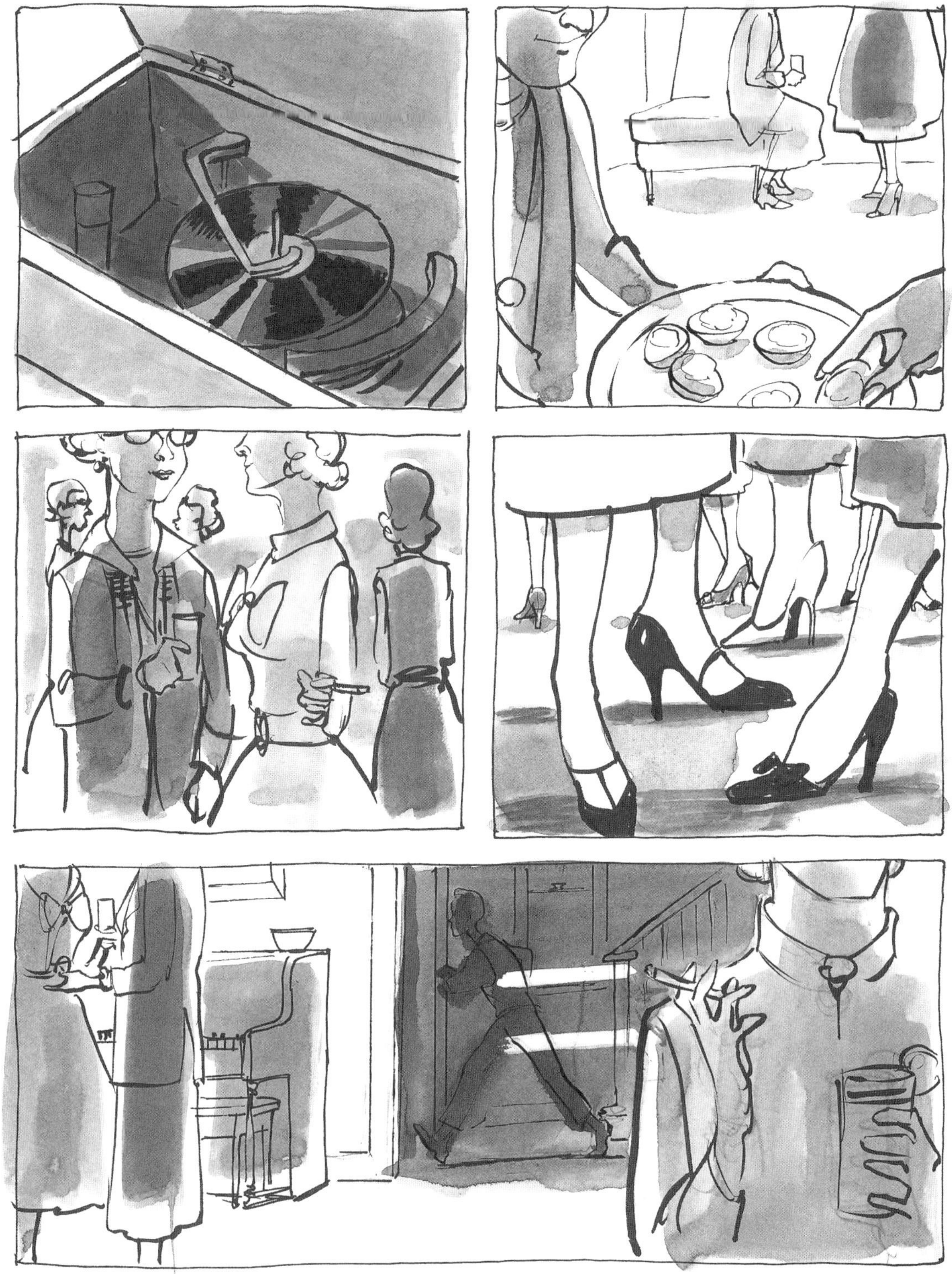

医院的女子桥牌俱乐部在我们家聚会时，我的工作是开门，将女士们的外套拿到楼上去。

哎呀，戴维！都长这么大了！

……我喜欢这个工作是因为可以替狄龙夫人拿貂皮大衣。

我疯狂地迷恋上了狄龙夫人。

她的丈夫是一位外科医生。她的魅力和教养对我有一种不可思议的吸引力。

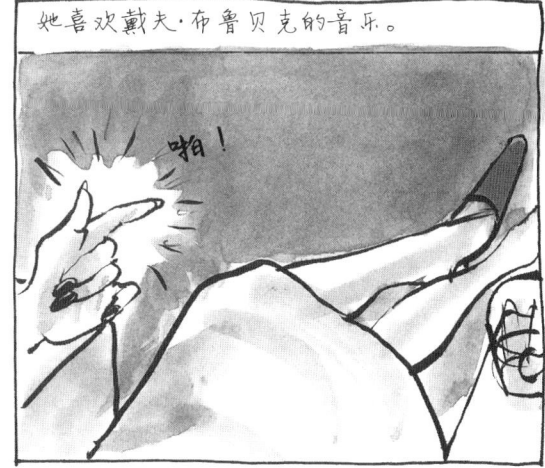

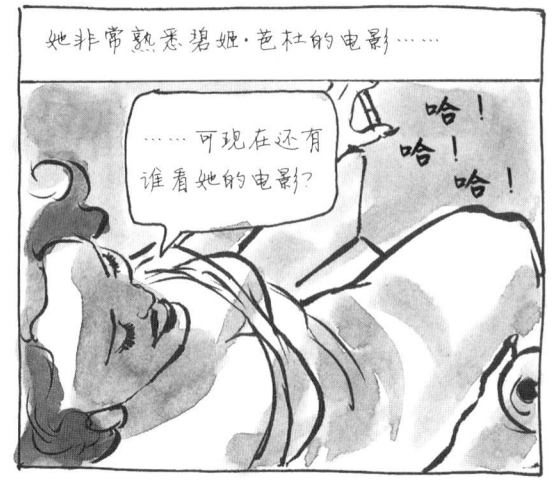

她喝曼哈顿鸡尾酒。	她喜欢戴夫·布鲁贝克的音乐。
她非常熟悉碧姬·芭杜的电影…… "……可现在还有谁看她的电影?" 哈!哈!哈!	她抽过的过滤嘴烟头上留下了她猩红的唇印。

在这令人陶醉的桥牌俱乐部的聚会上,妈妈像换了个人似的。

她变得让我几乎认不出来了。

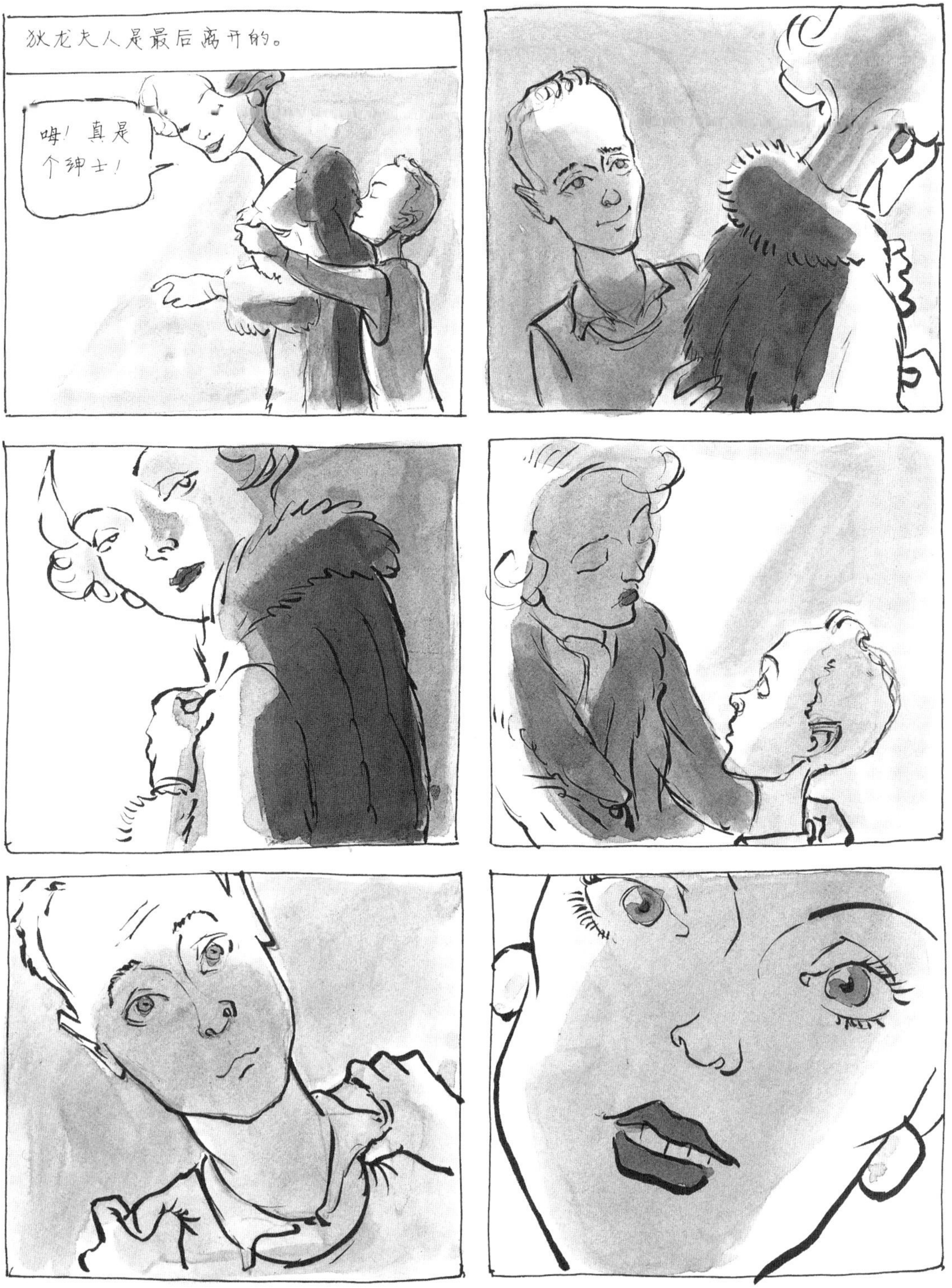
狄龙夫人是最后离开的。
哦！真是个绅士！

贝蒂!
过来一下。
快点!

贝蒂,你看到这个了吗?

他脖子上。

是个肿瘤。

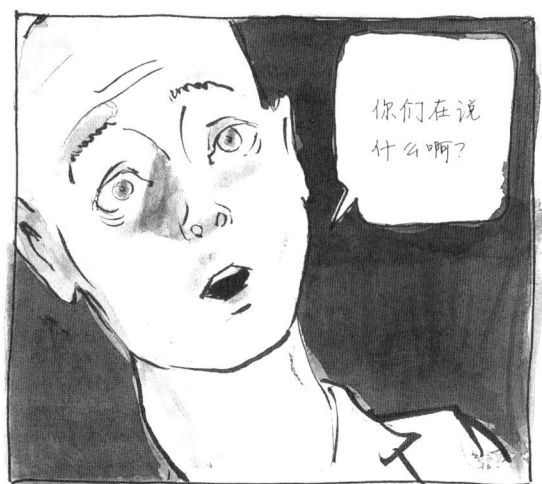

我真不敢相信你竟然没有发现。已经这么……

你们在说什么啊？

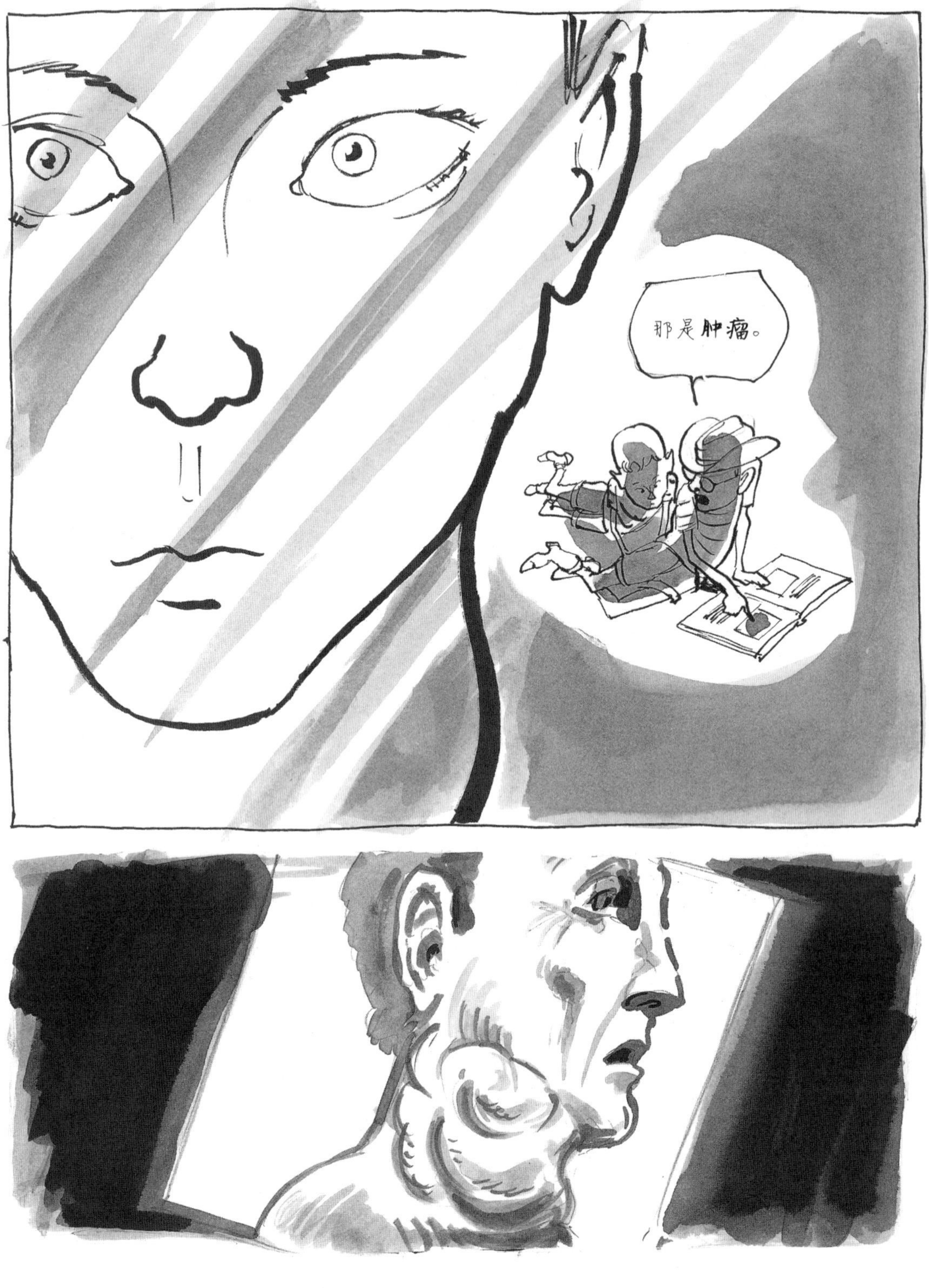
那是肿瘤。

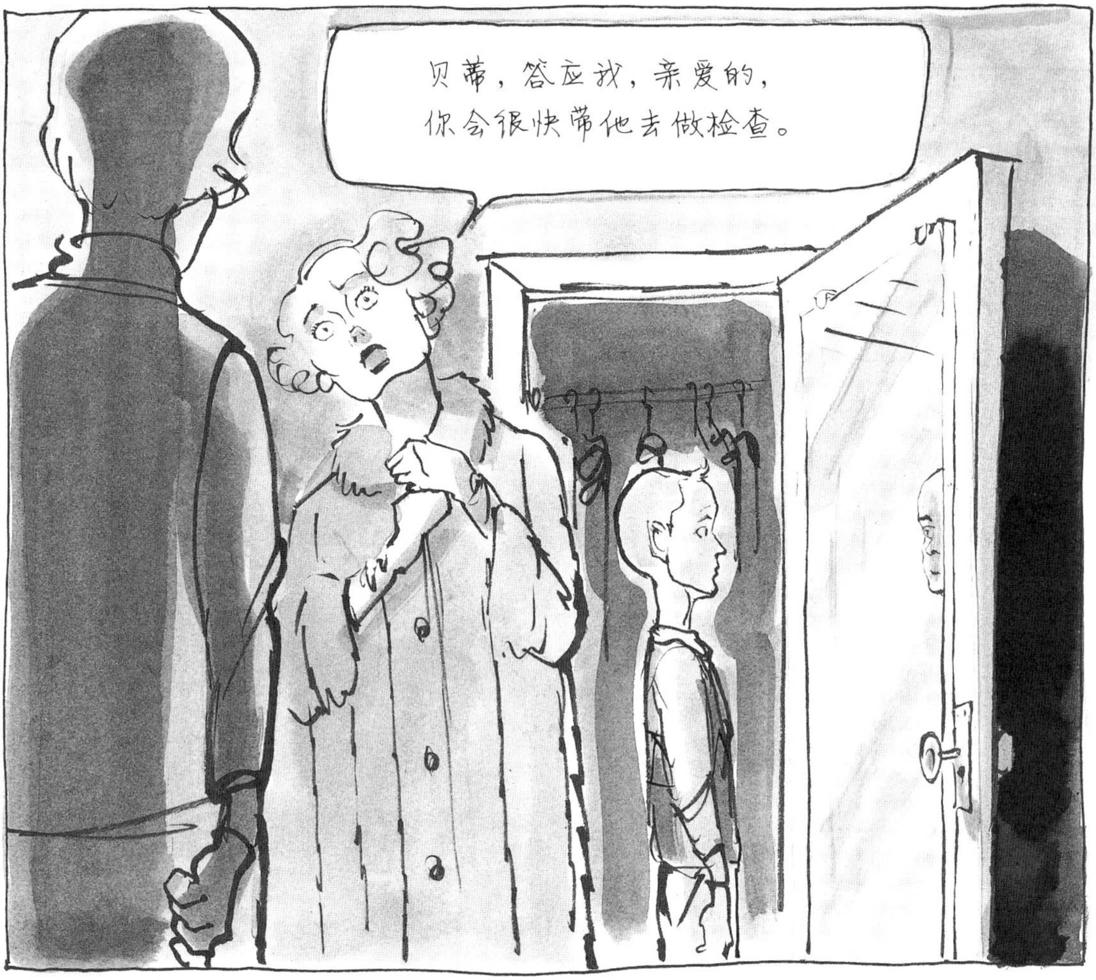
贝蒂，答应我，亲爱的，
你会很快带他去做检查。

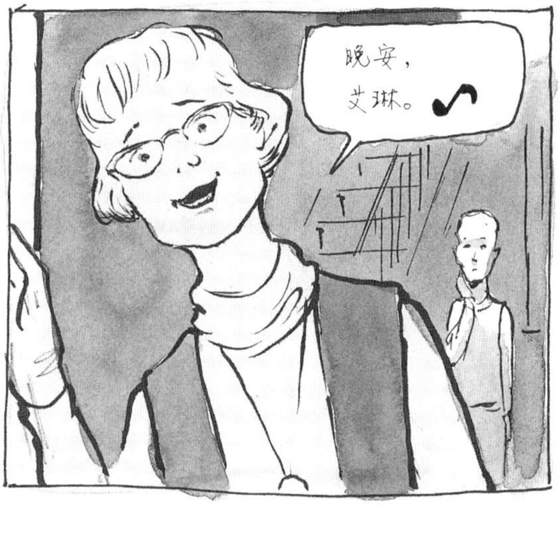
晚安，
艾琳。♪

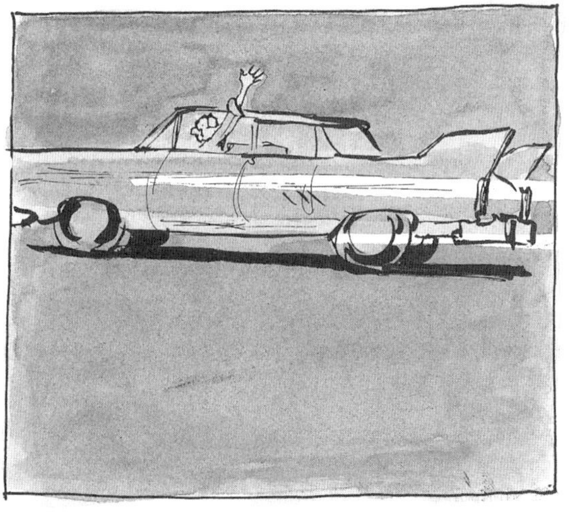

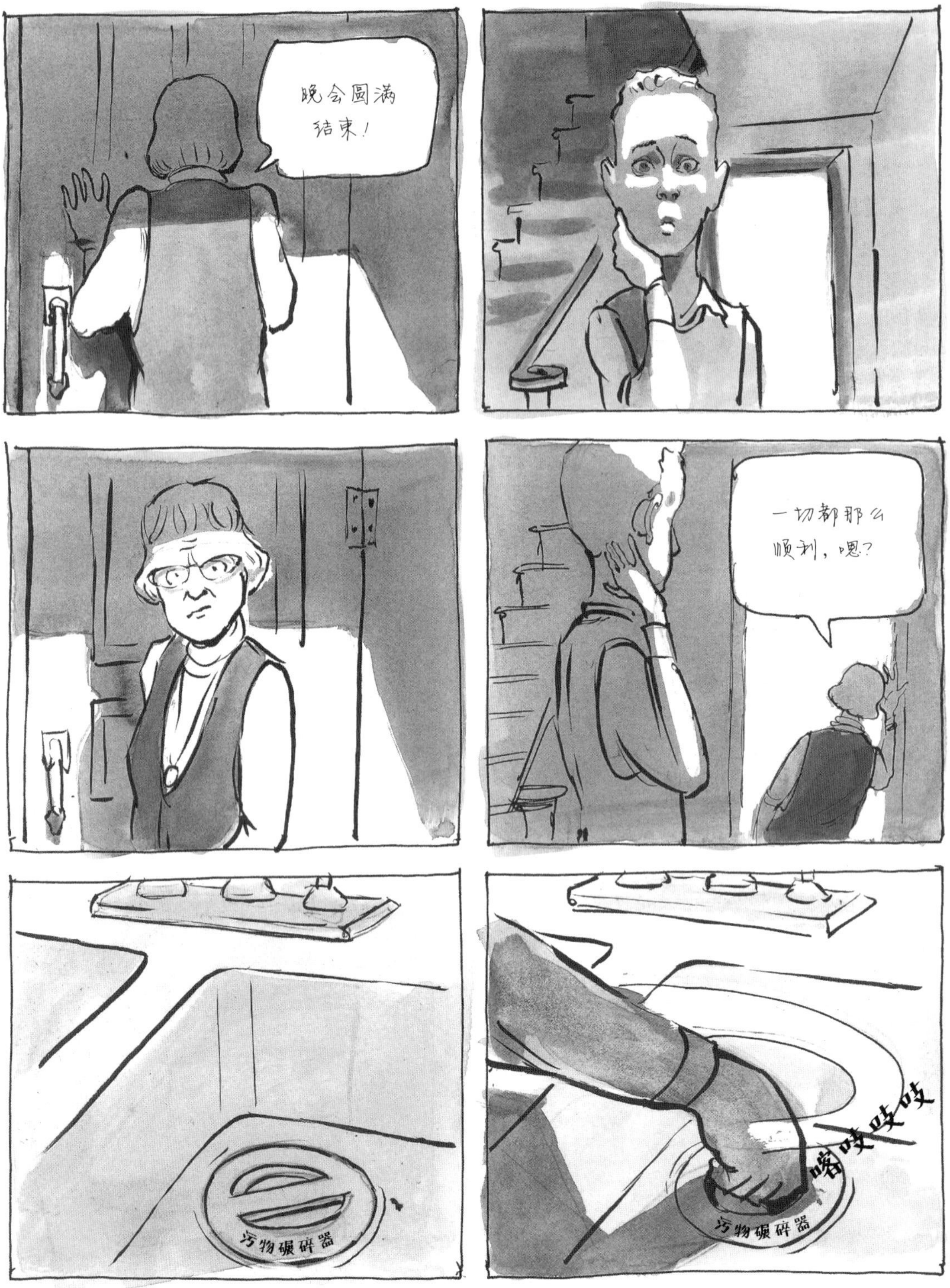
晚会圆满
结束！
一切都那么
顺利，嗯？
污物碾碎器
污物碾碎器
咯吱吱吱

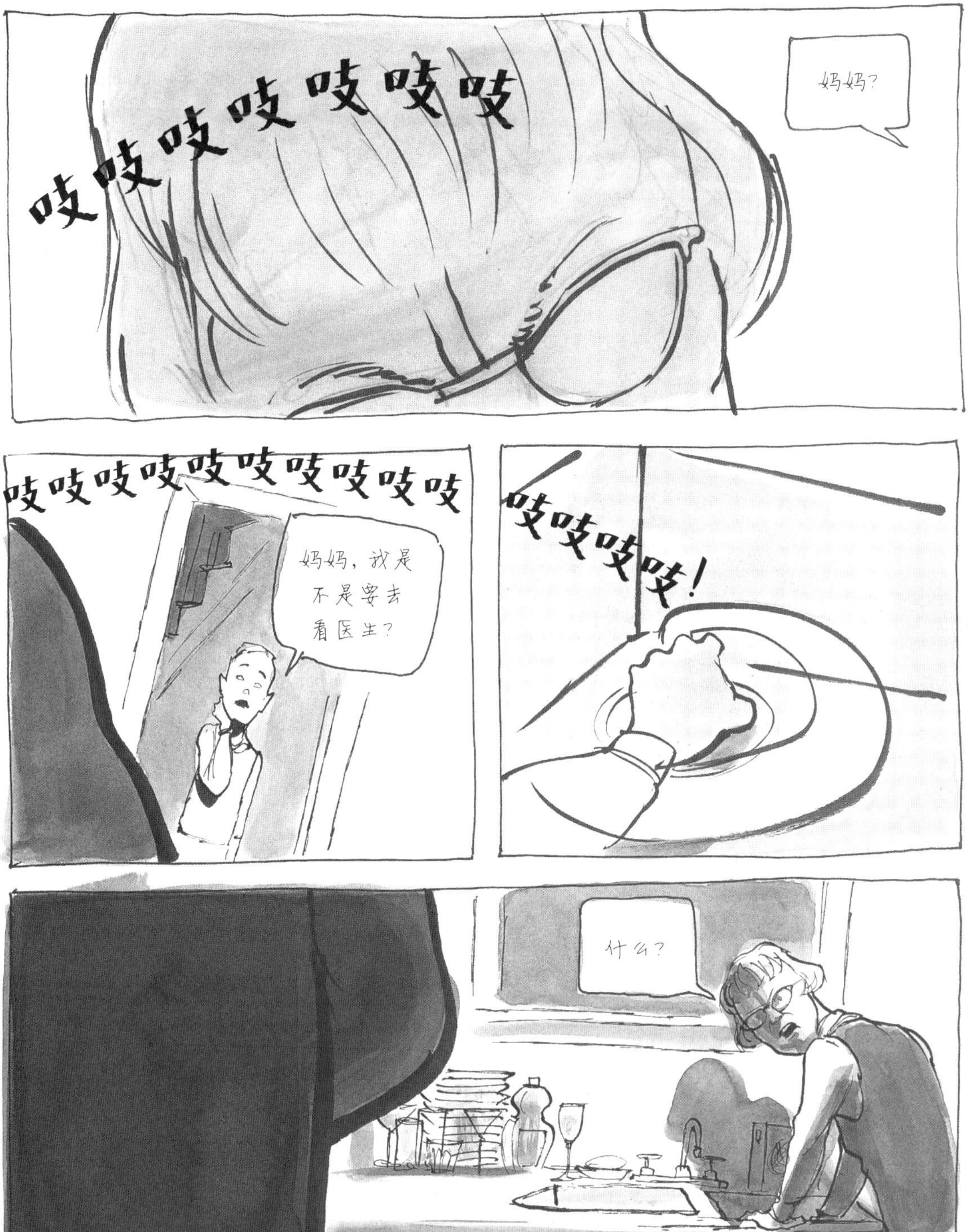
吱吱吱吱吱吱吱
妈妈?
吱吱吱吱吱吱吱吱吱吱
妈妈，我是不是要去看医生?
吱吱吱吱!
什么?

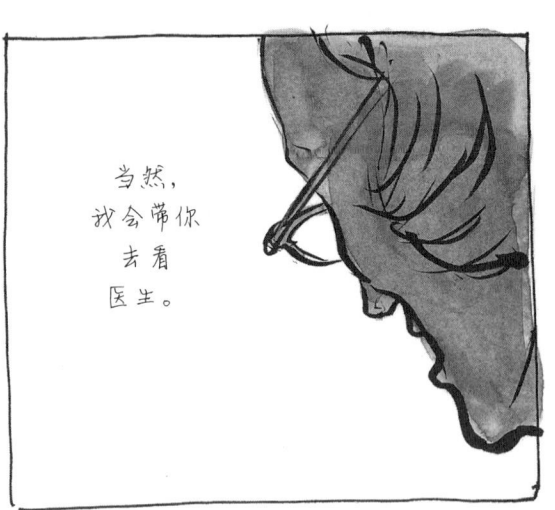

当然，我会带你去看医生。

不过，如果你不知道，那么我来教教你！

看医生是要花钱的，而钱是这栋房子里最缺的东西！

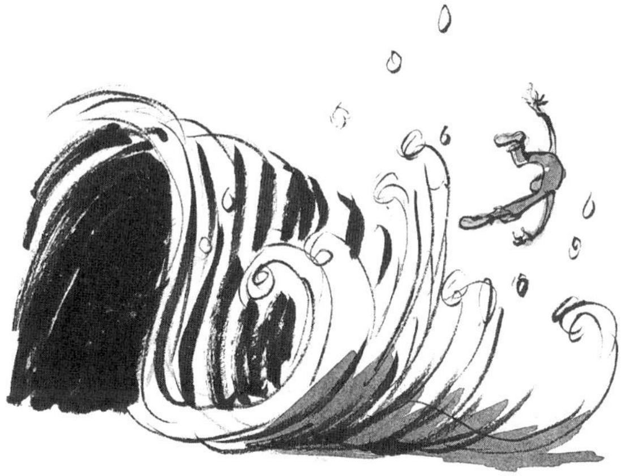

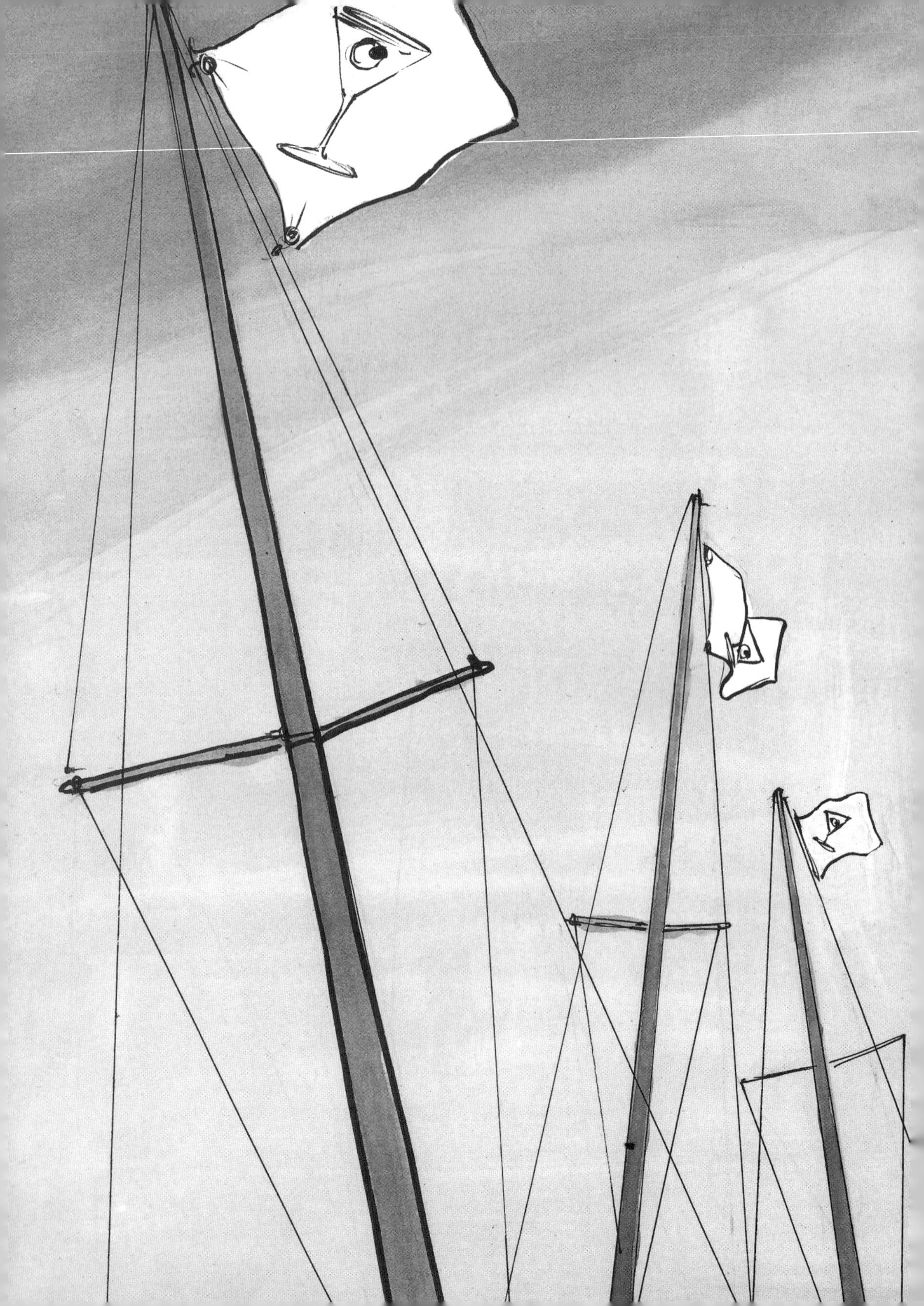

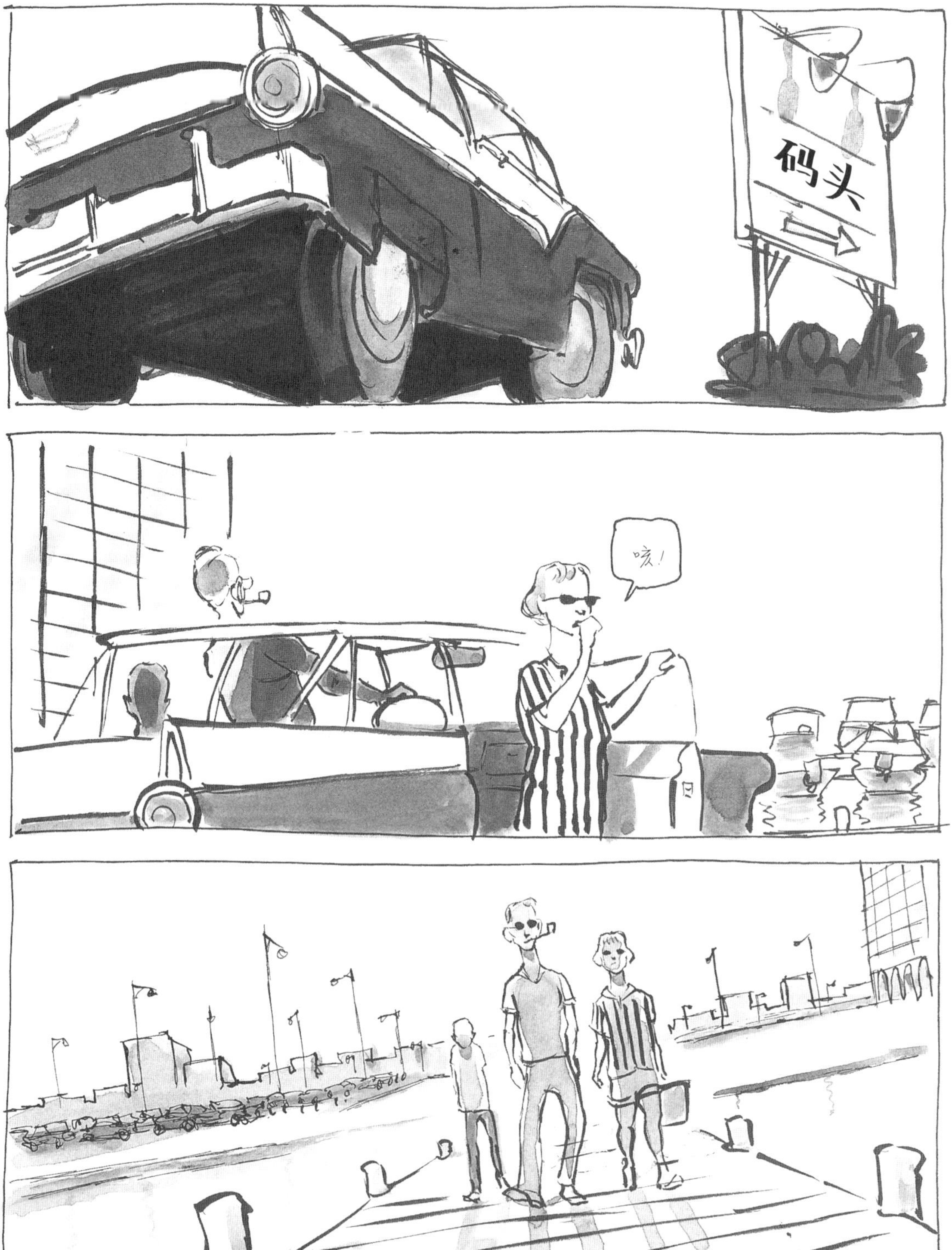
码头
咳!

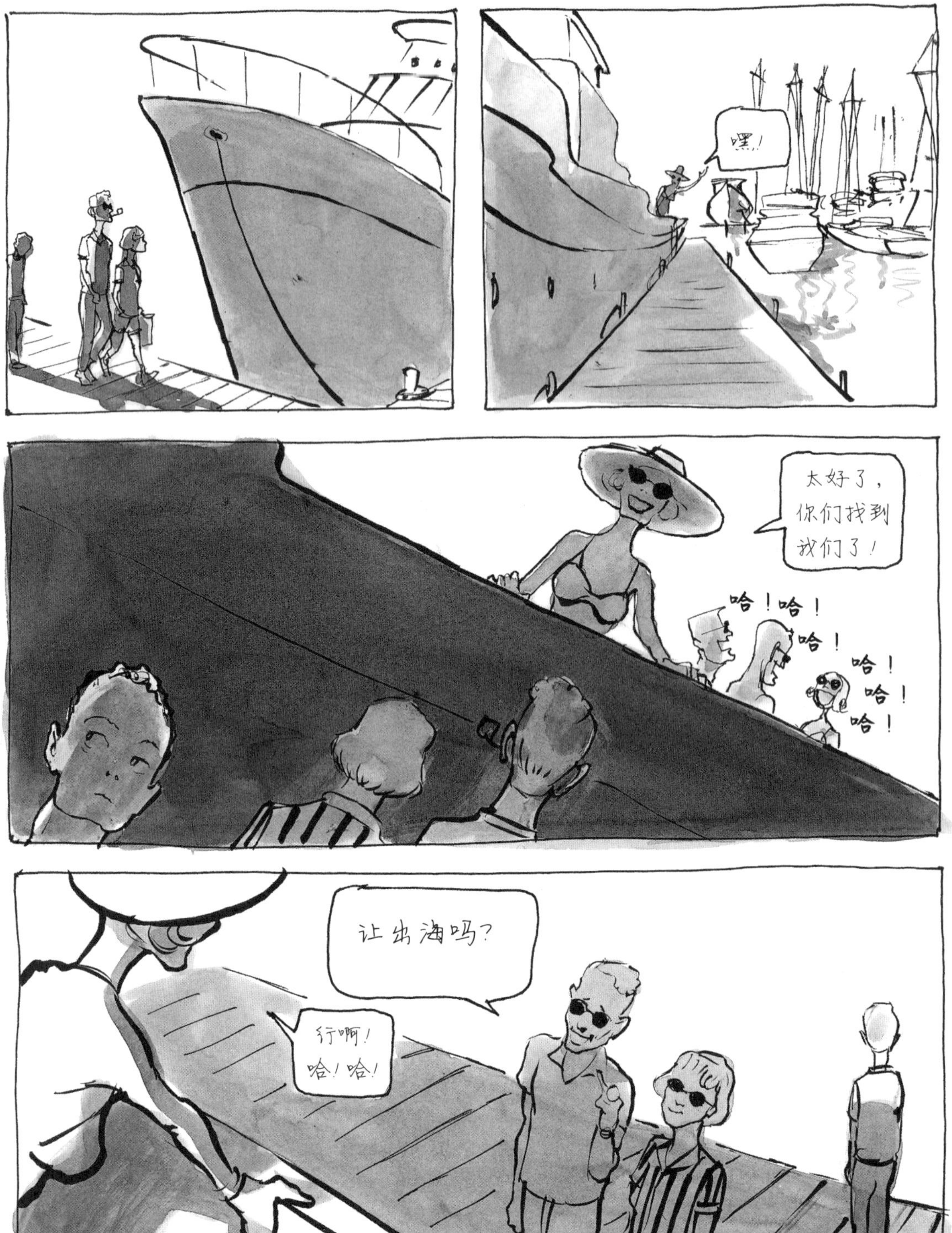
嘿！
太好了，你们找到我们了！
哈！哈！
哈！
哈！哈！哈！
让出海吗？
行啊！哈！哈！

V8的铸铁缸体，
365立方英寸
的排水量……
258马力……
黄金国？
别告诉我你甚至连百慕大都没去过！
咳
……巴厘岛……
铬合金船顶……
特纳利夫岛
双色金属……
在巴塔哥尼亚钓鱼……
你想来点什么“毒药”，小伙子？
嗯？
哦，乔，给他汽水好了！

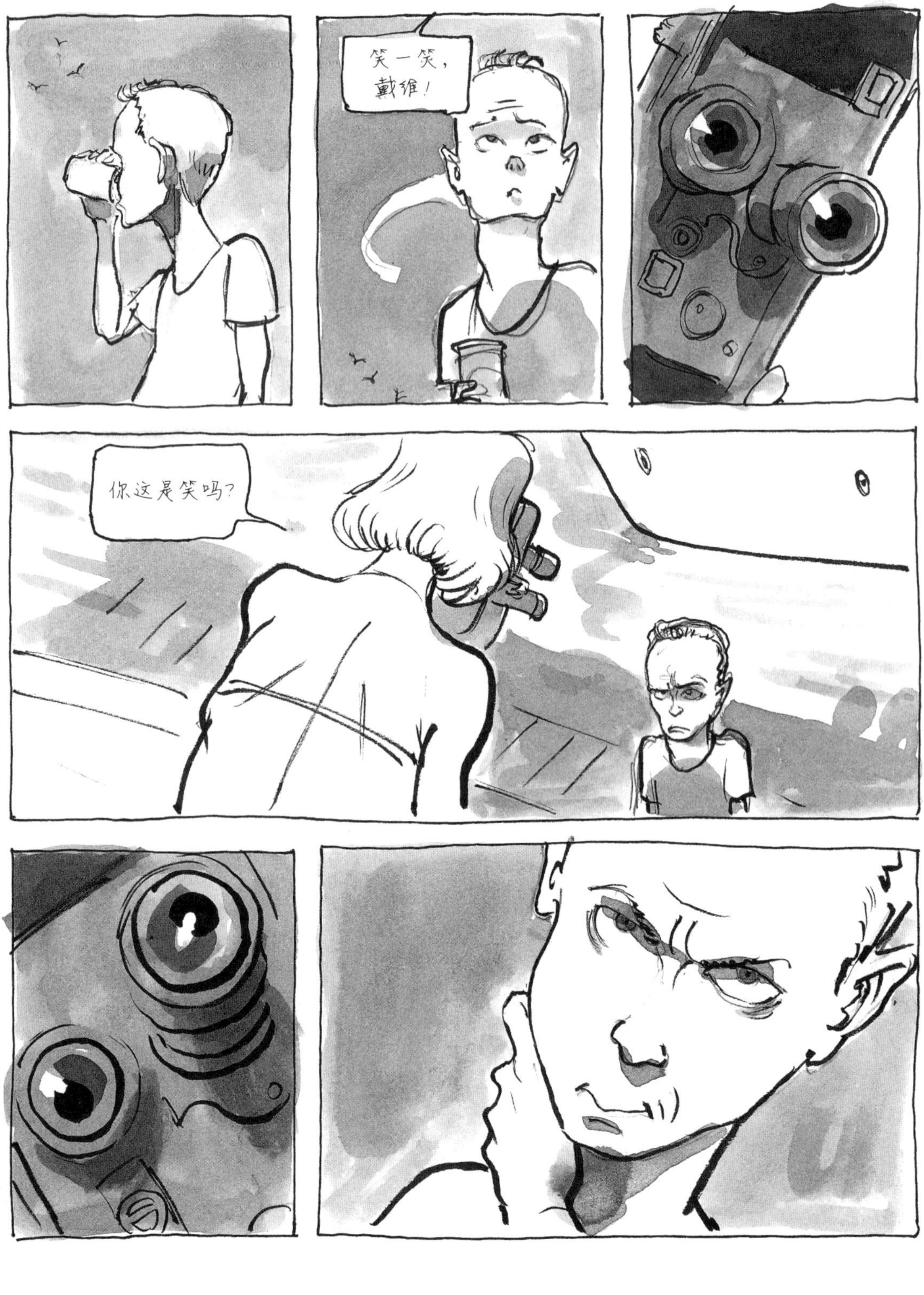
笑一笑，戴维！
你这是笑吗？

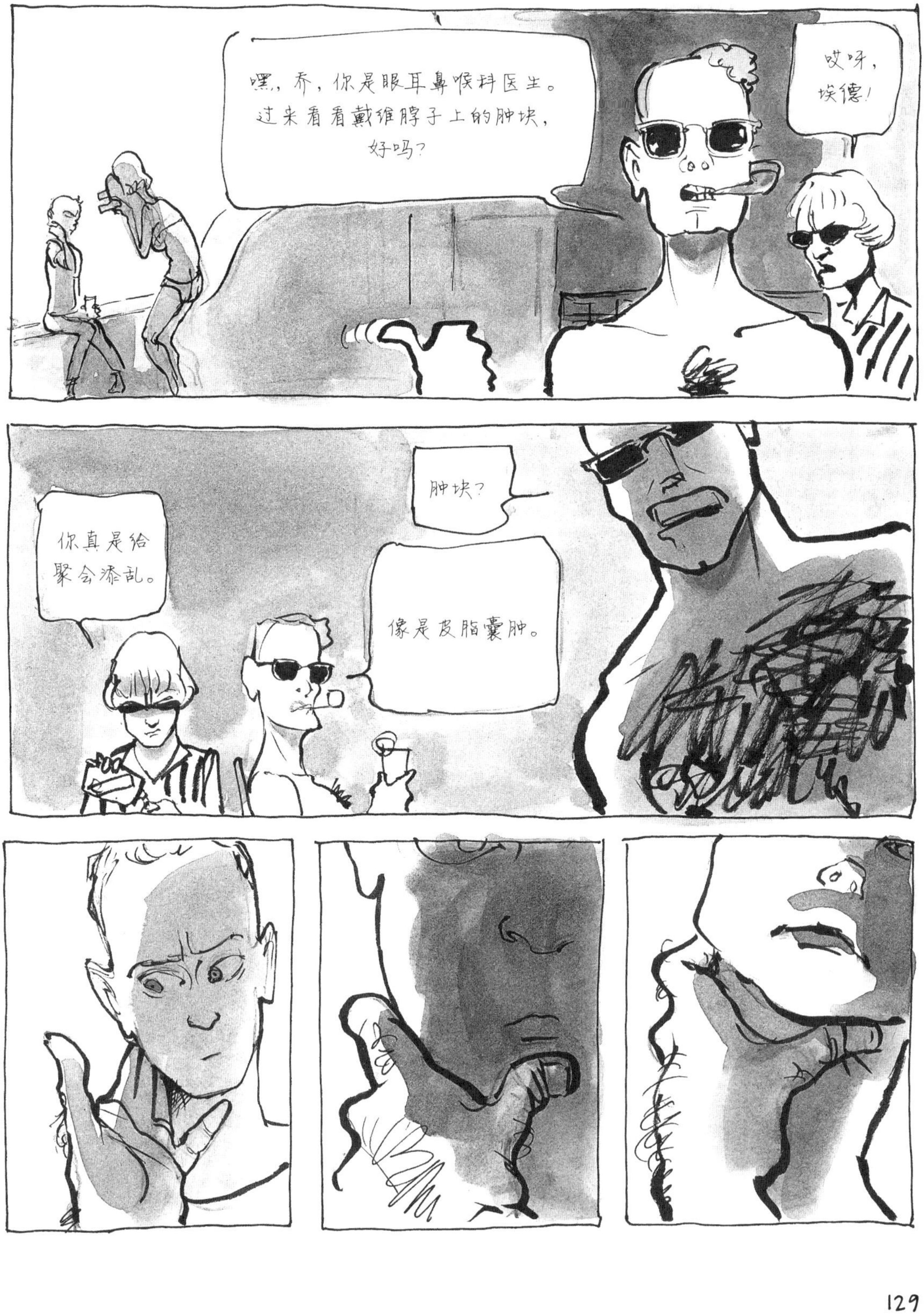
嘿，乔，你是眼耳鼻喉科医生。过来看看戴维脖子上的肿块，好吗？
哎呀，埃德！
肿块？
你真是给聚会添乱。
像是皮脂囊肿。

就在那儿待着别动,小伙子。嗨。你猜得没错。最好让贝蒂打电话到我办公室,预约下周会诊。

嘿,埃德……你是X光师,替我在这个部位照几下,好吗?

哈!哈!哈!

哈!哈!哈!哈!

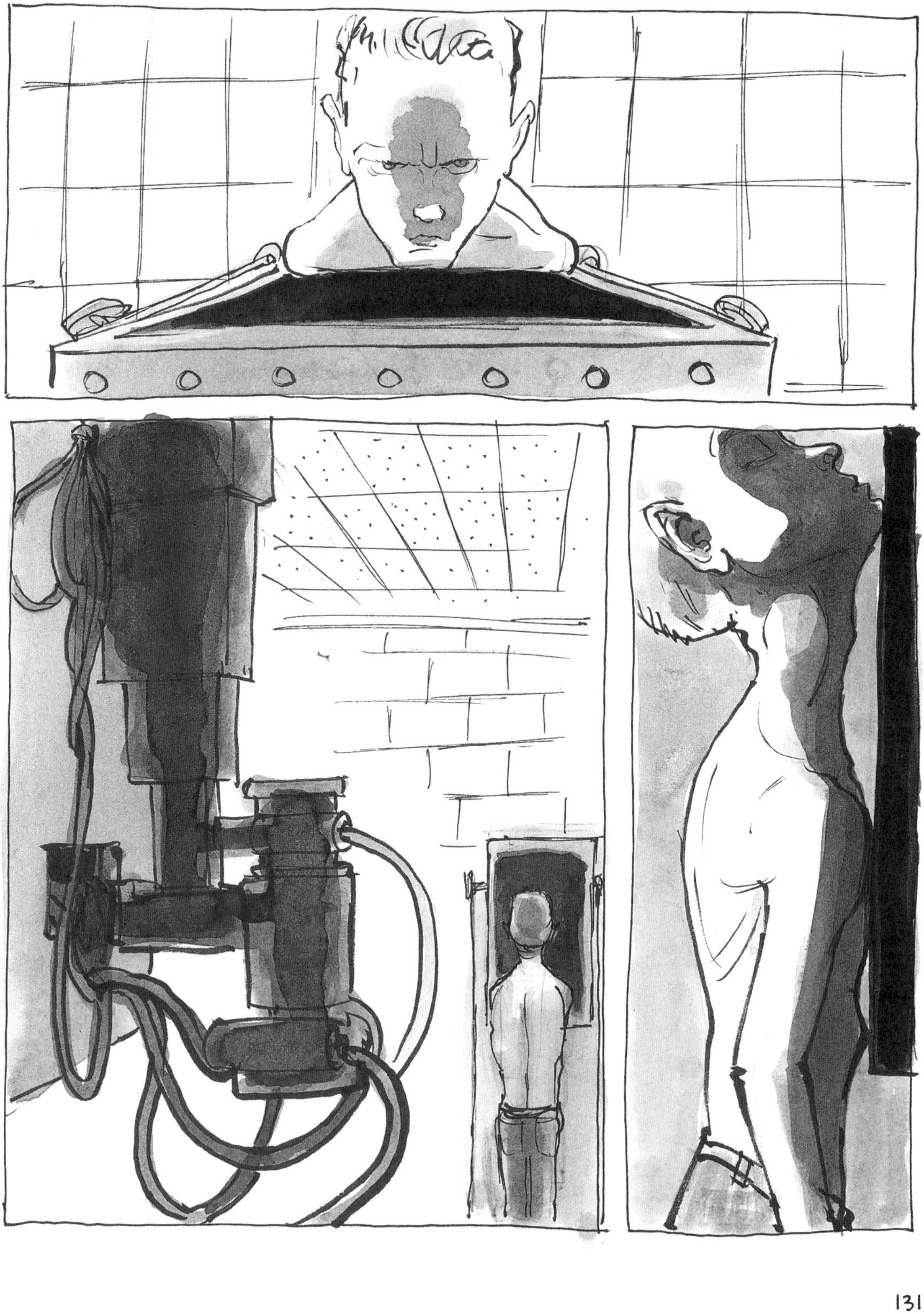

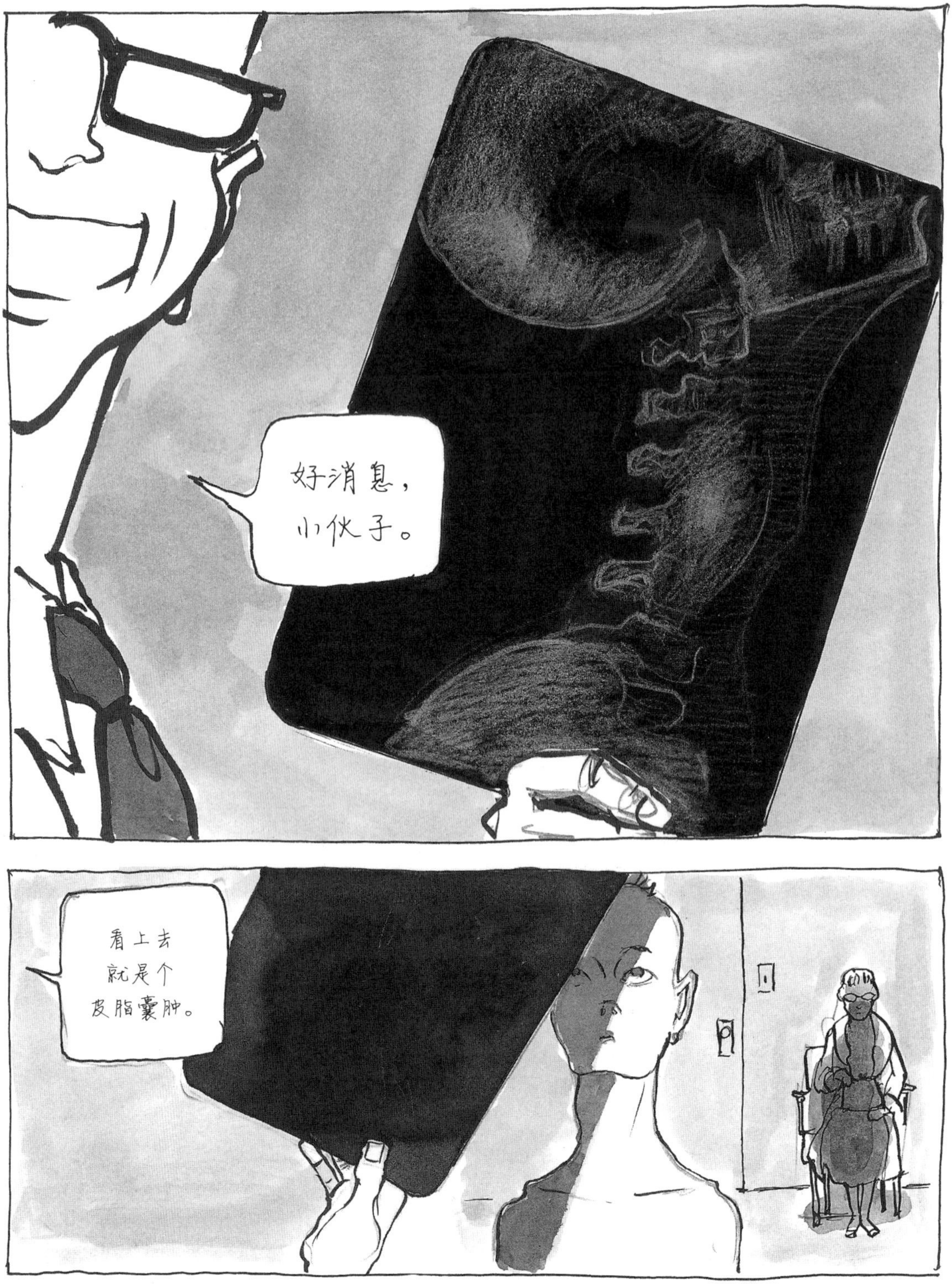
好消息，
小伙子。
看上去
就是个
皮脂囊肿。

当然，戴维需要做个手术，在医院待几天……
这些都得花钱，对吧，乔？
嗯，当然，贝蒂，我们可以在你方便的时候做。不急。
你觉得怎么样，小伙子？
嗯啊。我想没问题。
太—好—了！

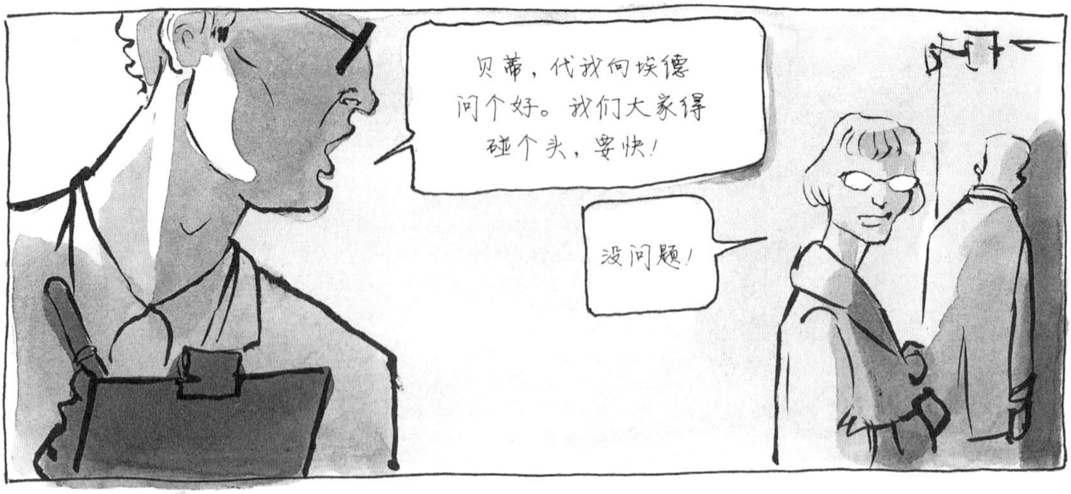
贝蒂，代我向埃德问个好。我们大家得碰个头，要快！
没问题！

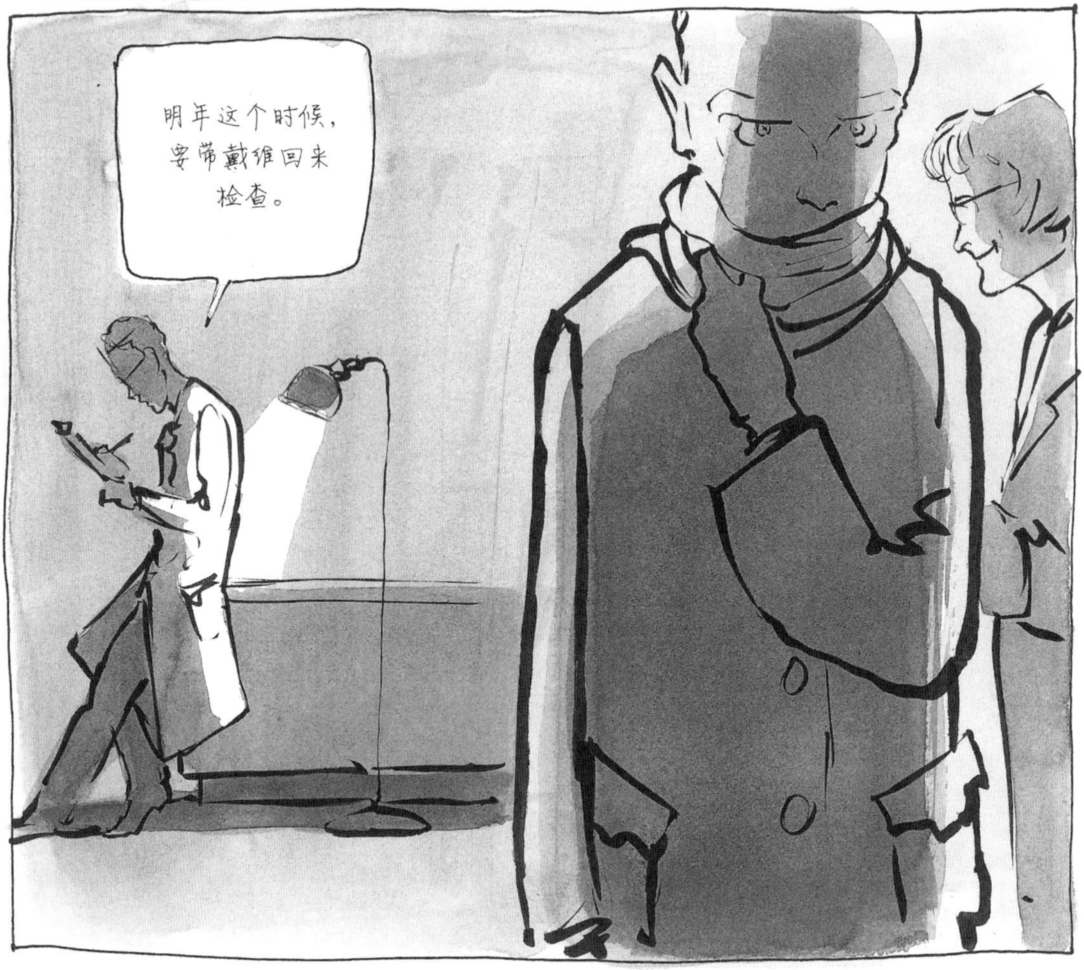
明年这个时候，要带戴维回来检查。

135

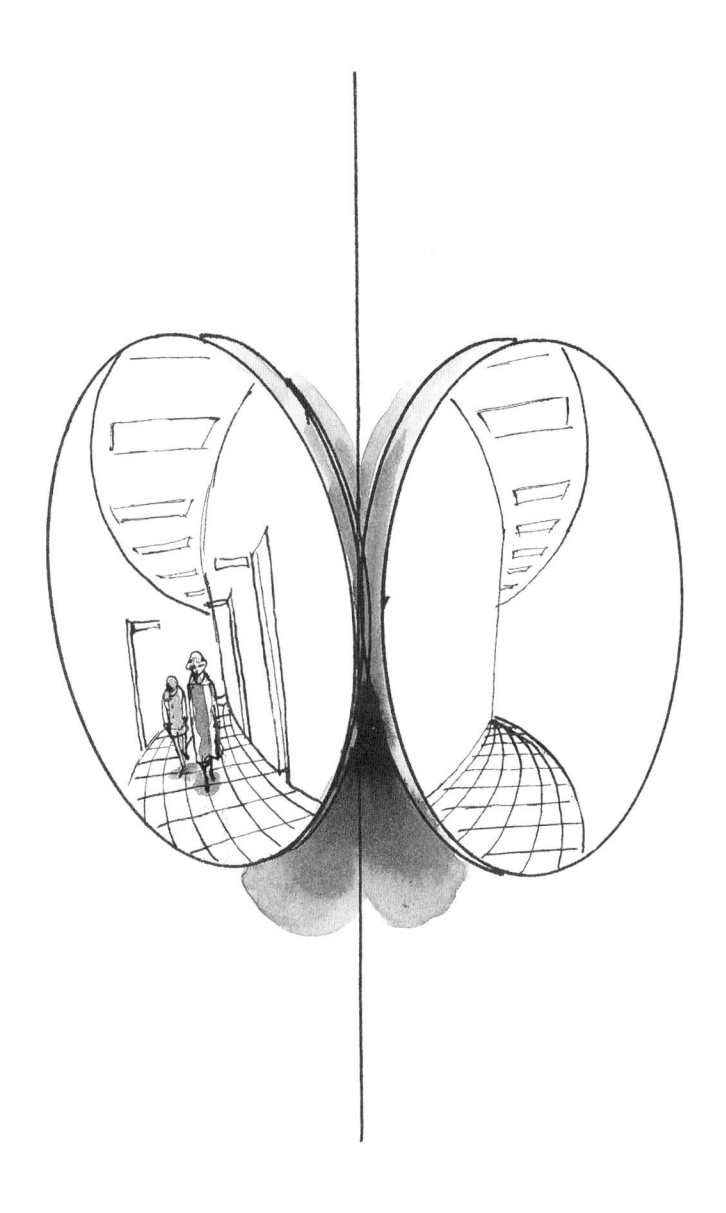

凯迪拉克

埃德

福特

目前,最新款
令人激动的车款
蓝鸟售价××××

那段时间，爸爸一定是升职加薪了，因为他和妈妈疯狂购物，所以无暇顾及我脖子上的肿块。

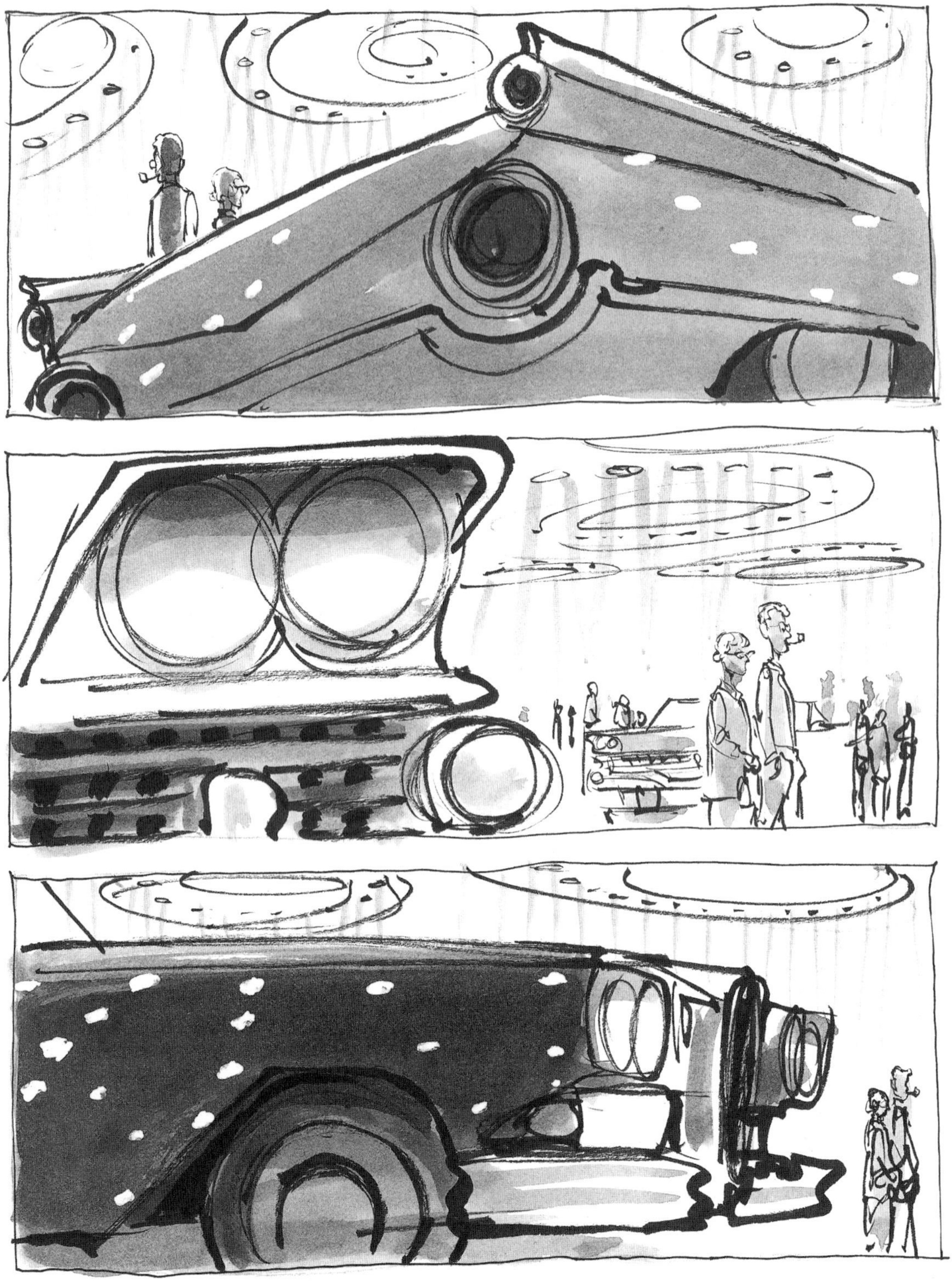

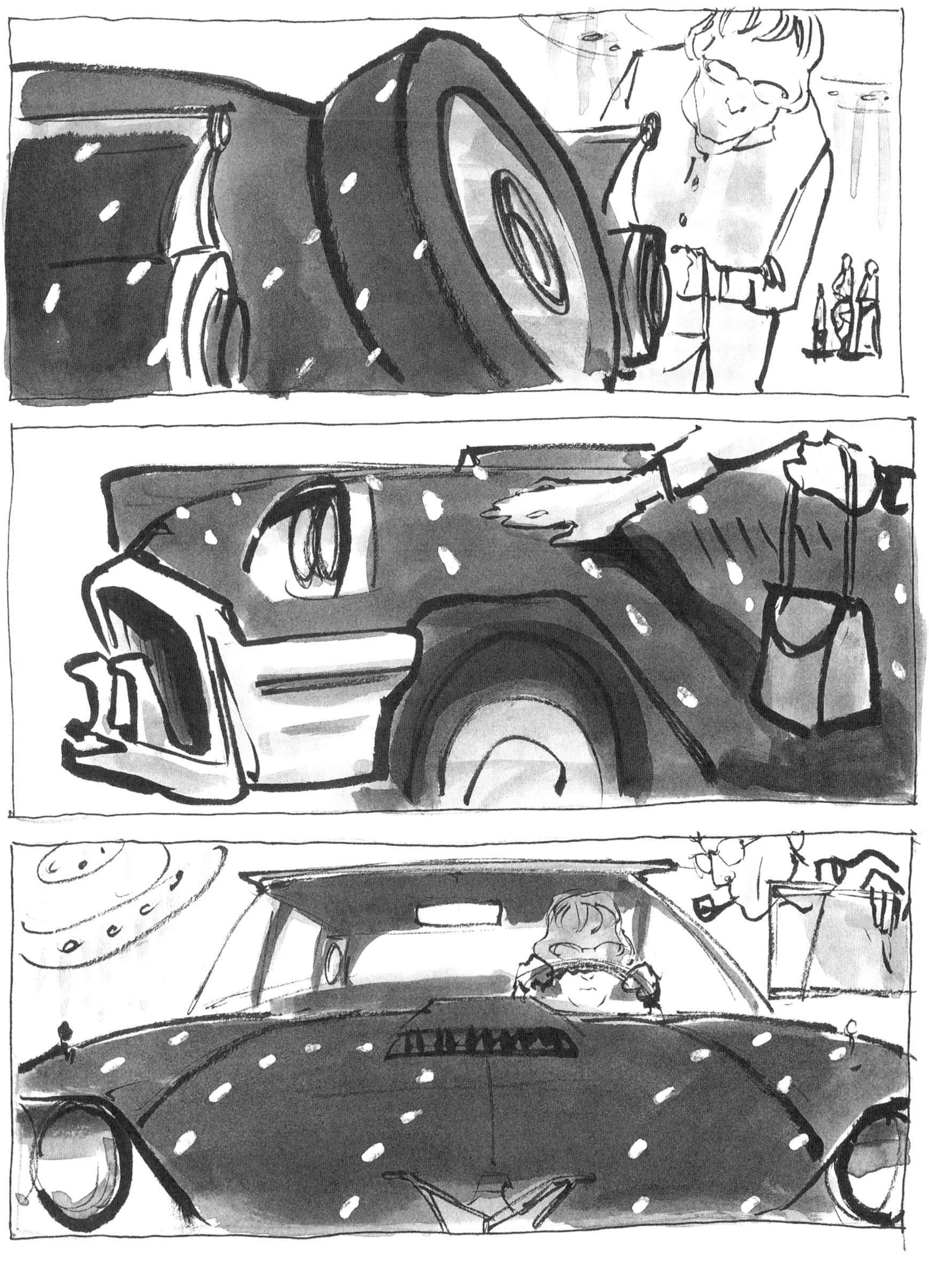

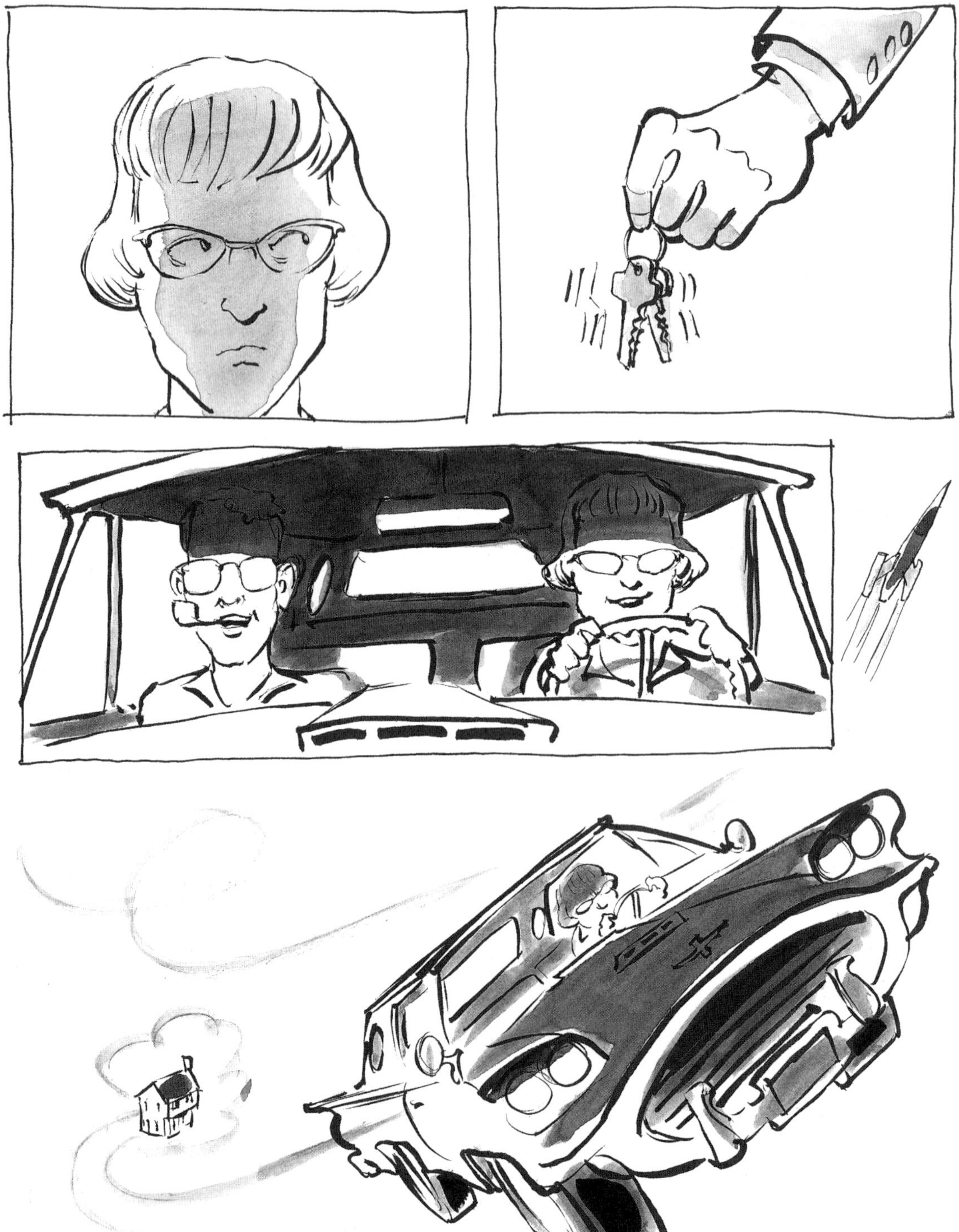

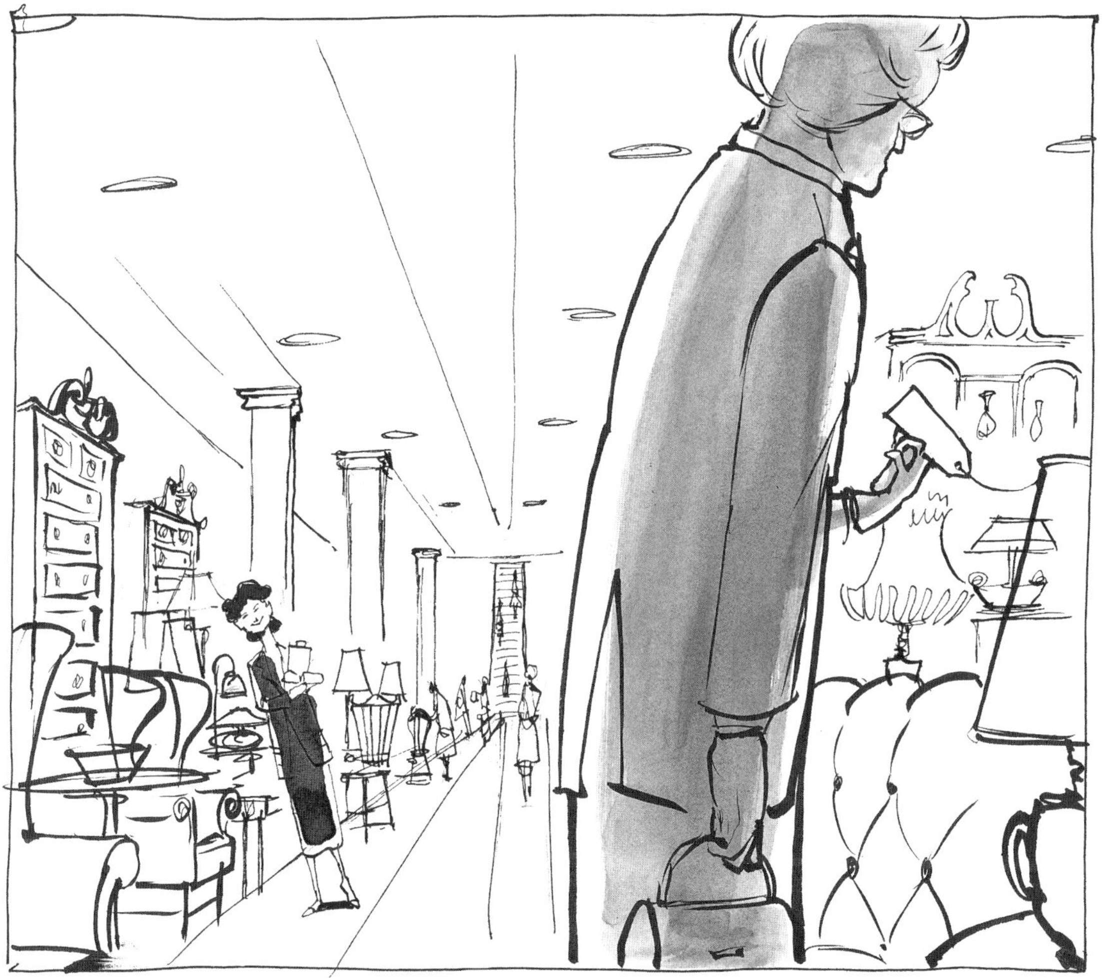

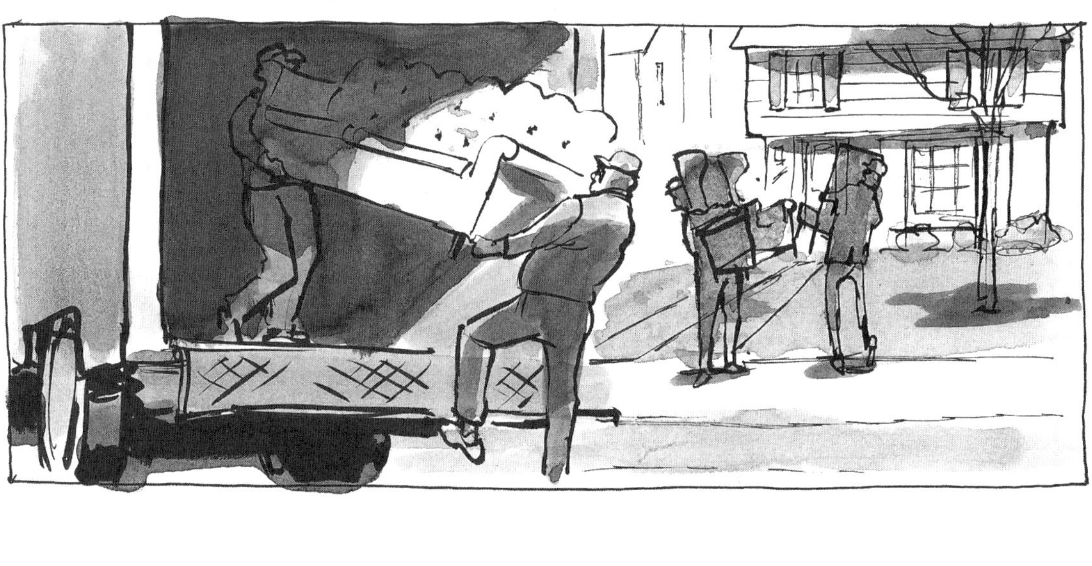

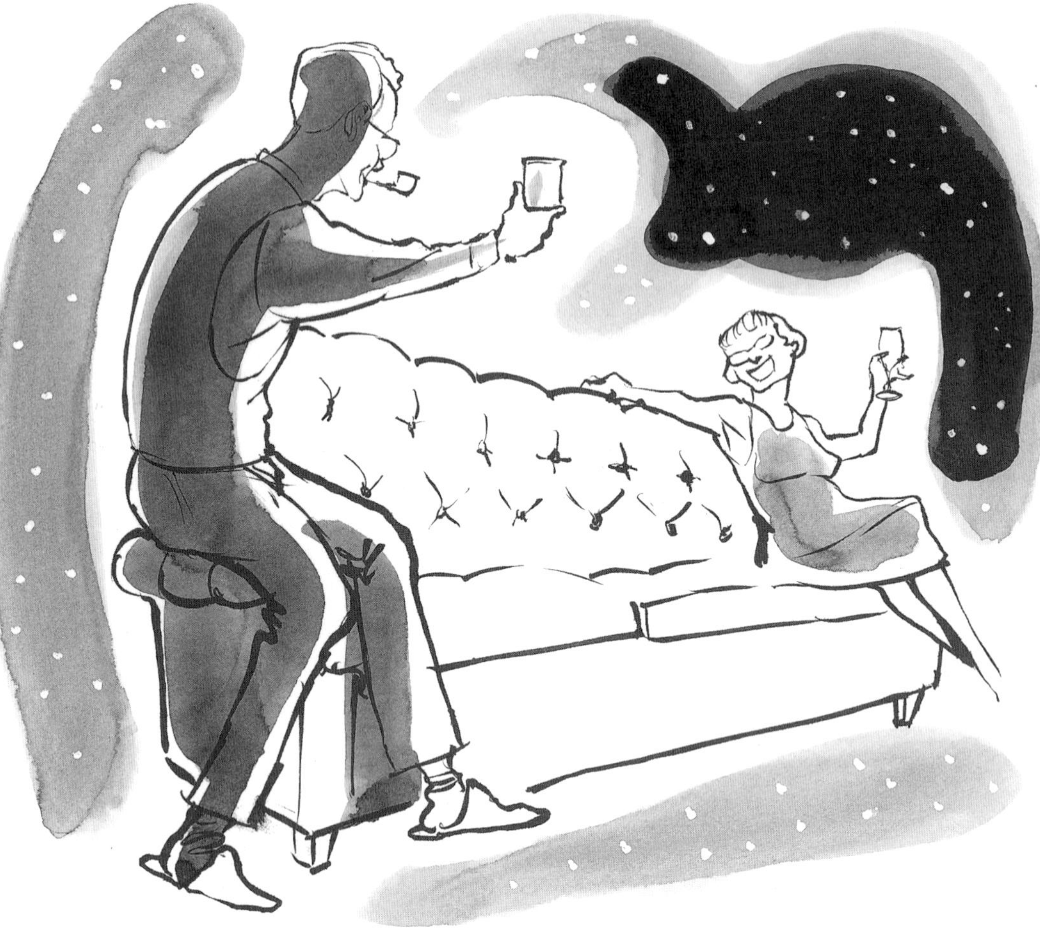

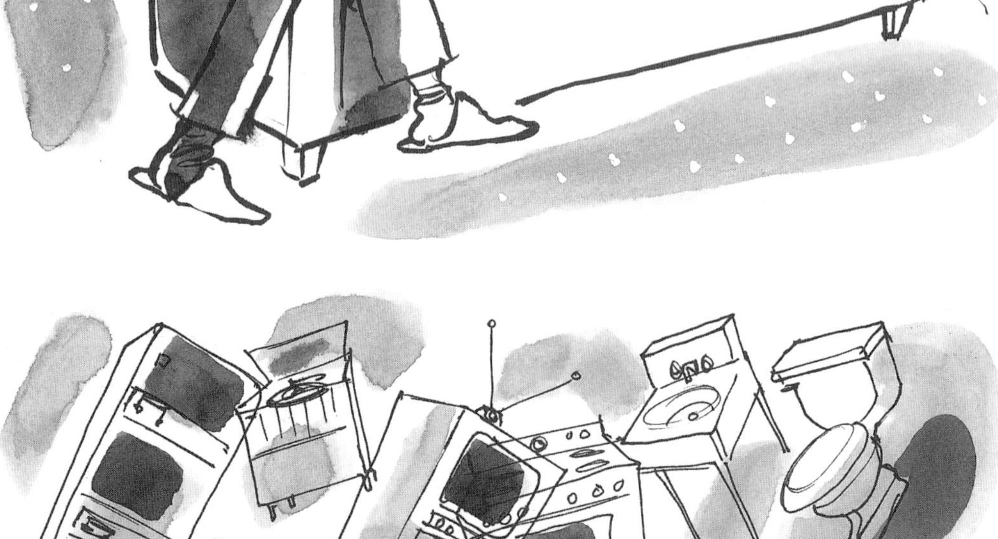

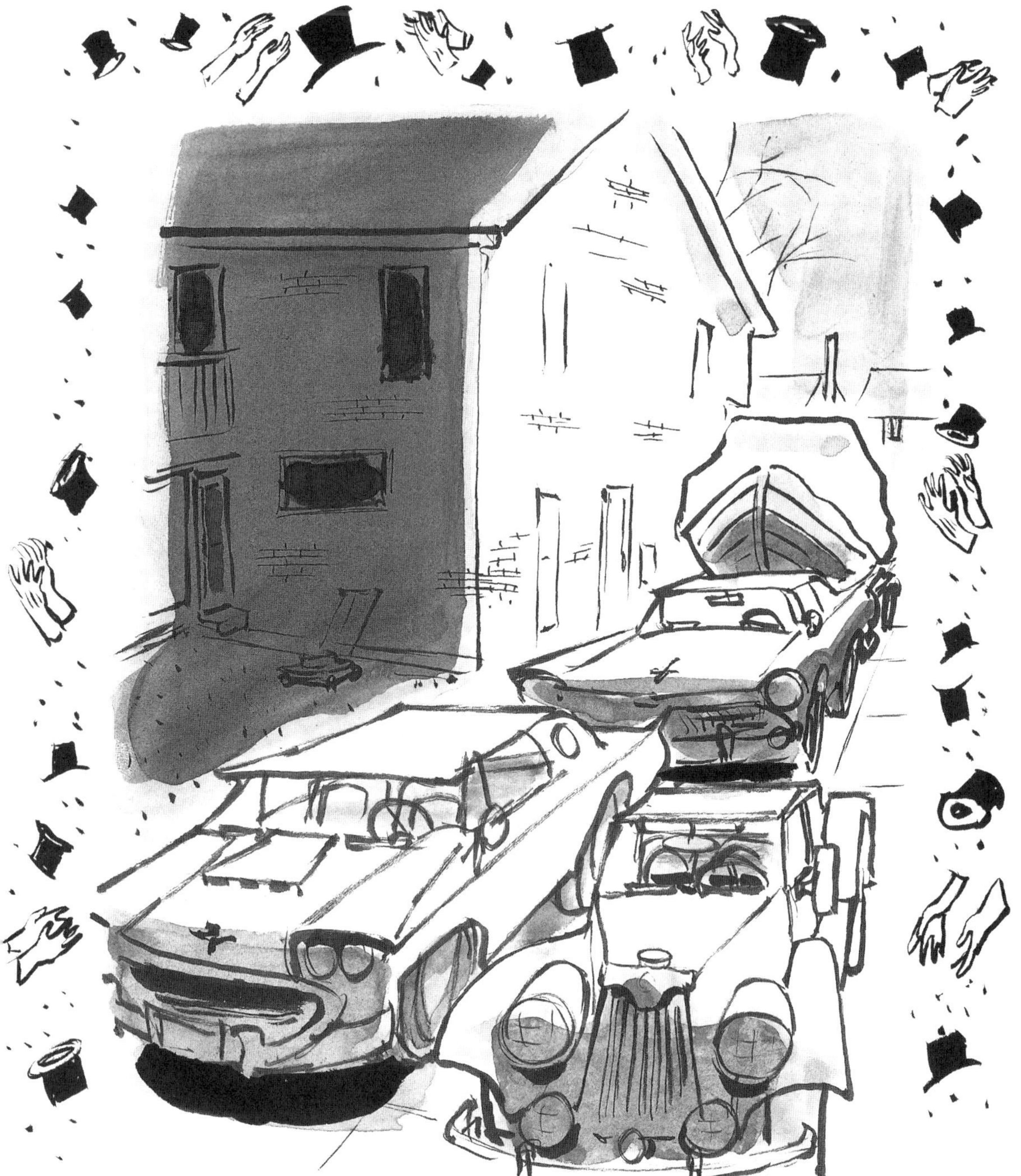

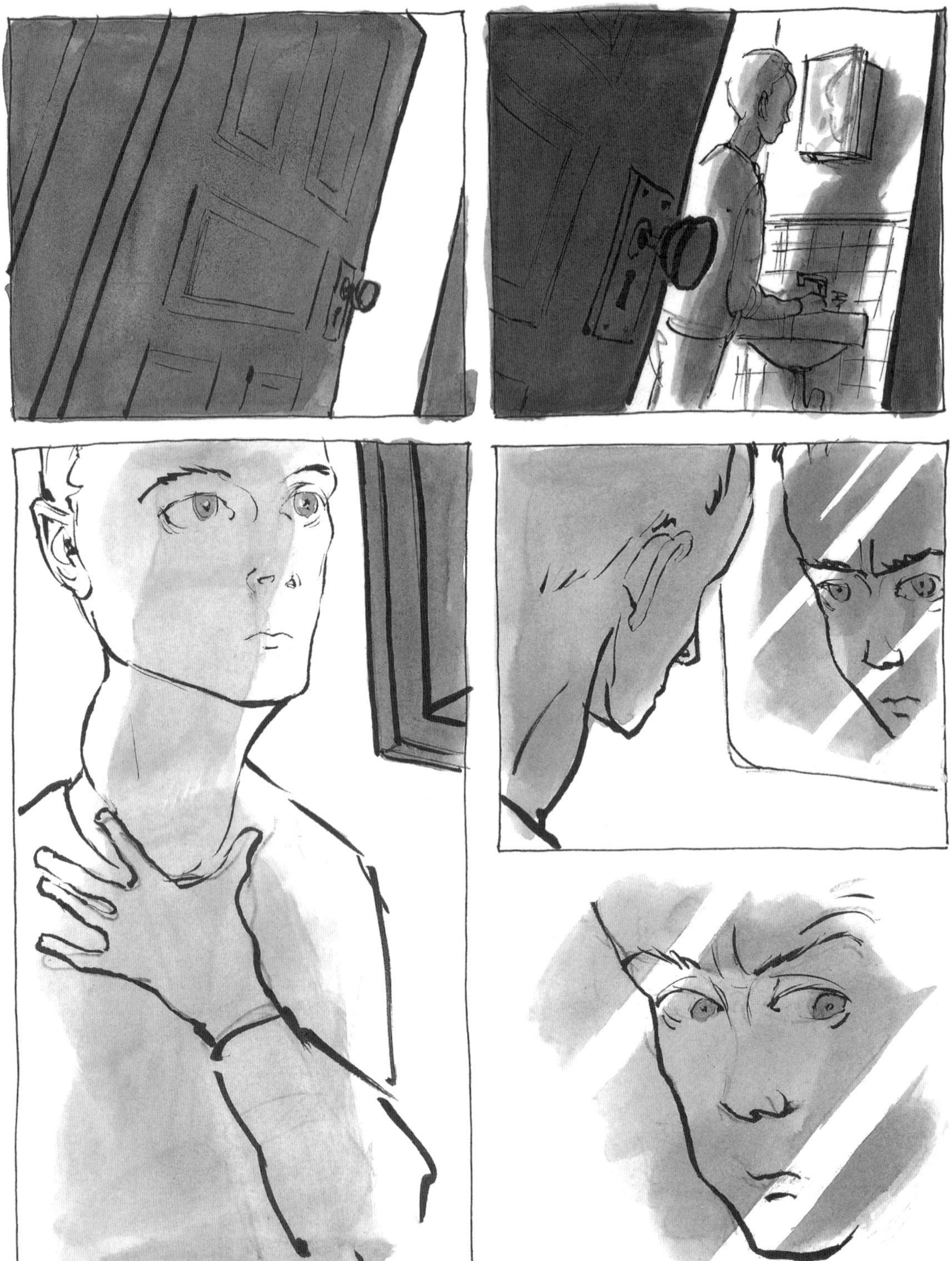

梆梆
梆梆

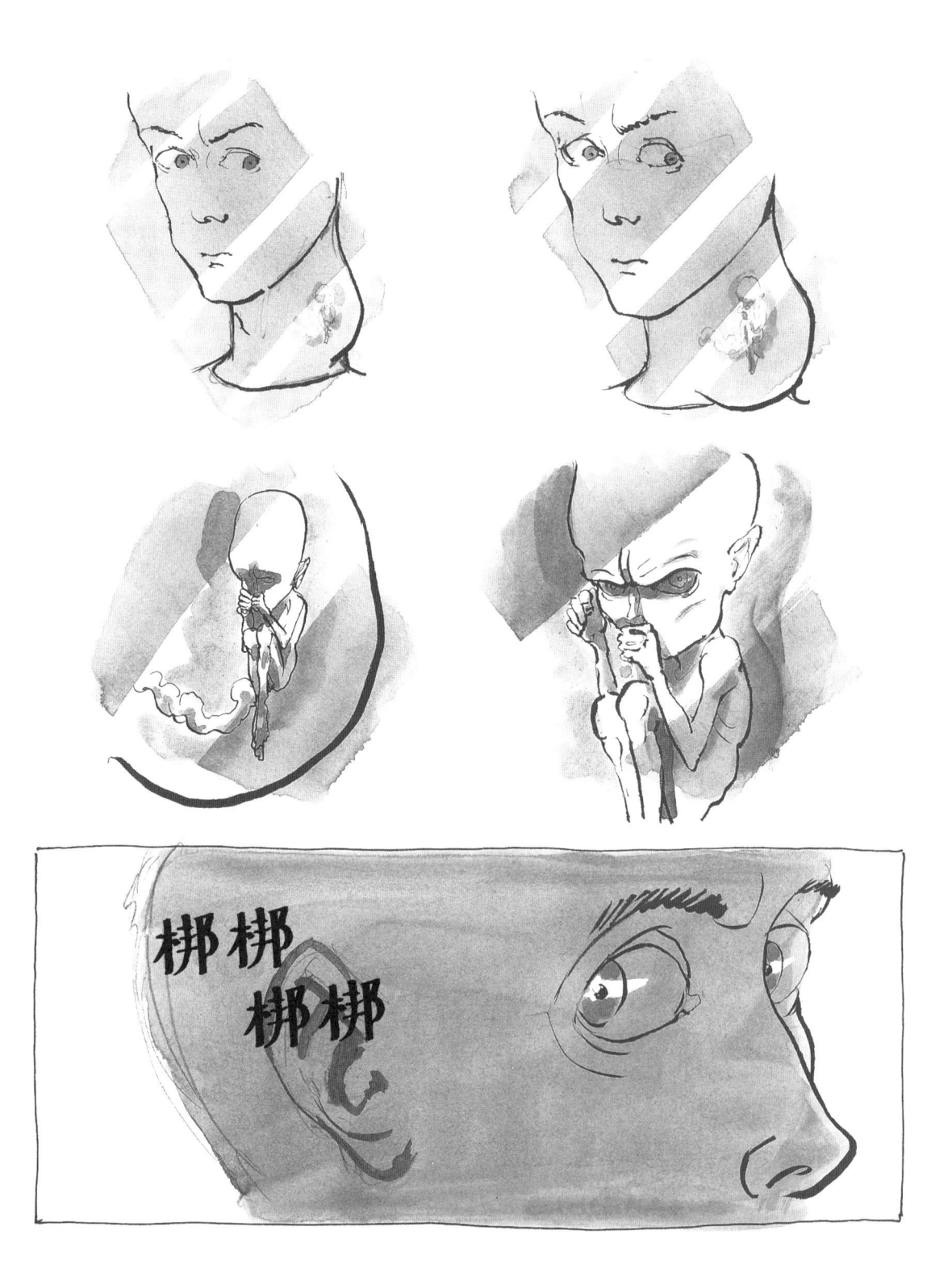

戴维，到楼下来，我们想和你谈谈。

马上就来。

航海

船

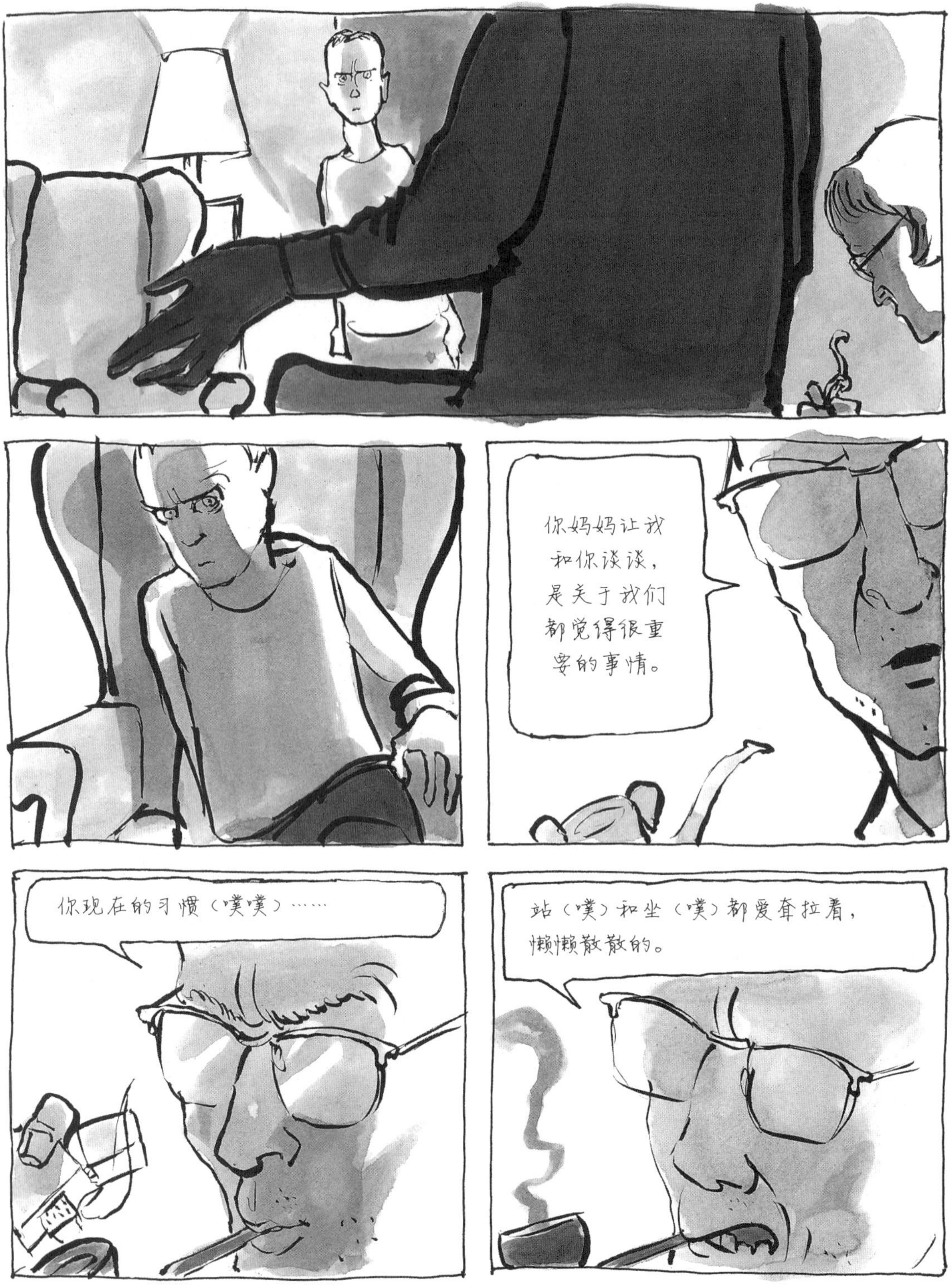
你妈妈让我
和你谈谈，
是关于我们
都觉得很重
要的事情。
你现在的习惯（噗噗）……
站（噗）和坐（噗）都爱耷拉着，
懒懒散散的。

这势必会压迫（叹）脊柱，导致永久性脊柱变形，比如（叹）脊柱侧凸或脊椎前移。大多数（叹叹）姿势不佳的病例都出现脊柱侧凸（叹叹）以及前后曲线变形的症状。

如果你还这样站的话，你的腰椎将无法承受脊椎，而且两者都将变形。

由此导致的脊柱前弯和驼背会让你头往前伸、前胸凹陷（叹叹叹）；那个样子就像我们经常在老年人身上看到的慢性疲劳症。

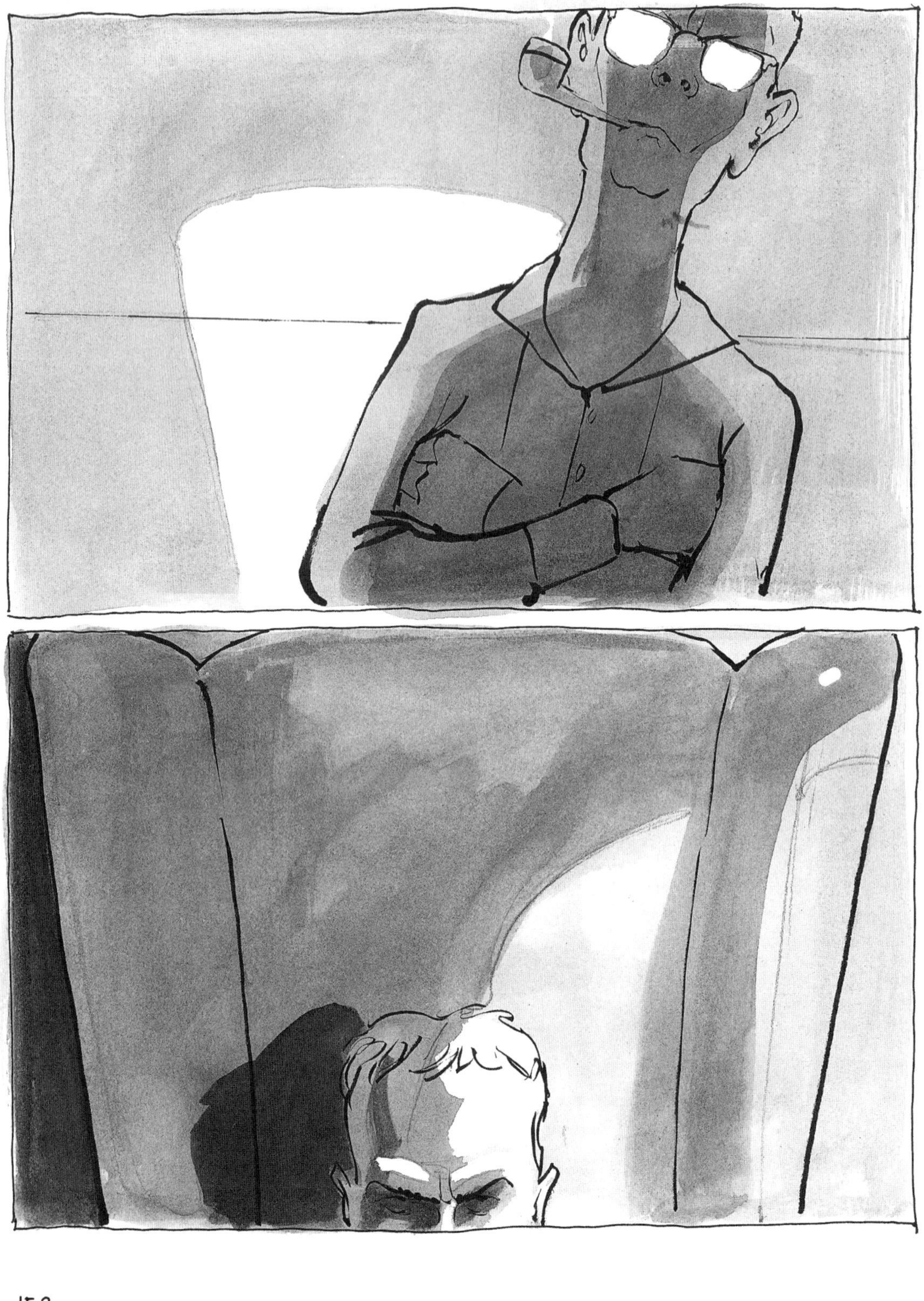

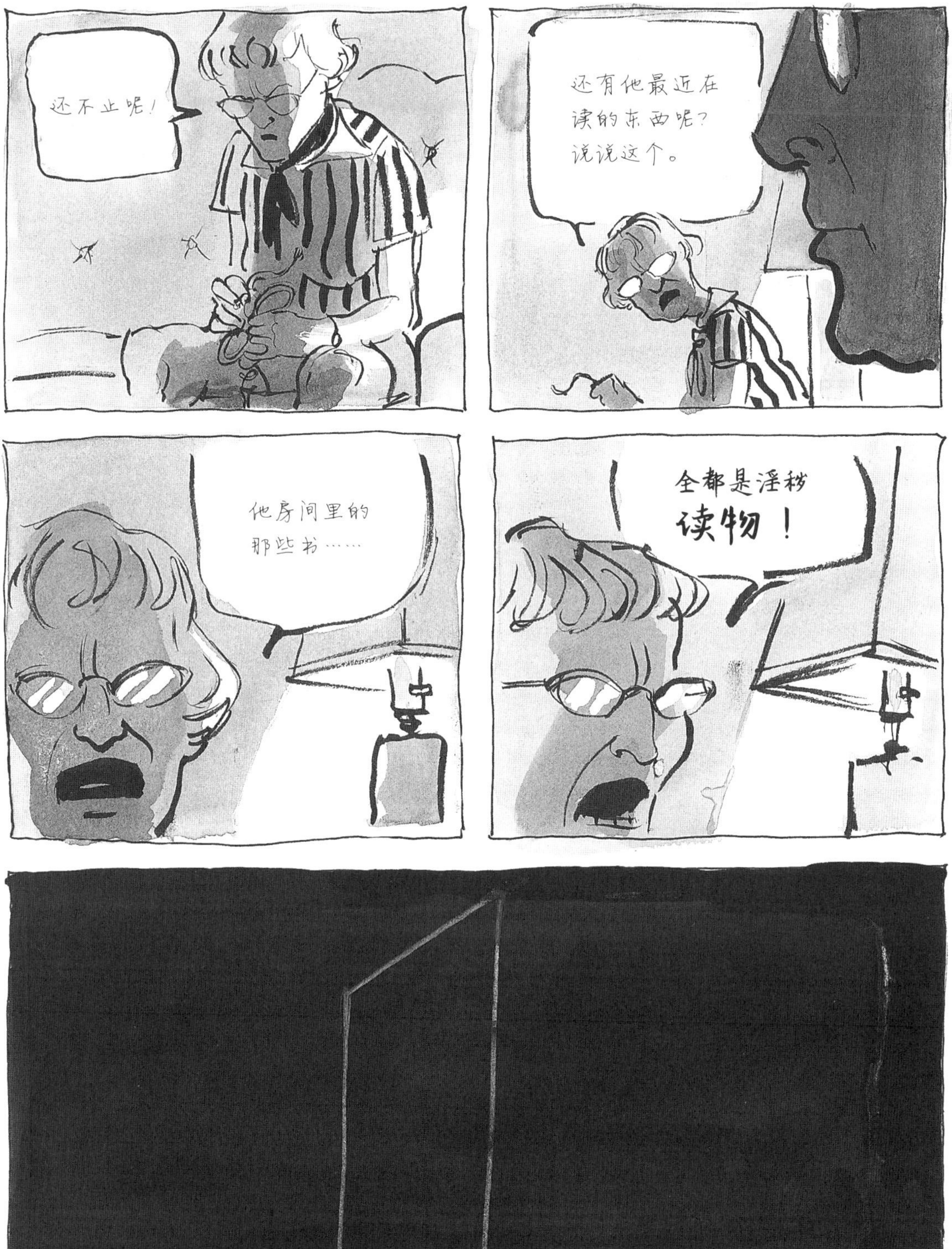
还不止呢！
还有他最近在读的东西呢？说说这个。
他房间里的那些书……
全都是淫秽读物！

洛丽塔

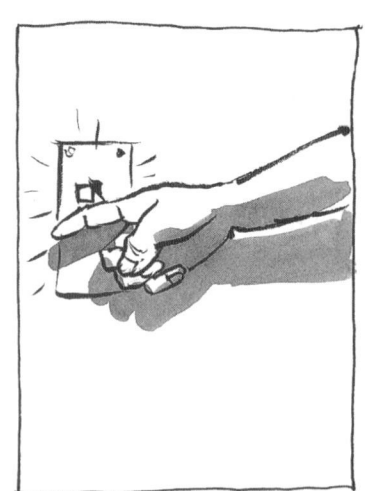

弗拉基米尔·纳博科夫

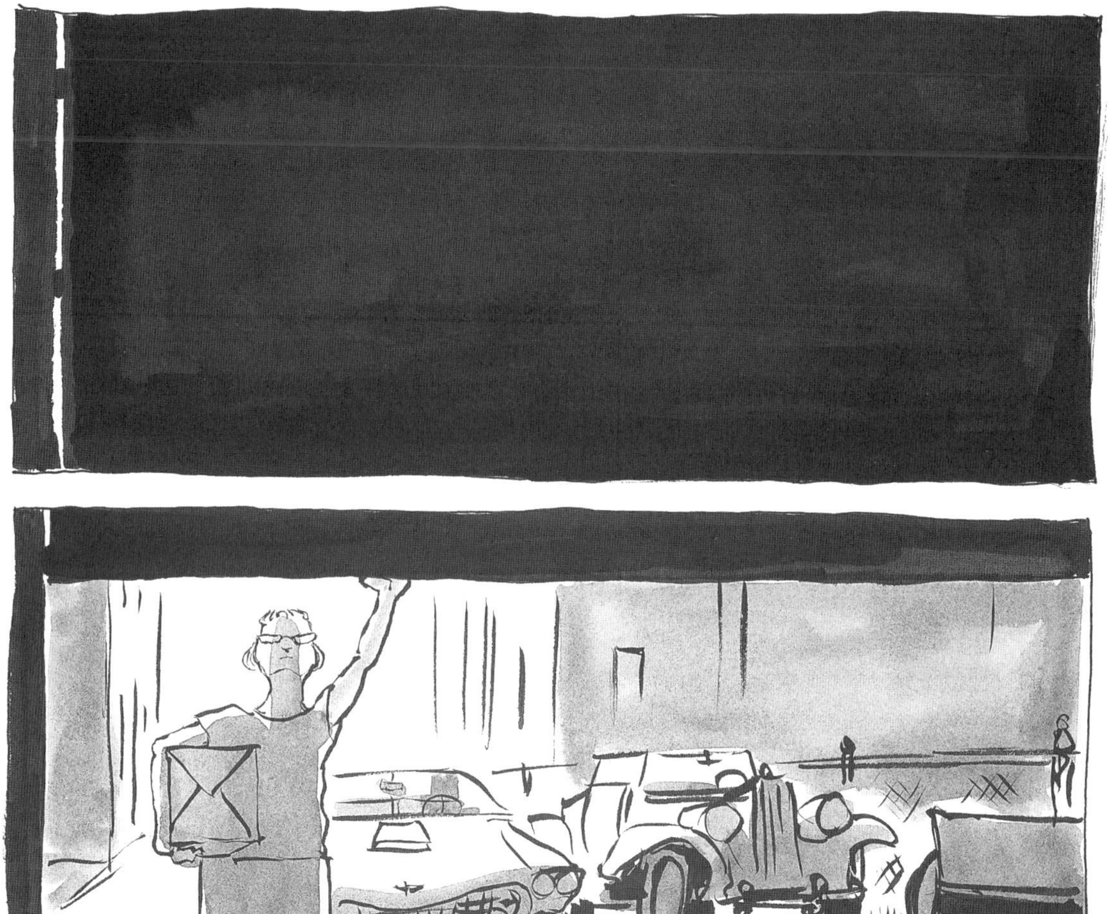

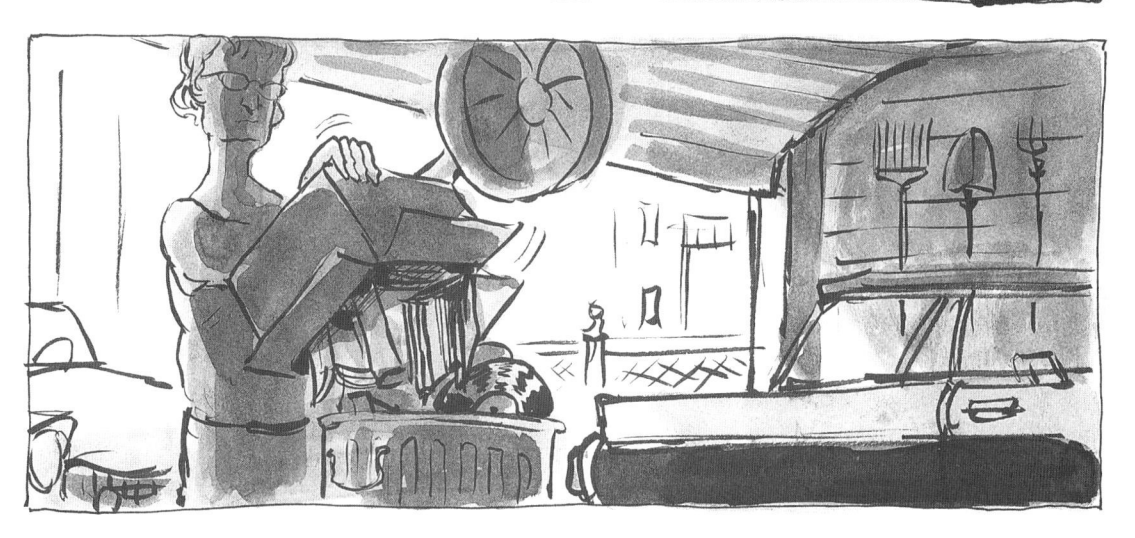

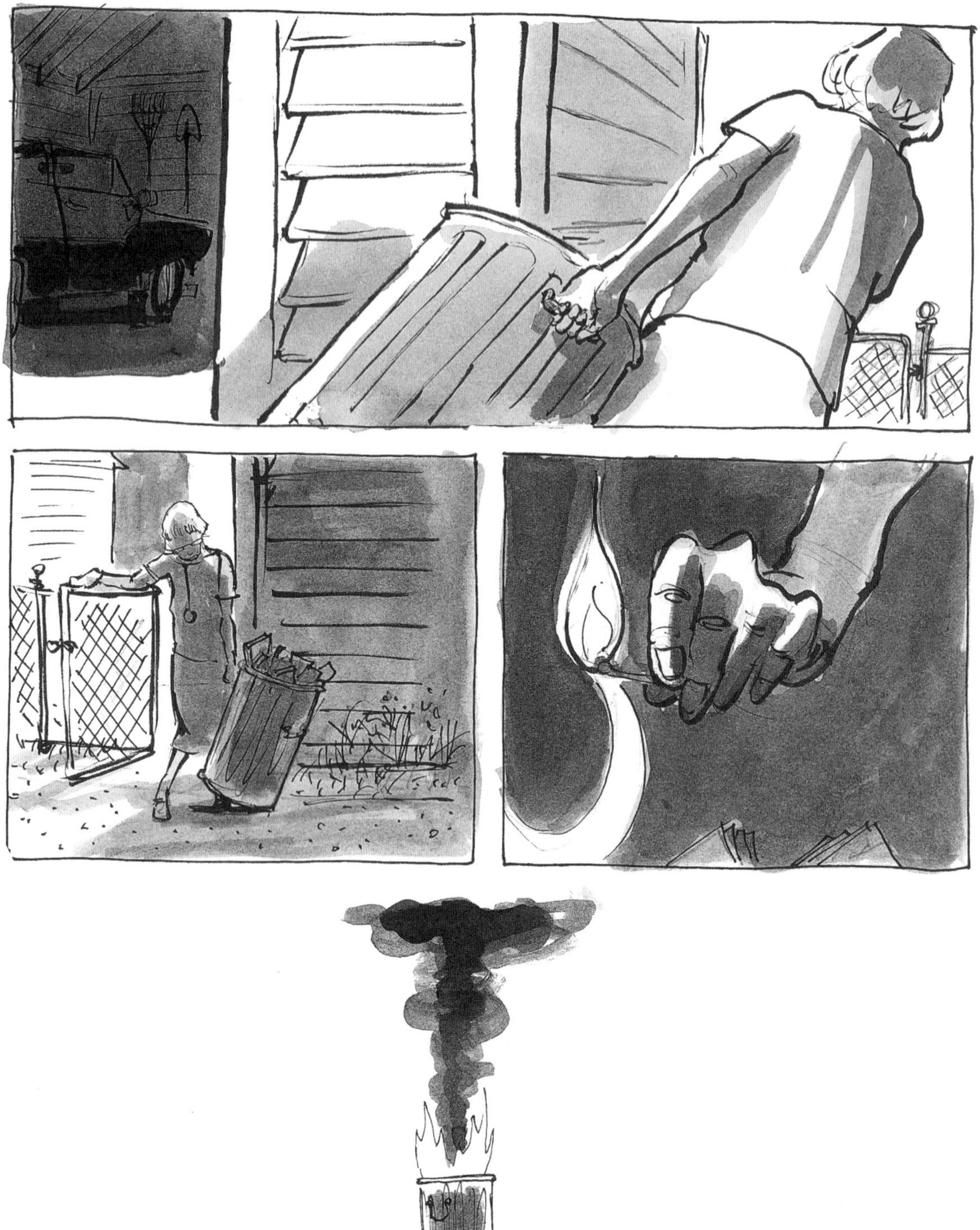

第一次诊断后

三年半

我十四岁

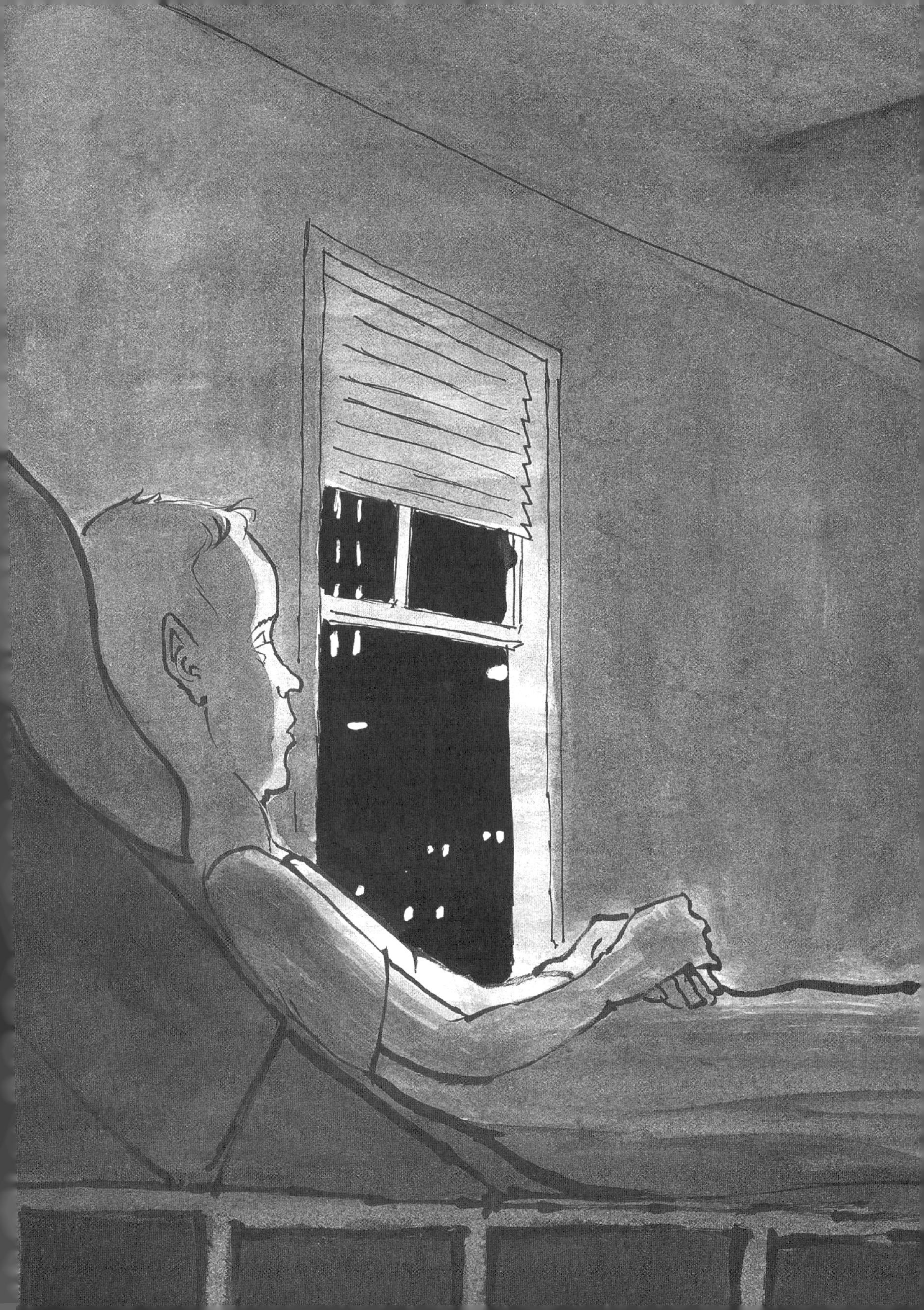

没有人会喜欢医院这个地方，但那些冷漠地发挥作用的空间和设备却是我生活的一部分。在那儿，我觉得安全。

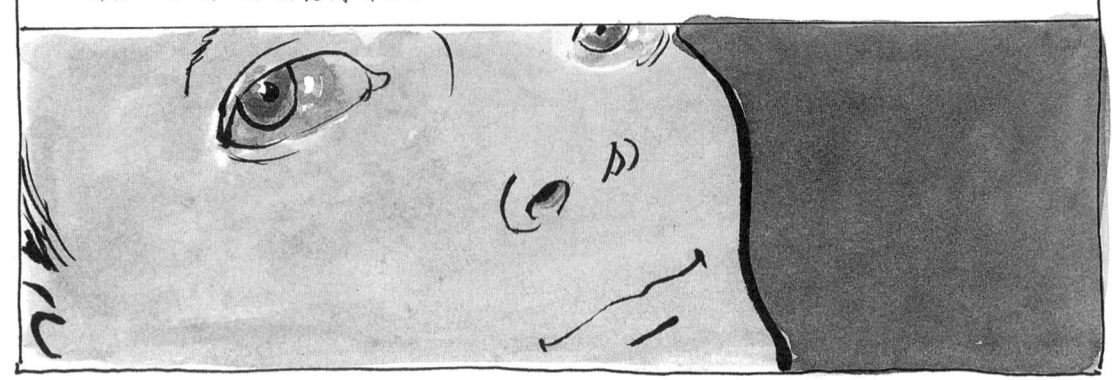

所有的医生和医护人员，我都把他们当作家人，他们是我的保护者。

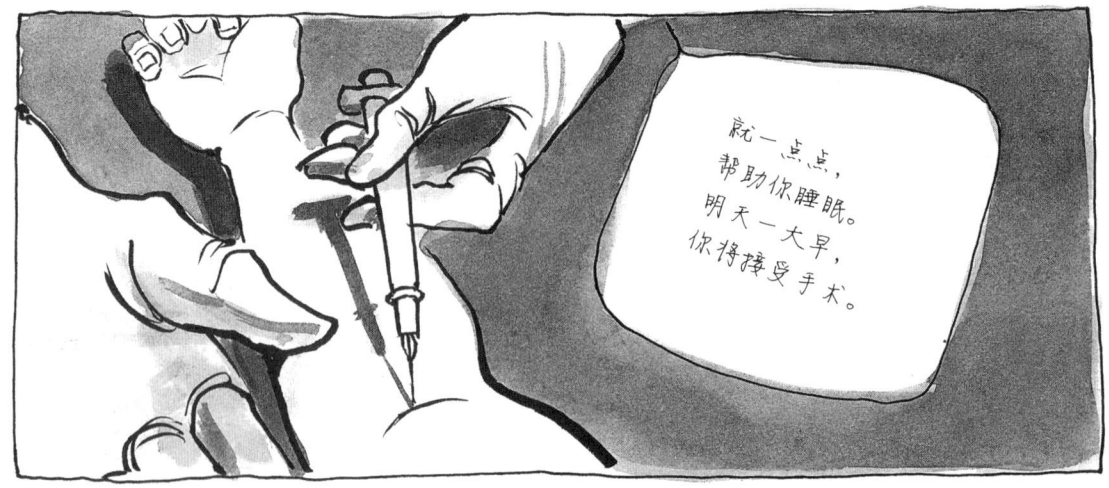

就一点点，
帮助你睡眠。
明天一大早，
你将接受手术。

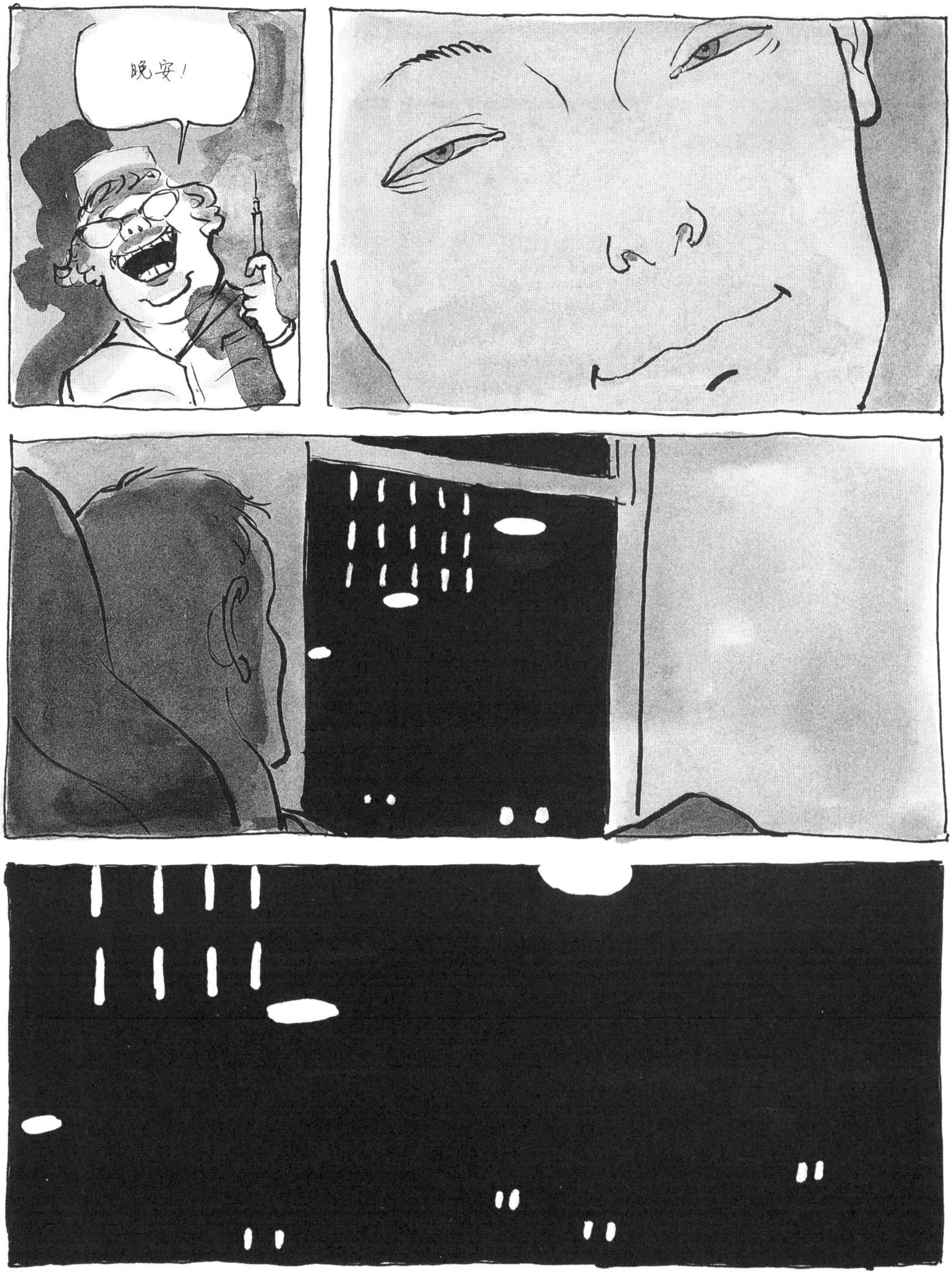
晚安！

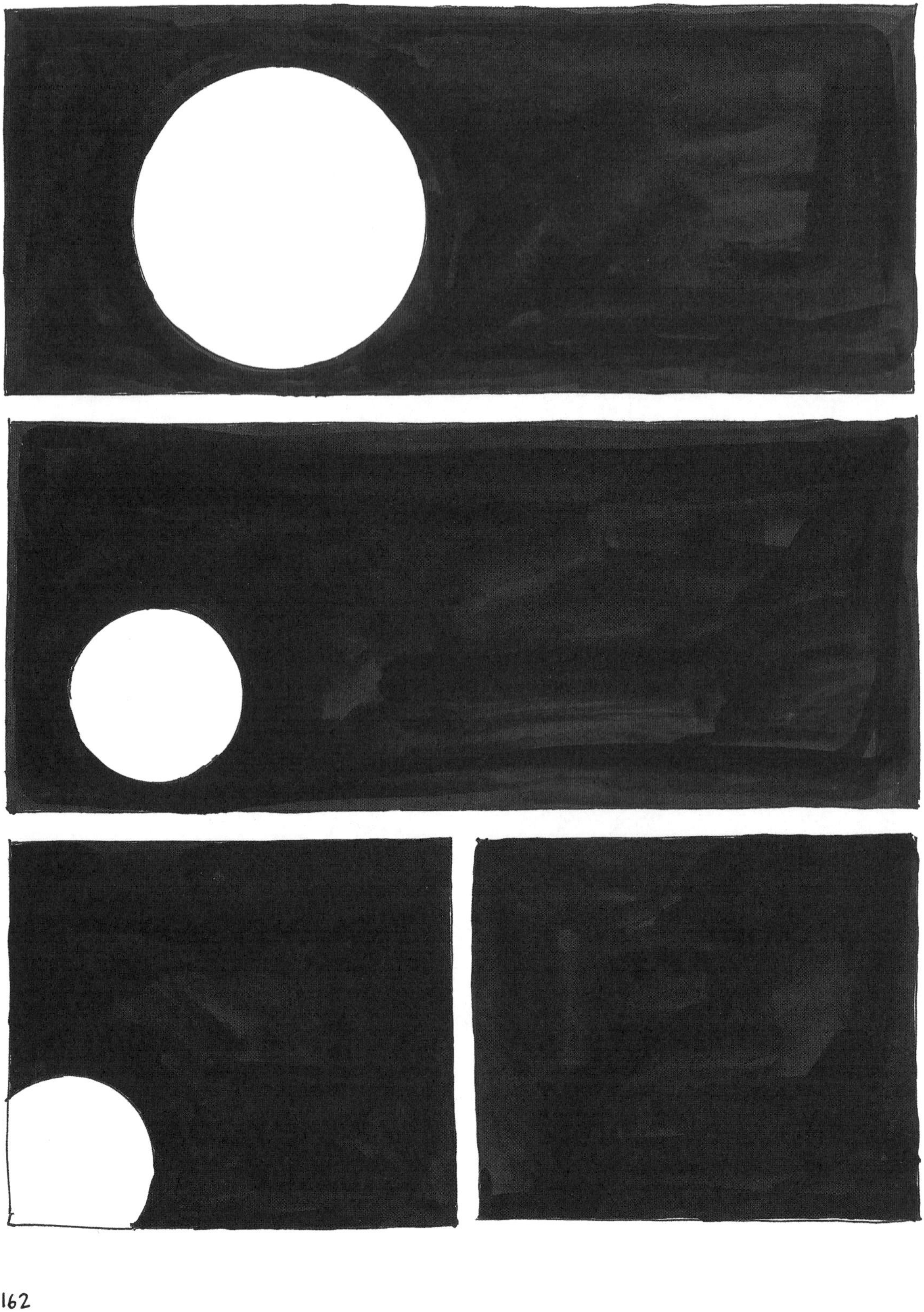

163

嗨，小伙子！我猜你一定在想摘除囊肿的时候到了，嗯？哈！哈！啊，我们今天早上要做的就是这个。完了之后，你会变得漂亮极了，那些女孩子就不会不理你了。哈！哈！
这位是伯里斯医生。他会给你做一个漂亮的摘除手术，你不会有任何感觉。
好了，孩子。
深呼吸。从一百开始倒数……

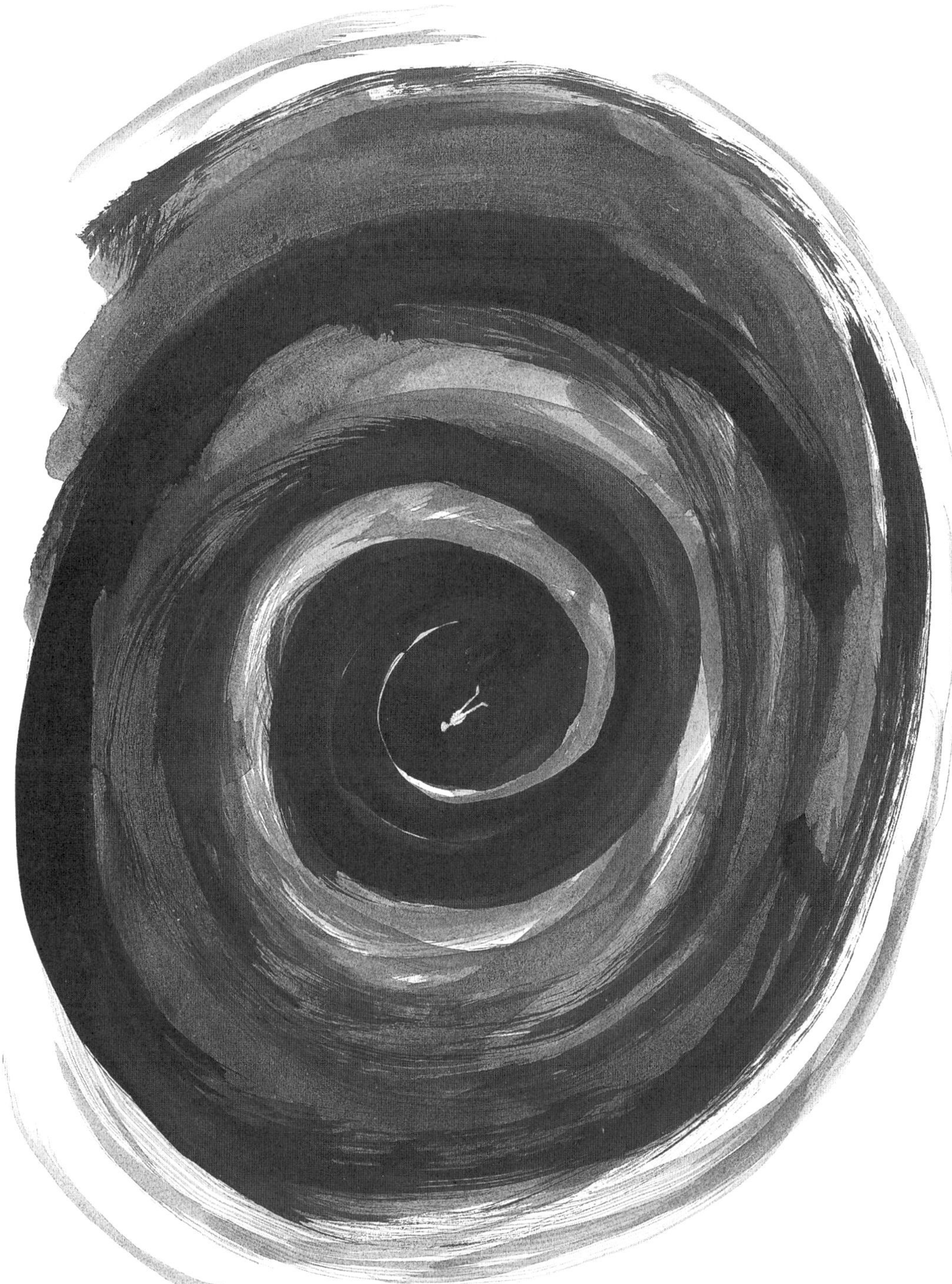

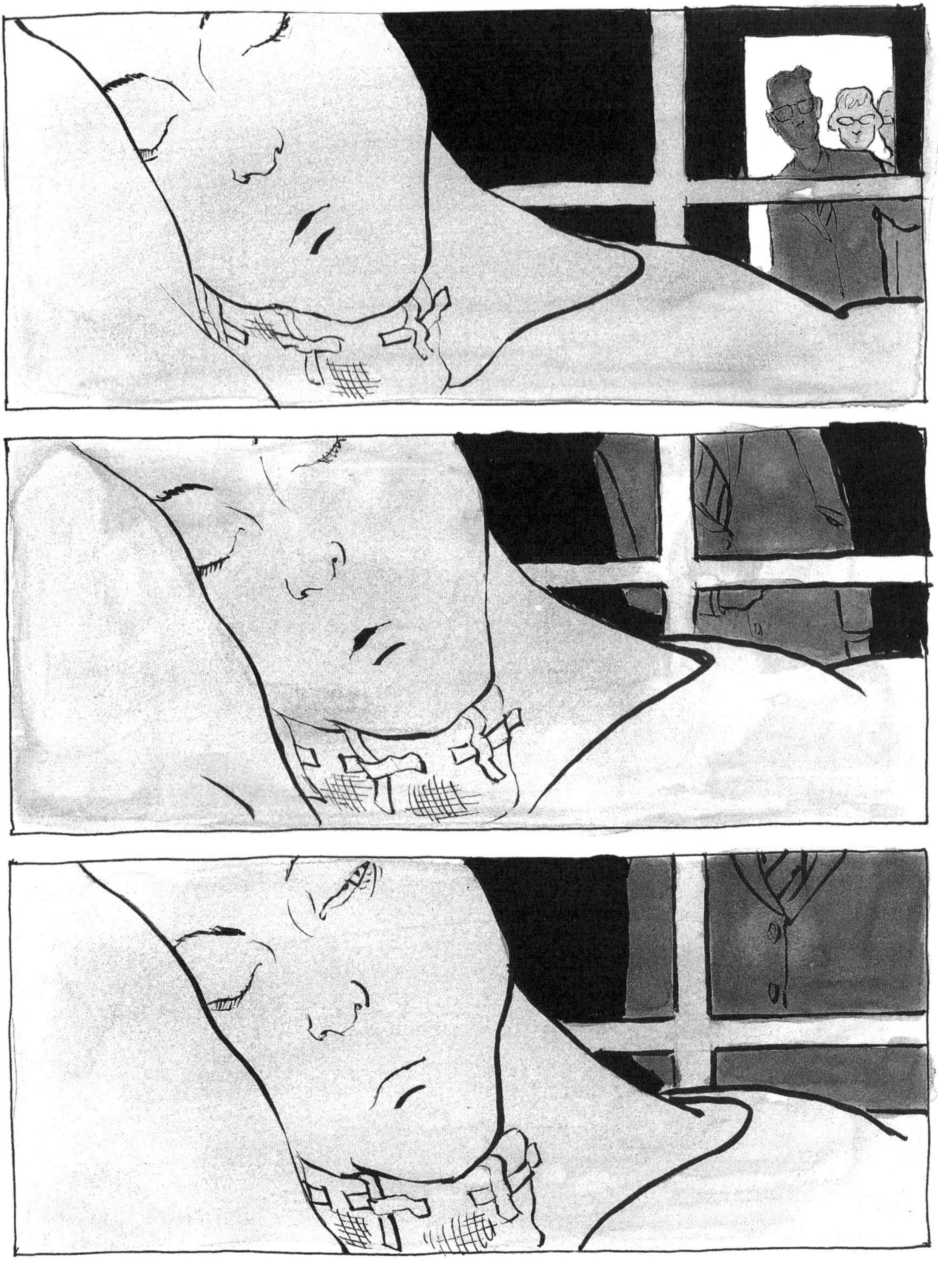

嗨!

还有点无力吗?
你现在在恢复室。
你刚做过手术,
还记得吗?

咳!

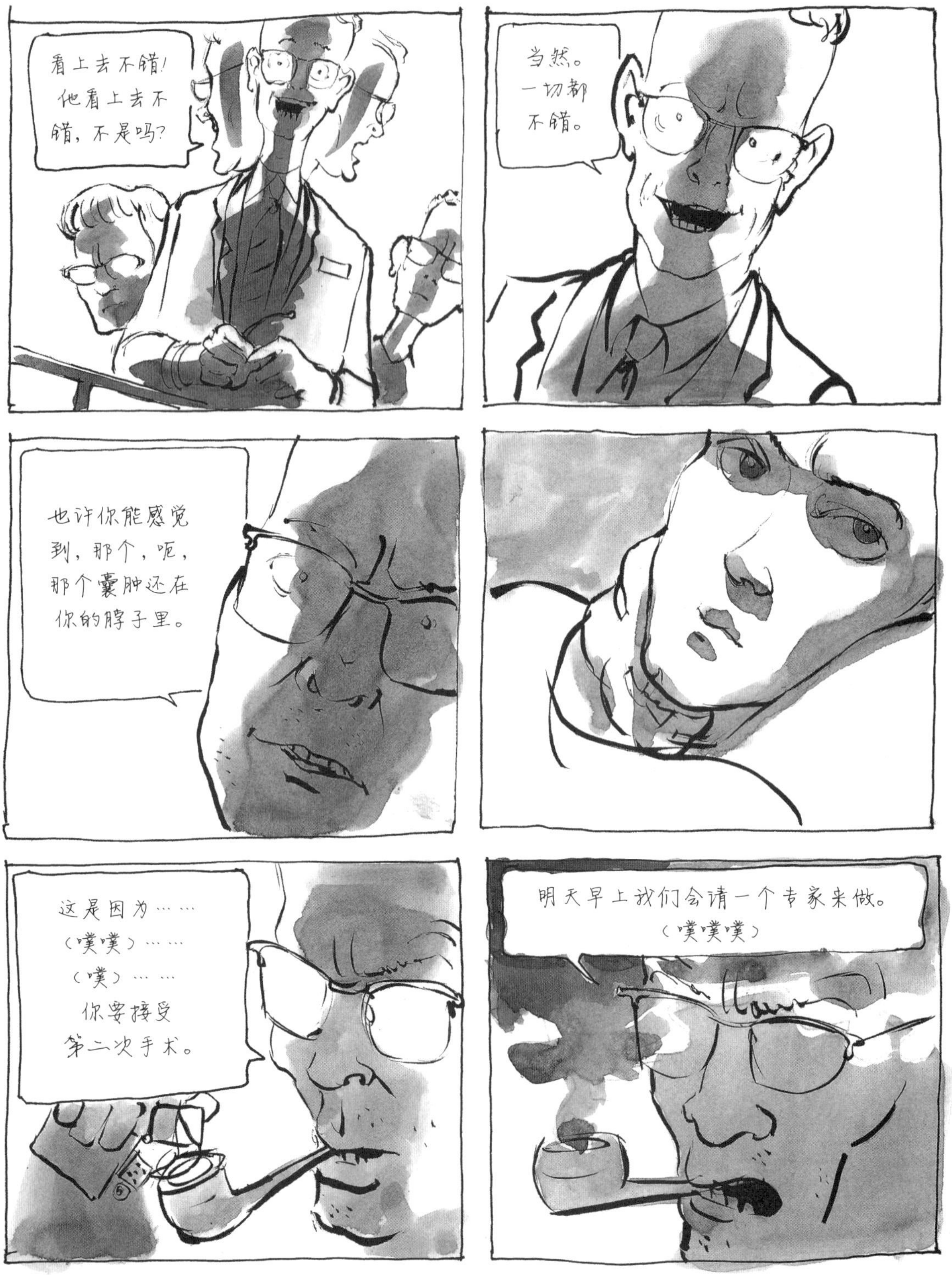
看上去不错！他看上去不错，不是吗？
当然。一切都不错。
也许你能感觉到，那个，呃，那个囊肿还在你的脖子里。
这是因为……（噗噗）……（噗）……你要接受第二次手术。
明天早上我们会请一个专家来做。（噗噗噗）

我告诉过你，没事儿的！现在休息吧。

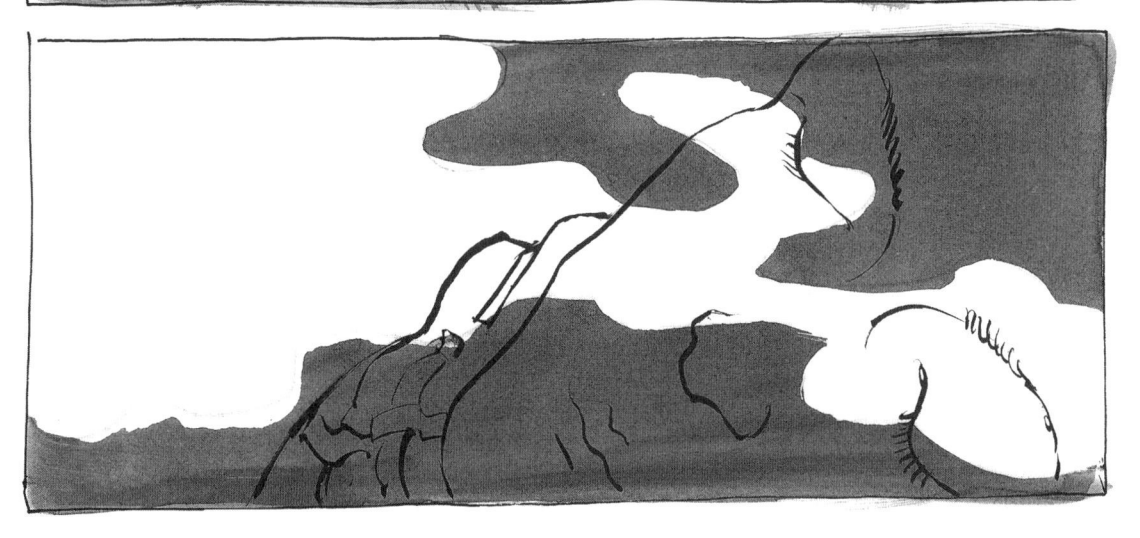

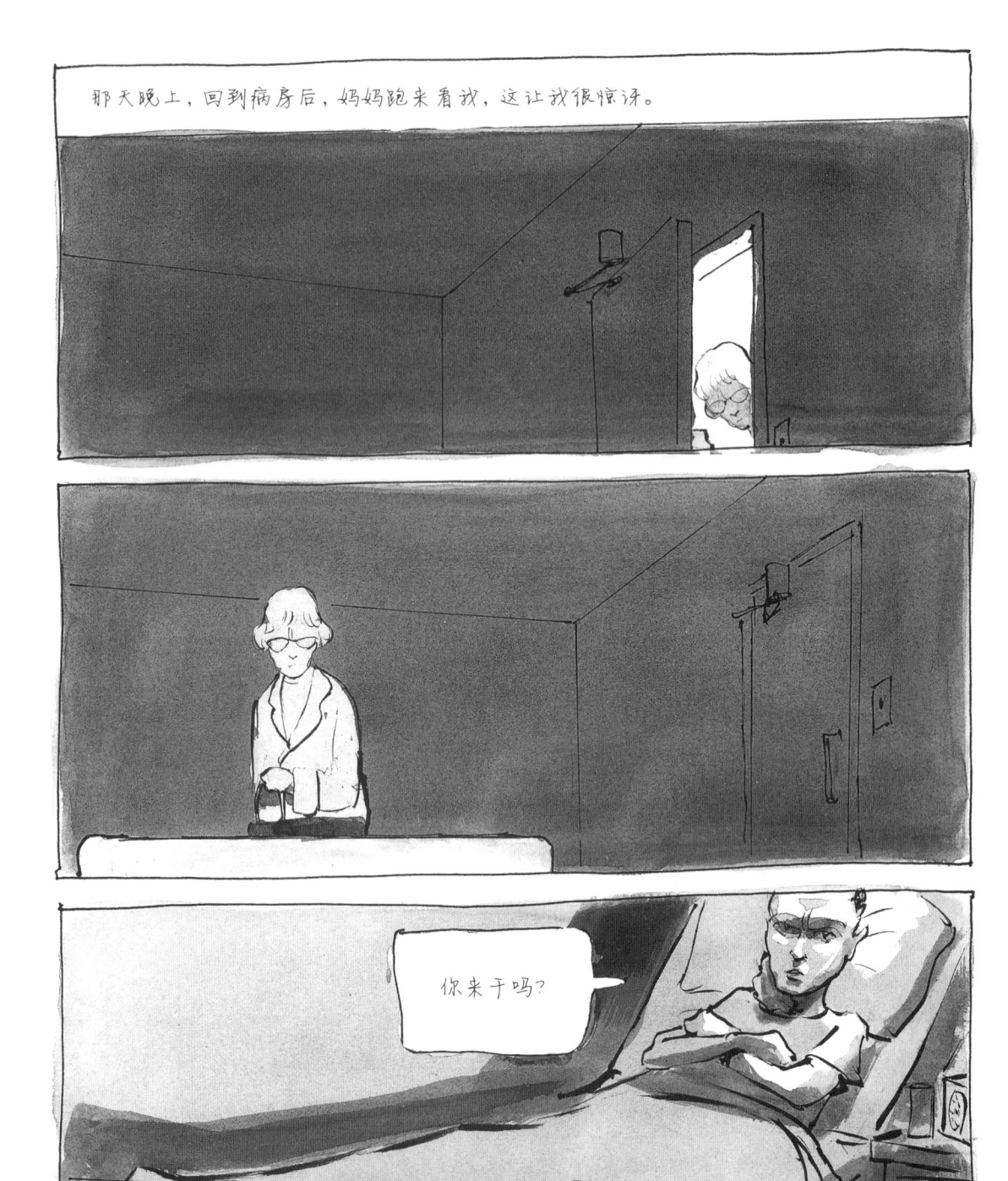

那天晚上，回到病房后，妈妈跑来看我，这让我很惊讶。

你来干吗？

我想我有权看望自己的儿子。

我来看看有什么可以带给你的。

你需要的任何东西。

或者想要的。

当然,得合情合理。

不是吧？难道圣诞节改在二月了？
不，你不会带给我任何东西。
我是认真的！
你是认真的。
好吧，有一样东西你可以带给我。前段时间我在读一本书，我忘了带来了。
但是，噢，等等。我忘了。你把它从我房间里**偷走**，然后一把火**给烧了**。

咔哒！

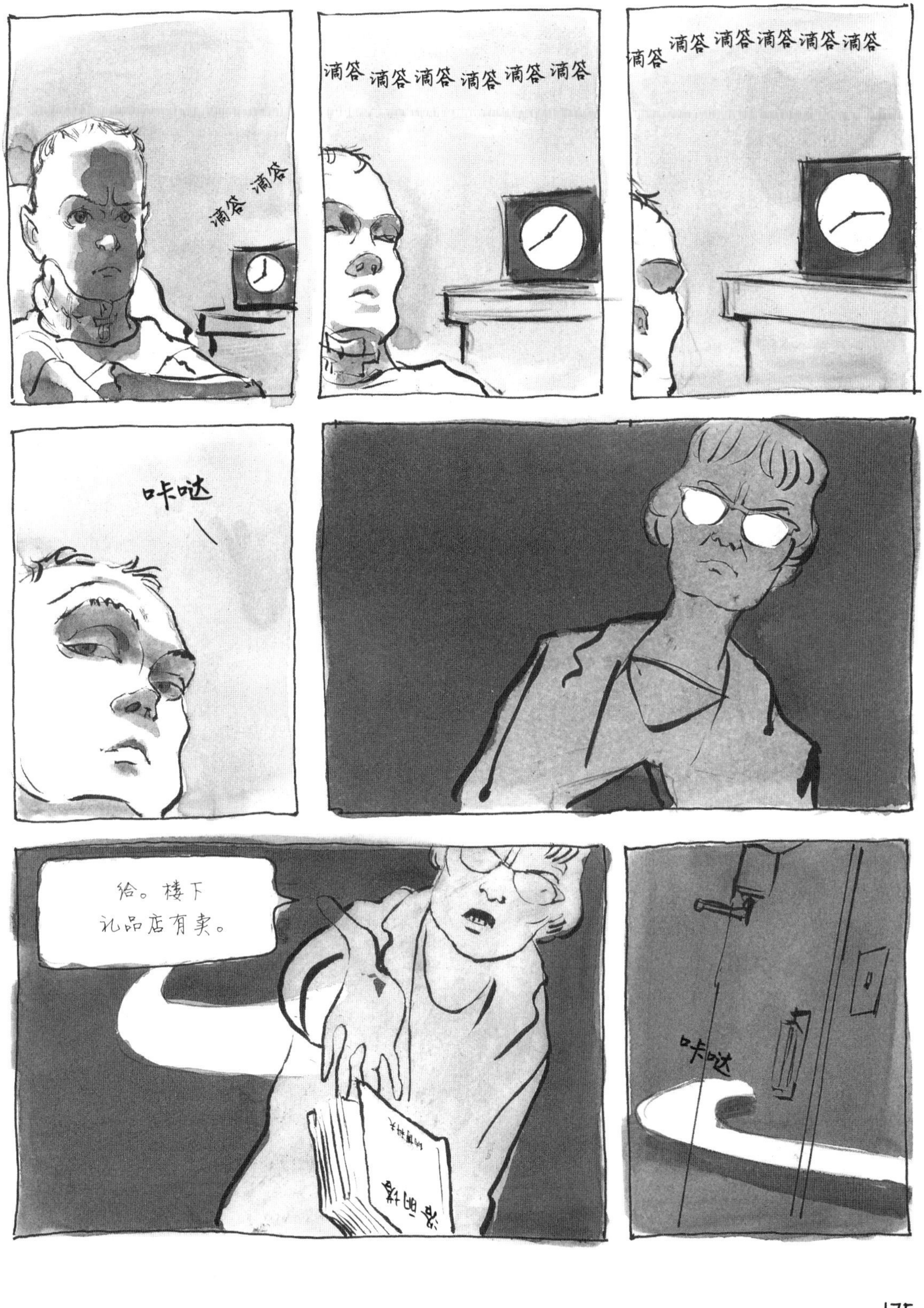

滴答 滴答
滴答 滴答 滴答 滴答 滴答 滴答
滴答 滴答 滴答 滴答 滴答 滴答
咔哒
给。楼下
礼品店有卖。
咔哒

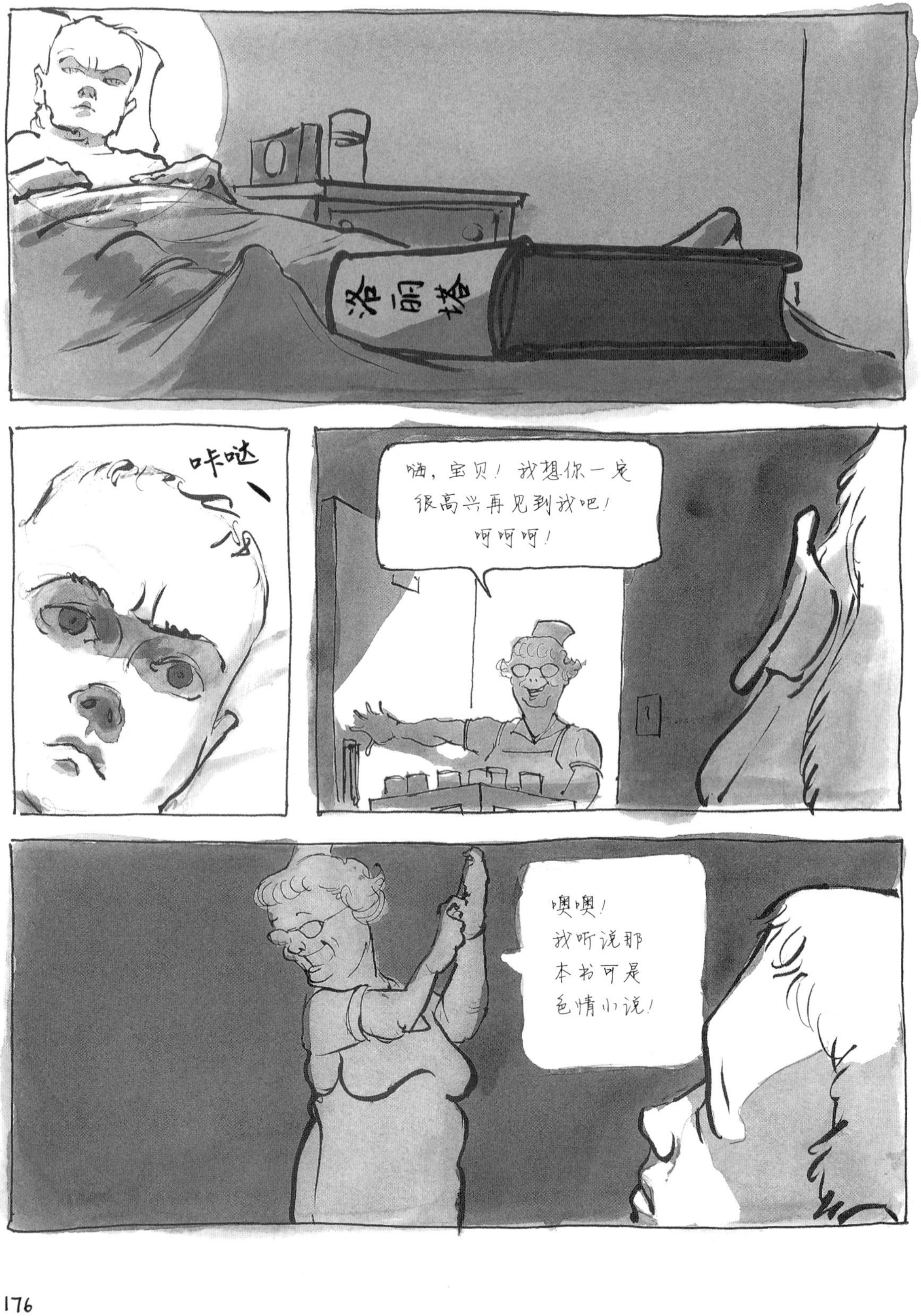
洛丽塔
咔哒
嗨，宝贝！我想你一定很高兴再见到我吧！呵呵呵！
噢噢！我听说那本书可是色情小说！

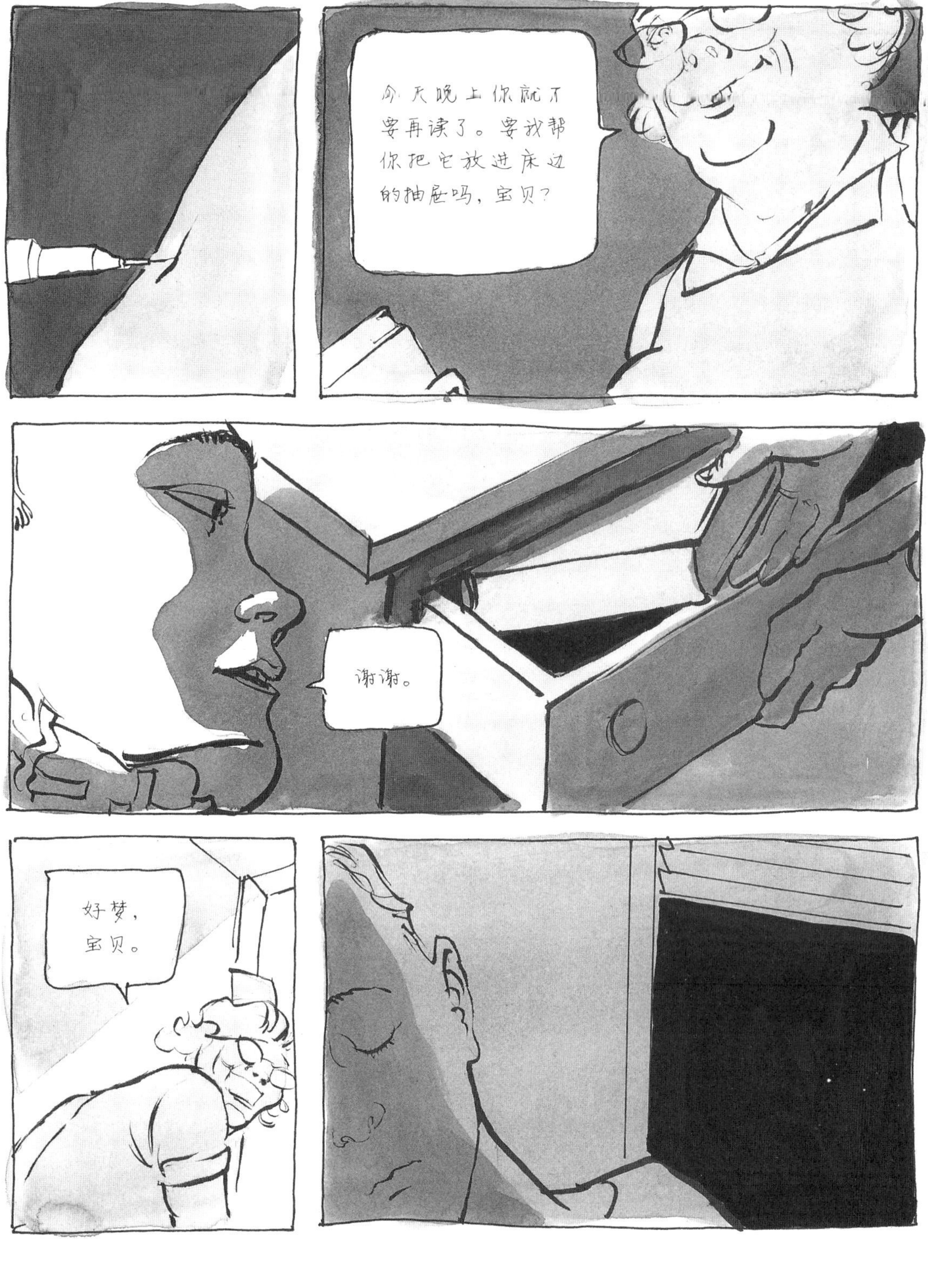
今天晚上你就不要再读了。要我帮你把它放进床边的抽屉吗，宝贝？
谢谢。
好梦，宝贝。

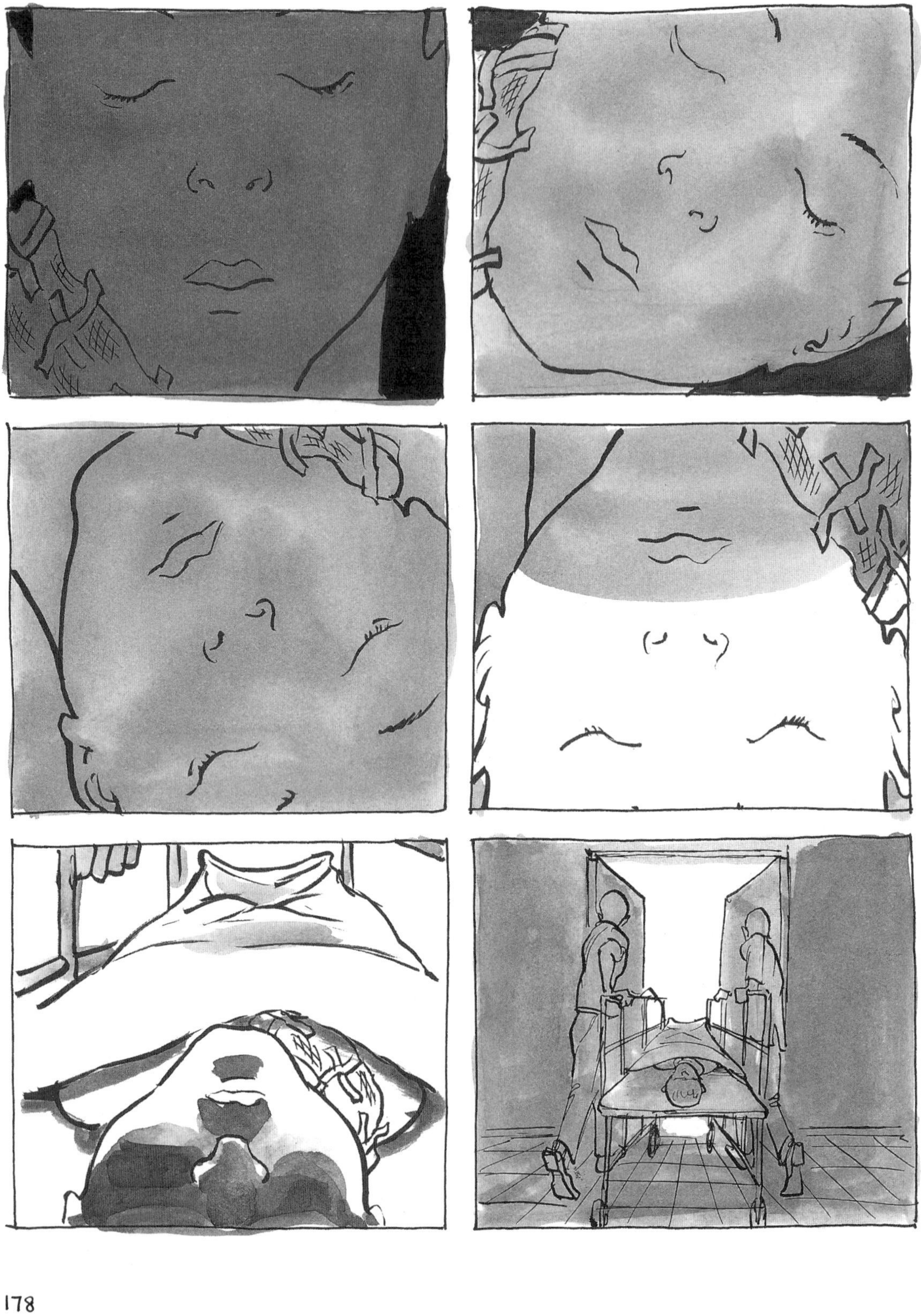

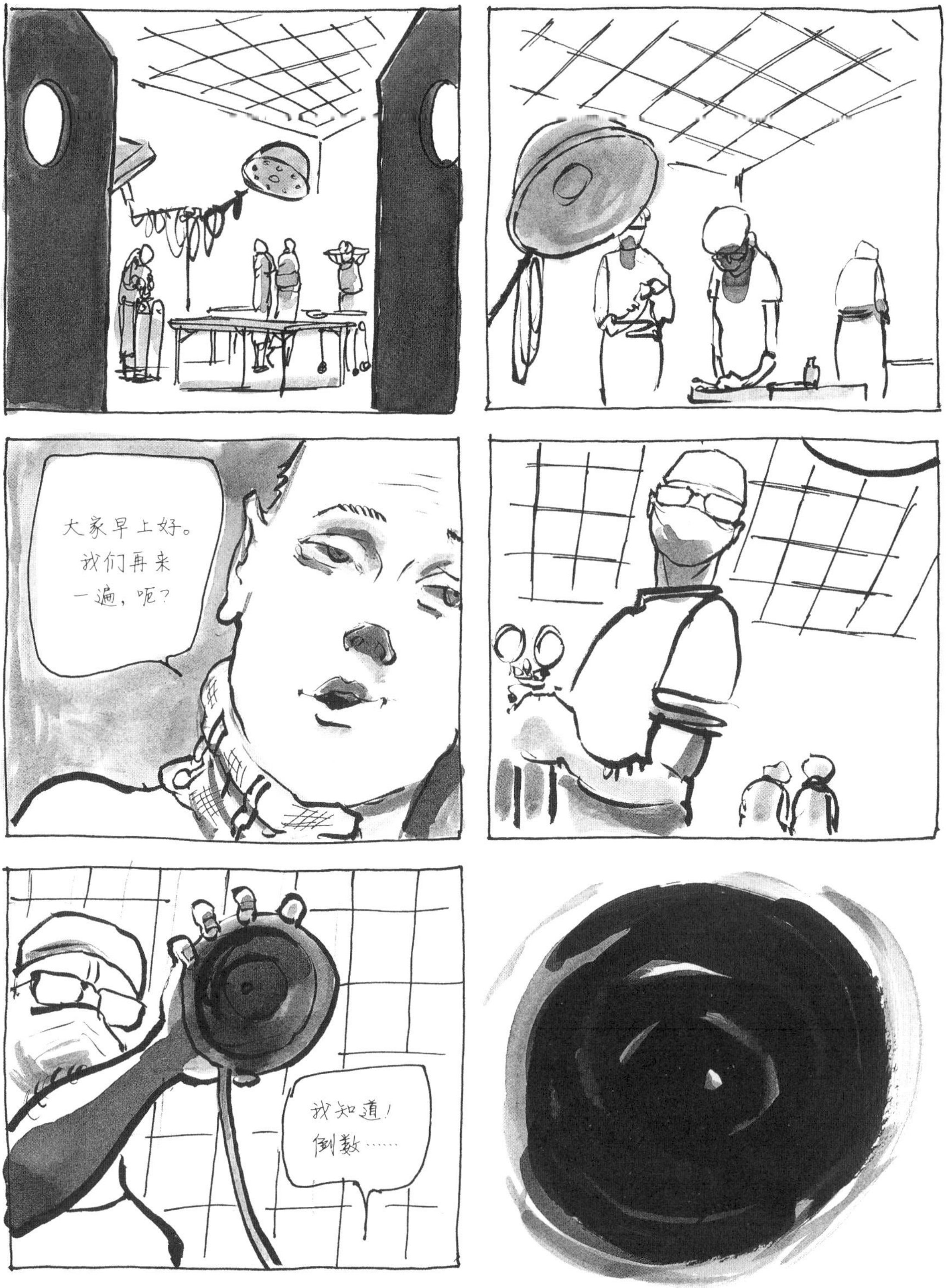
大家早上好。我们再来一遍，呃？
我知道！倒数……

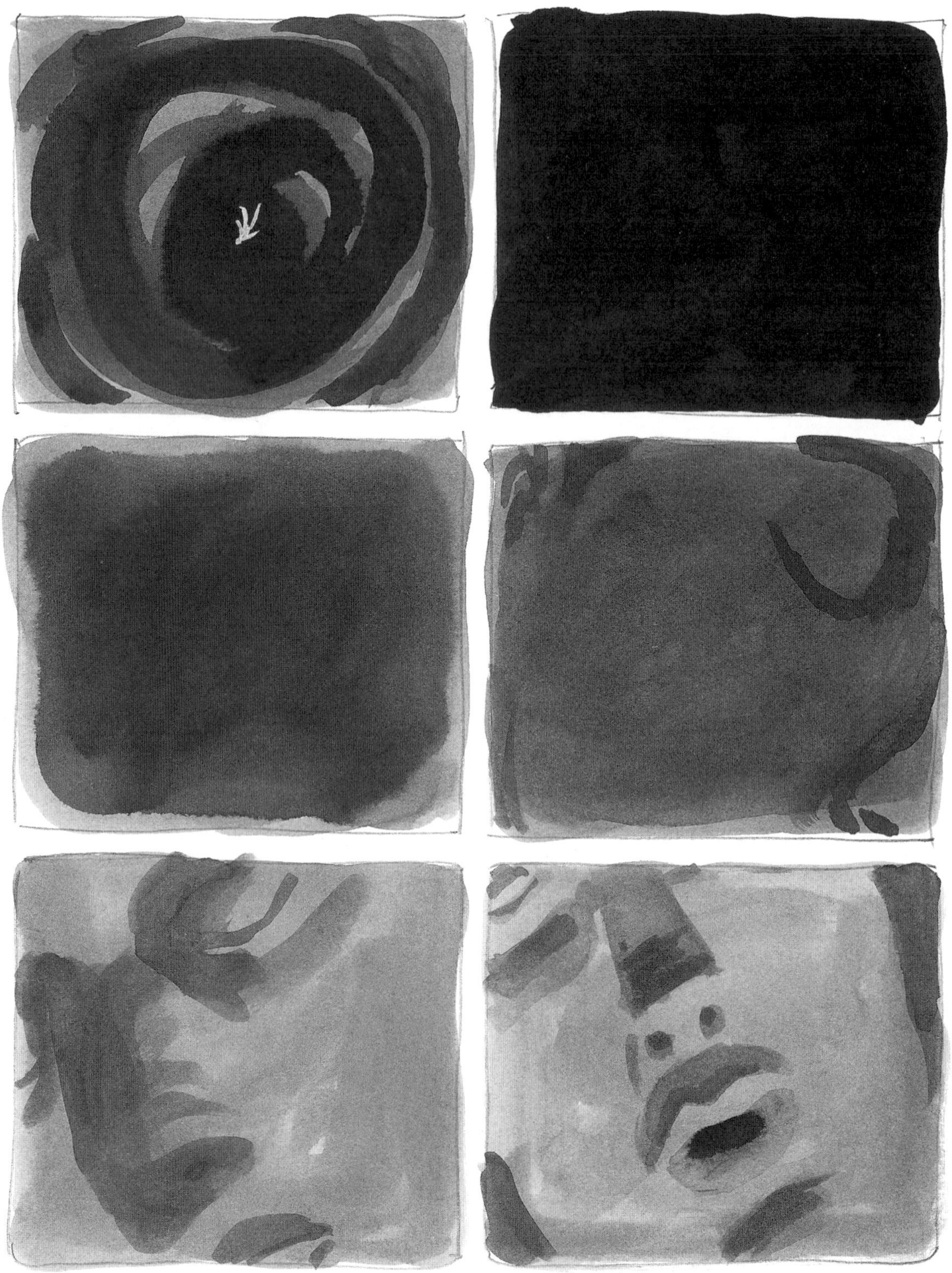

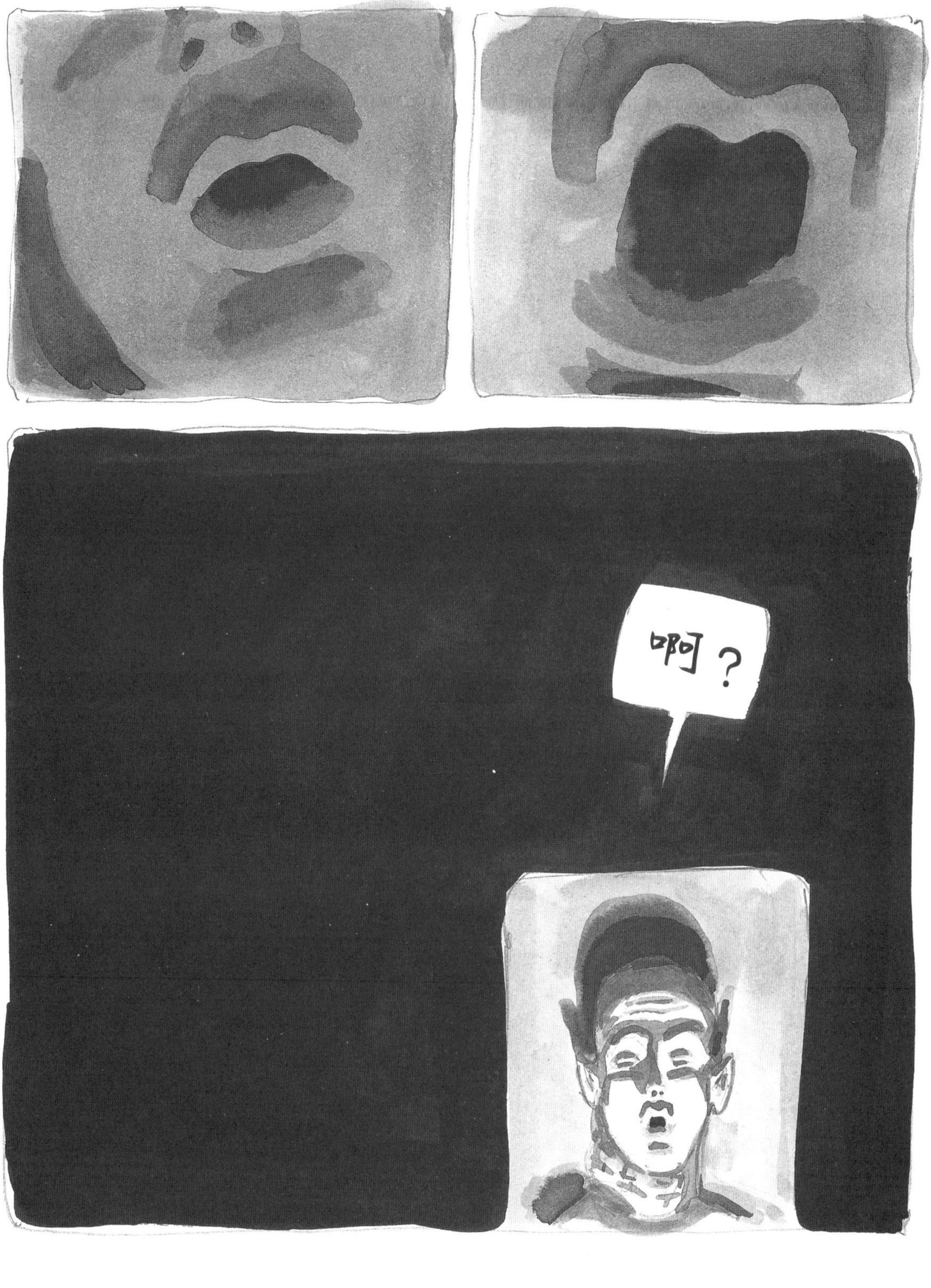
啊？

跟着我到你嘴巴里待一会儿,好吗?

小心哦!舌头很滑!

嗯,看到那儿了吗?喉咙里像道屏风一样的东西?那些就是你的声带。
空气经过时,它们会像琴弦一样振动起来。

声带就会发出你的声音，诅咒声或者祈祷声。

我从第二次手术中醒来时，只有一道声带了，只有一道声带的时候，你发出的声音只能是……

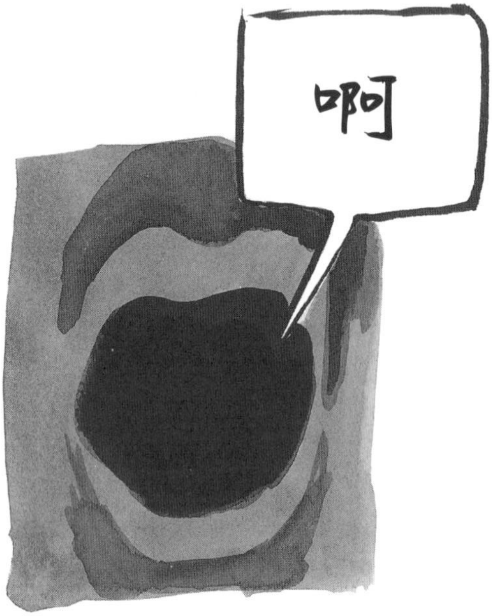
啊

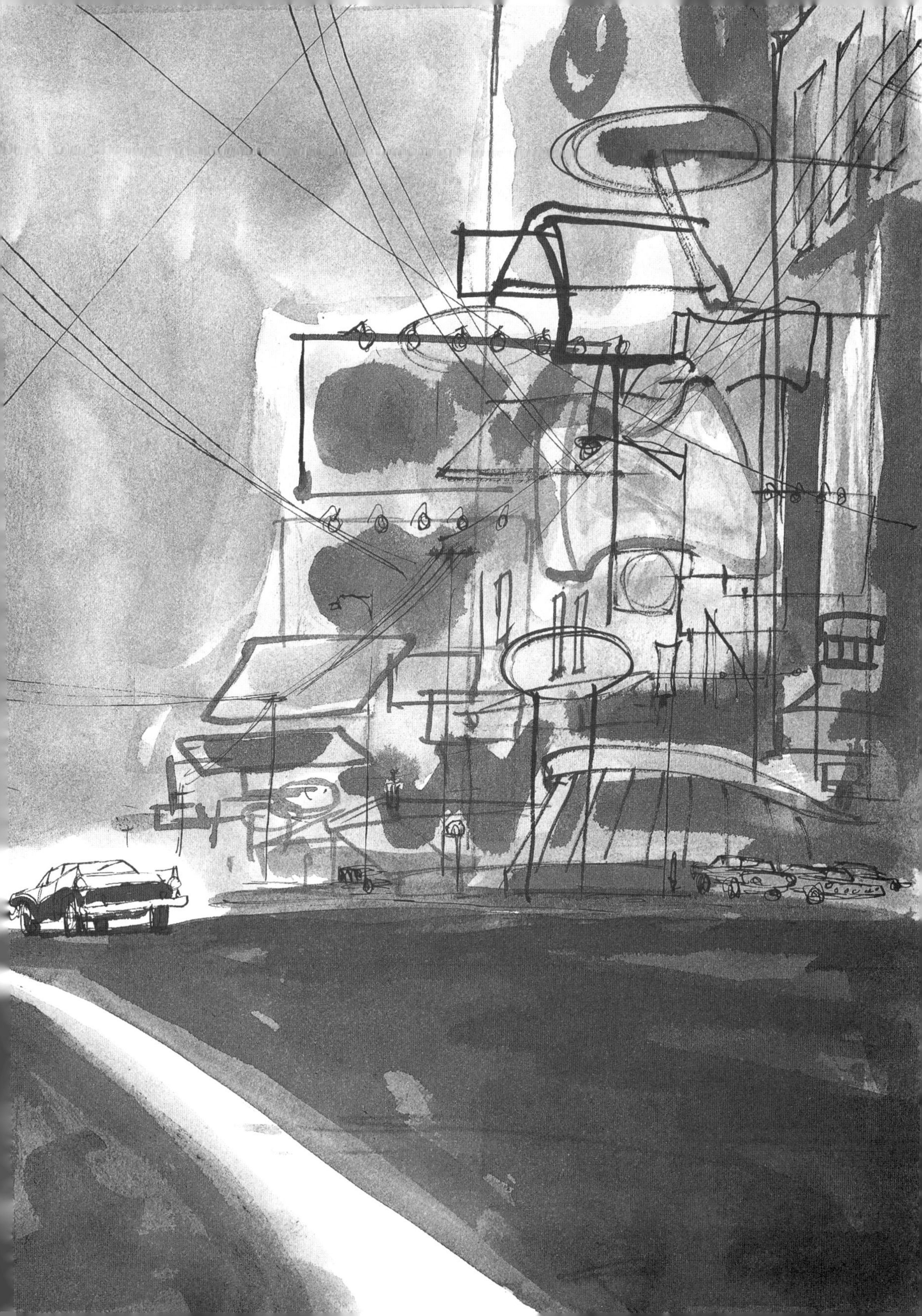

从医院回家的路上，我都在想：真奇怪啊！一天，你走进病房接受手术，原以为一点问题都没有，结果，手术从一次变成了两次；醒来后，脖子上丑陋的肿块没了，但随之没有的还有你的甲状腺和声带。

就像你的指纹，你的眼睛的颜色，你的名字一样，失声的事实从此将重新定义你。

然而，在那一刻，虚弱和吃完止痛药后的神情恍惚让你没有任何感觉，除了麻木。

回到家，一切照旧！爸爸偶尔才回家吃一顿妈妈做的寡淡烧焦的饭；妈妈依然压抑着内心的怒火，一言不发；哥哥沉默着，我也沉默着。

嗯！烘肉卷真不错，老婆！

当然，我的沉默已经不再是我的选择了。

晚饭后传来妈妈在厨房里"爱护"那些碗碟时发出的声响……

唯!
当!
哗啦!

……哥哥跑到地下室打鼓去了……

砰! 叭哒
嘭!
嘭! 嘭! 嘭! 嘭! 嘭! 嘭! 嘭!

……爸爸的汽车突然加速冲进栽满松树的林荫道时,车胎发出刺耳的嘶叫声。

咪咪咪咪咪咪咪咪咪咪咪咪咪

整整两个星期，我除了睡觉和看电视，什么也没做。

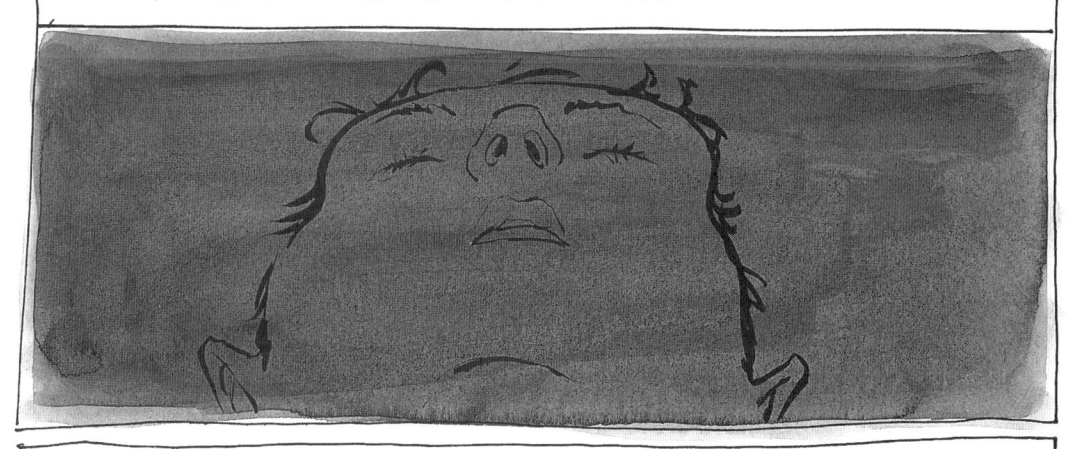

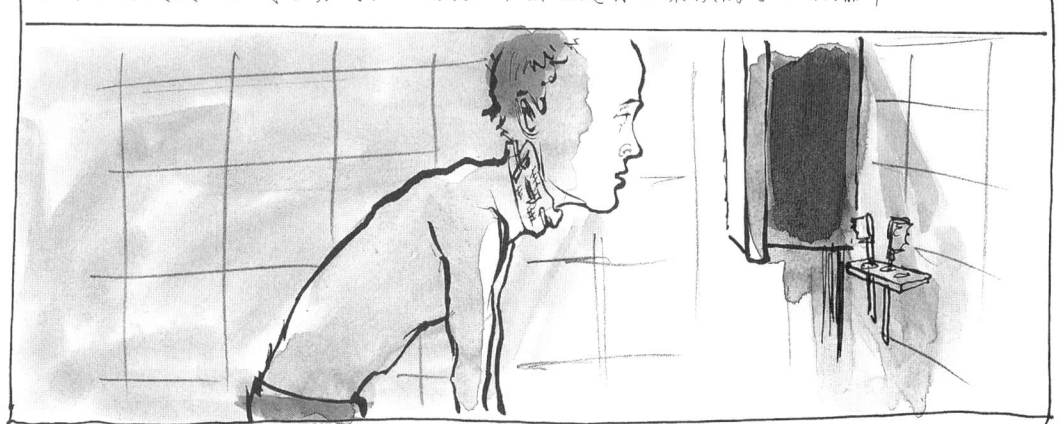

后来，我慢慢地鼓起了勇气，一天晚上，我决定自己来换脖子上的绷带……

然后，我第一次 | 看见了 | 他们对我所做的一切。

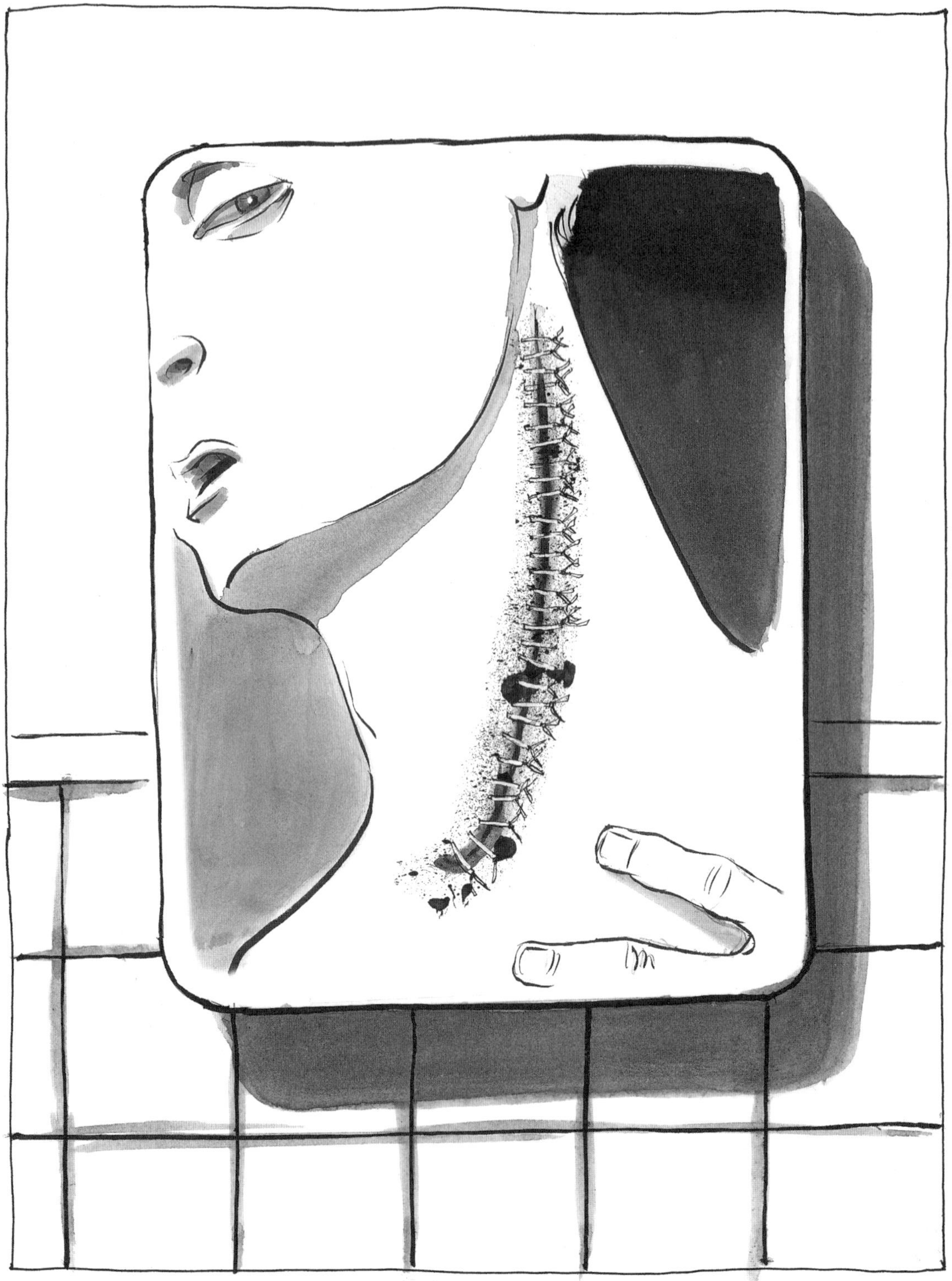

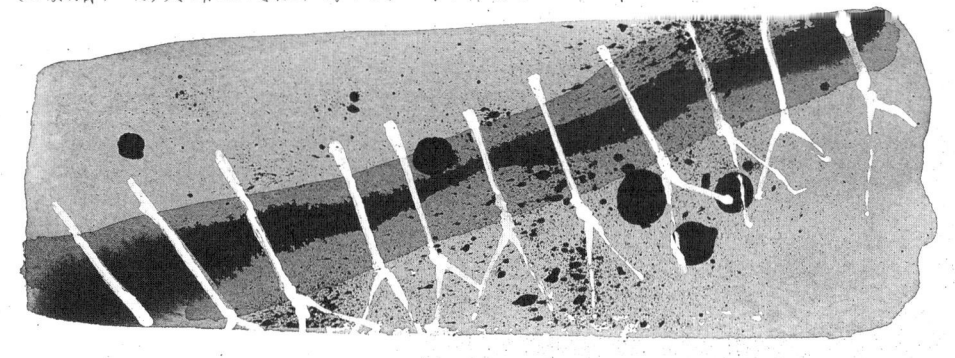

结了黑色硬皮的缝线的痕迹；我那原本光滑的年轻的喉咙像被砍了一刀，点缀着纵横交错的缝痕，像极了一只靴子。

"这一定不是我的脖子。" "不，朋友。当然是你的。"

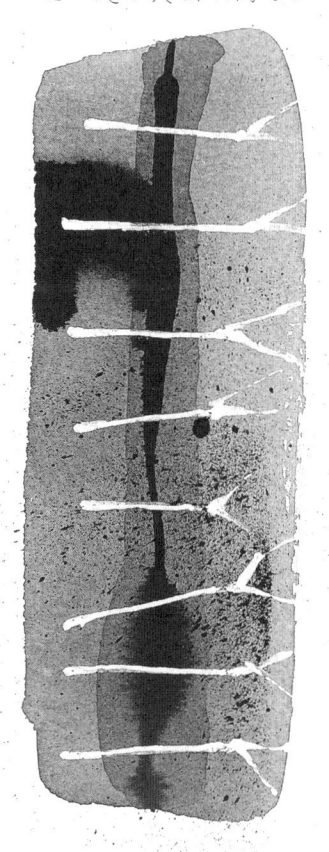

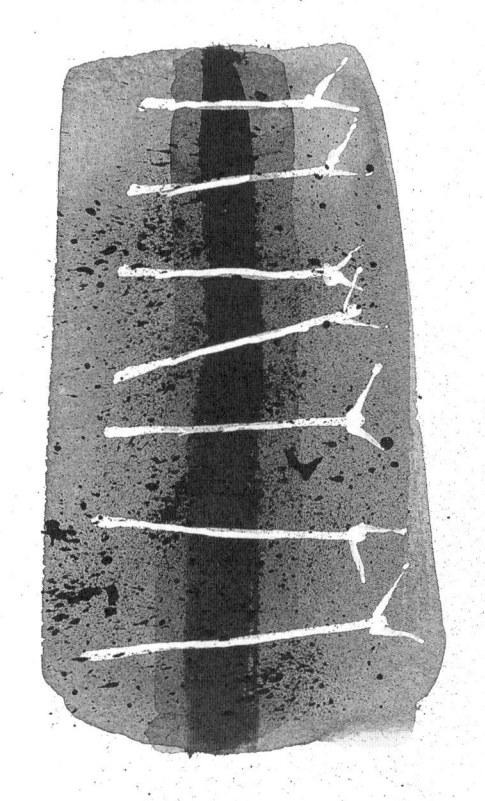

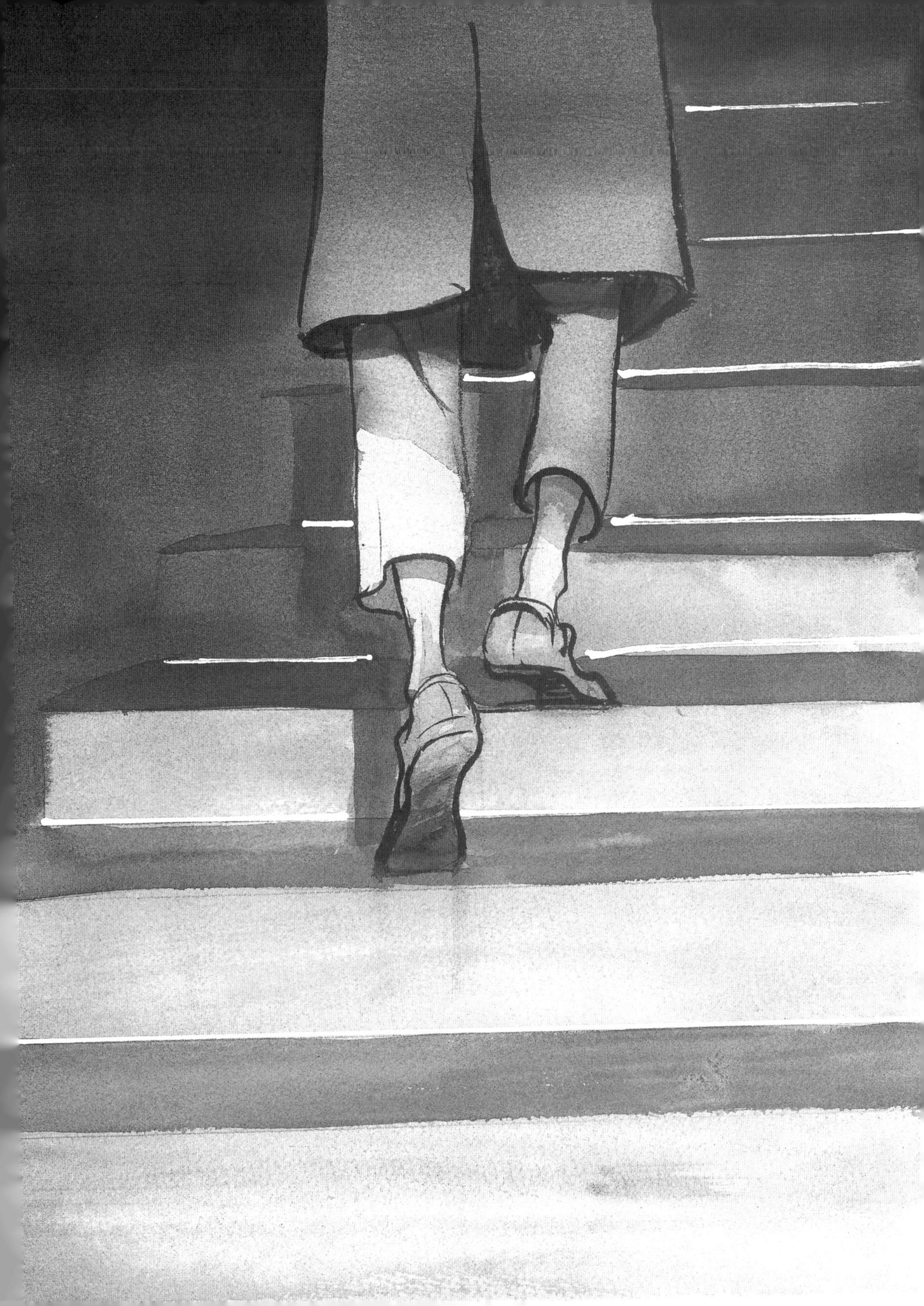

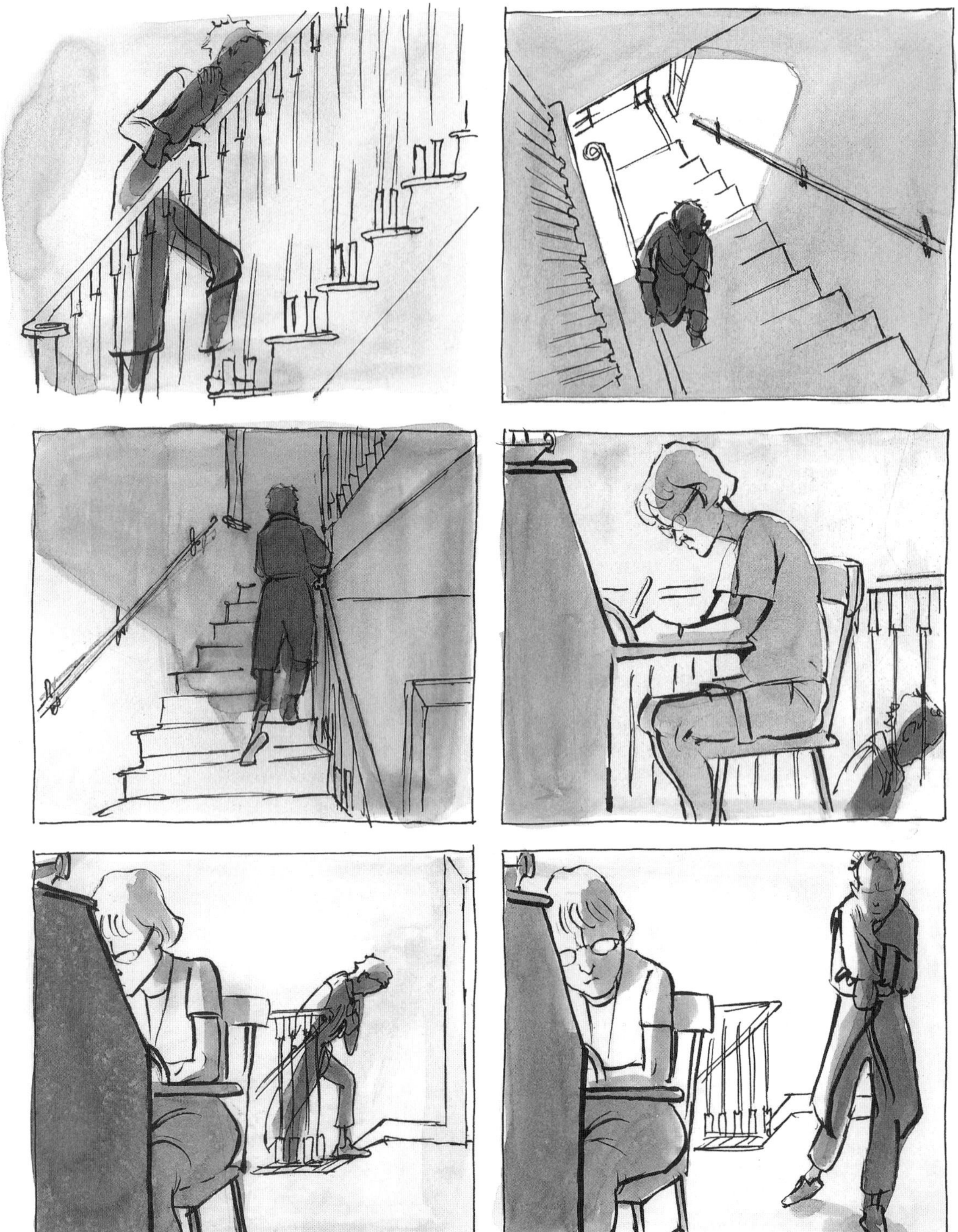

戴维。

别按脖子。

如果你还按，伤口就会愈合得不好。

别碰它。喂！

砰！

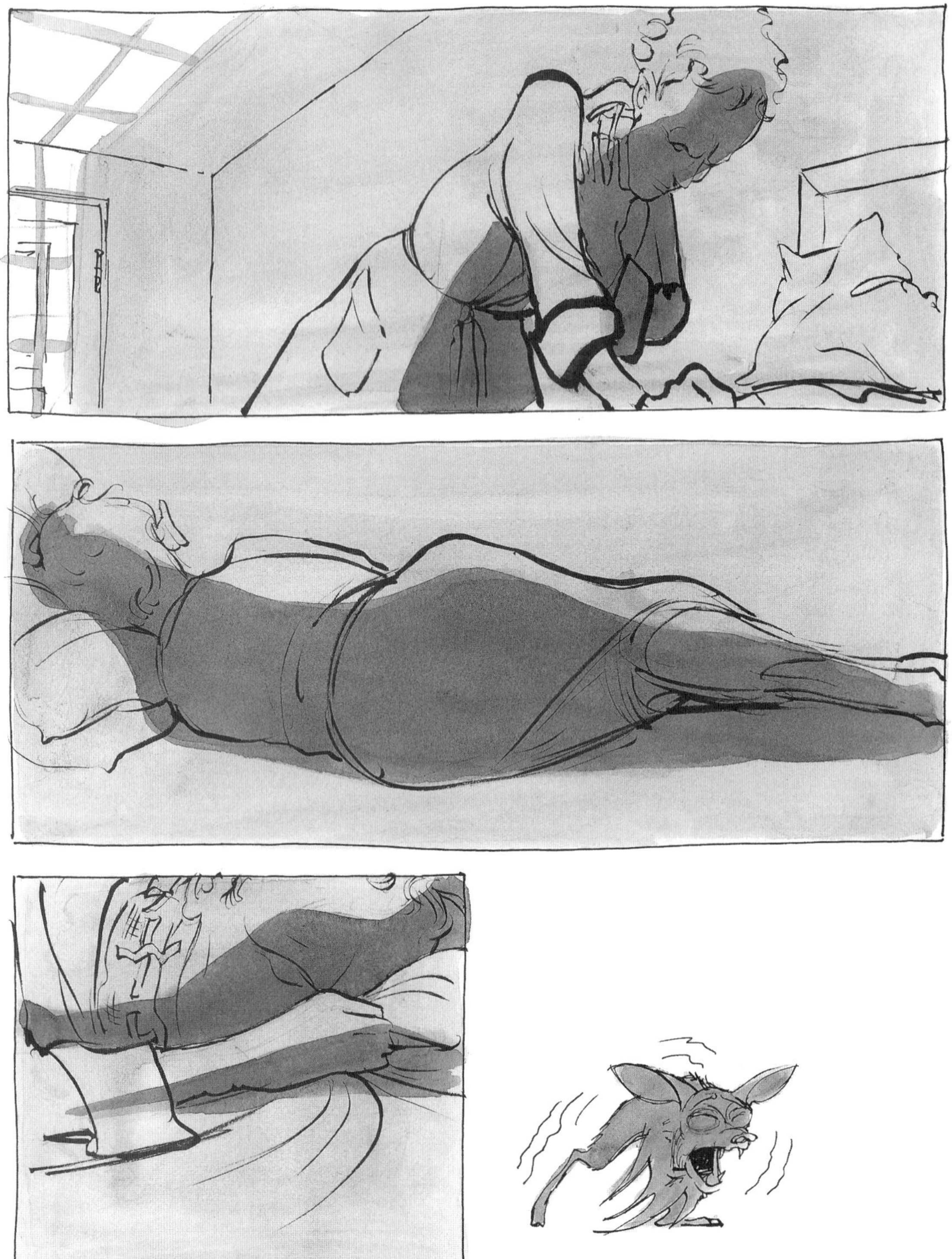

妈妈!

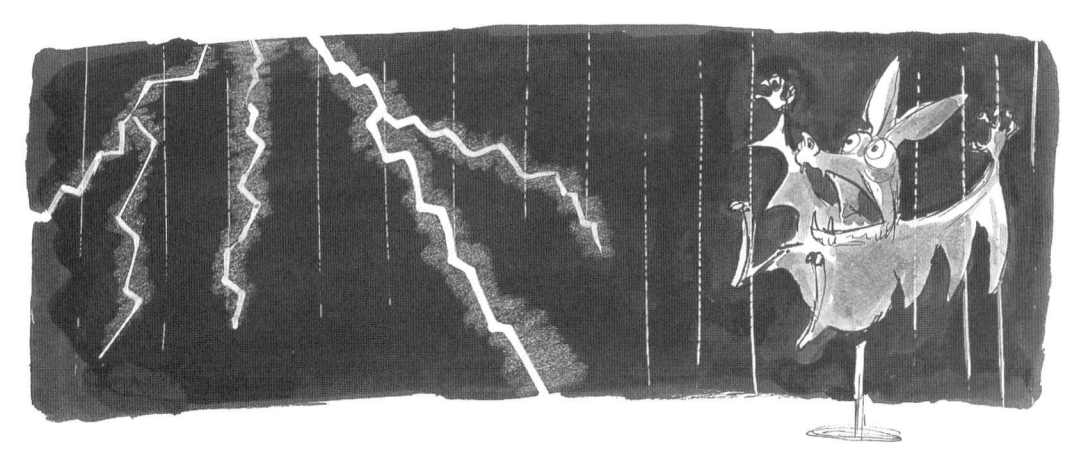

妈妈?

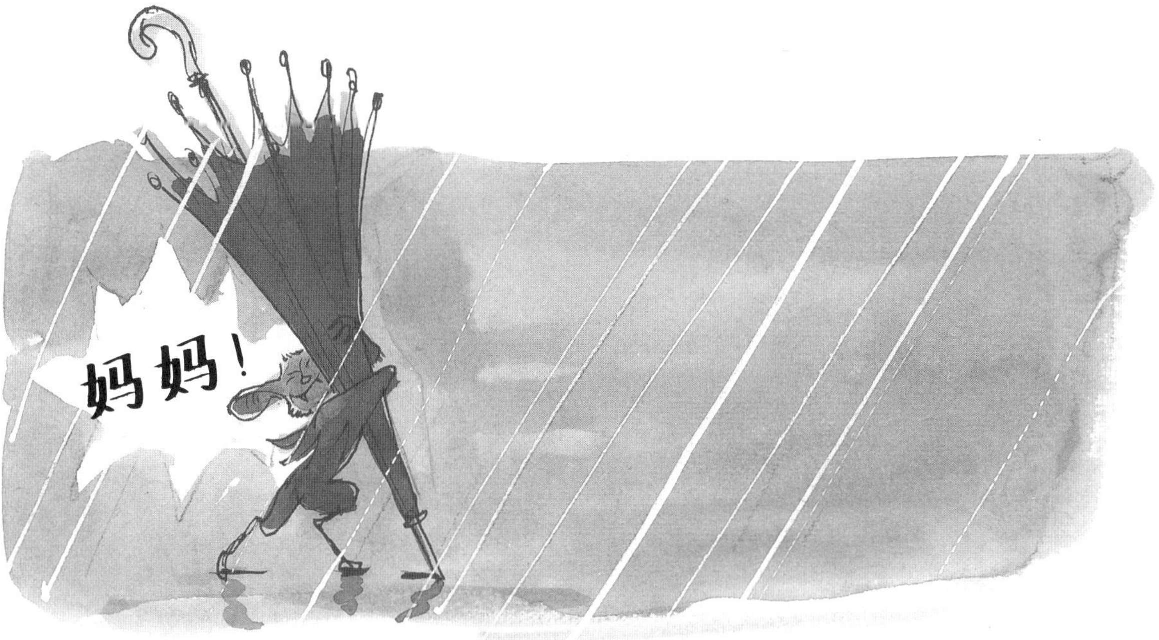
妈妈！

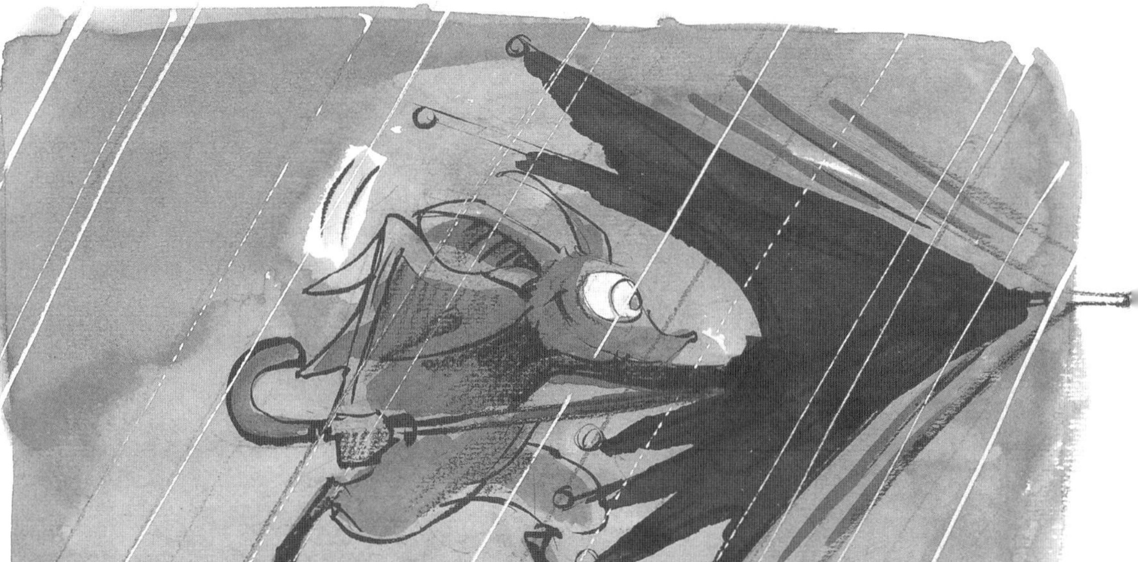

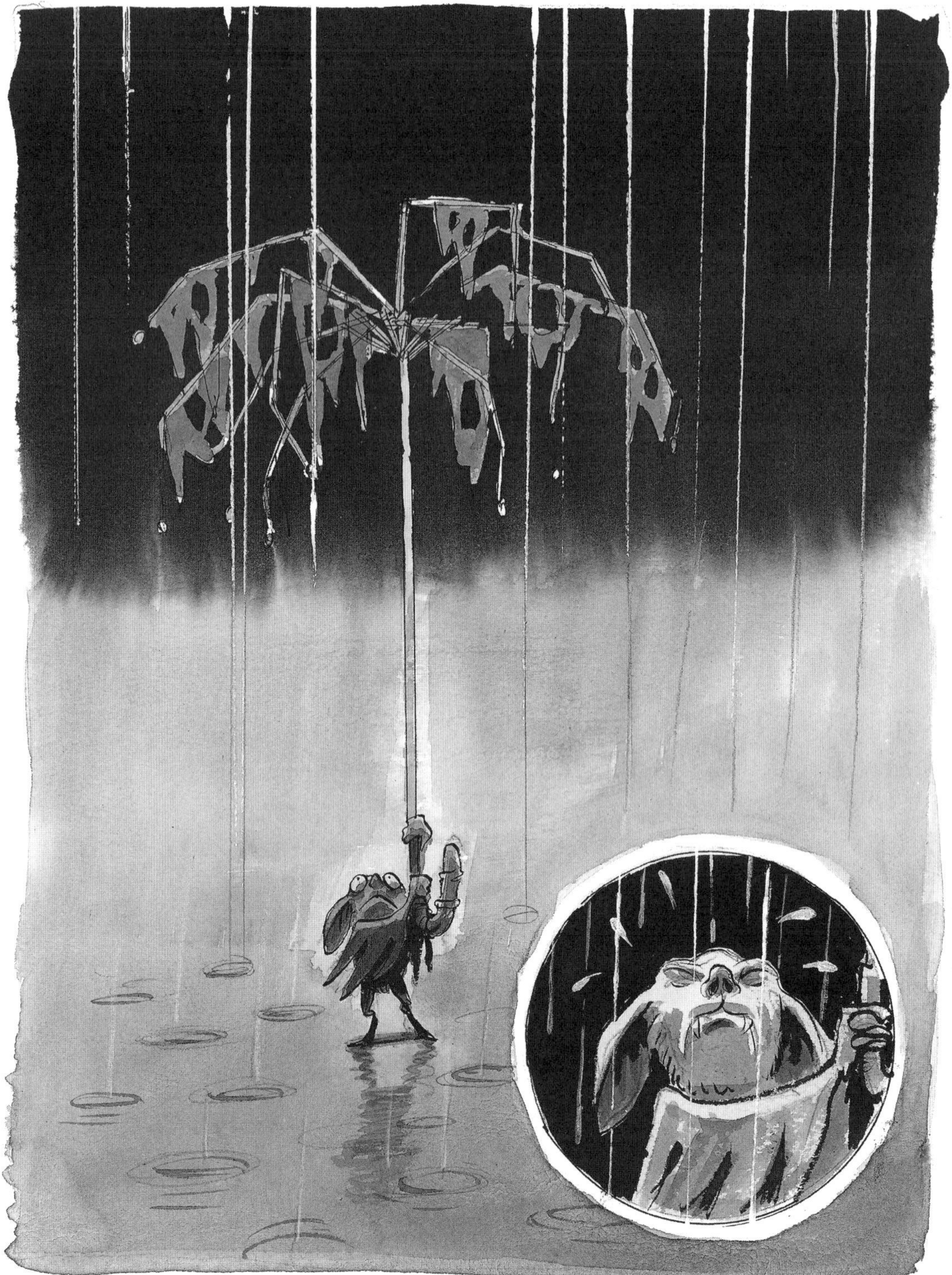

该死的怪梦。

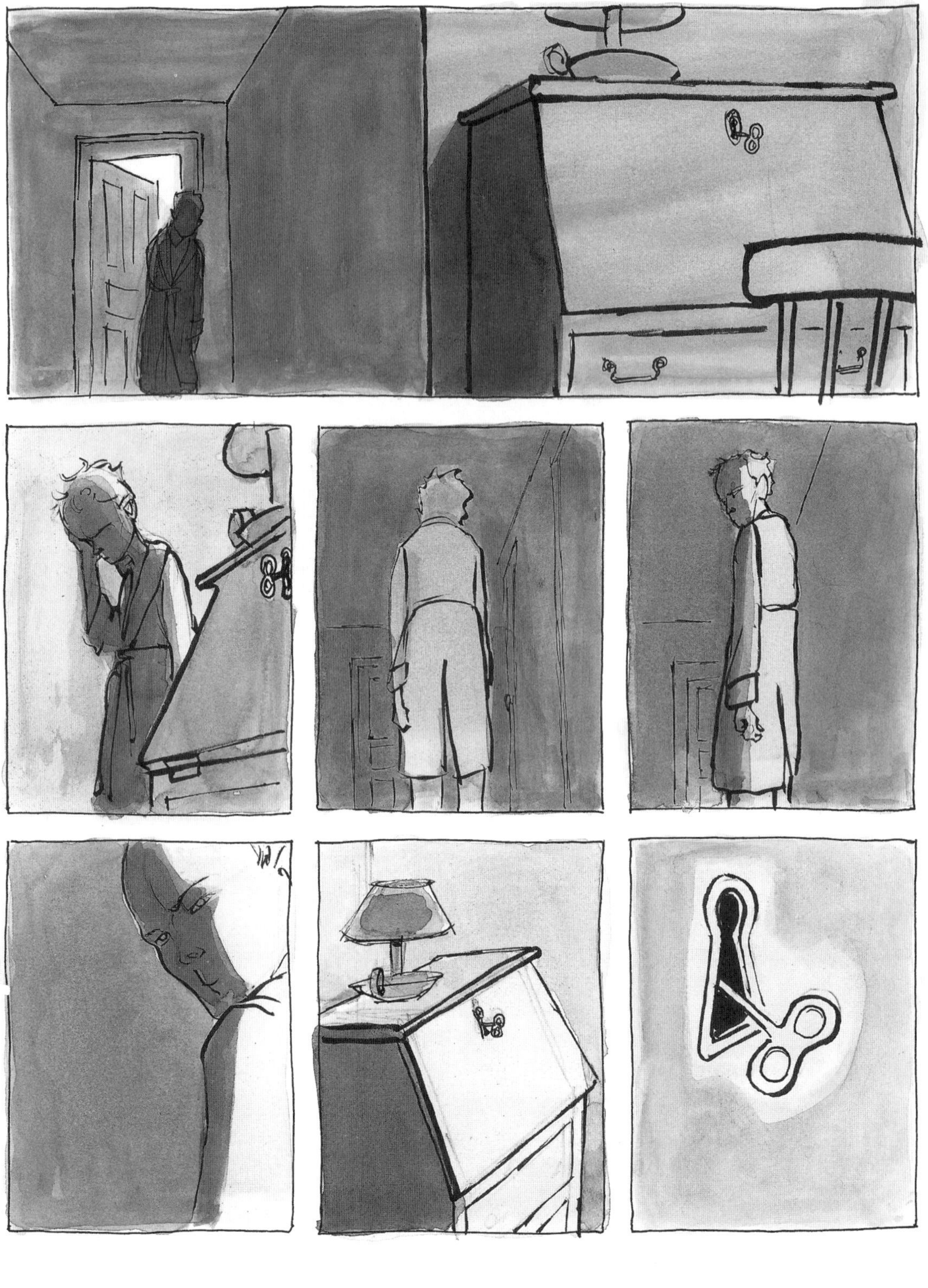

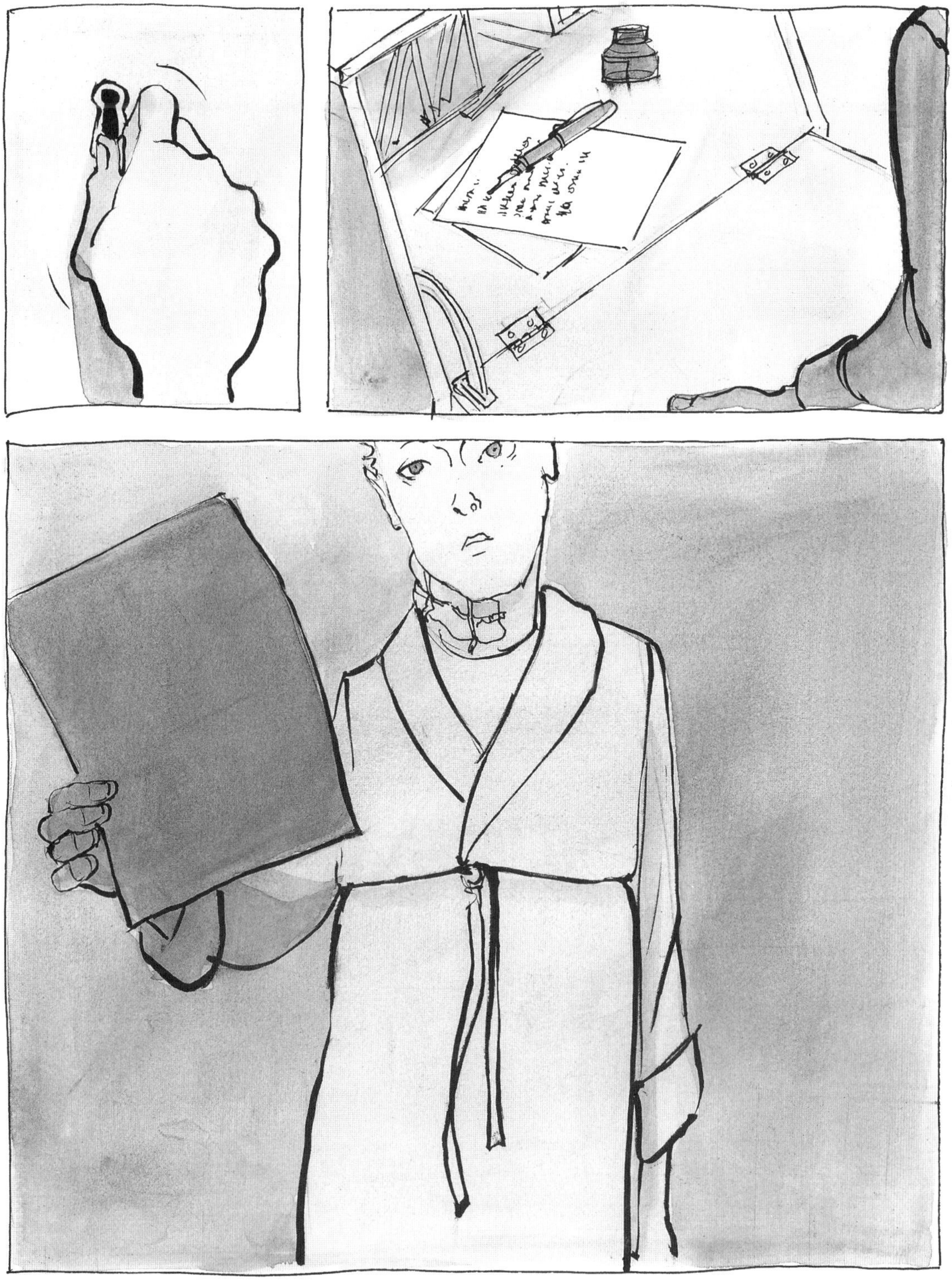

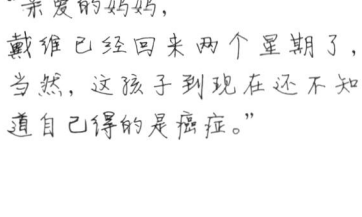

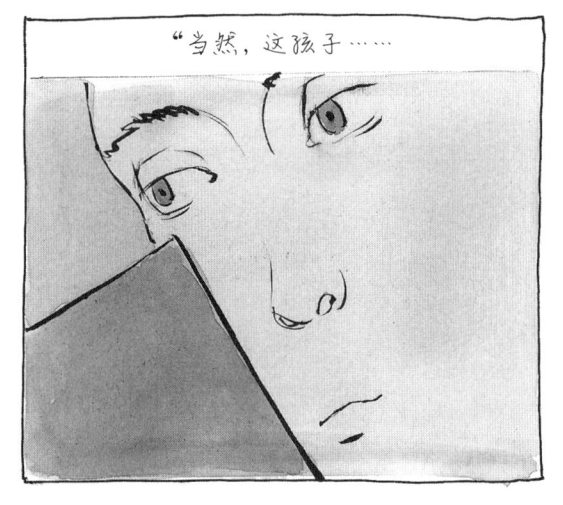

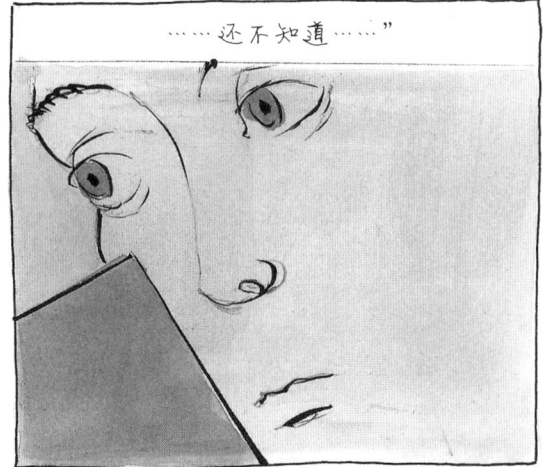

"亲爱的妈妈，
戴维已经回来两个星期了，
当然，这孩子到现在还不知
道自己得的是癌症。"

"当然，这孩子……　　　　……还不知道……"

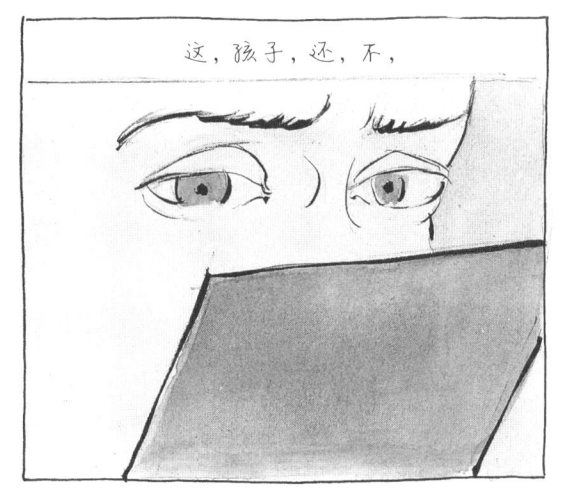

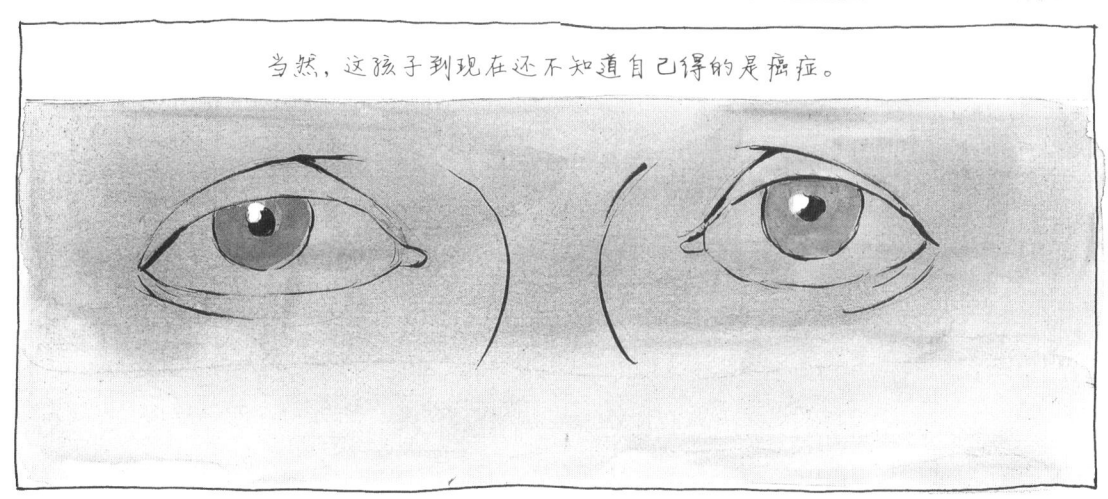

| 这孩子。 | 这孩子。 |

| 这，孩子，还，不， | 知道， |

当然，这孩子到现在还不知道自己得的是癌症。

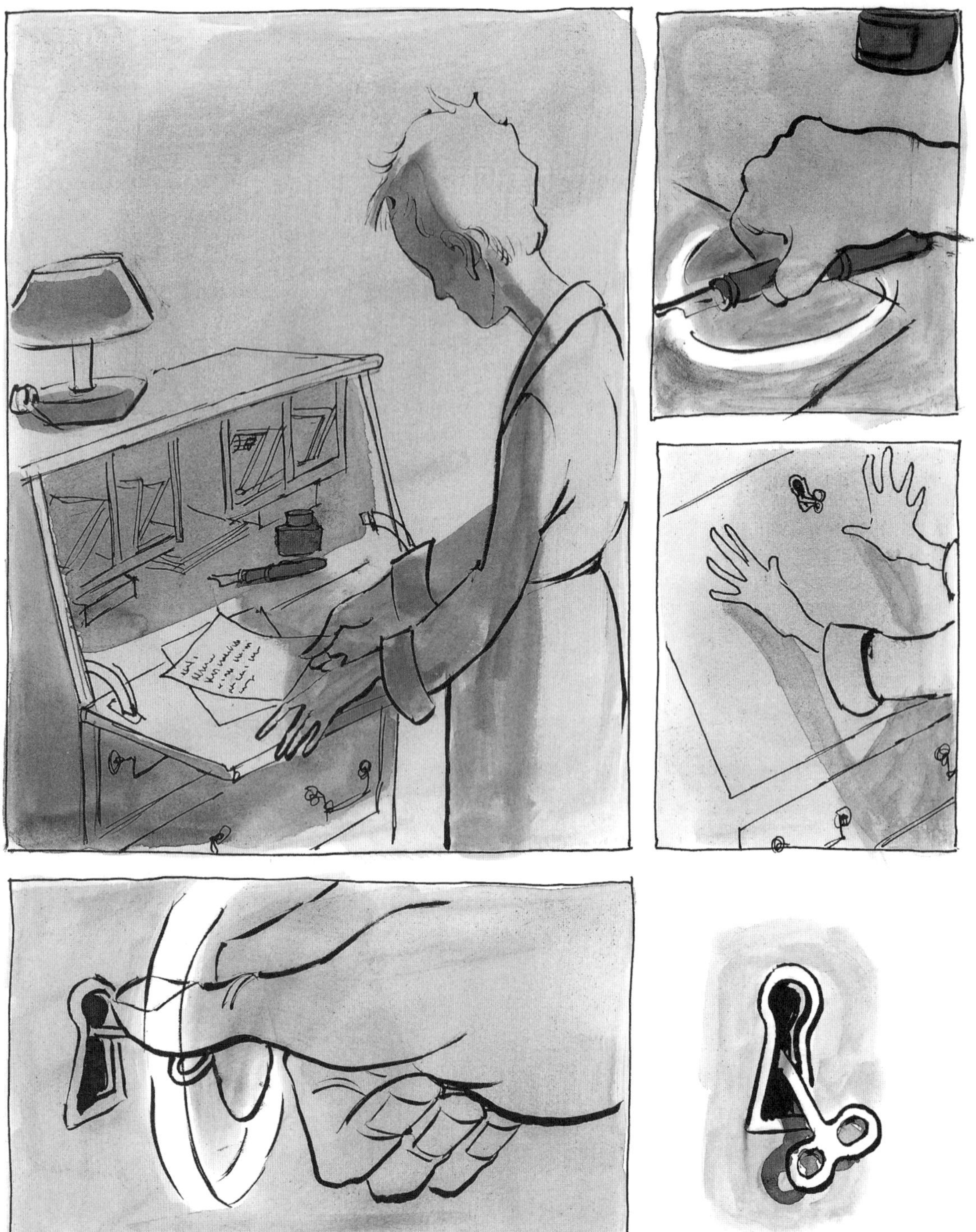

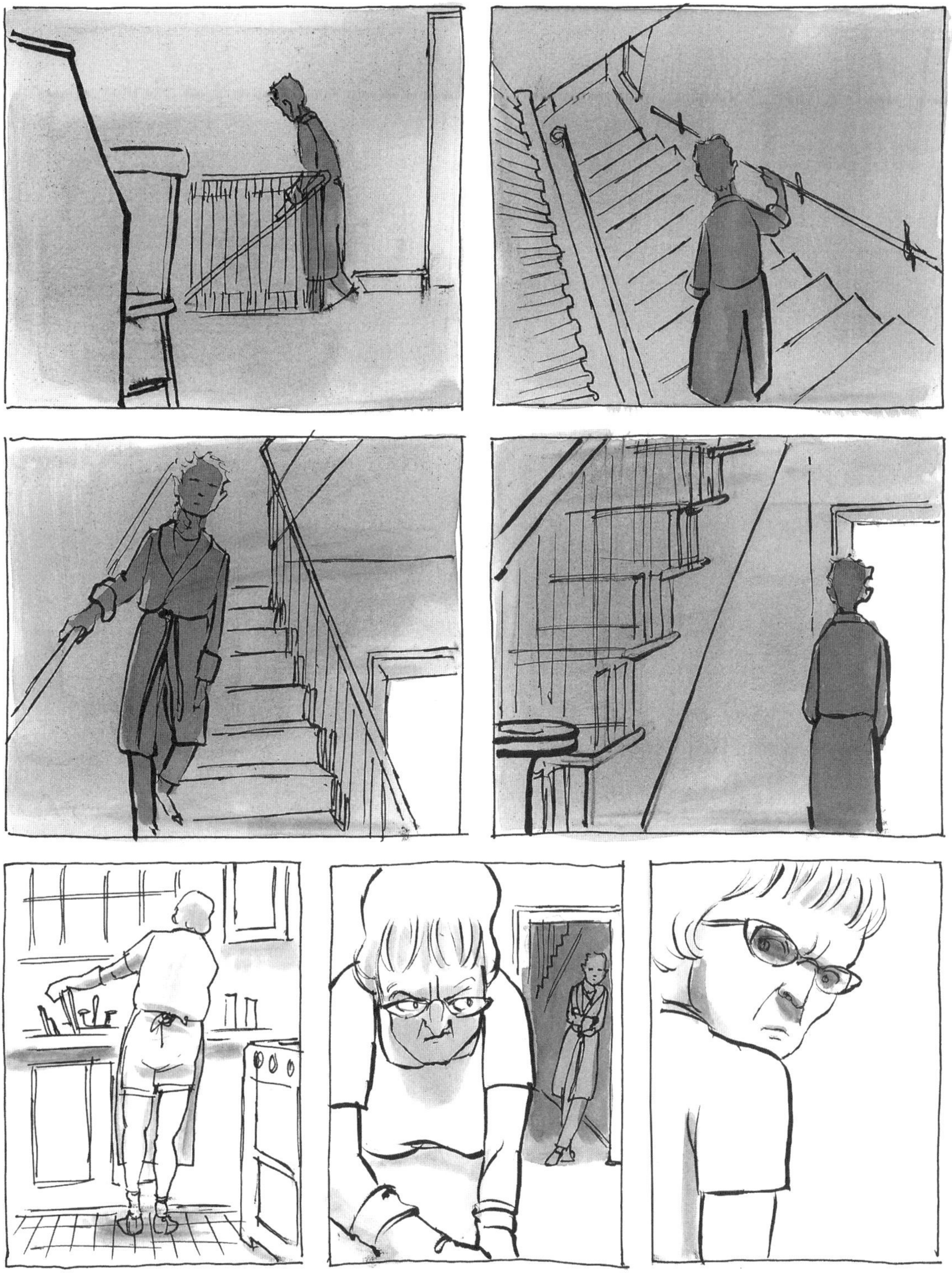

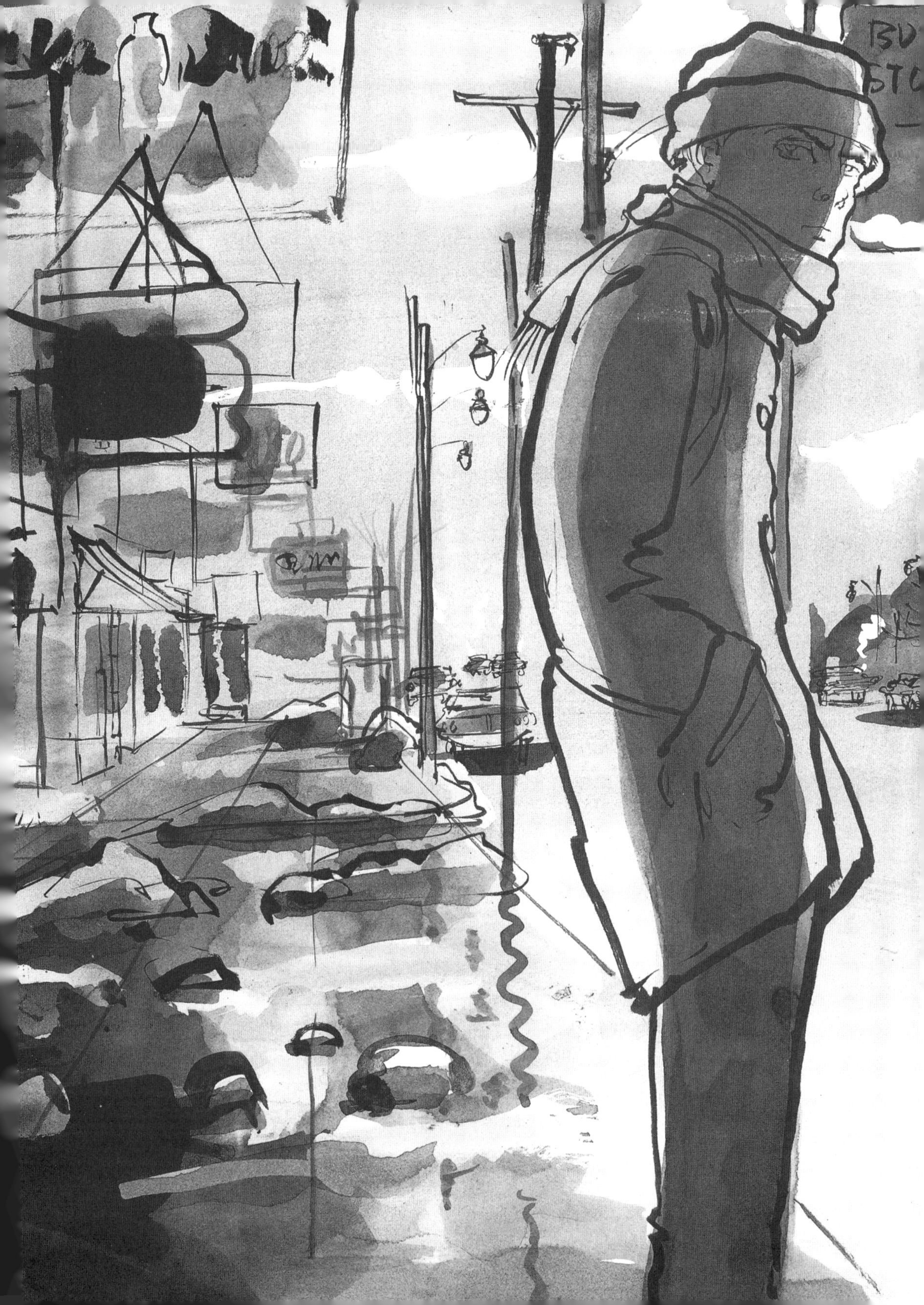
BU
STO

突然，所有事情都明朗起来了：不得不做两次手术；摘除我的甲状腺和声带；还有，第一次手术后，爸爸妈妈一起努力表现出真正家人的样子。

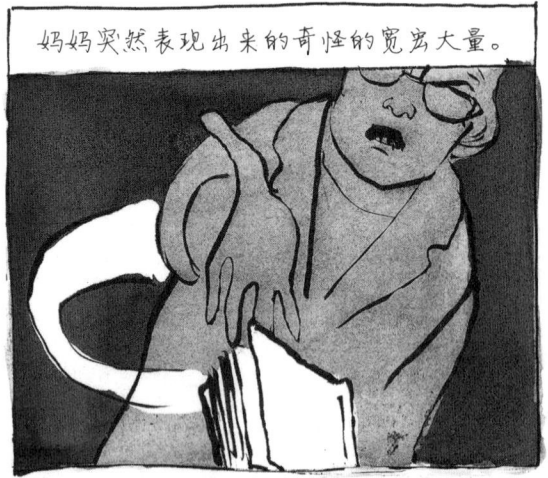

爸爸那极不自然的和蔼……

妈妈突然表现出来的奇怪的宽宏大量。

尤其是，我想起自己从第二次手术醒来后，找那本象征着我的自由的书。

啊?

我意识到那天晚上，对妈妈来说，我读什么已经不重要了。

在她心里，我已经死了。

她是来和我说再见的，也是来满足我最后的心愿的。

但后来，我似乎能活下来了，她便进到我的病房，又把那本书拿走了。

回到学校,起光,我觉得很别扭……

……但我很快就发现……

……当你没有声音时,你便不存在了。

甚至和那些老朋友在一起时，我也感觉自己是个隐形人。

我开始逃课。学校离市区只有几步路，那里有摩天大楼，咖啡馆和豪华的电影艺术宫。

有一部电影，我看了一遍又一遍……

一位科学家吃了一种实验性药物以后，拥有了类似X射线的视力。他被自己看到的一切弄疯了，他来到沙漠，泪水慢慢地从他的眼睛里流了出来。

回到家，夜深了，我感觉自己开始缩小……

……住在自己的嘴巴里。

……仿佛是一个又热又潮的山洞，我能想到的一切，大脑里的每一个词都雷鸣般地朝我吼来。

我害怕上床睡觉，害怕脑子里的尖叫声会被家人听到。

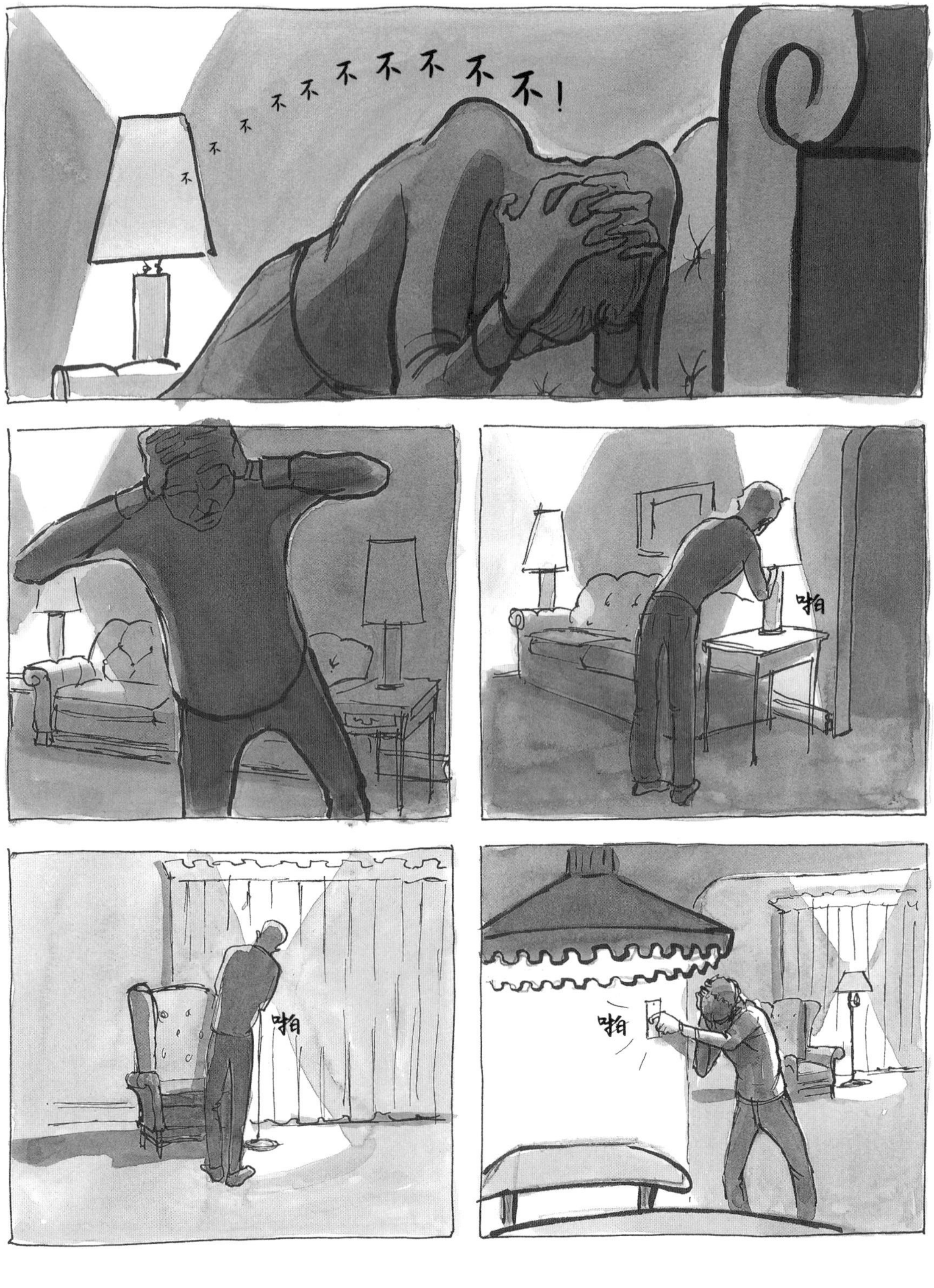
不不不不不不不不不不！
啪
啪
啪

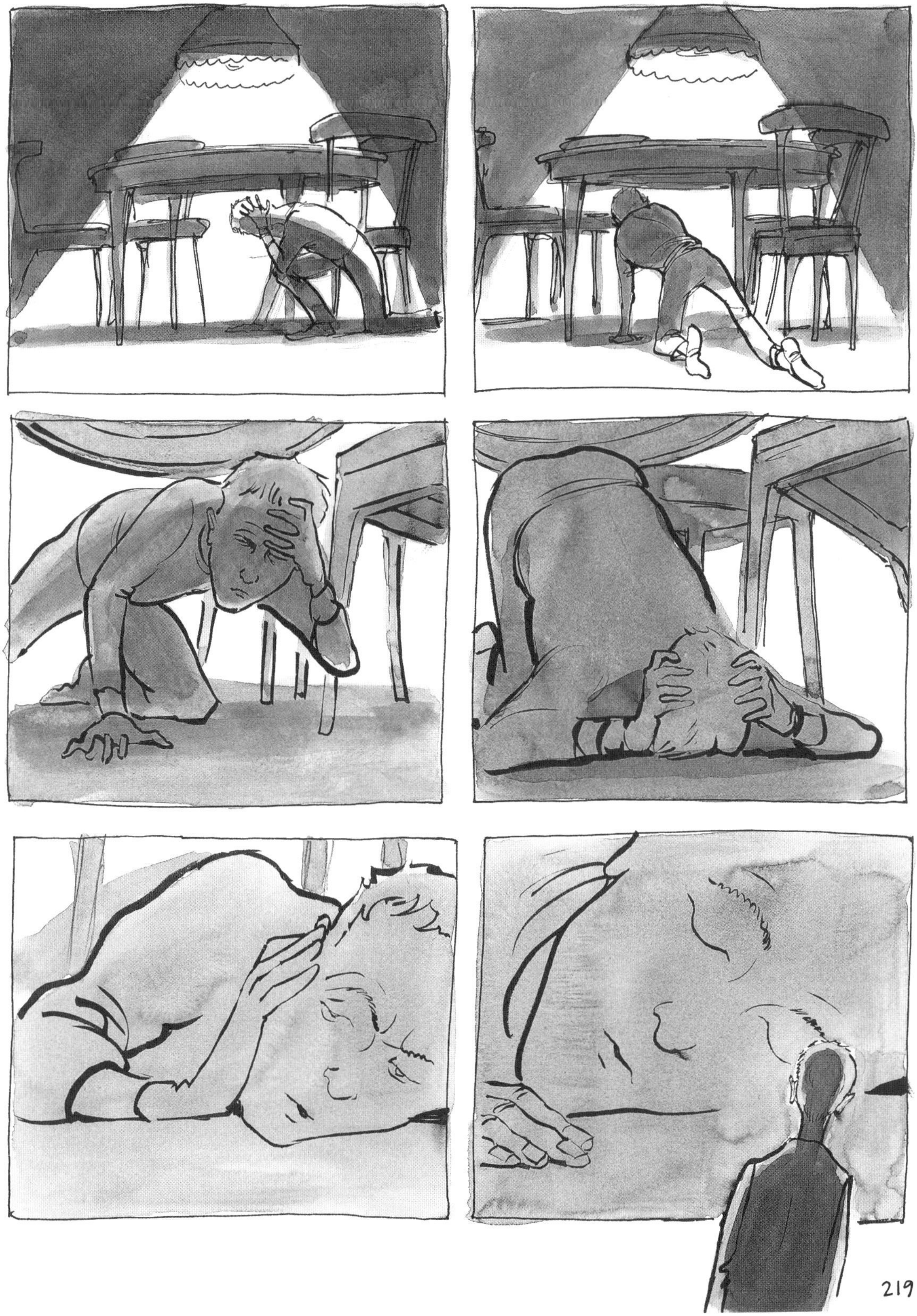

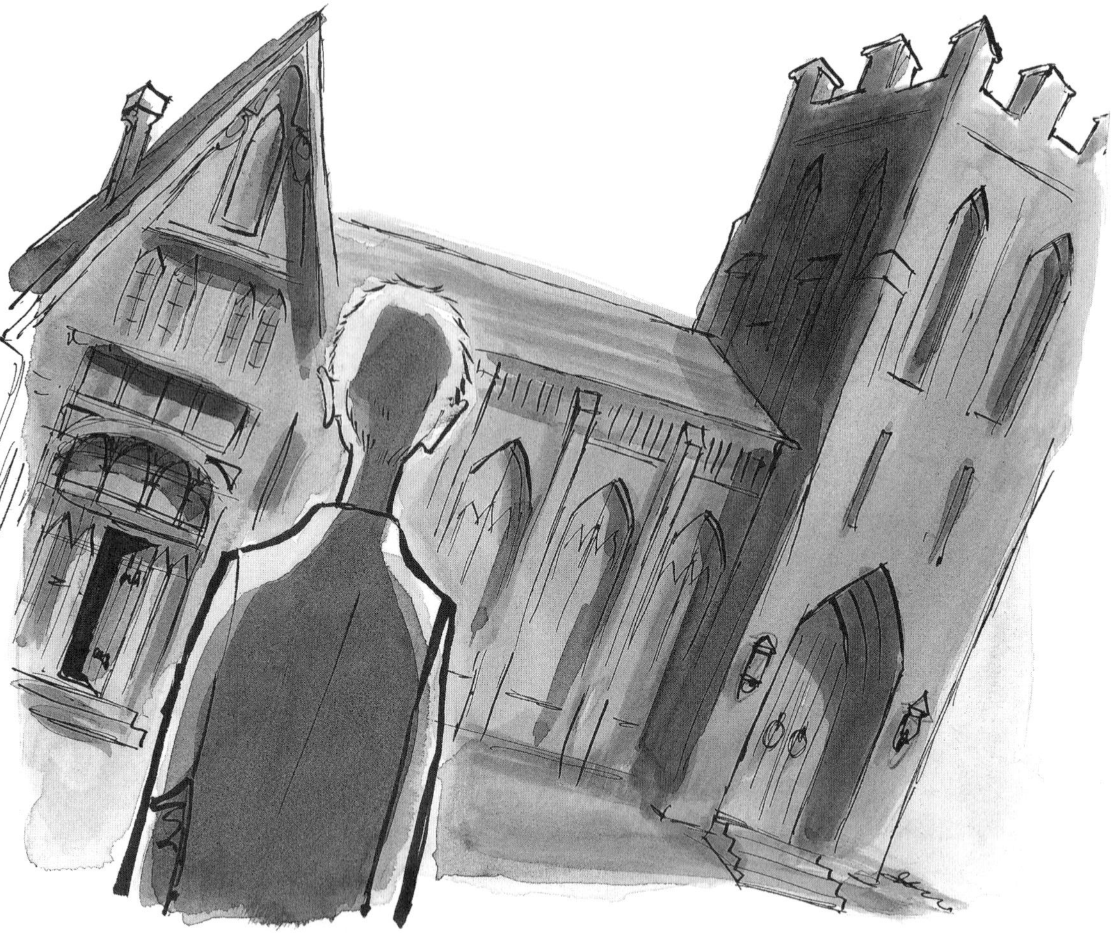

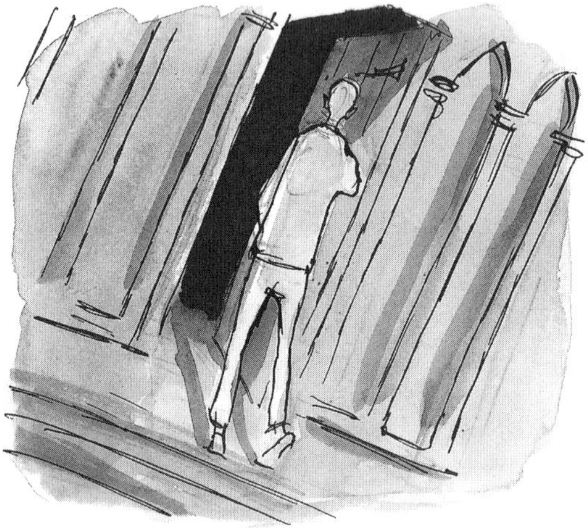

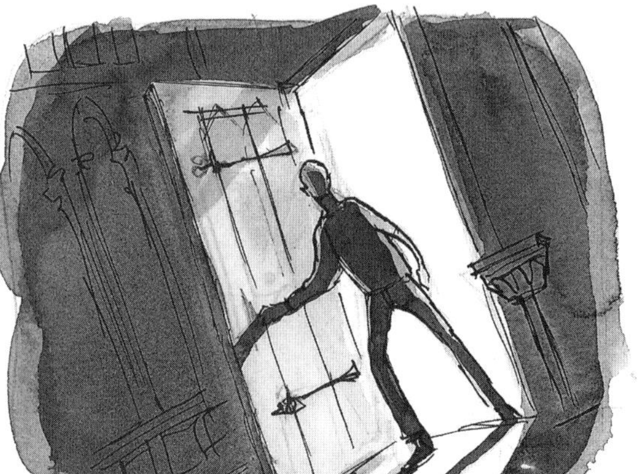

221

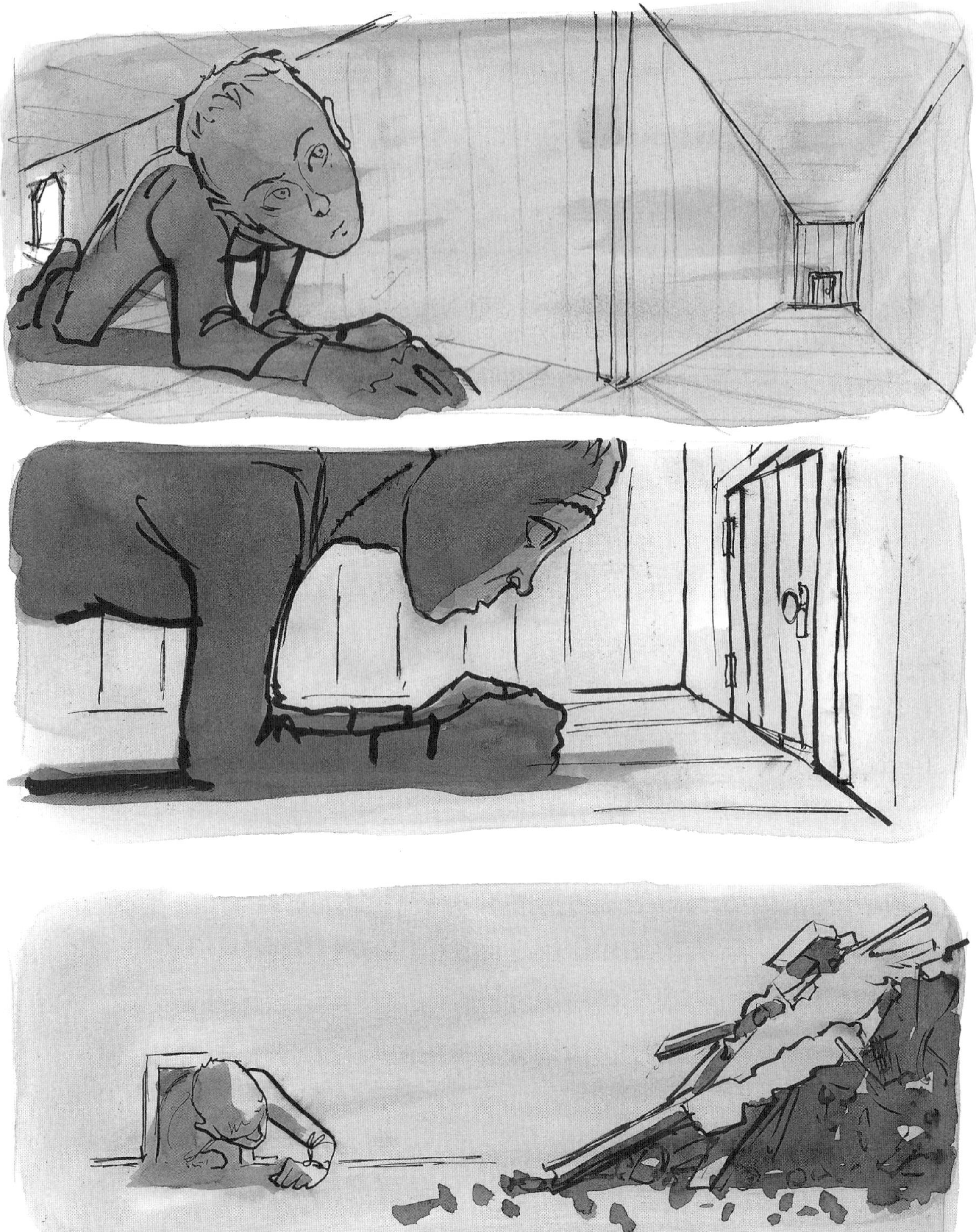

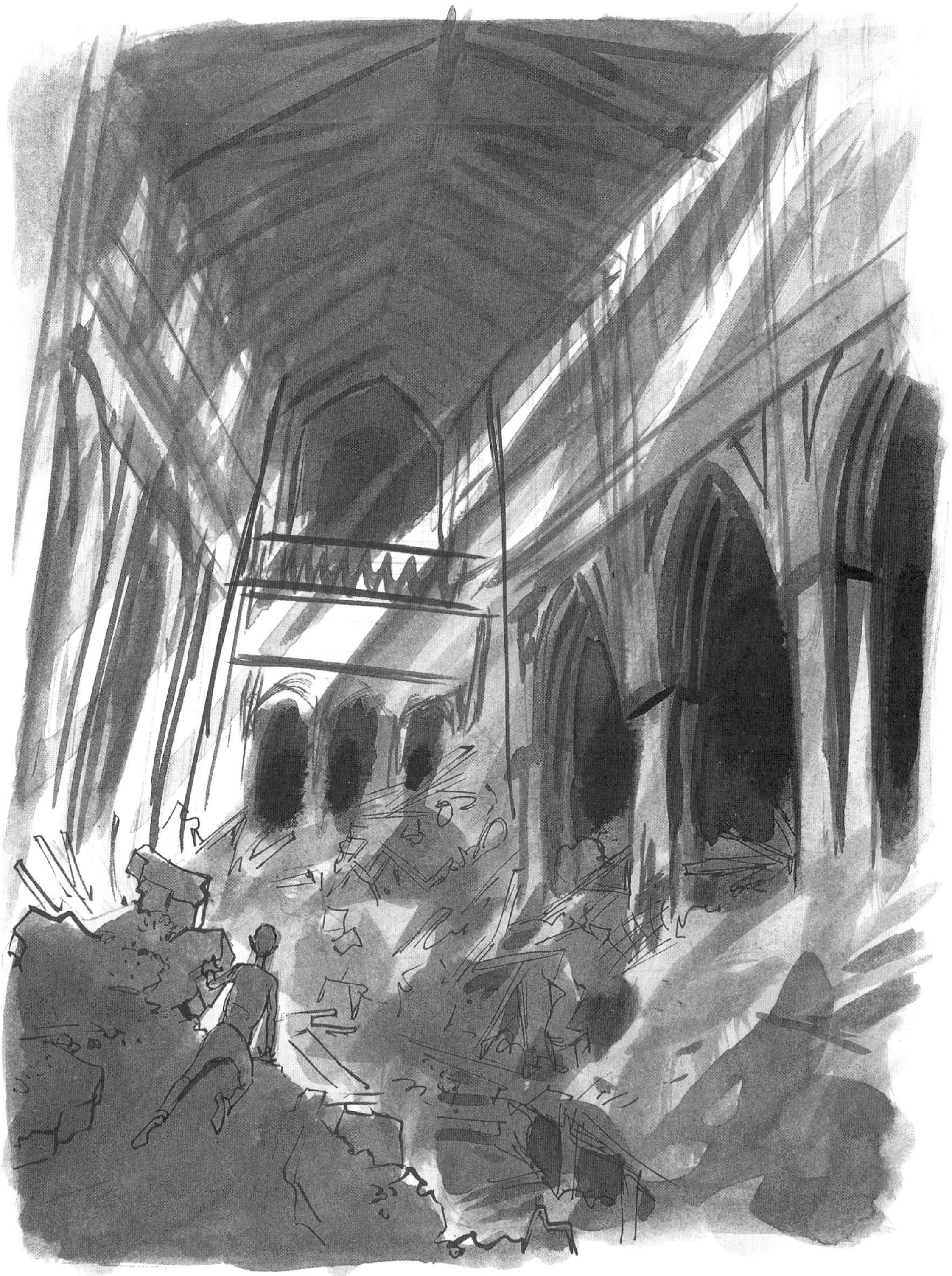

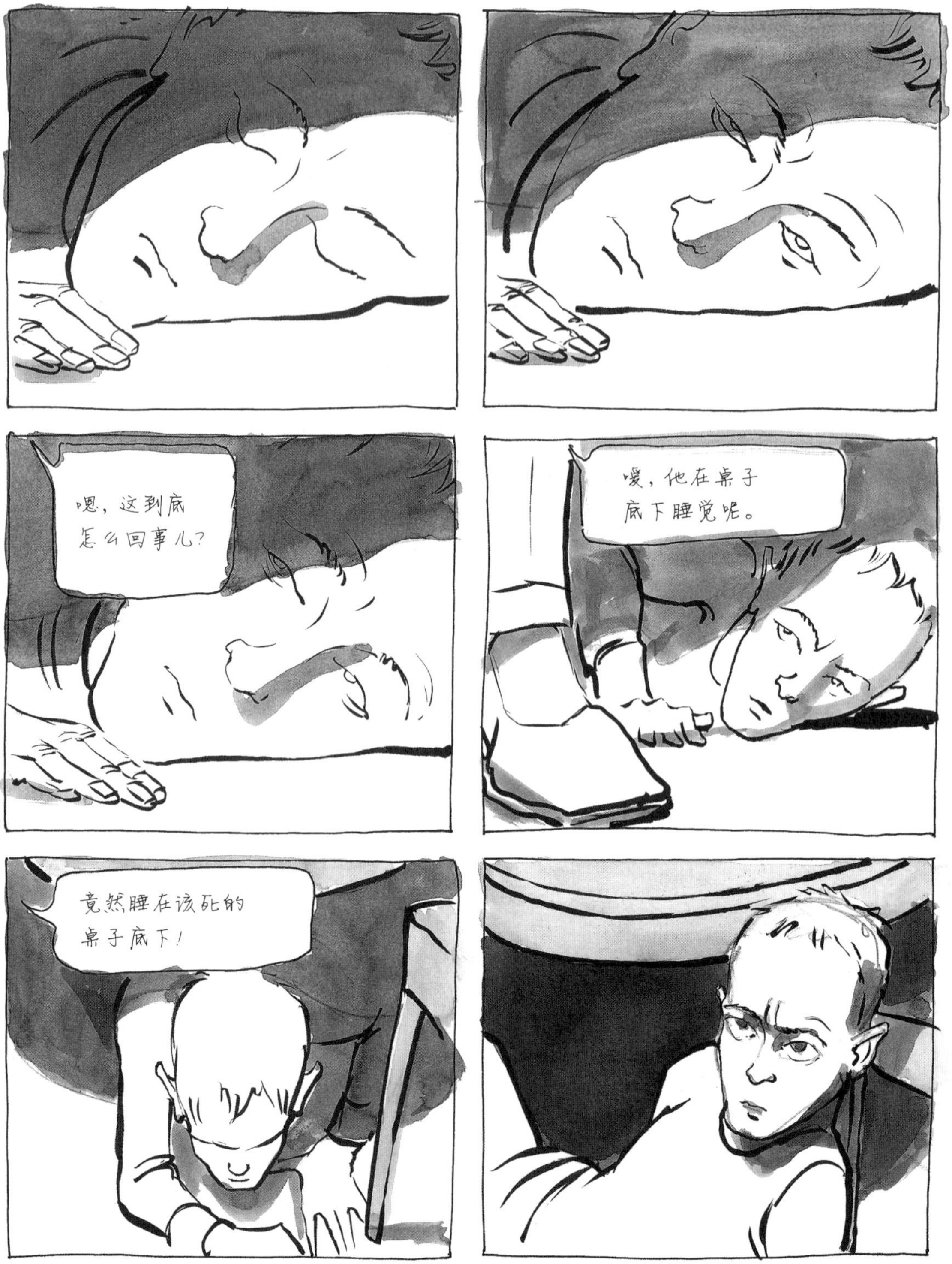
嗯，这到底
怎么回事儿？
嗳，他在桌子
底下睡觉呢。
竟然睡在该死的
桌子底下！

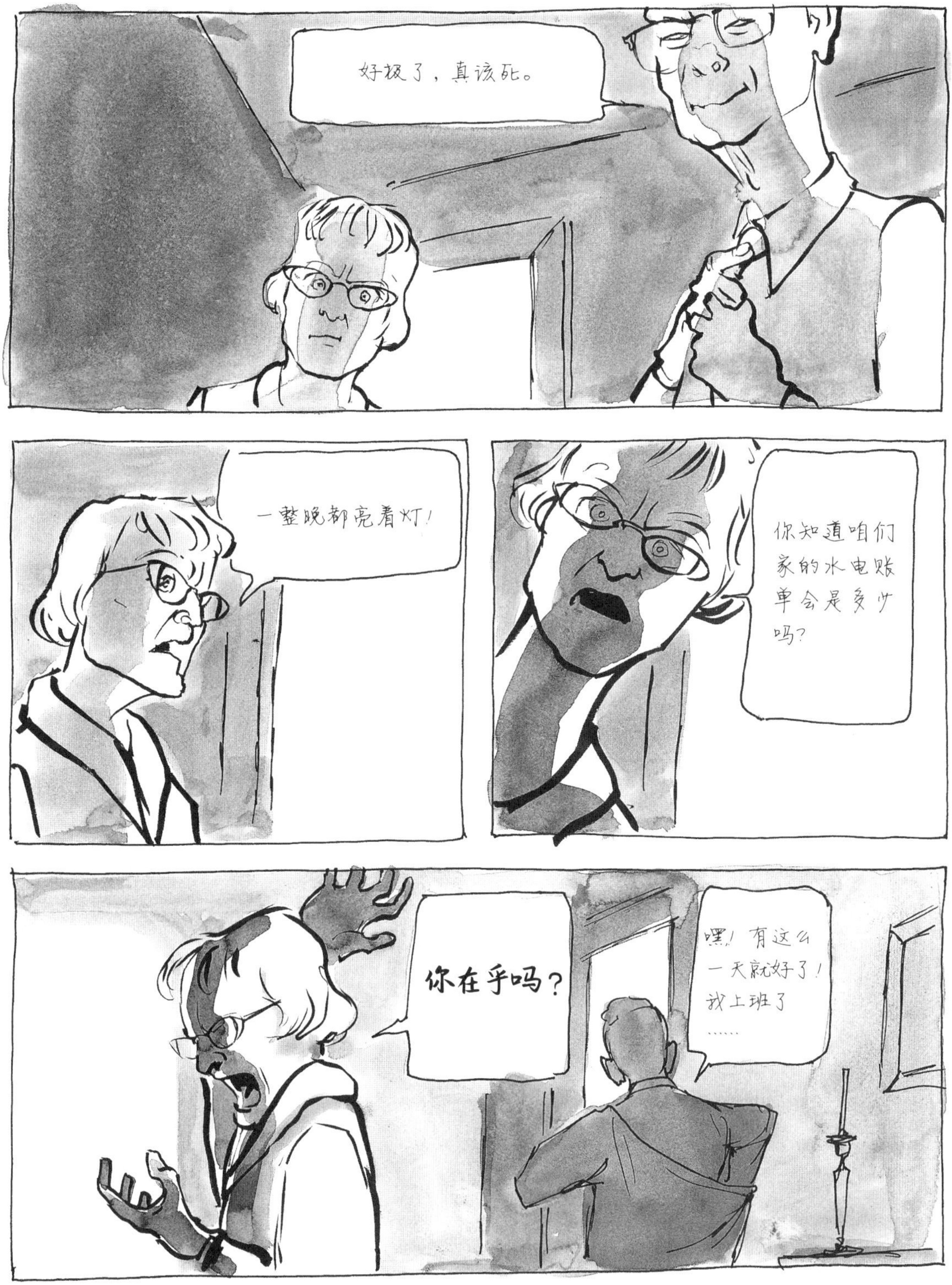
好极了，真该死。
一整晚都亮着灯！
你知道咱们家的水电账单会是多少吗？
你在乎吗？
嘿！有这么一天就好了！我上班了……

他们错了。我的确在乎水电账单。

为了证明这一点,那天晚上,我把所有的灯都打开了,然后下楼……

……开上家里的一辆车,跑了。

凌晨两点,我因为无照驾驶被捕……

……在韦恩县监狱蹲了一宿。

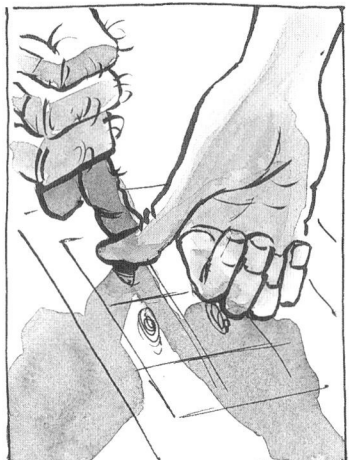

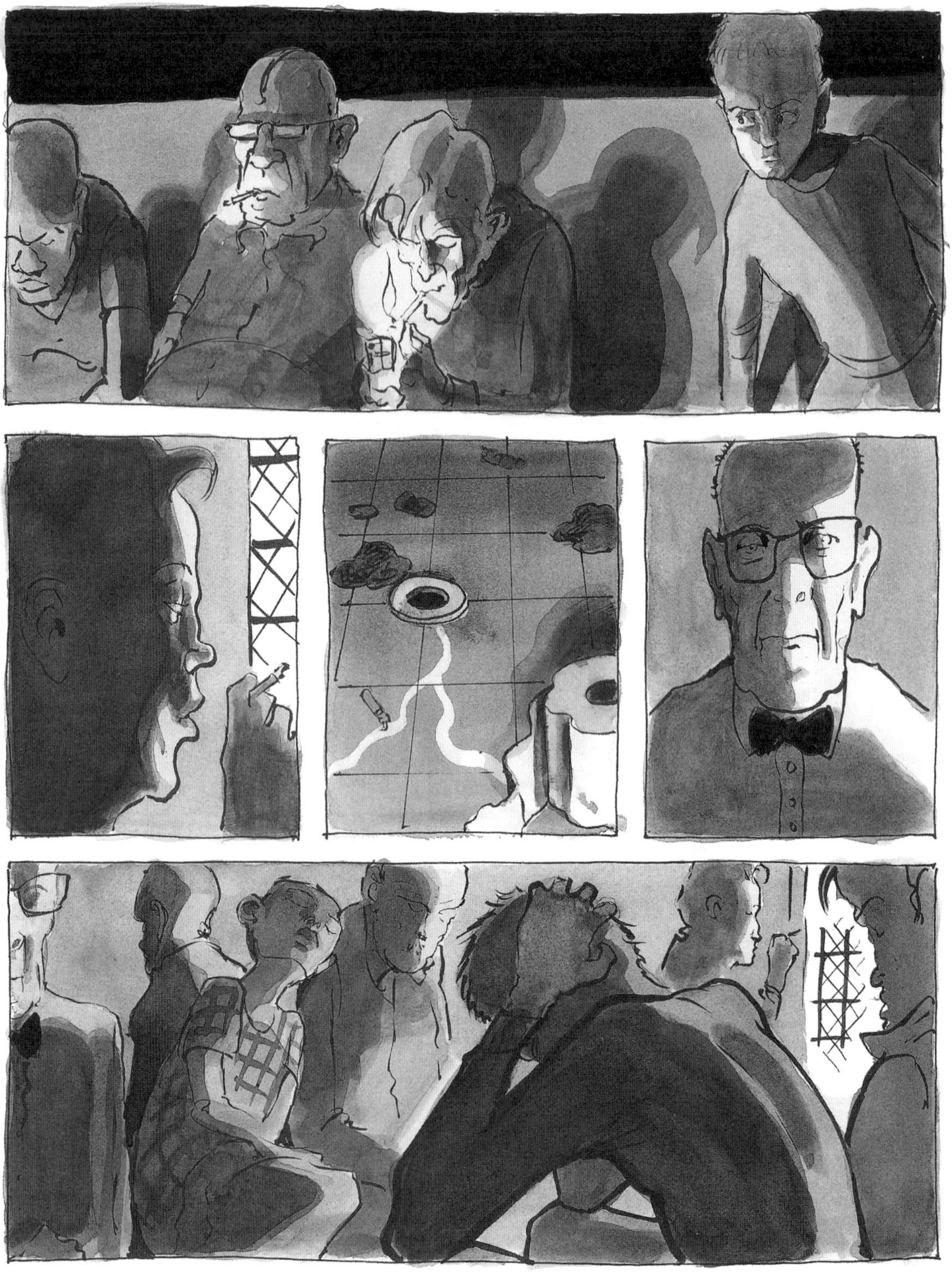

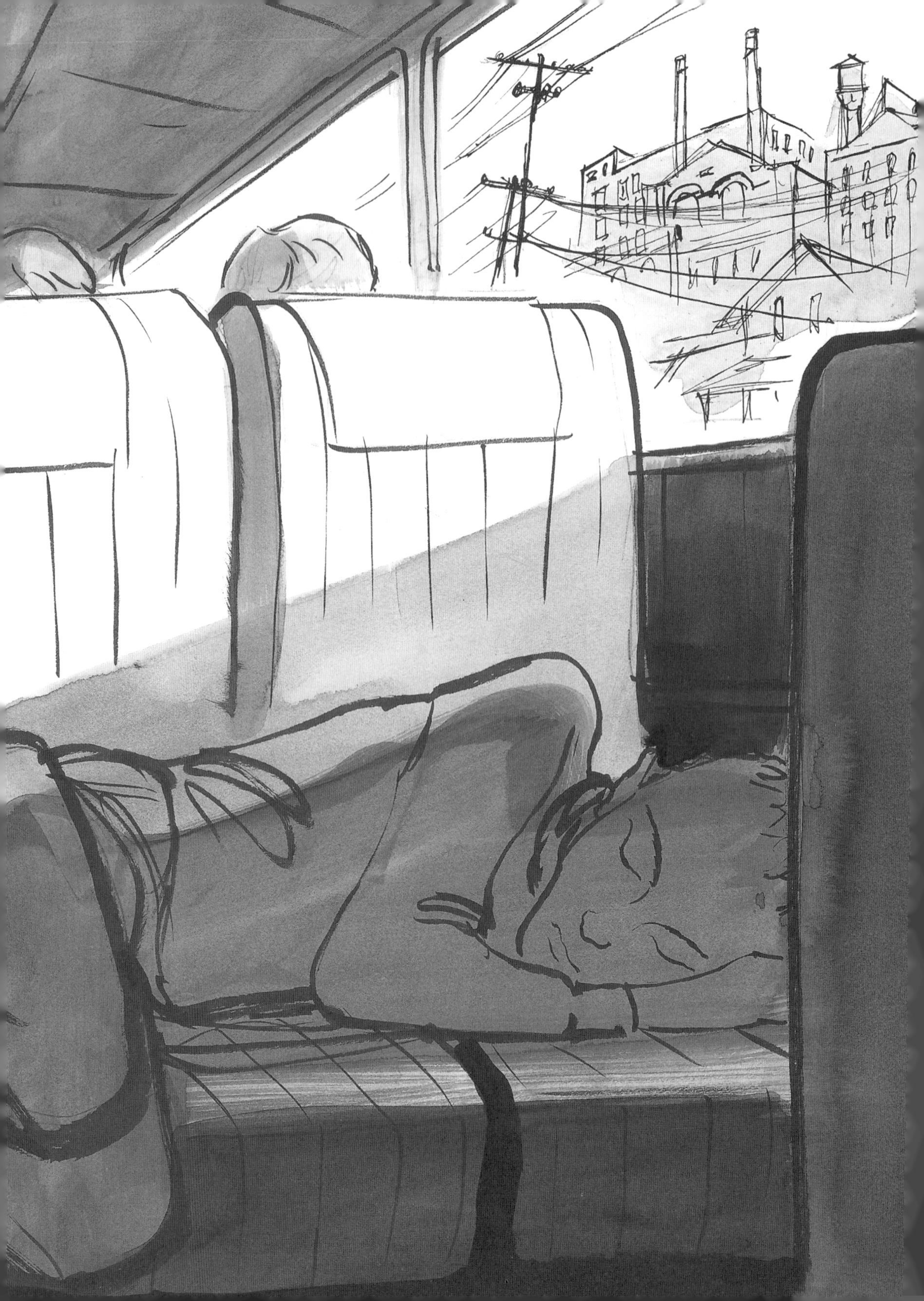

那年秋天，我被送到东部的一所男校读书。那里非常重视体育运动、读《圣经》和手工劳动。

我逃了三次。

第二年春天，我被学校遣送回家，并被建议寻求精神病医生的帮助。

232

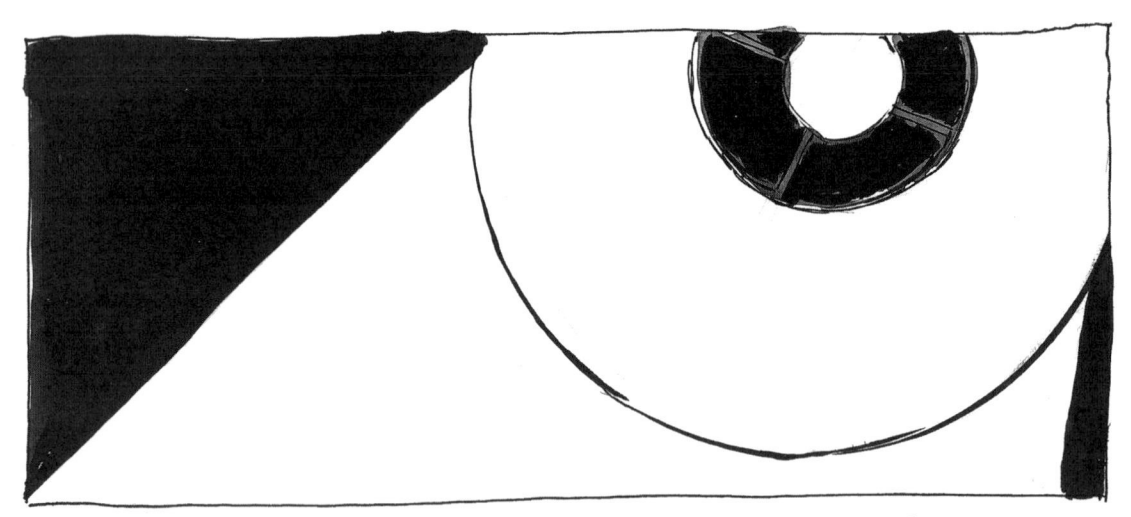

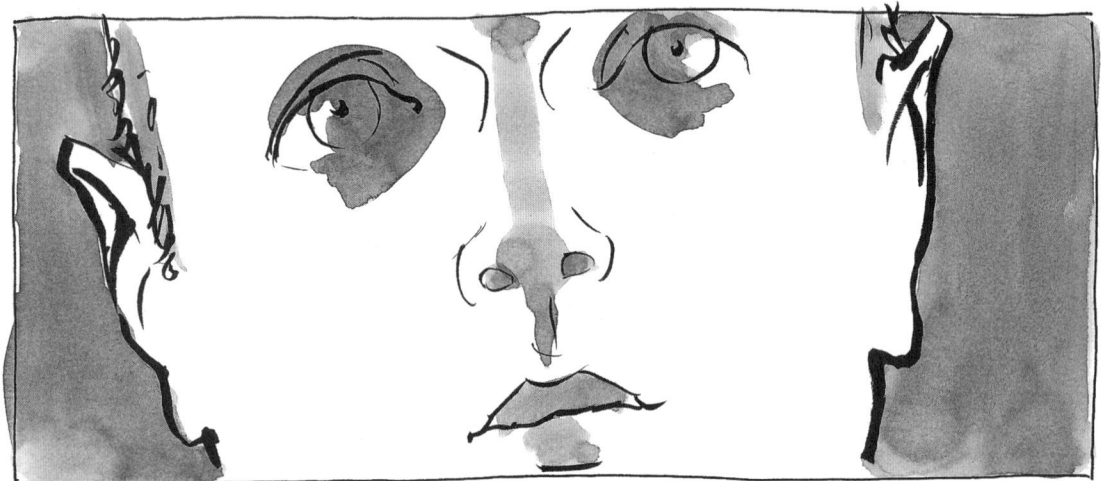

嗯?

你没什么可说的吗?

关于我们花在你身上的所有的钱?

那些花在你和你的教育上的钱都**打水漂**了吗?

我多么想回答他们啊!

我嘎着嗓子，以一种新的说话方式低语着：

那你们呢？你们就没什么对我说的吗？

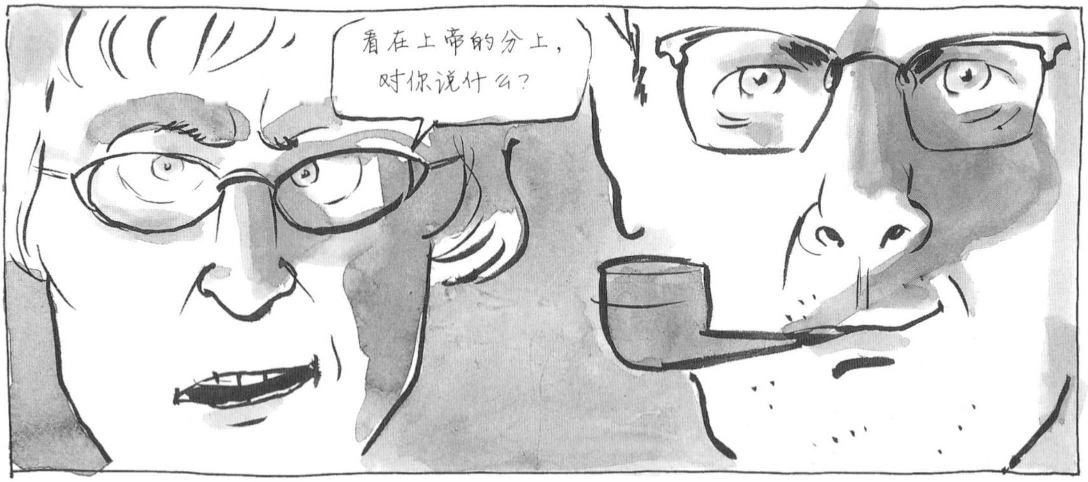
看在上帝的分上，
对你说什么？

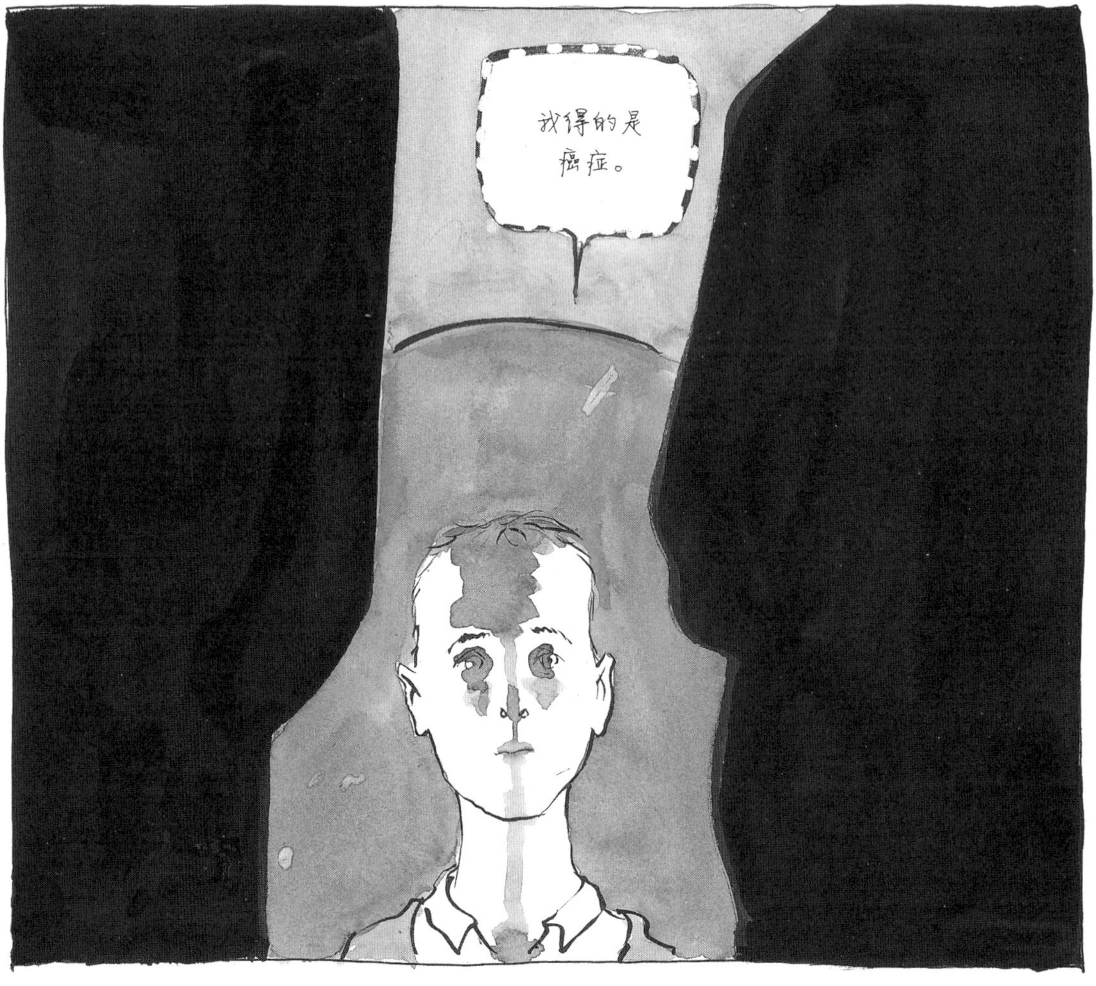
我得的是
癌症。

谁说你得的是癌症?

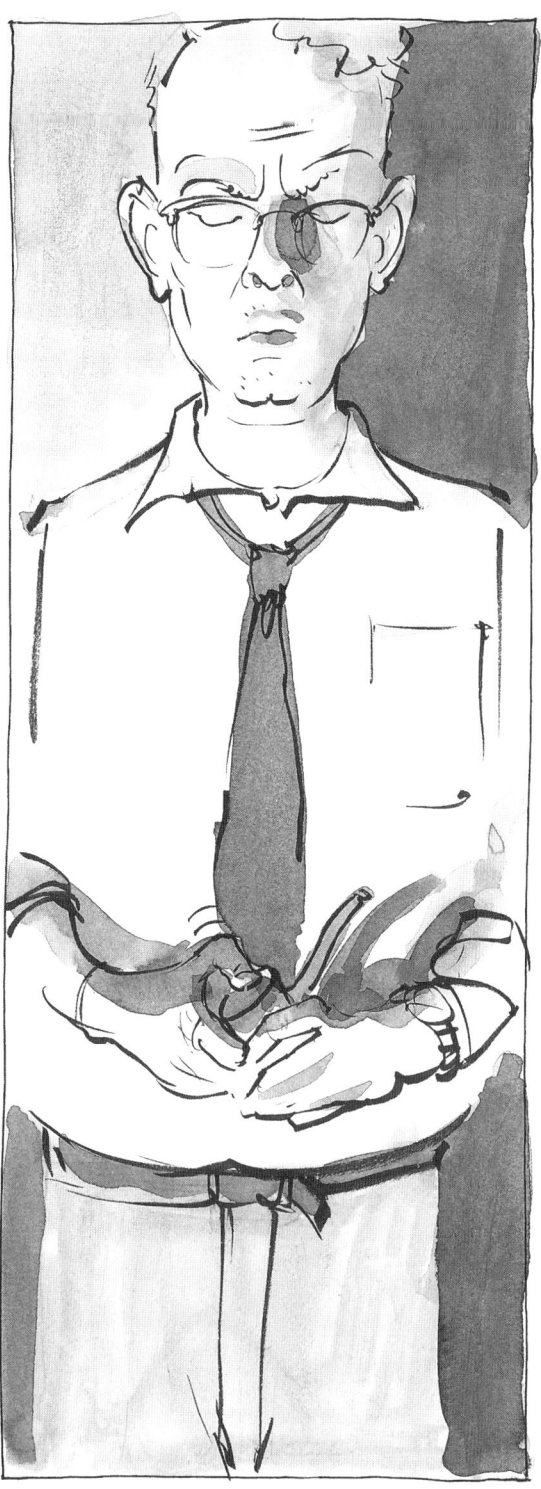

呃哼!

好吧，事实是，你的确得了癌症……

但是，那时你不需要知道……

现在你也不需要知道。**就这么着了！**

当你重复做相同的梦时，有一点很奇怪，那就是：相同的东西无论梦到多少次，它总能让你大吃一惊。

有一年的时间，每周总有那么几个晚上，我循着相同的路线，经过相同的一排房间……

……爬过缩小了的走廊……

来到缩小了的门前……

241

……每次来到那个被轰炸得一片狼藉的教堂时,我的心里总感到疑惑和绝望。

十五岁时

八月二十七日，
下午三点

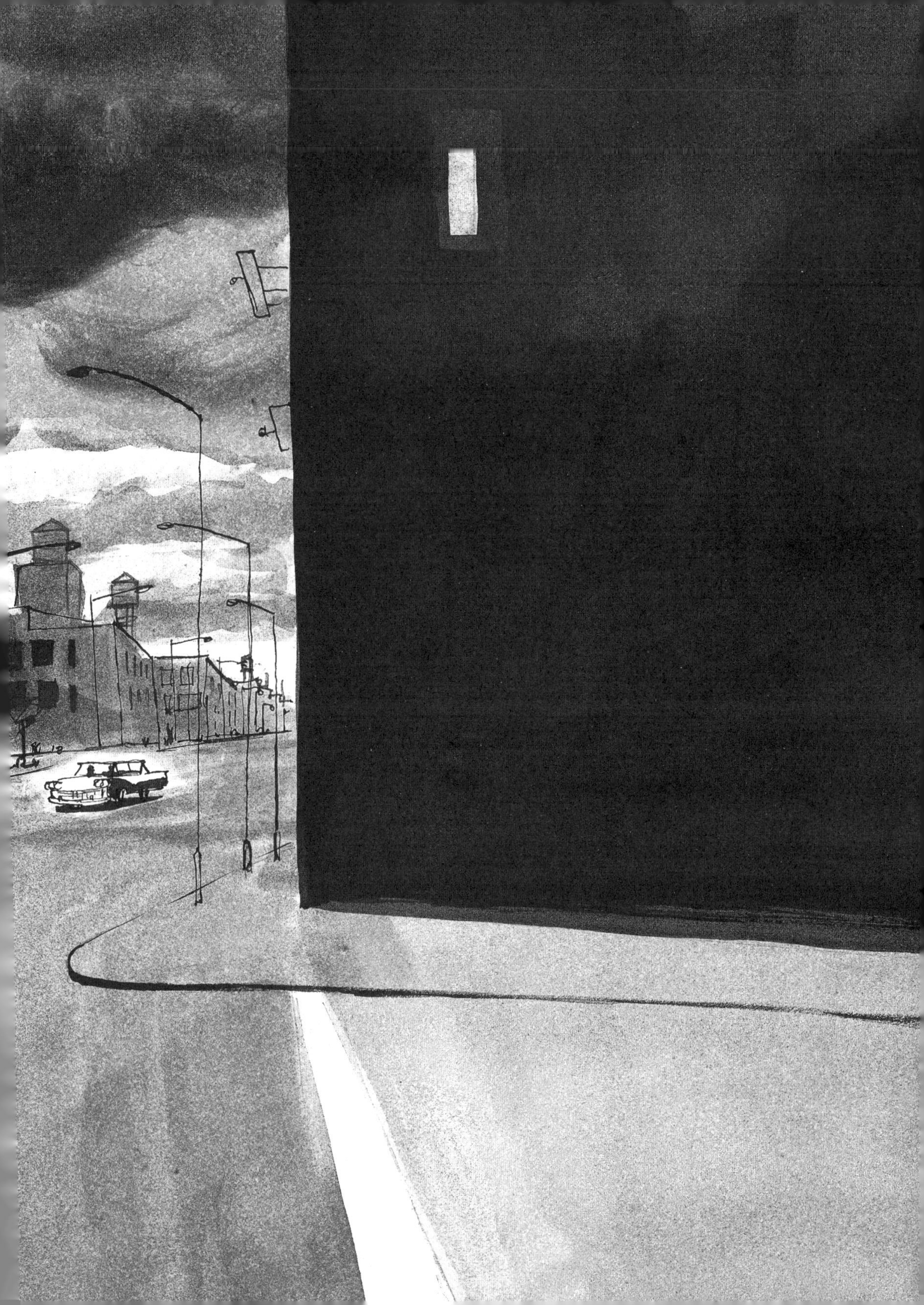

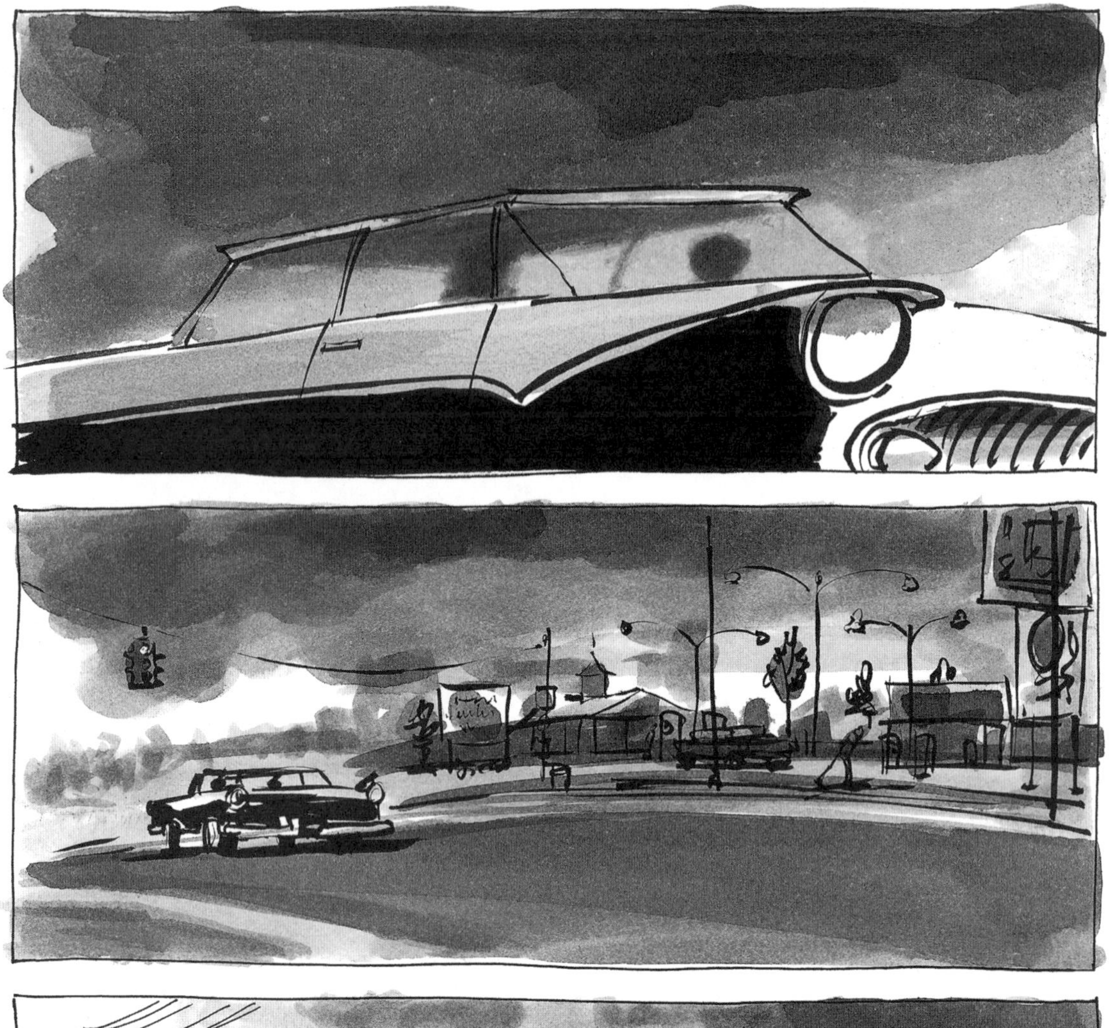

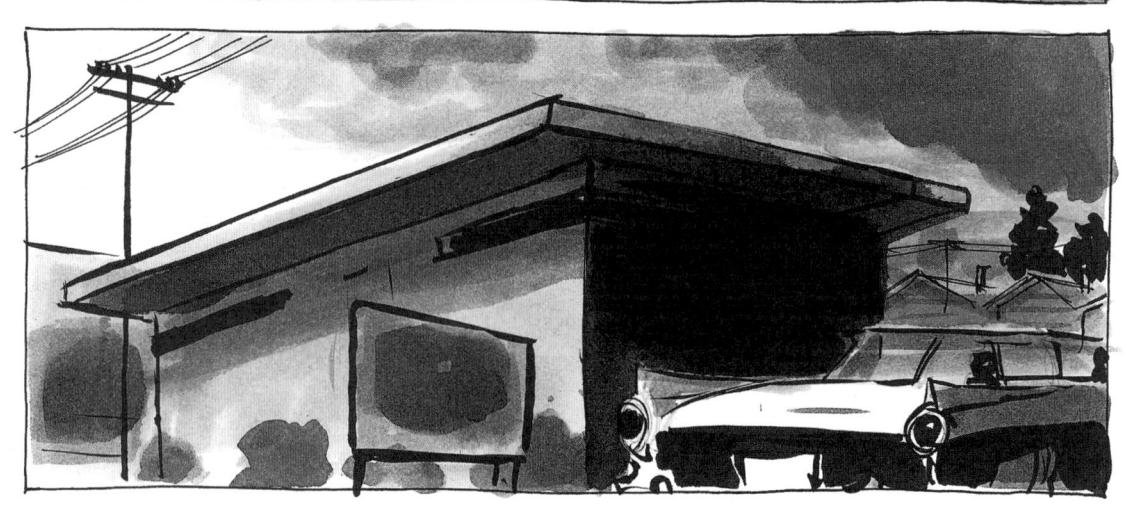

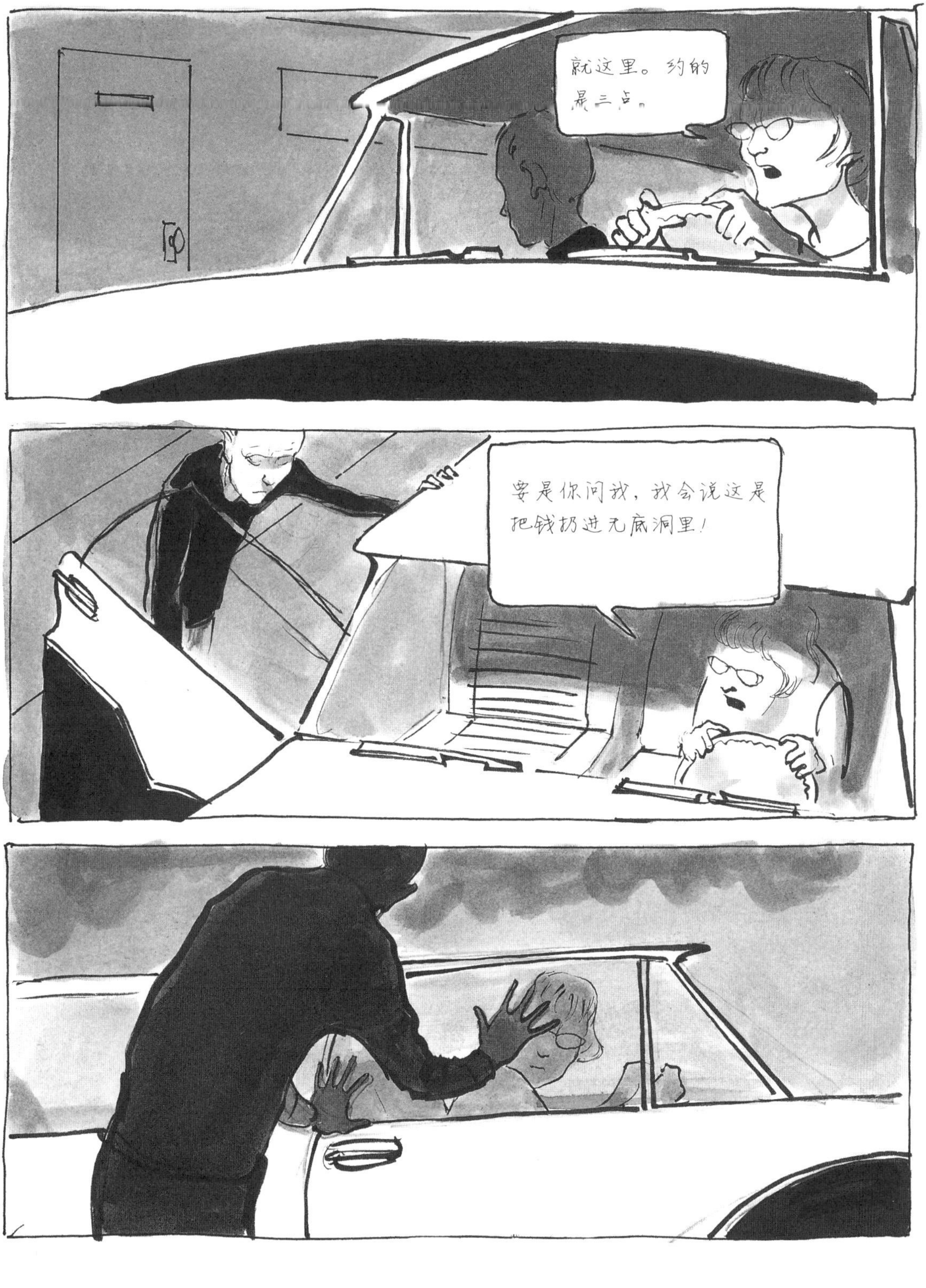

就这里。约的是三点。
要是你问我，我会说这是把钱扔进无底洞里！

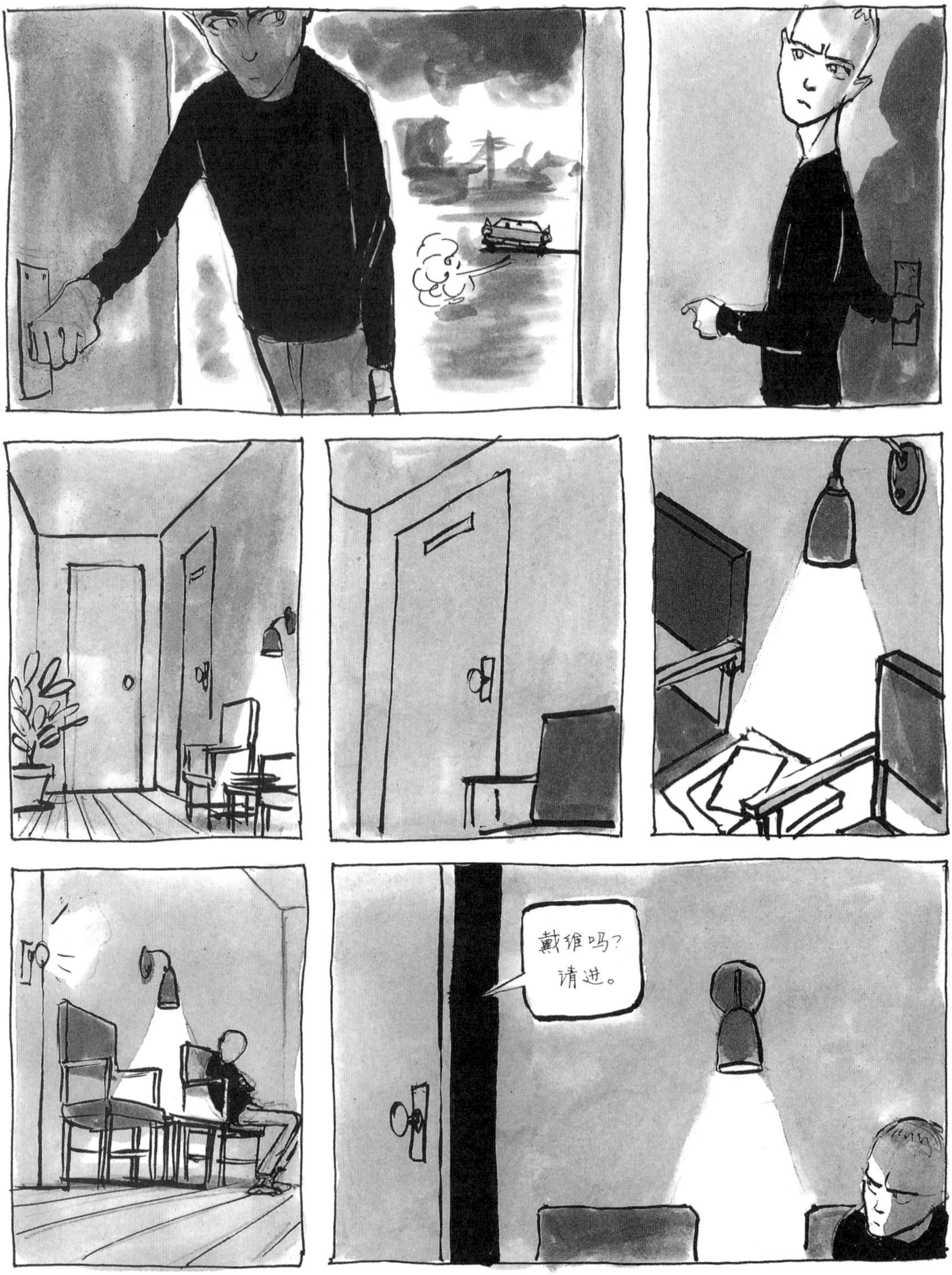
戴维吗？
请进。

请坐!

我得躺在床上吗?

躺,或者坐,随便你,戴维。

那好。

我猜你要给我开点药，或者对我催眠什么的。

不，戴维，不开药，不催眠。在这儿，我们只是聊天，如此而已。

诺，告诉我，你脑子里在想什么？

没什么。

没什么？那就奇怪了。

一个年轻人送到我这里来，脑子里却什么也没想……

非常奇怪！

你妈妈说你
行为古怪，
尽做些疯狂的事情。
是真的吗？
我想是的。
胡说。
一个得了癌症的男孩……父母和医生都没有告诉他他得了癌症……最后他自己发现了真相……这算疯狂吗？

不,可悲,但不疯狂。

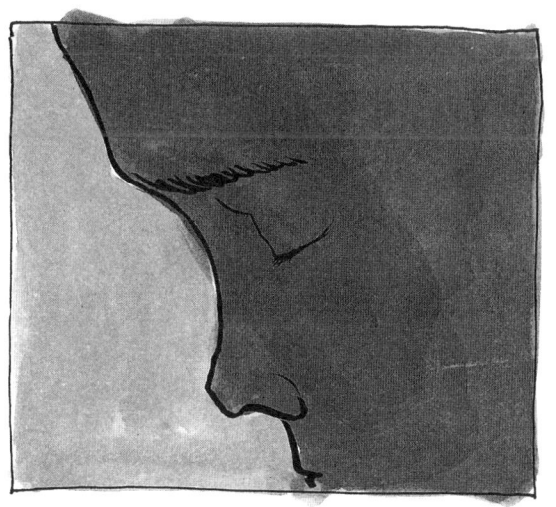

戴维,你一直生活在一个荒谬的世界里。没有人告诉你事情的真相。

但是,我会告诉你真相的。

你准备好了吗?

你妈妈不爱你。

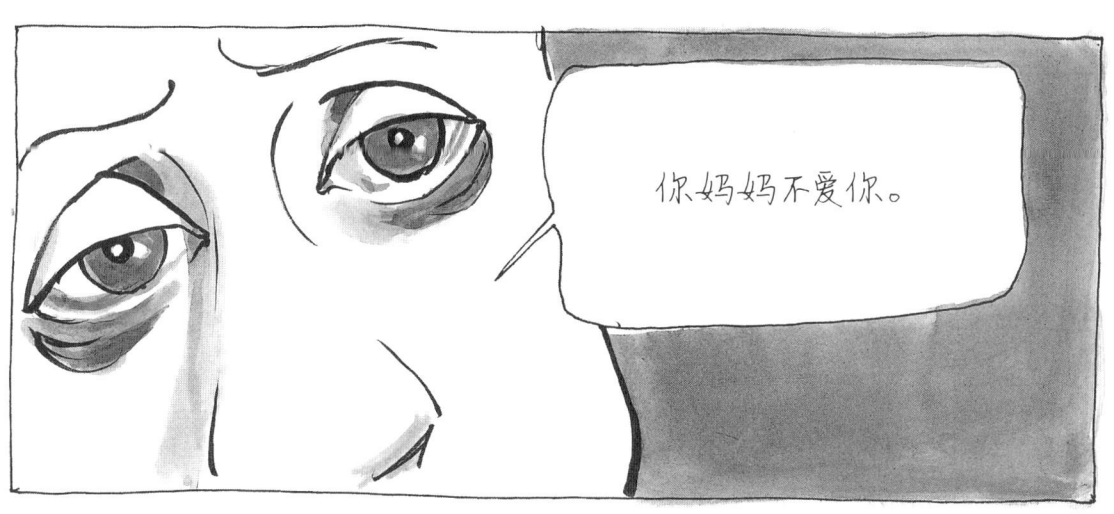

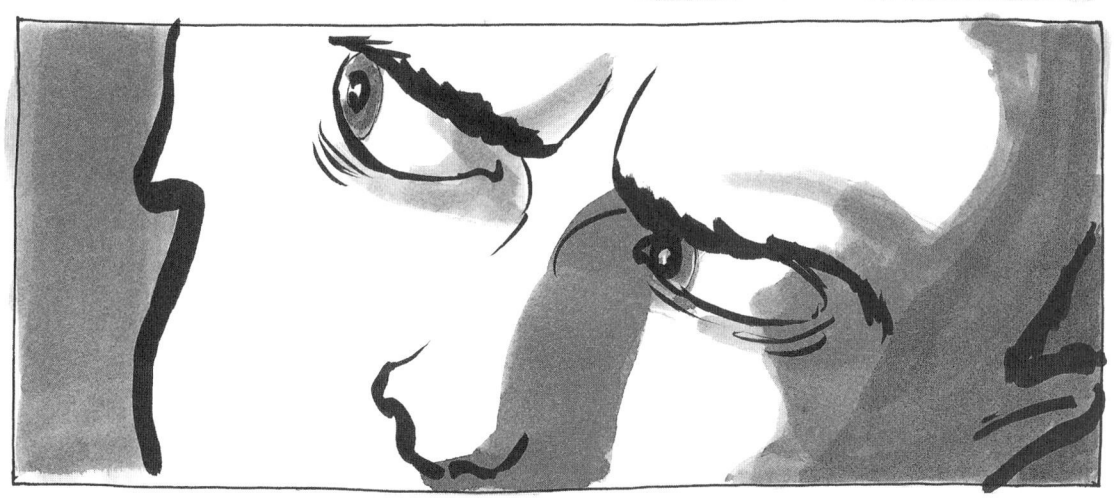

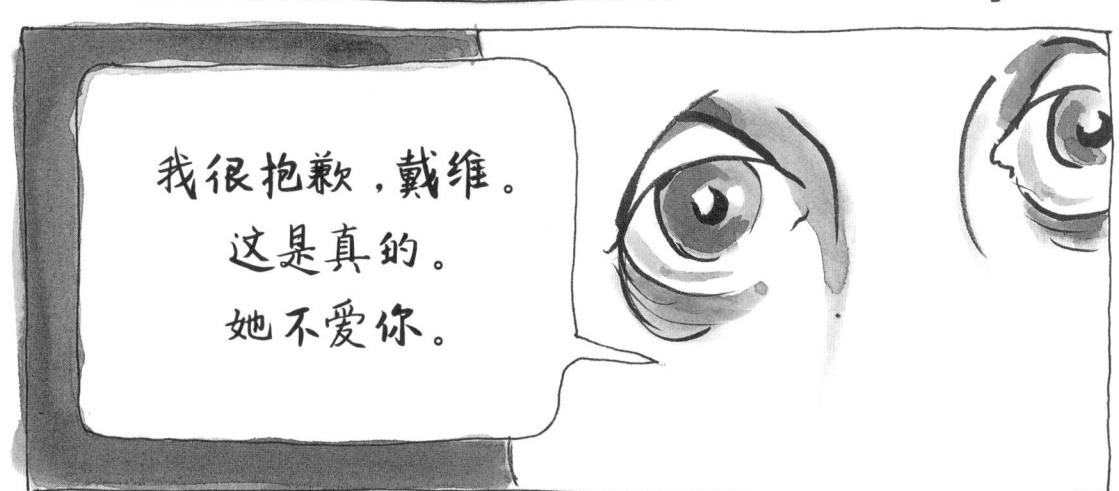

我很抱歉，戴维。
这是真的。
她不爱你。

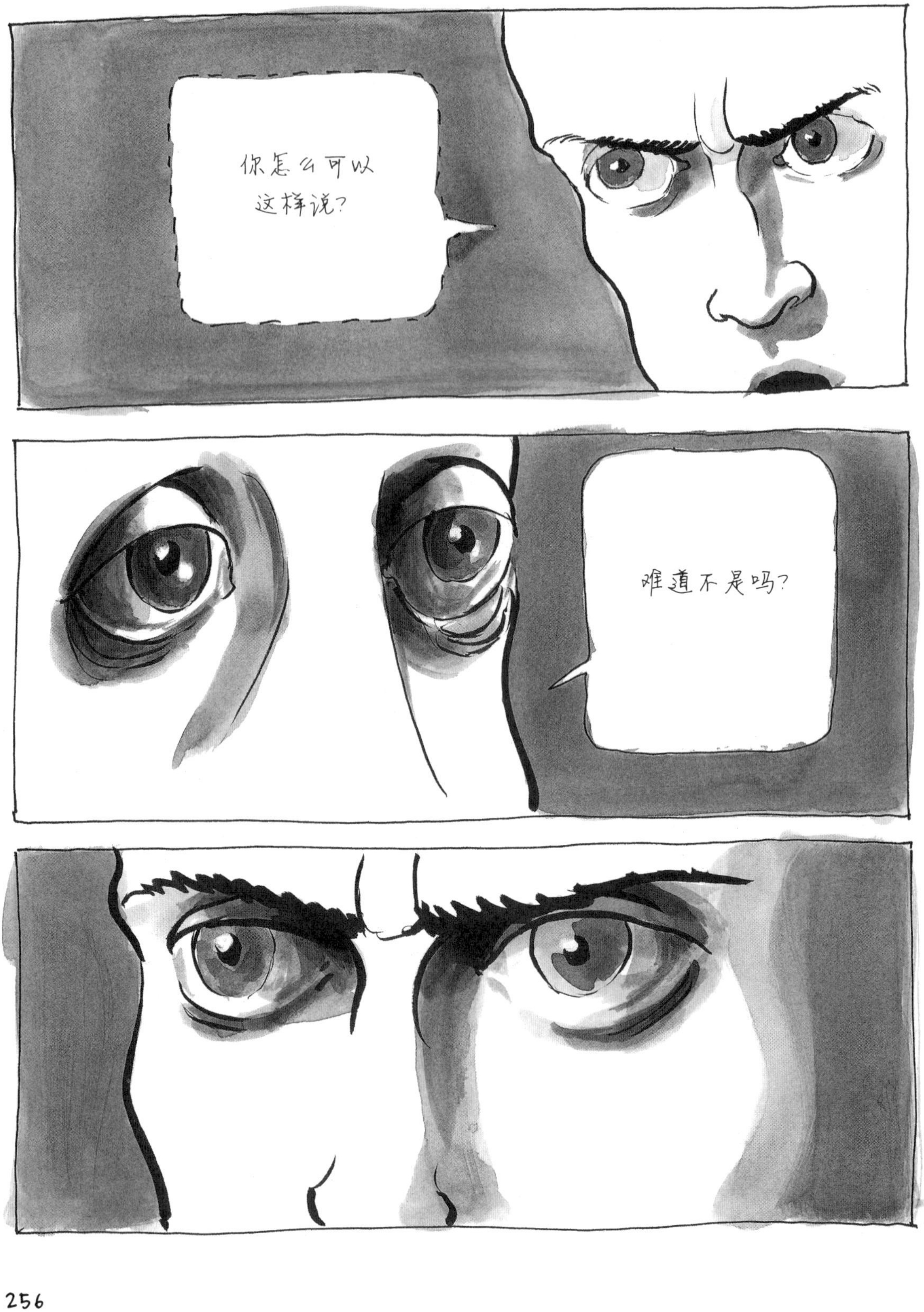
你怎么可以
这样说？
难道不是吗？

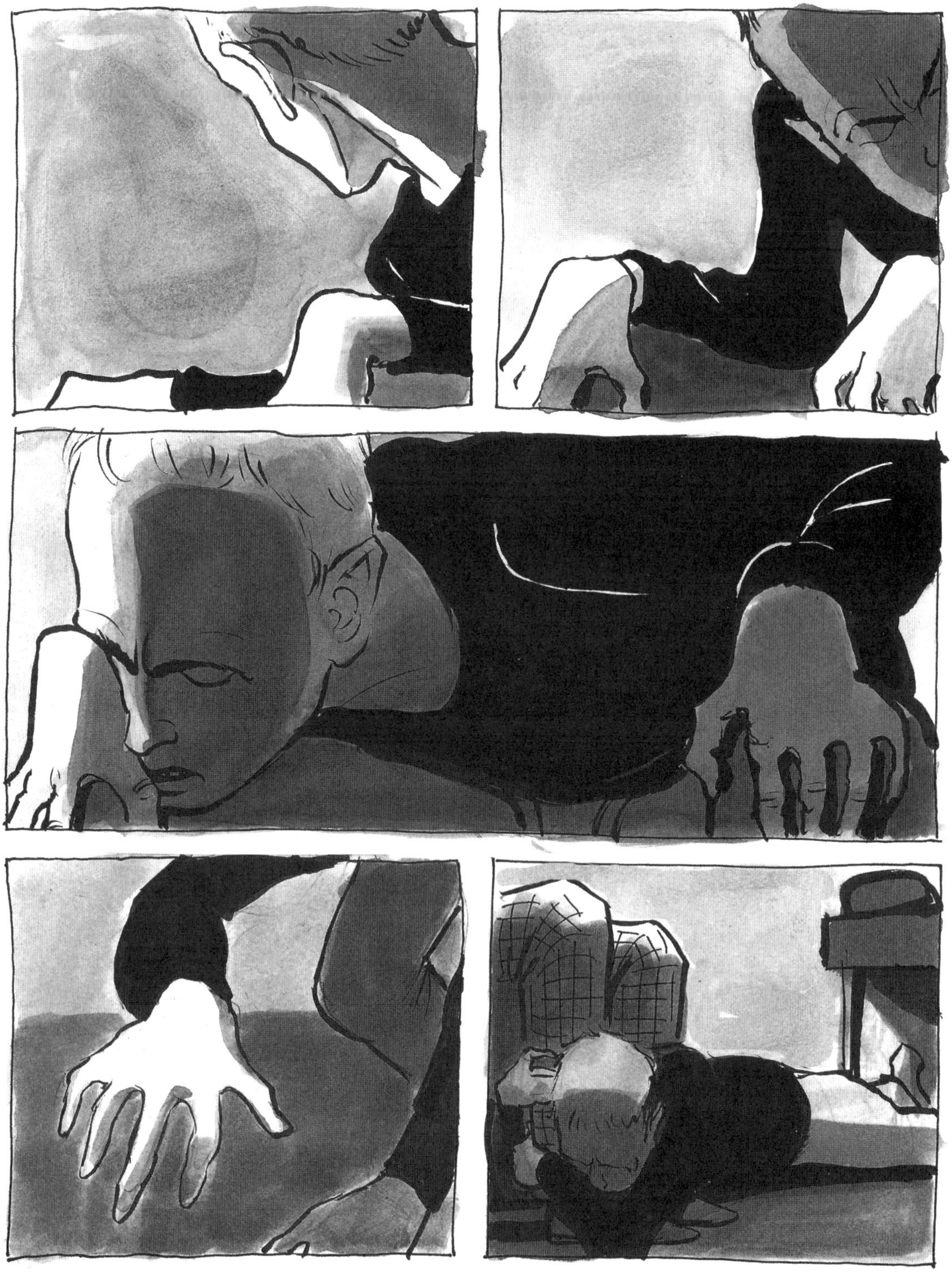

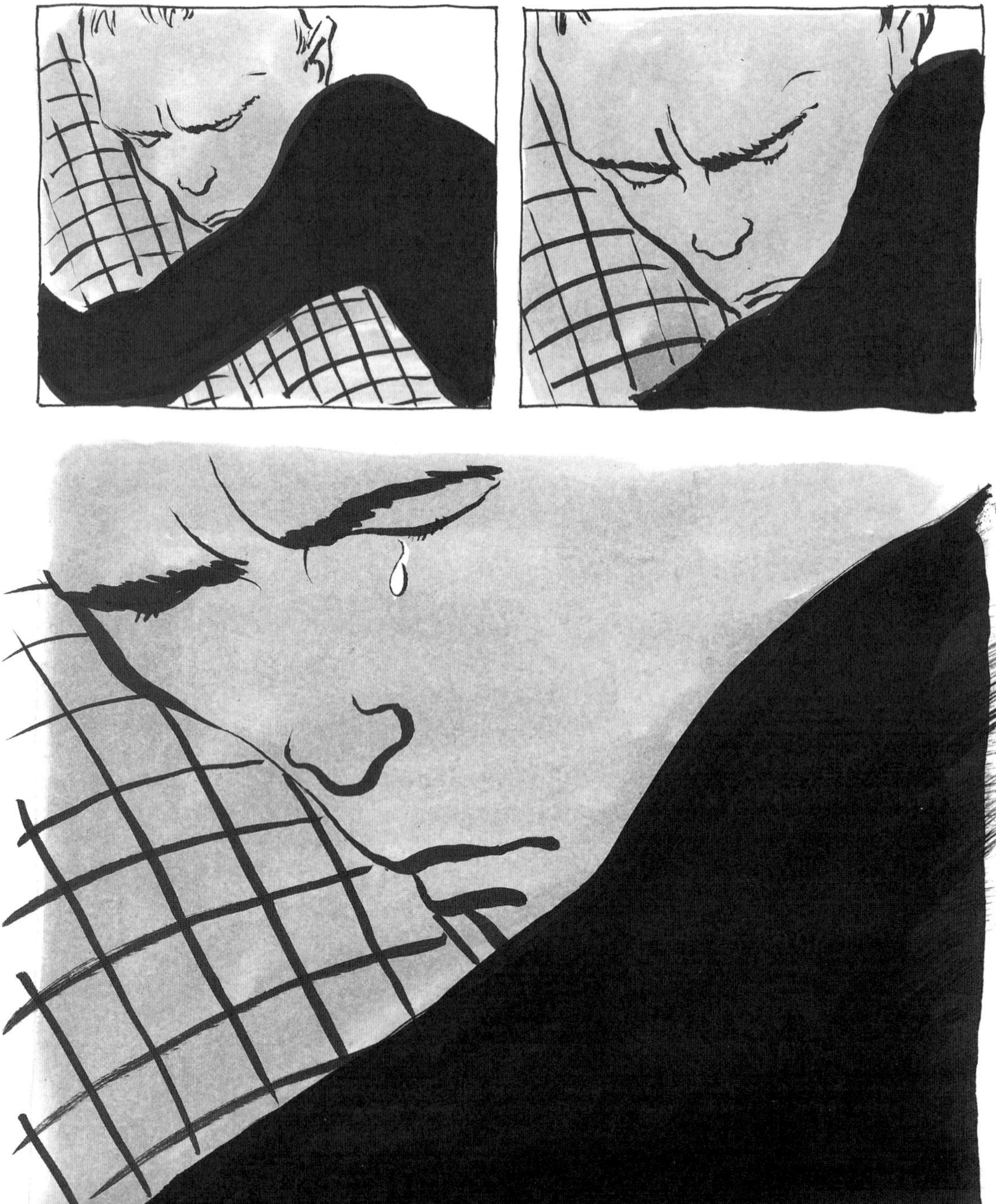

259

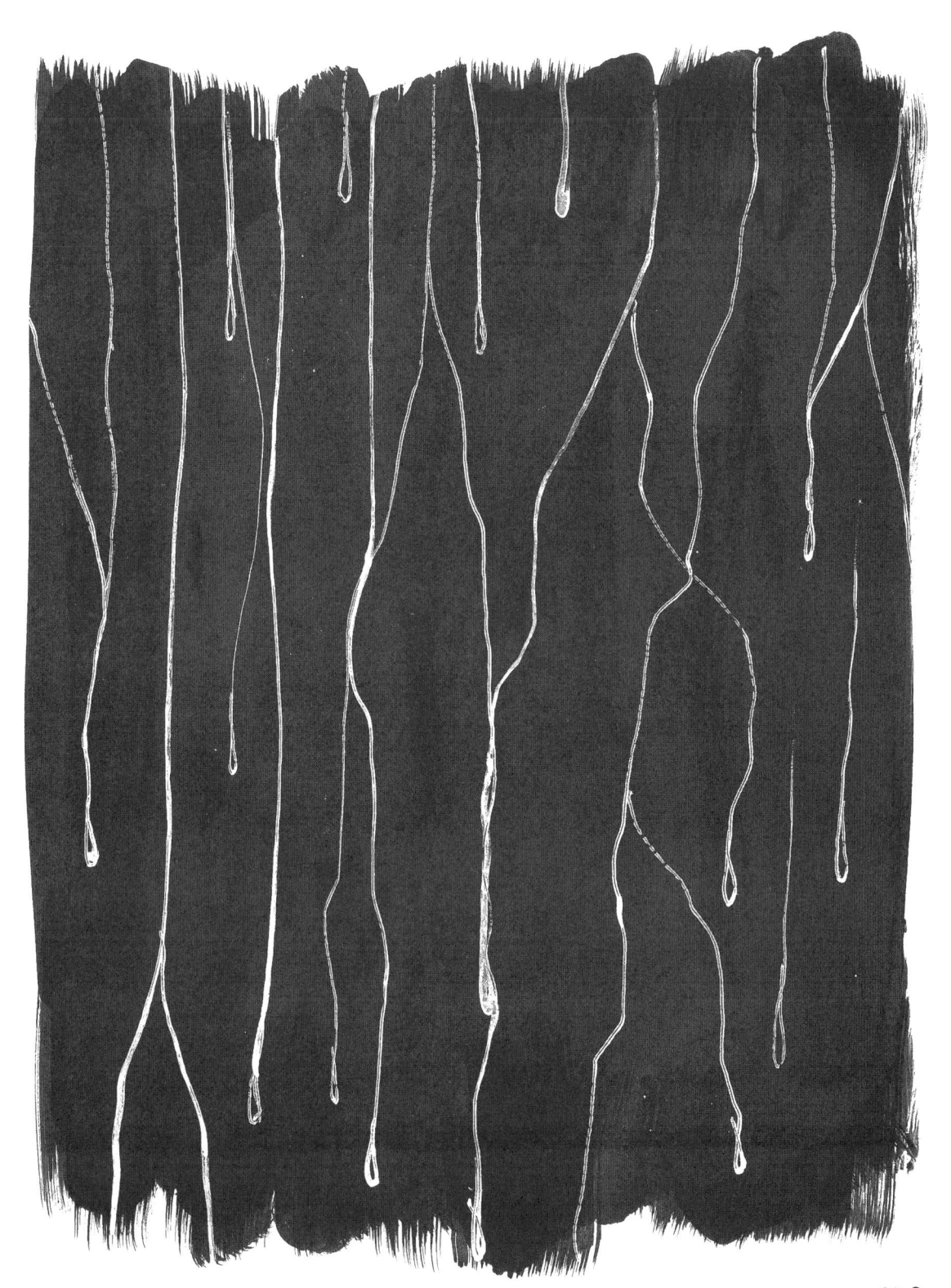

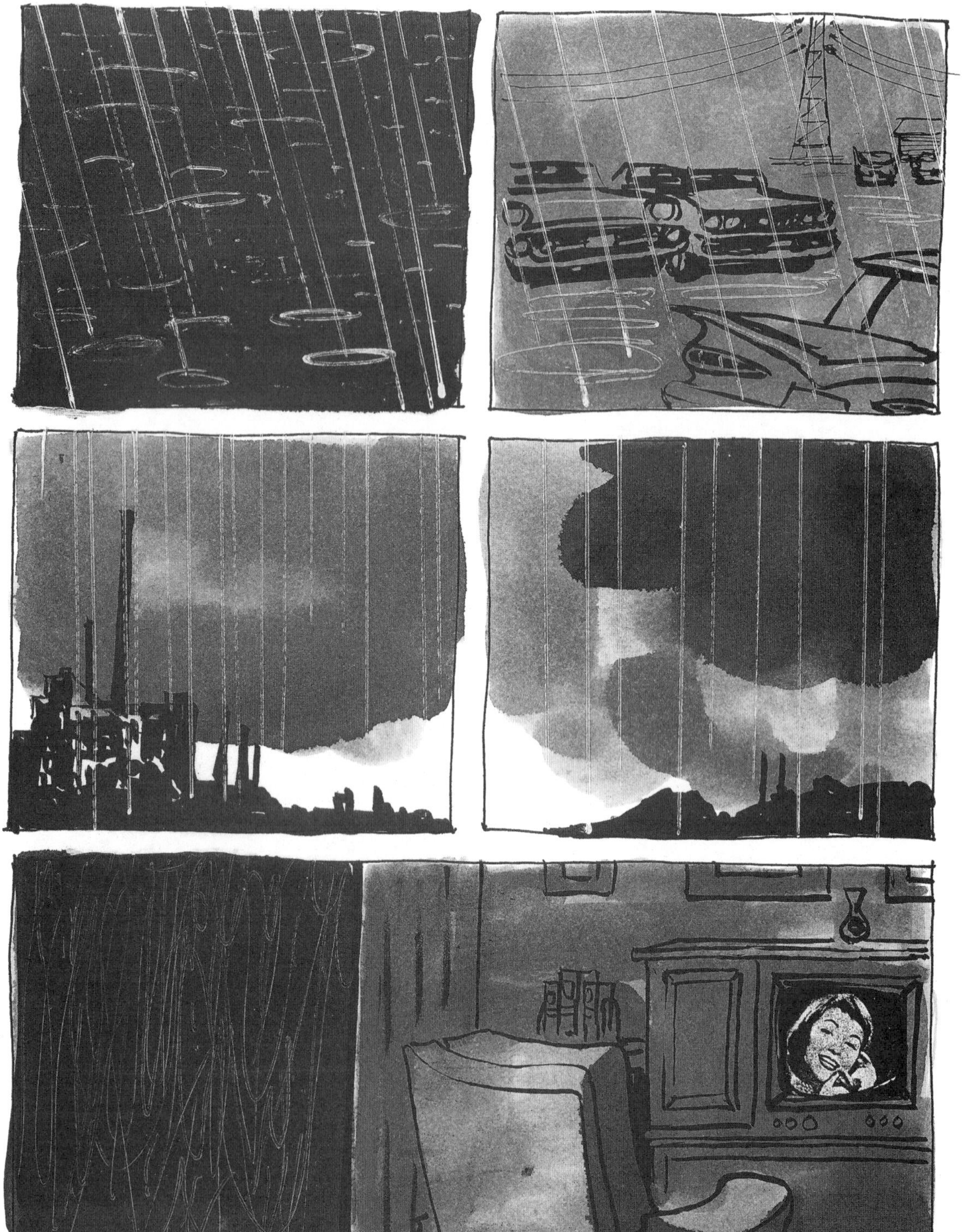

261

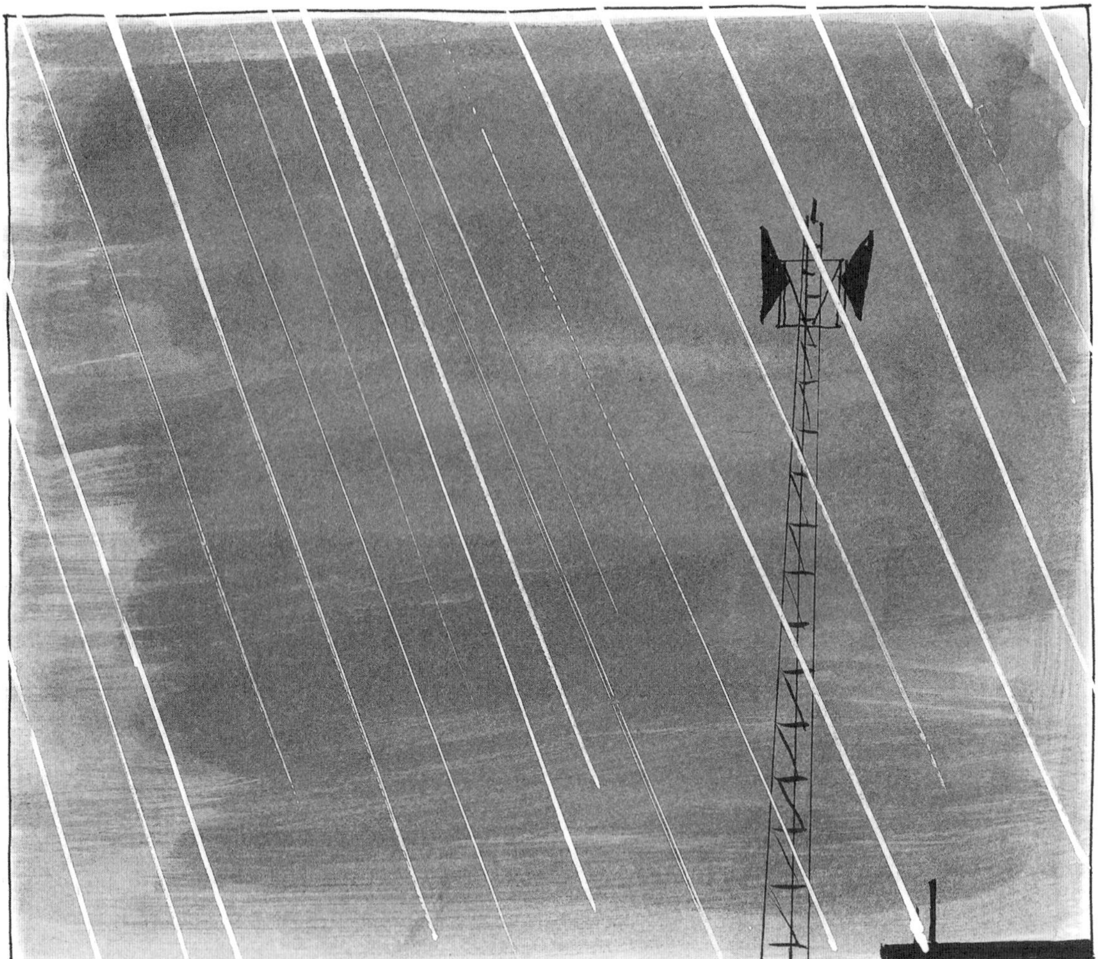

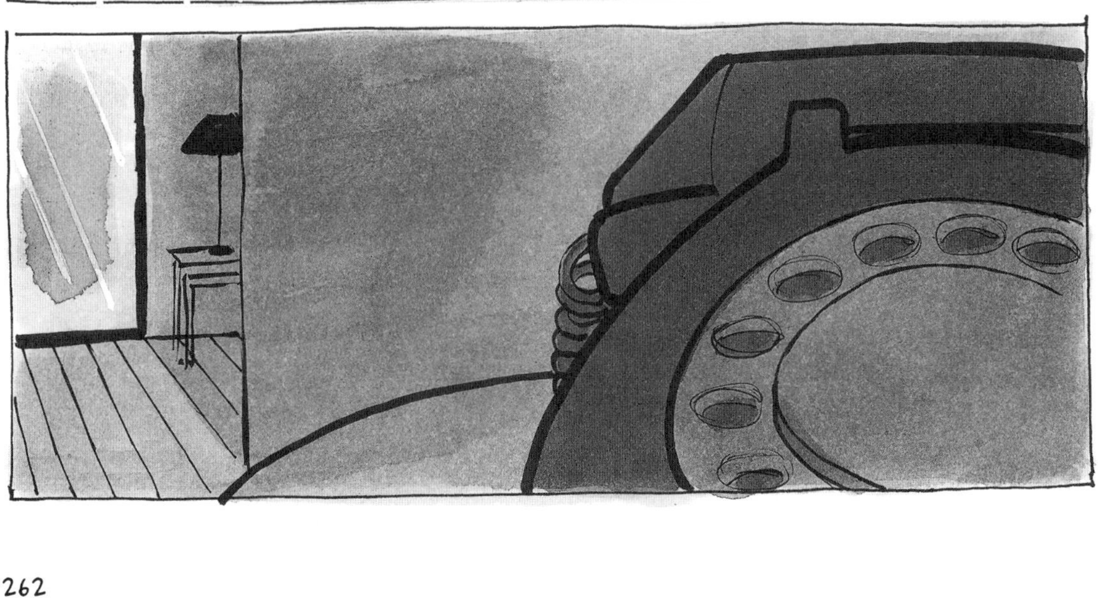

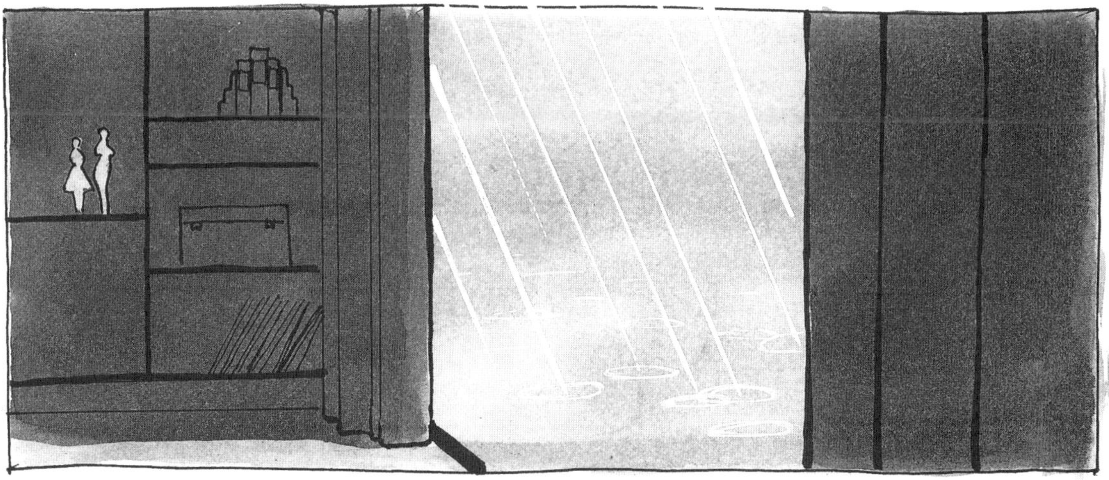

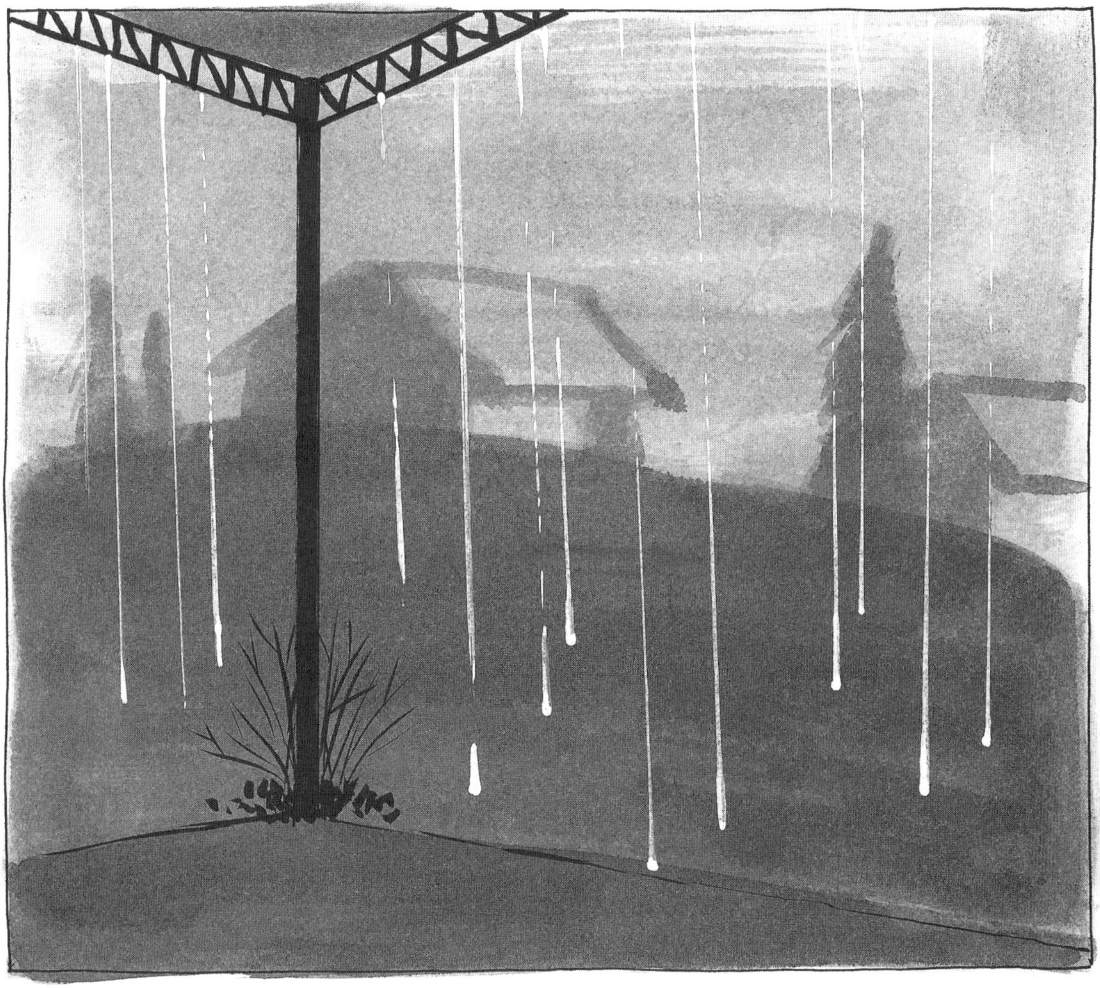

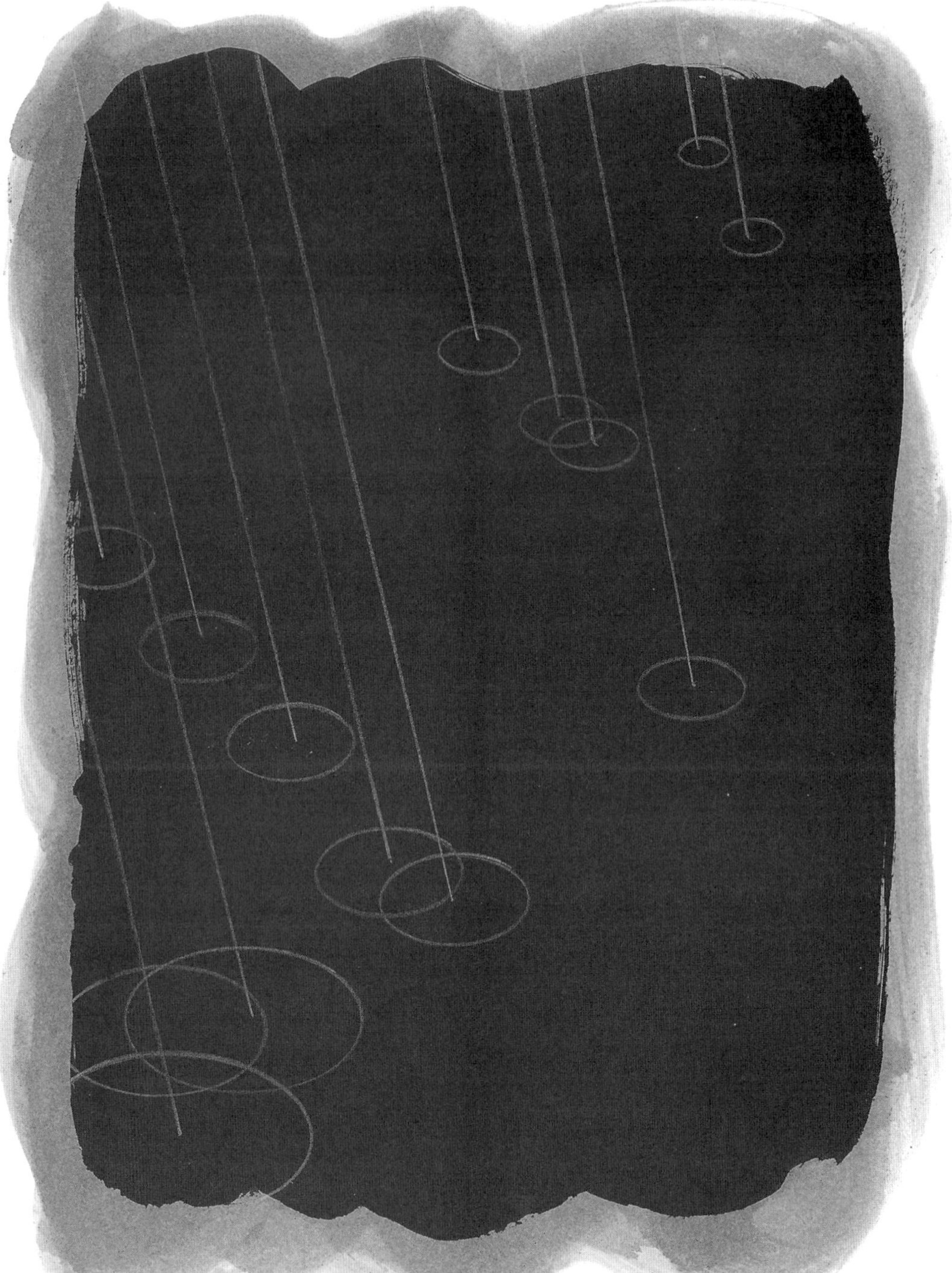

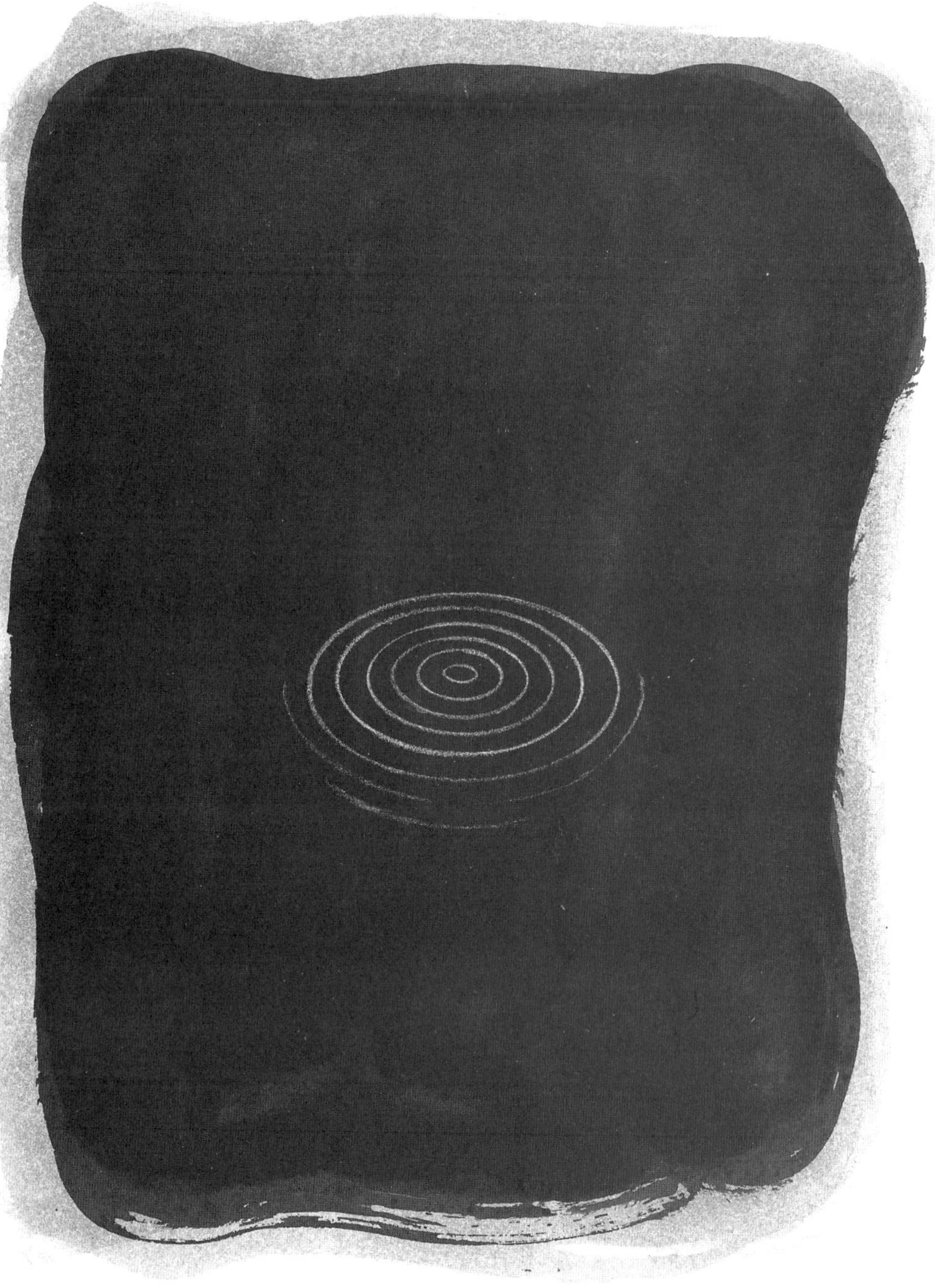

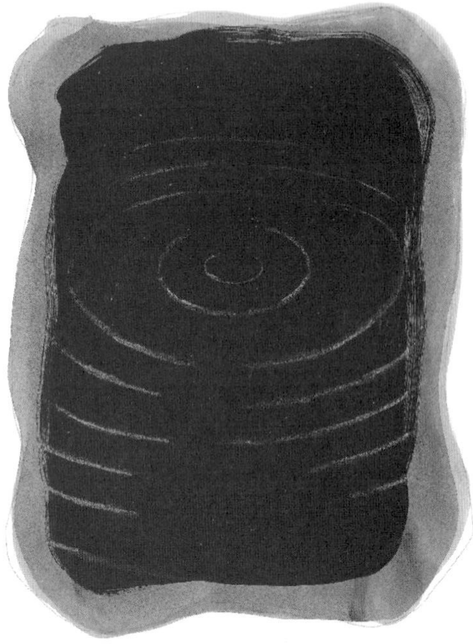

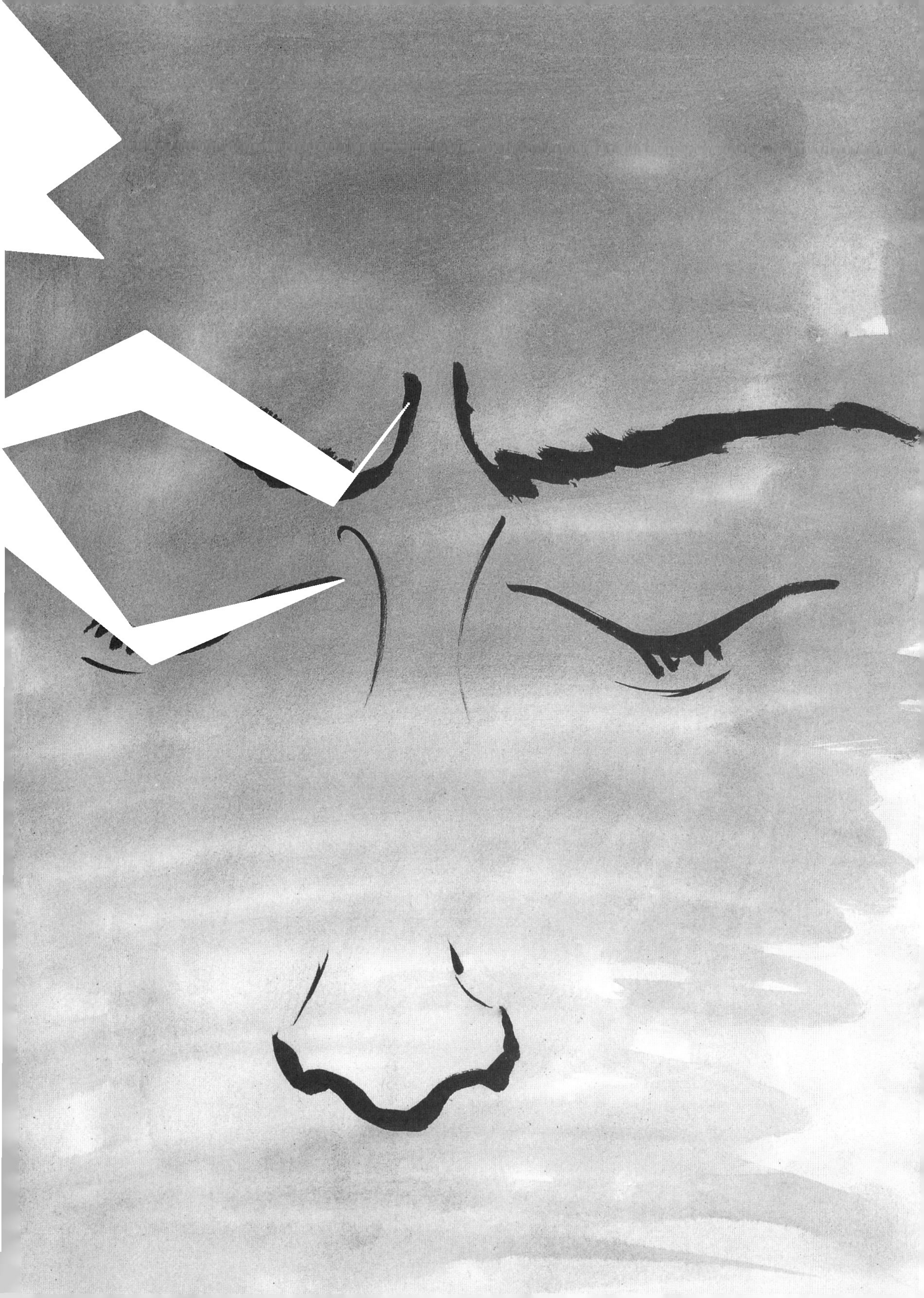

所以，我们开始聊了起来。在那栋寂静的没有说话自由的房子里生活了那么多年后，那间办公室——我一周去三次——变成了我的避难所。在那儿，所有的事情开始变得明朗起来……

……包括我对黑夜和那些梦的恐惧。

……但是，你**并非**不可救药，我能让你好起来。相信我。

他像对待心爱的儿子一样对待我。

戴维，你非常聪明，非常敏锐！光看这些画就够了！棒极了！

哎呀。我以为它们一定是垃圾。

他真的关心我。

瞧你皮包骨的！你妈妈都给你吃些什么呀！鸟食吗？

当然，白兔一直带着手表……

> 戴维，抱歉，我们的时间到了。

……我总是很不情愿地回家去，当我强打精神，让自己渐渐振作起来时，我的家似乎正在快速地散架。

第一个发现是在一个下午，那天我意外地提早回家了。

嘻嘻

妈妈？

妈妈？

哦。
狄龙夫人。
你好!

尴尬之后，我的心里像打翻了五味瓶一般，
背叛、滑稽、愤怒和困惑潮水般向我涌来，
而久久挥之不去的却是妈妈脸上的复杂表情，
我想，其中很少与我有关。

在一个错误的时间里，
我不经意闯进了那个房间，
而妈妈一定意识到这一刻迟早会来的。

接着，印第安纳传来消息。

一天早上，约翰爸爸像往常一样到地下室给炉子添煤。

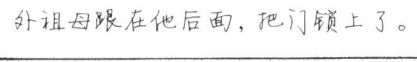

外祖母跟在他后面，把门锁上了。

咔哒

然后，她绕着房子把所有的窗帘都点着了。

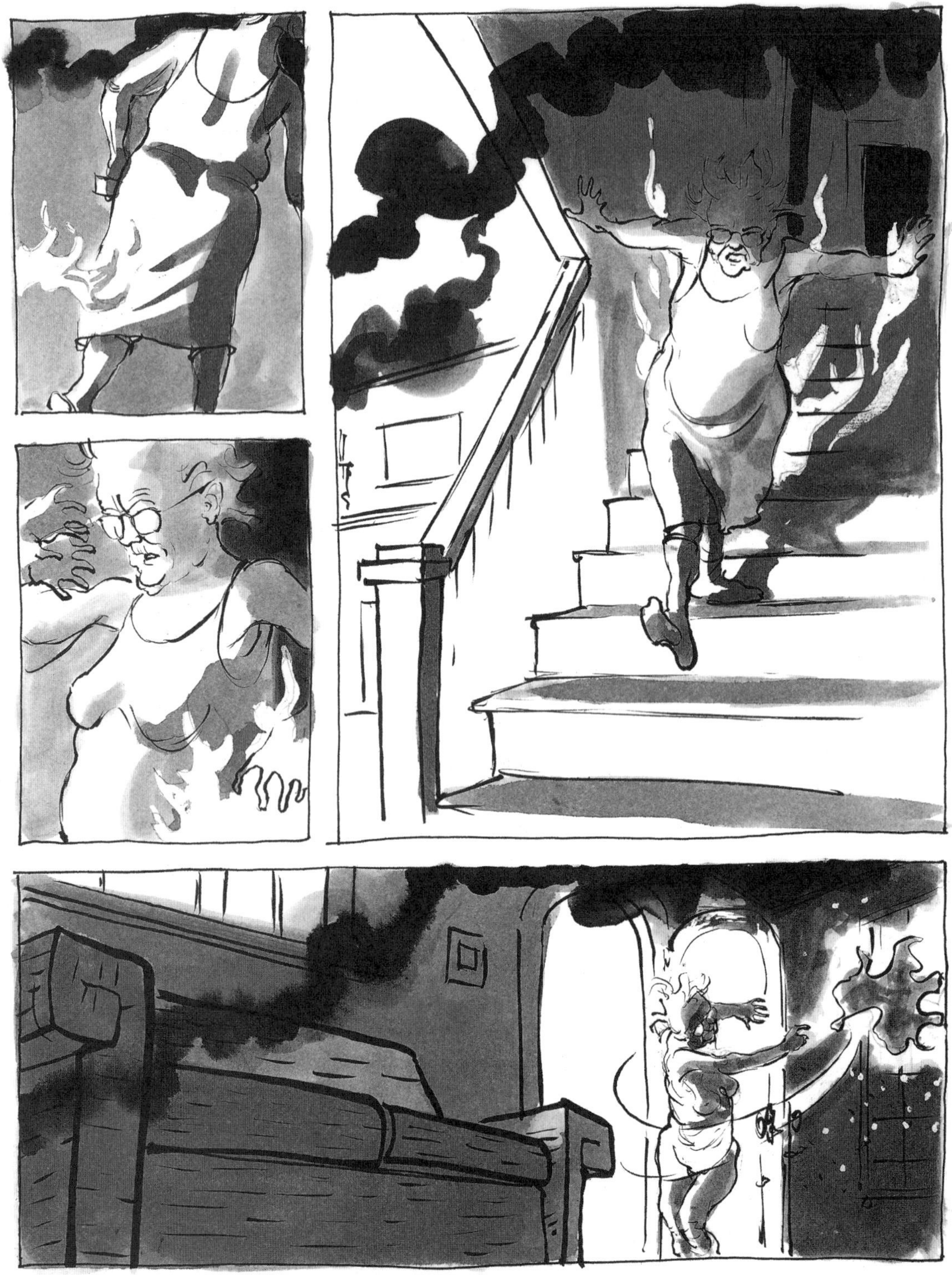

有个邻居看到冒烟,
看到她手舞足蹈,便打电话求助。
约翰爸爸被救了出来,
外祖母则被带到州精神病院去了。

然后，轮到爸爸了。

对不起，戴维。可以和我一起出去吃晚饭吗？

咔哒

咔哒！

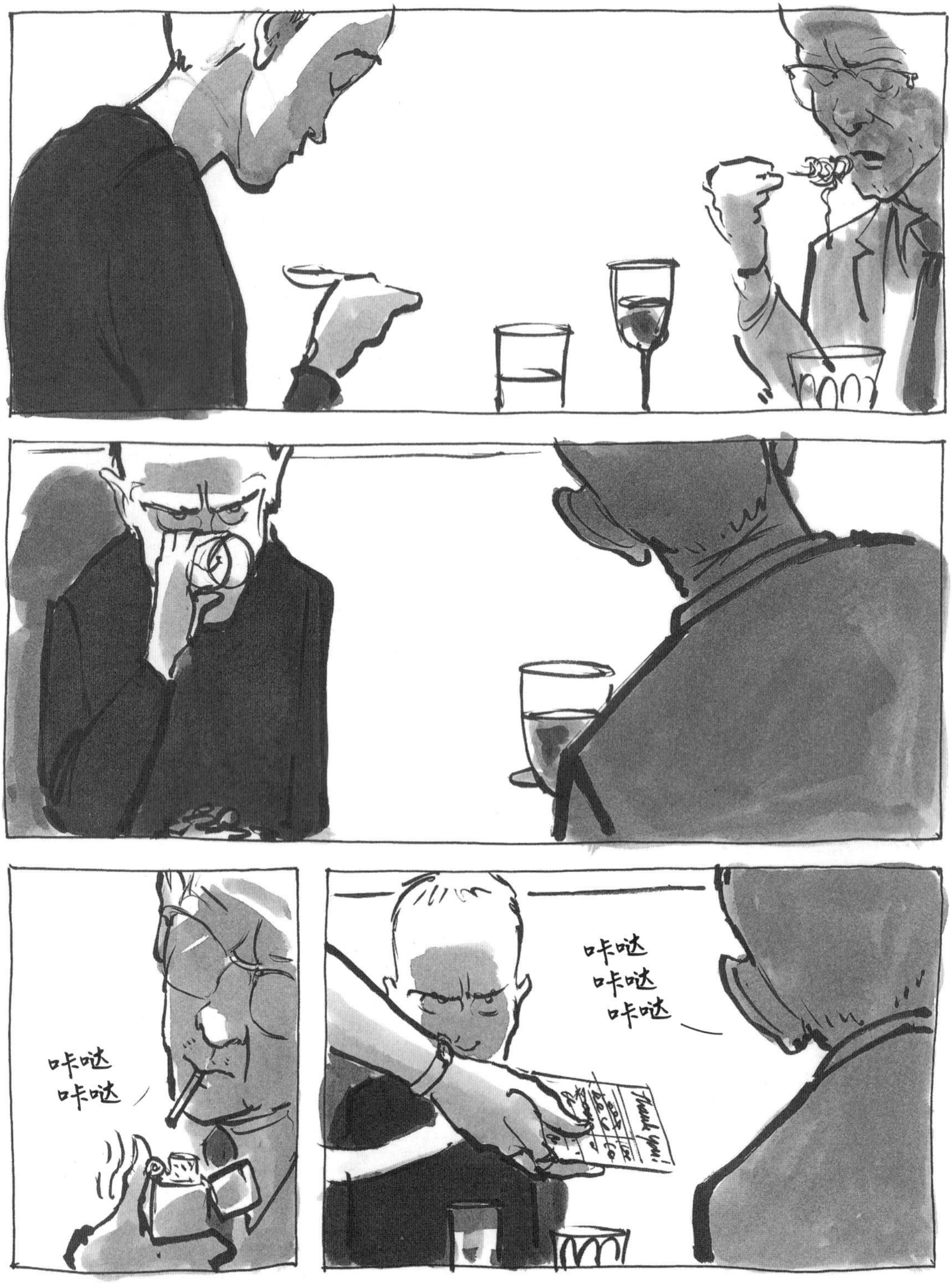
咔哒
咔哒
咔哒
咔哒
咔哒
Thank you!

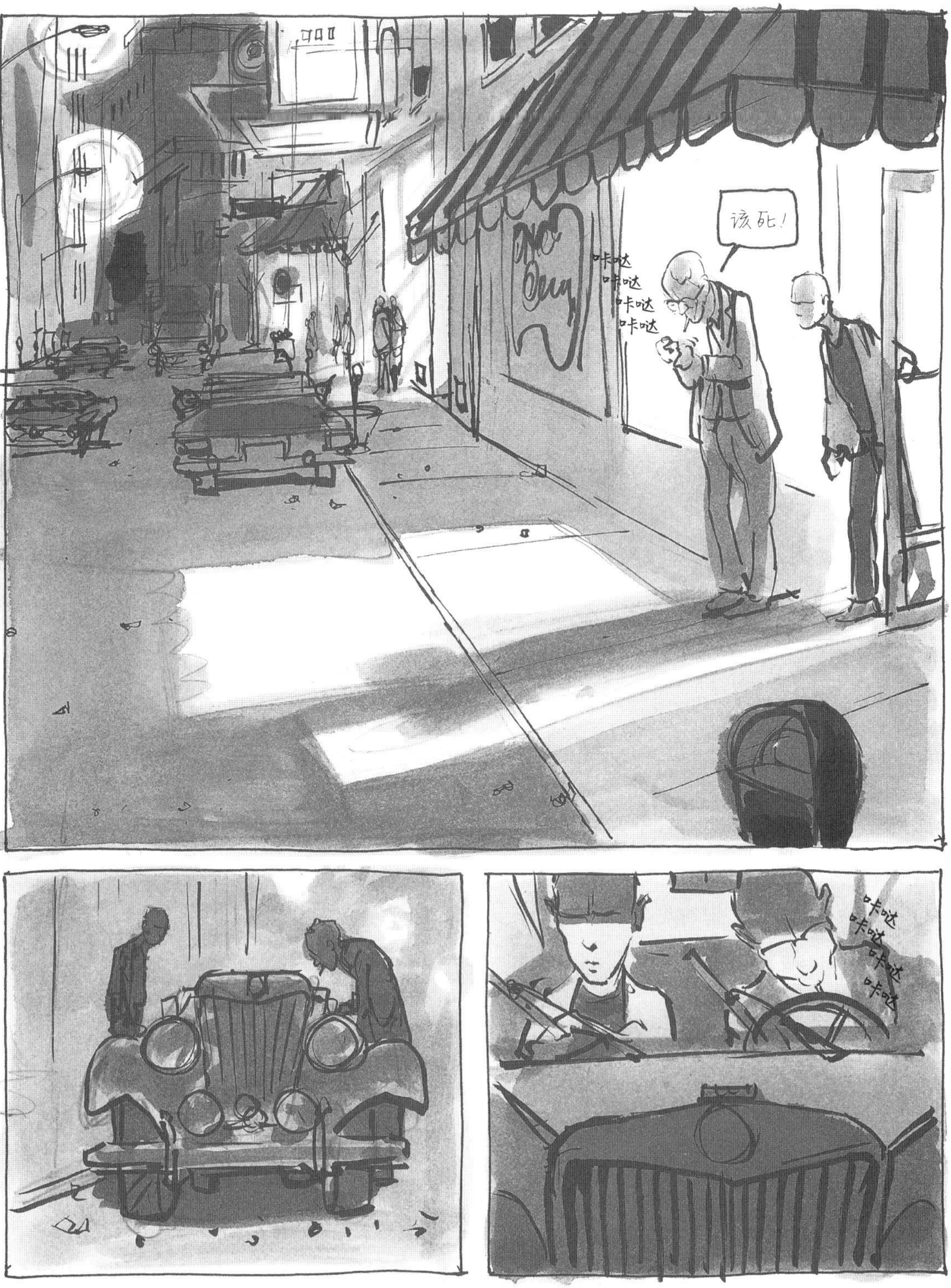
咔哒
咔哒
咔哒
咔哒
该死！
咔哒
咔哒
咔哒
咔哒

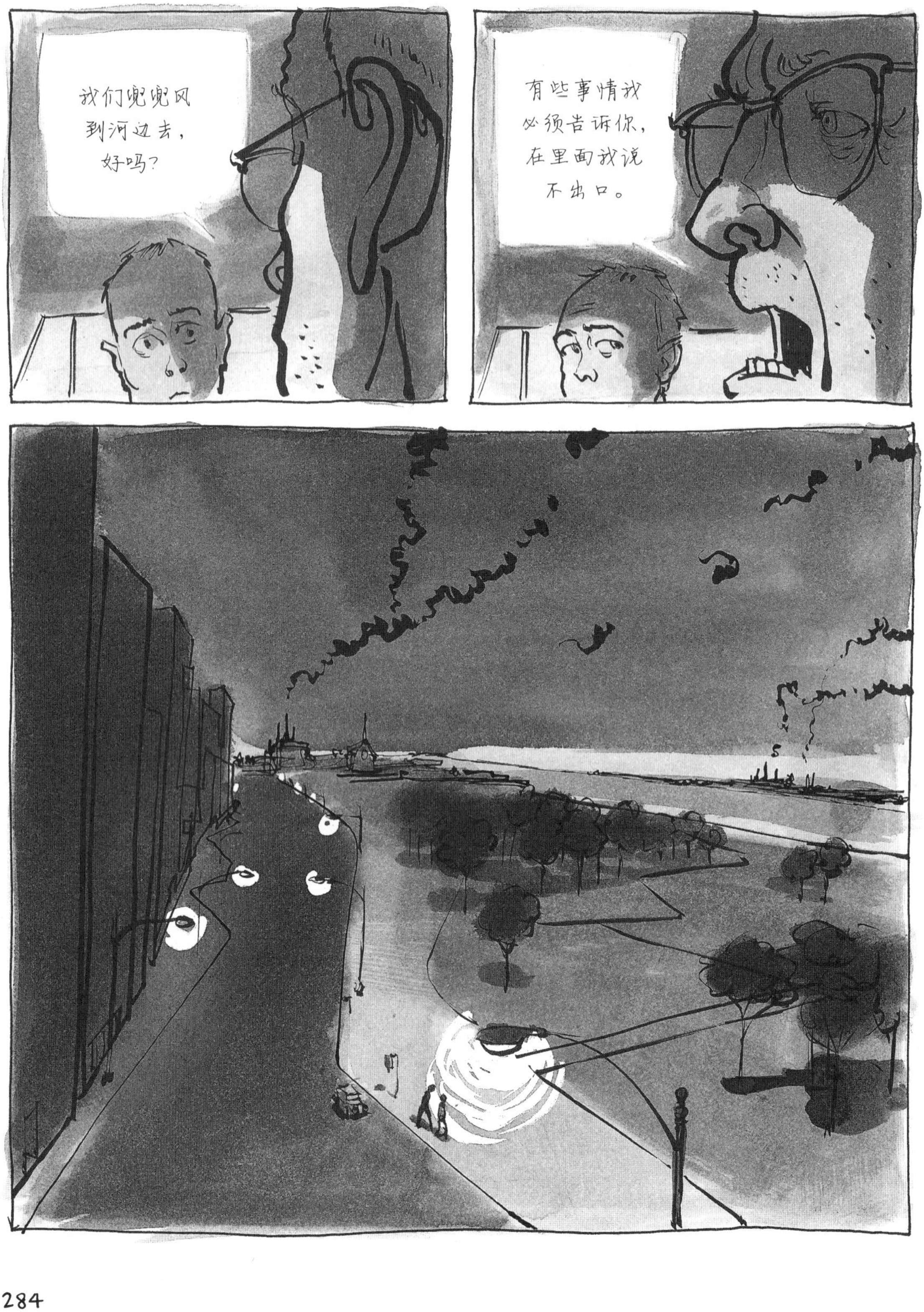
我们兜兜风
到河边去，
好吗？
有些事情我
必须告诉你，
在里面我说
不出口。

你出生时，那些都是规范的操作……

那时，对呼吸困难的初生儿，我们都会给他们照两到四百次的X射线。

任何呼吸道问题……比如，哮喘，或者你那样的鼻窦问题。那个时候的治疗方法就是这样。

照了四次X射线。
到两百次的

是我让你得了癌症。

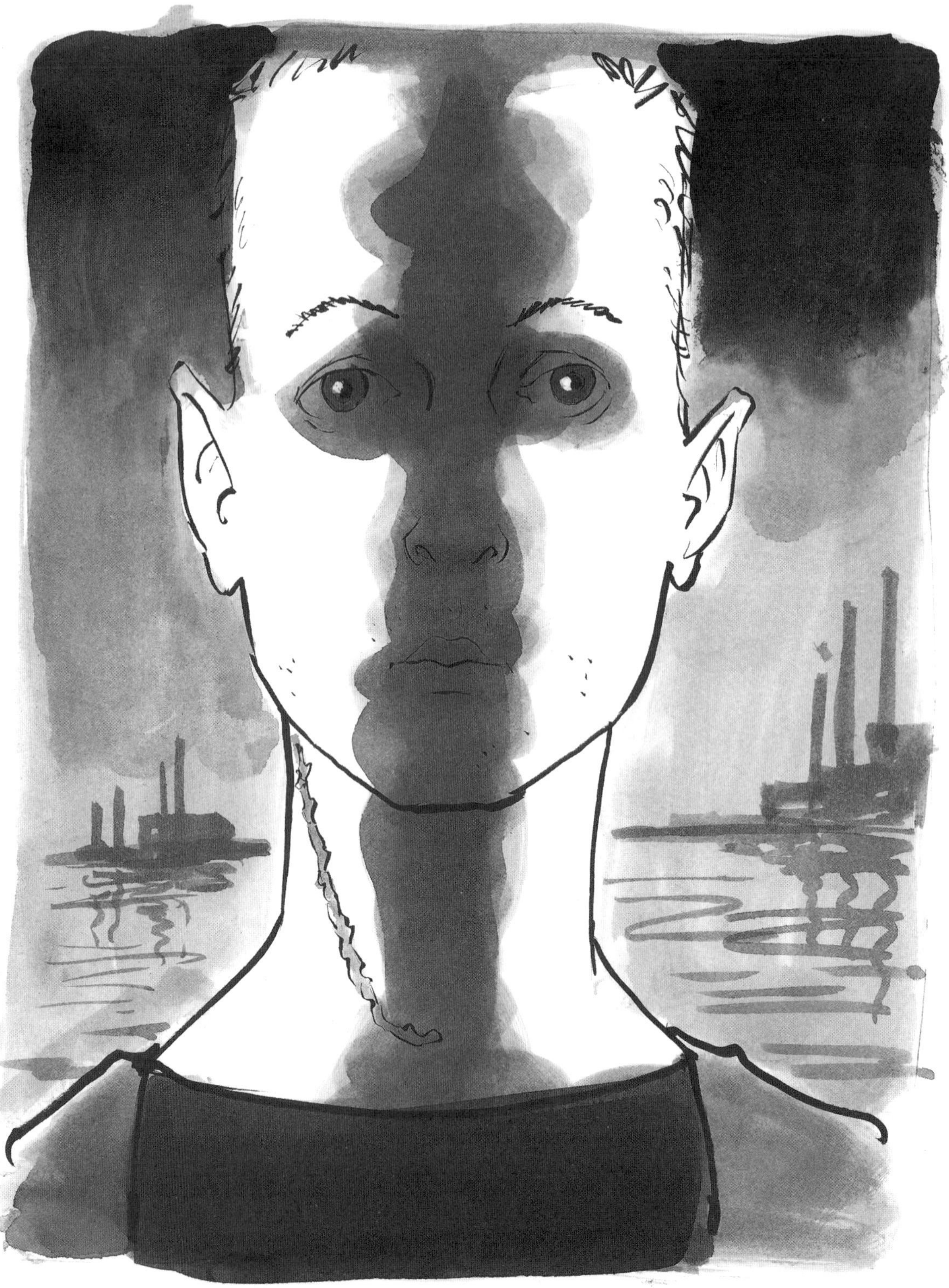

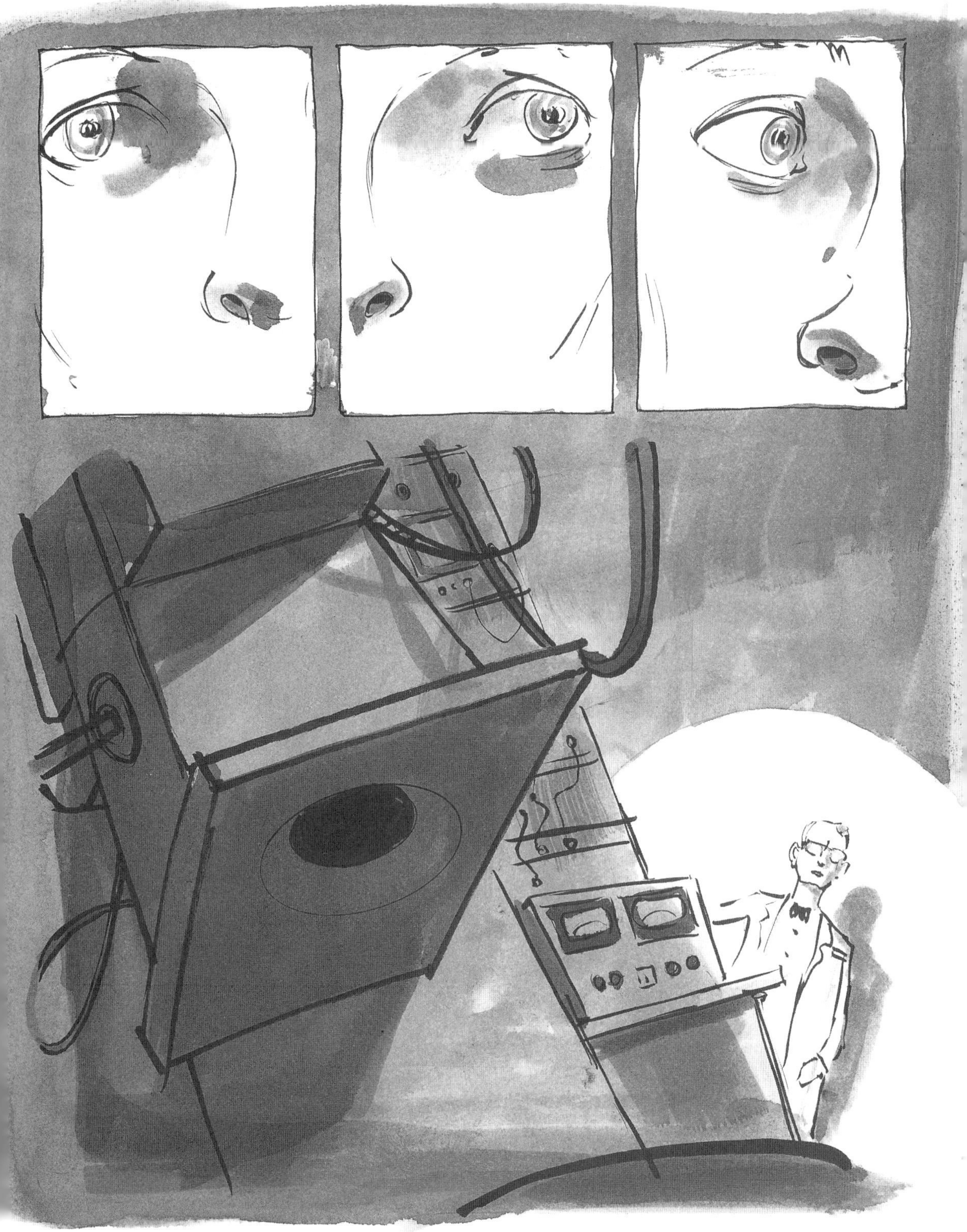

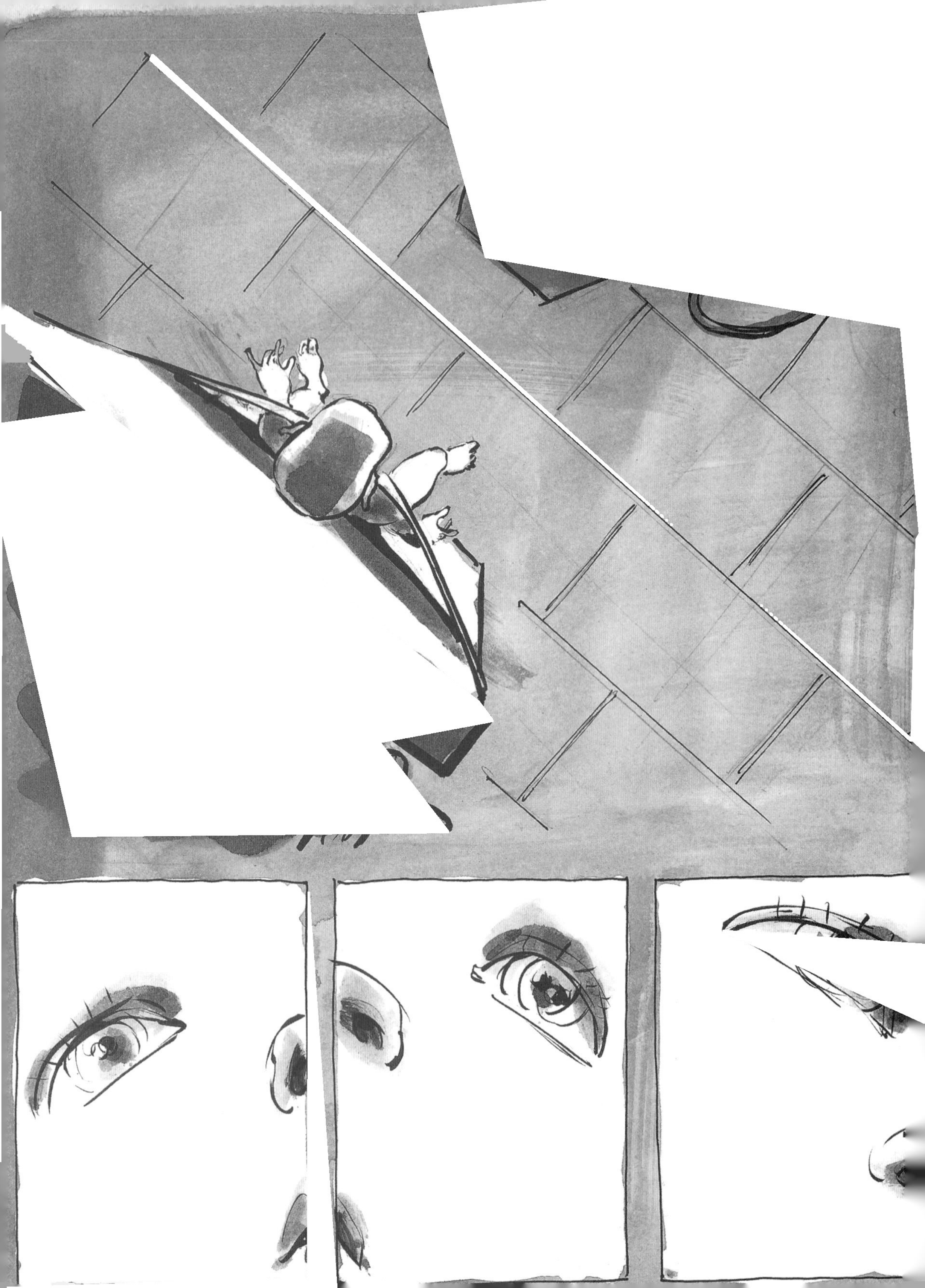

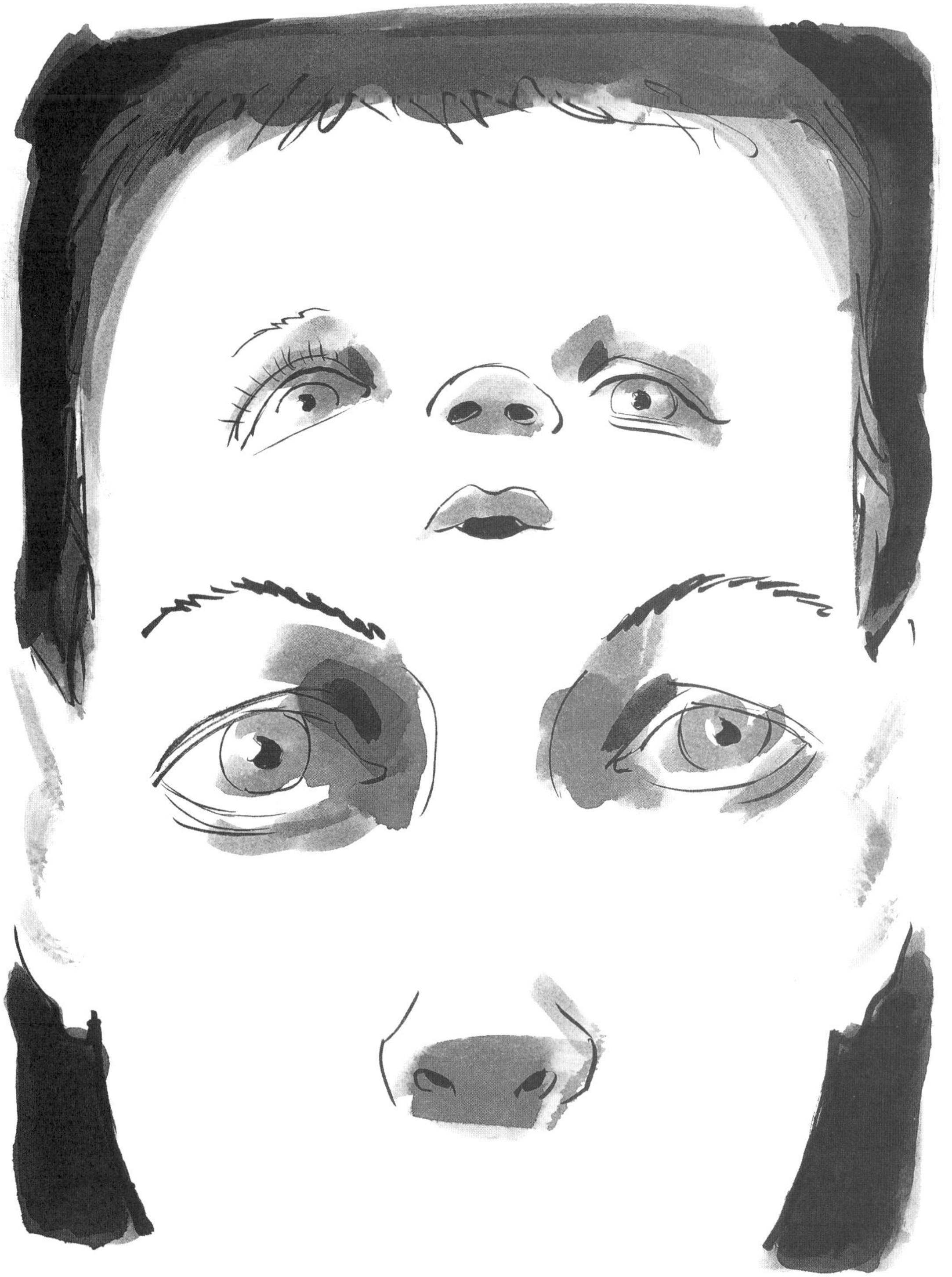

咔哒

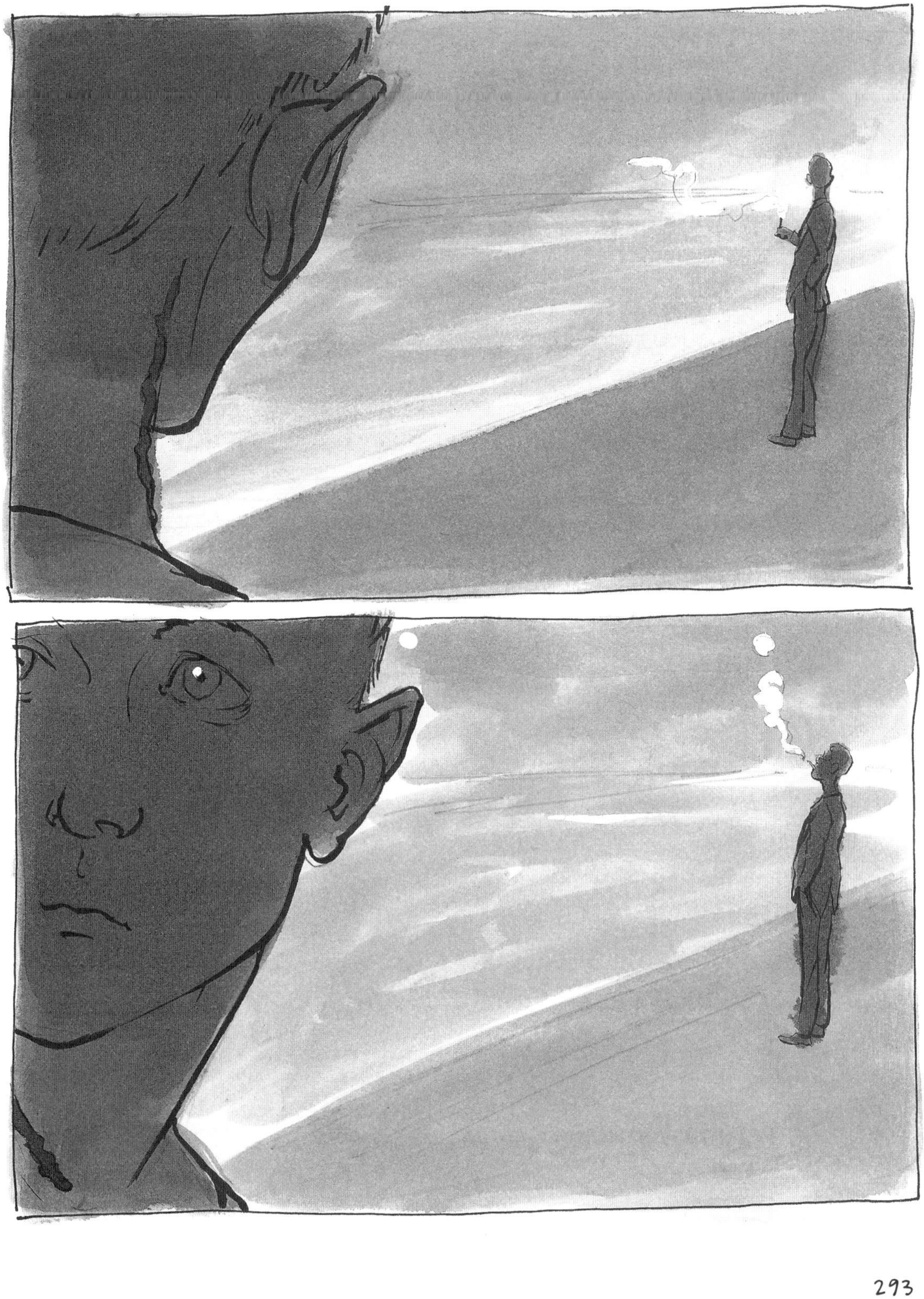

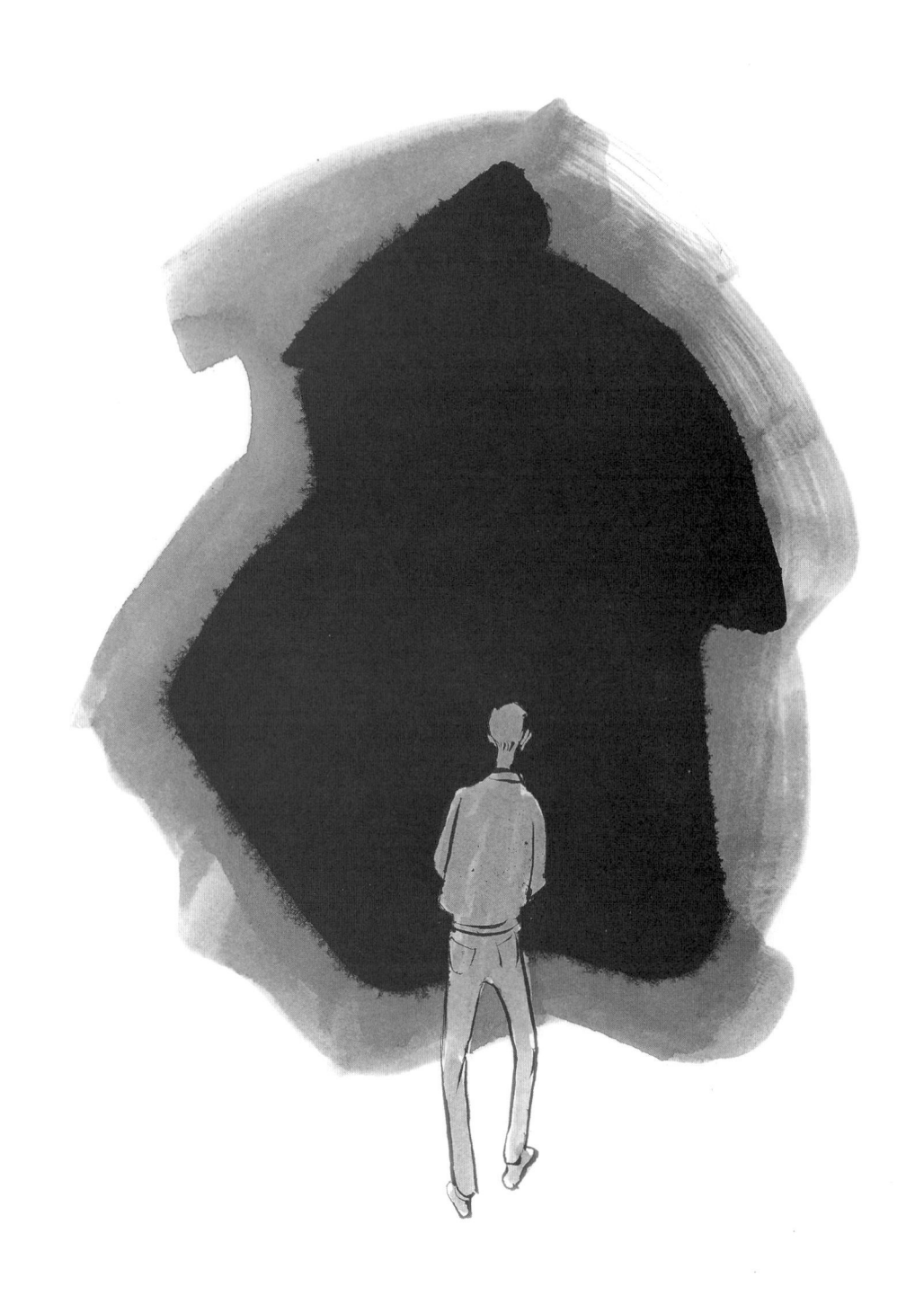

十六岁时，我从家里搬了出来，
在一所高中重读高三，
每天，我乘公车去上课，
下午回到位于底特律市区的单间公寓里。

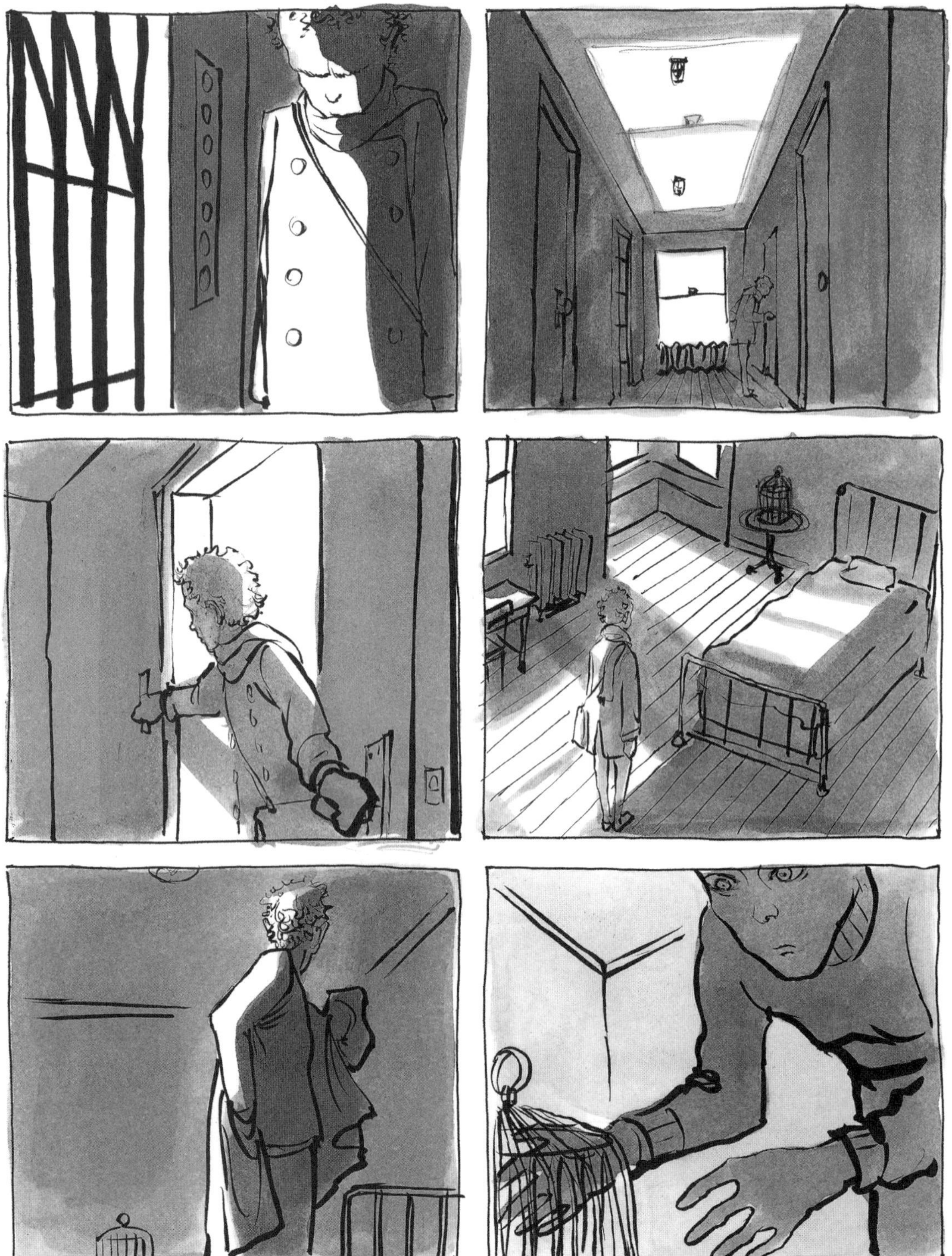

对金丝雀来说，那个屋子太冷了，而我的日子也好不到哪里去。我很孤独，经常挨饿，害怕邻居。我想成为世界知名画家的计划也进展不顺。

在没有意识到它们完美地表现了自己幽闭生活的情形下，我画了一堵墙和一扇紧闭的门。

一到晚上，我就去找我的伙伴们。我有几个朋友，他们比我大，都住在卡斯走廊一栋正在腐朽的破房子里。

吉姆是个演员，他用一把两英寸的刷子把他的房间刷成了黑色。他不让我帮忙。

帕蒂是个歌手，她很烦恼：楼上的邻居走路、打架或者做爱时，天花板上的灰浆和尘土就会扑簌簌落在她身上。

斯坦和勒蒂西亚住在楼上的浴室里。他们之前住的是正规的房子，但后来经济拮据了，不得不搬到这里来。他们硬说那地方不错：隔音效果好，因为斯坦喜欢弹吉他；光线也不错，方便勒蒂西亚画自画像。晚上，我们在瓷砖地板上下棋。

比尔和吉娜住在塔室里，地板已经塌了个洞。他们就睡在洞口边，垃圾则随手扔进洞里。

我喜欢他们。无论从什么标准看,他们的生活环境和行为方式都很怪异,但和他们在一起时,我觉得更自然,更不那么孤独了。

虽然我的父母曾经严肃地提过离婚的事情，
但他们一直没有离婚。

> 老婆，说"茄子"。

画画成为我心灵的寄托。
它不但恢复了我的声音,
而且给了我一直以来我想要
或需要的东西。

嘿!你画得真棒!

围巾真酷啊!

三十岁时，我在纽约一所大学教美术。
一天晚上，爸爸从底特律给我打来电话。
你妈妈快死了，他说。我得赶回去。
一个人开着车回密歇根的路上，
我一直都在尖叫。

我尖叫不是因为生气，愤怒，或者痛苦——想到即将失去妈妈。
我知道尖叫可以让声带变粗。尖叫在某种意义上让我找回了声音。
所以，我抓住每一个机会独处，尖叫，哼唱，或者尽可能最大声地
讲故事给自己听。

叮!

你妈妈喉咙里插了管子,不能说话。

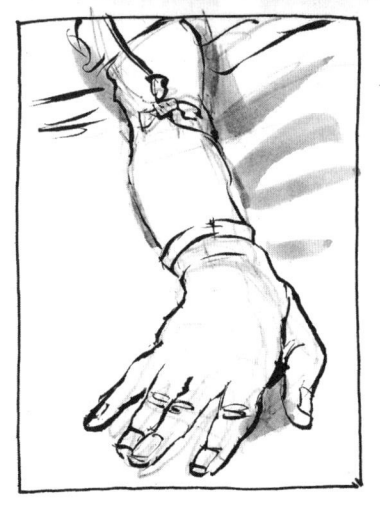

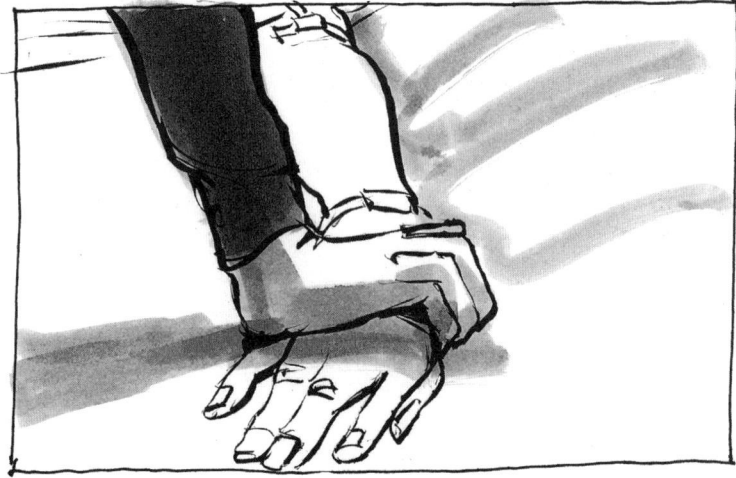

她说不出话来，我也是。我尖叫了好几个小时，已经发不出任何声音了。

那天晚上，妈妈死了。

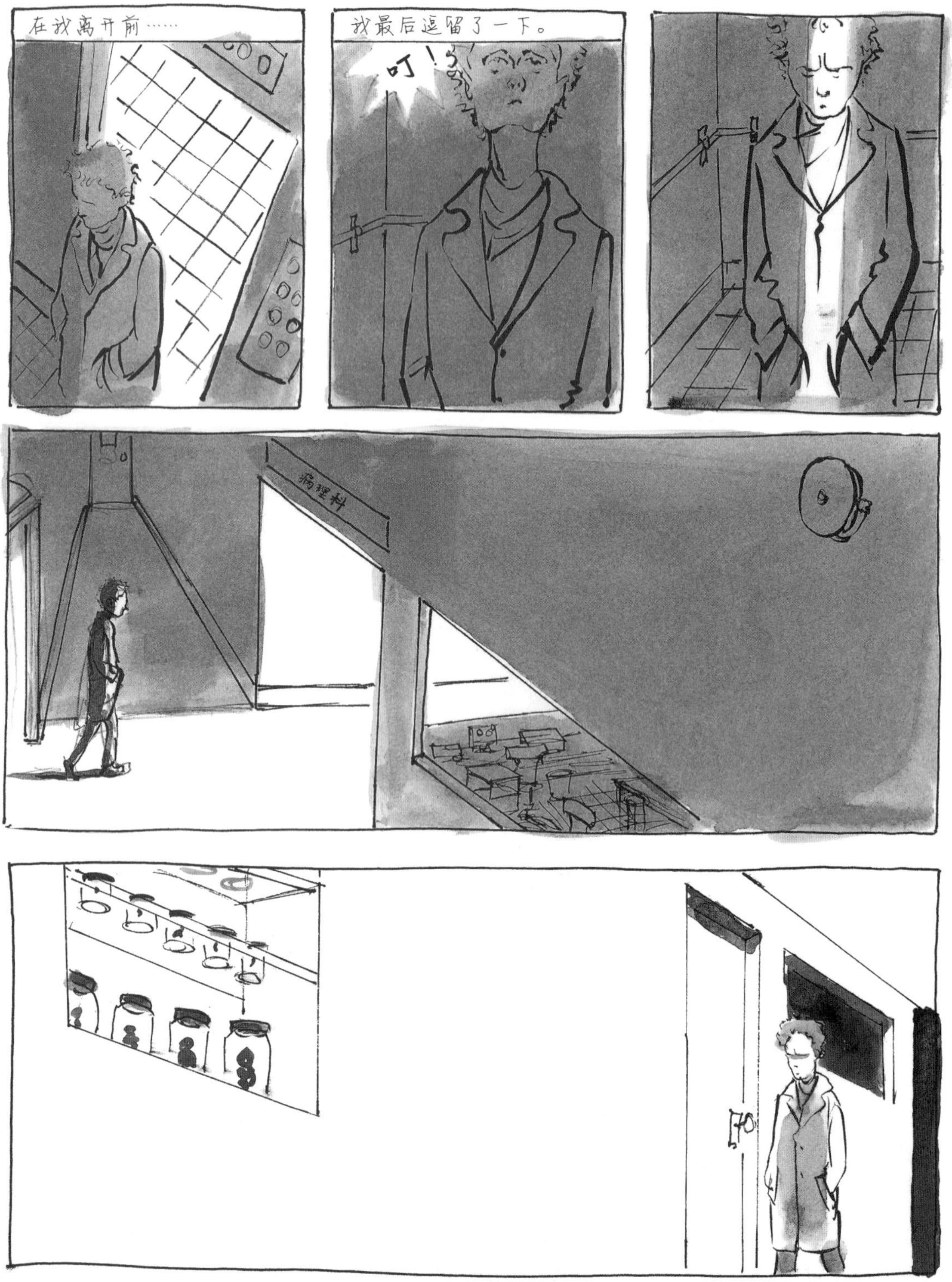
在我离开前……
我最后逗留了一下。
叮！
病理科

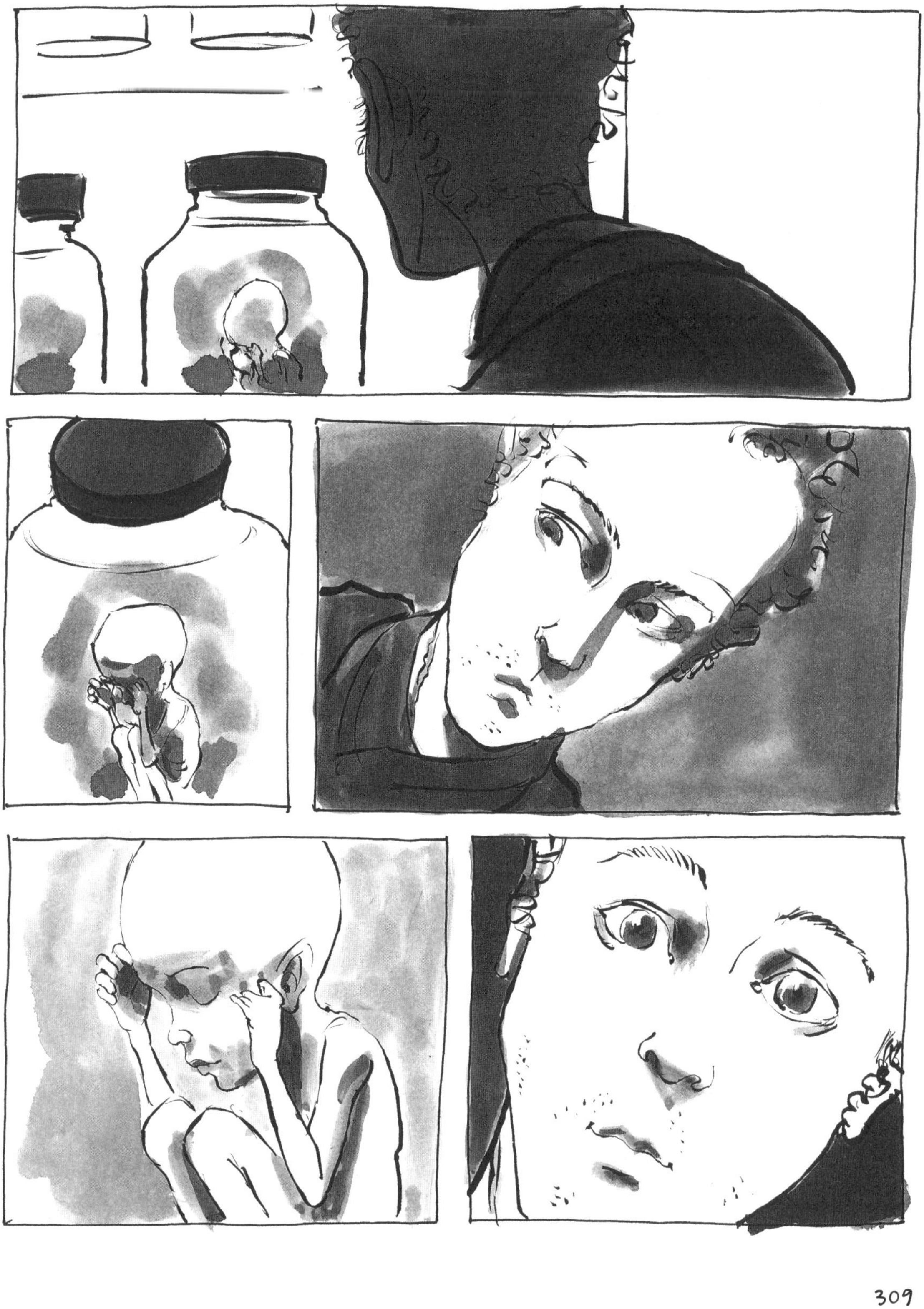

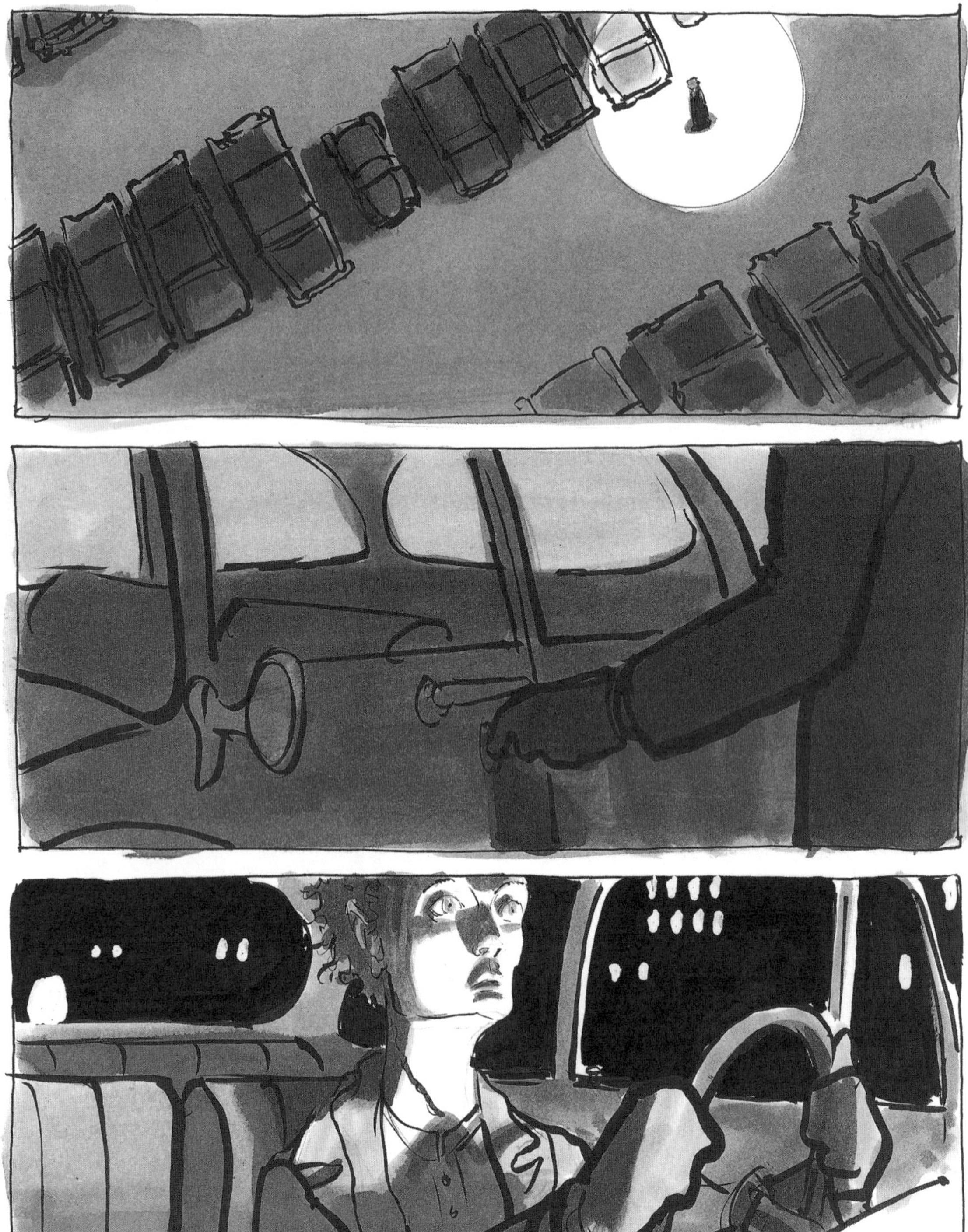

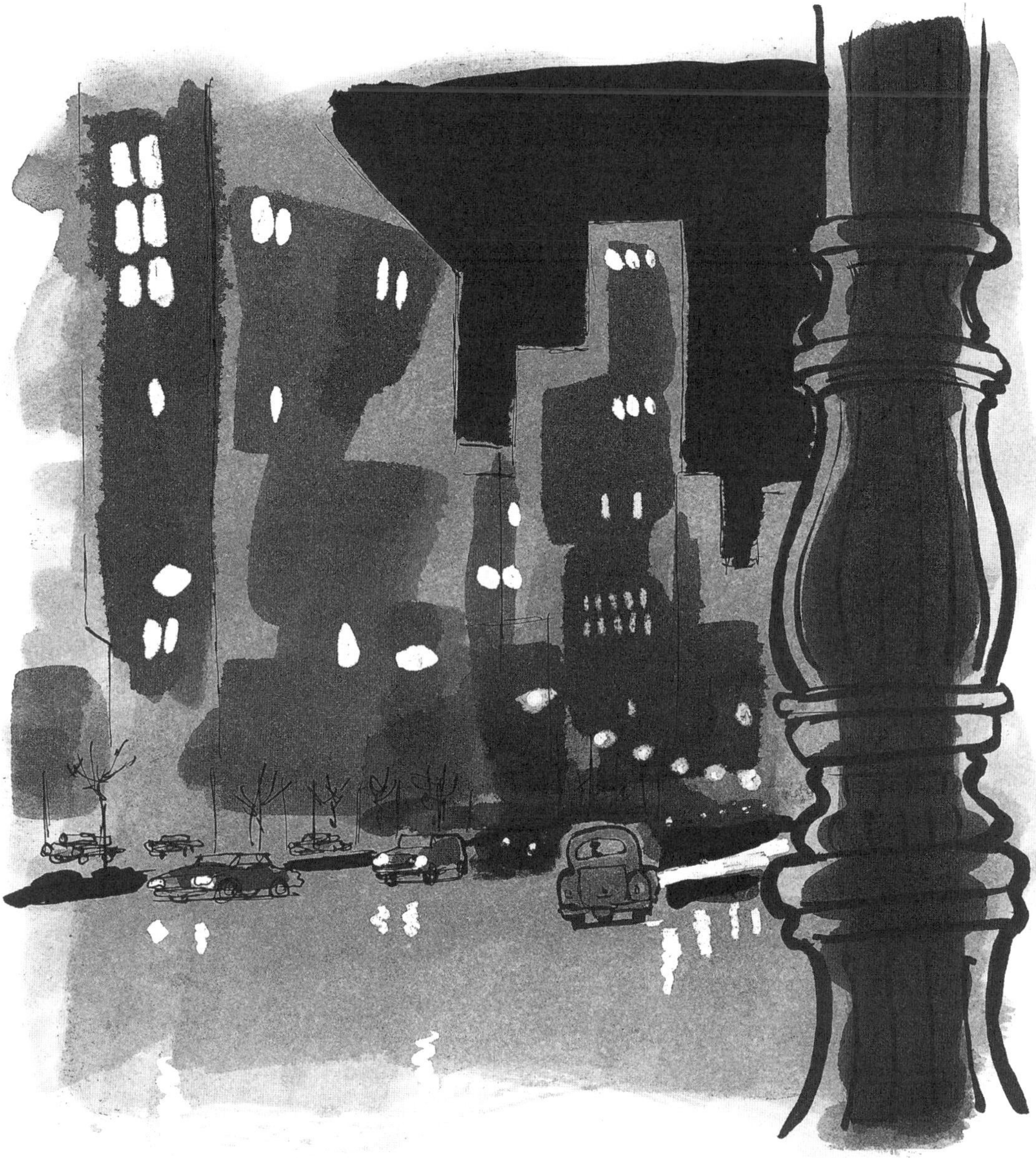

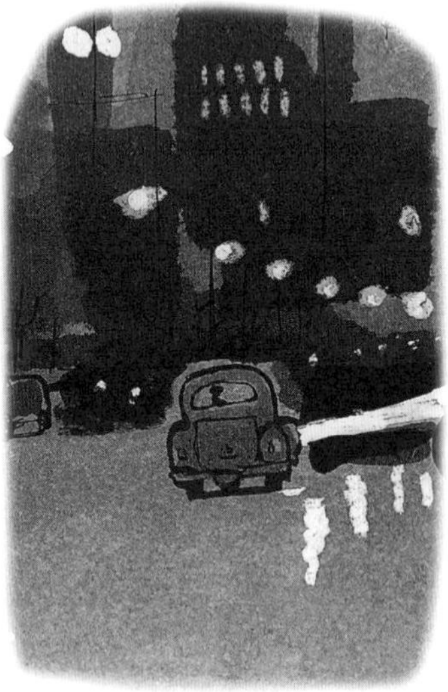

几年前，
我做过一个梦

在梦里，
我又回到了
六岁的时候……

房子，花园，一堵封闭的高墙……

……我孤零零一个人在那儿住。从来没有出去过。一次也没有。我害怕。

不过，每天我都会放出一辆小车。

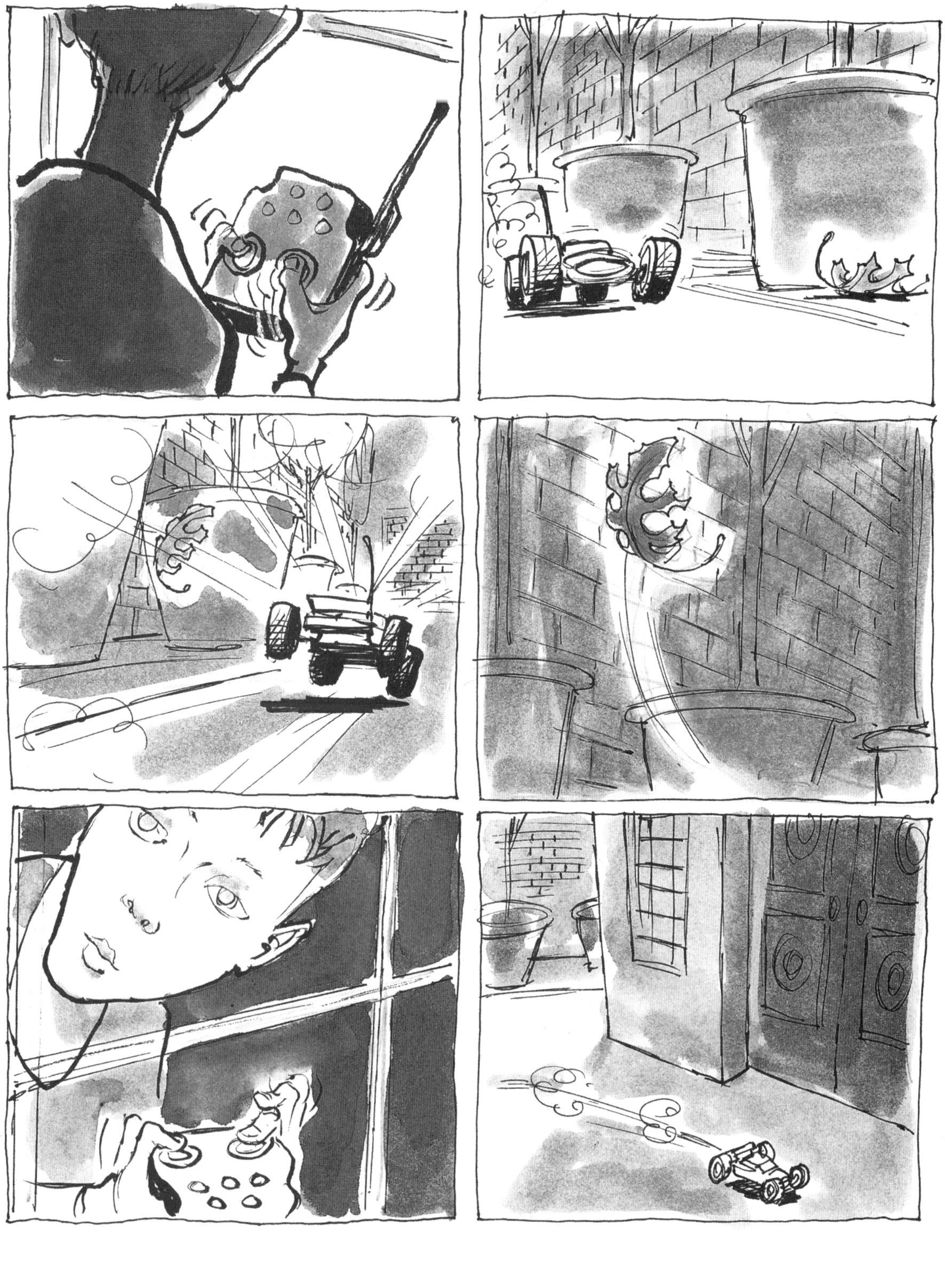

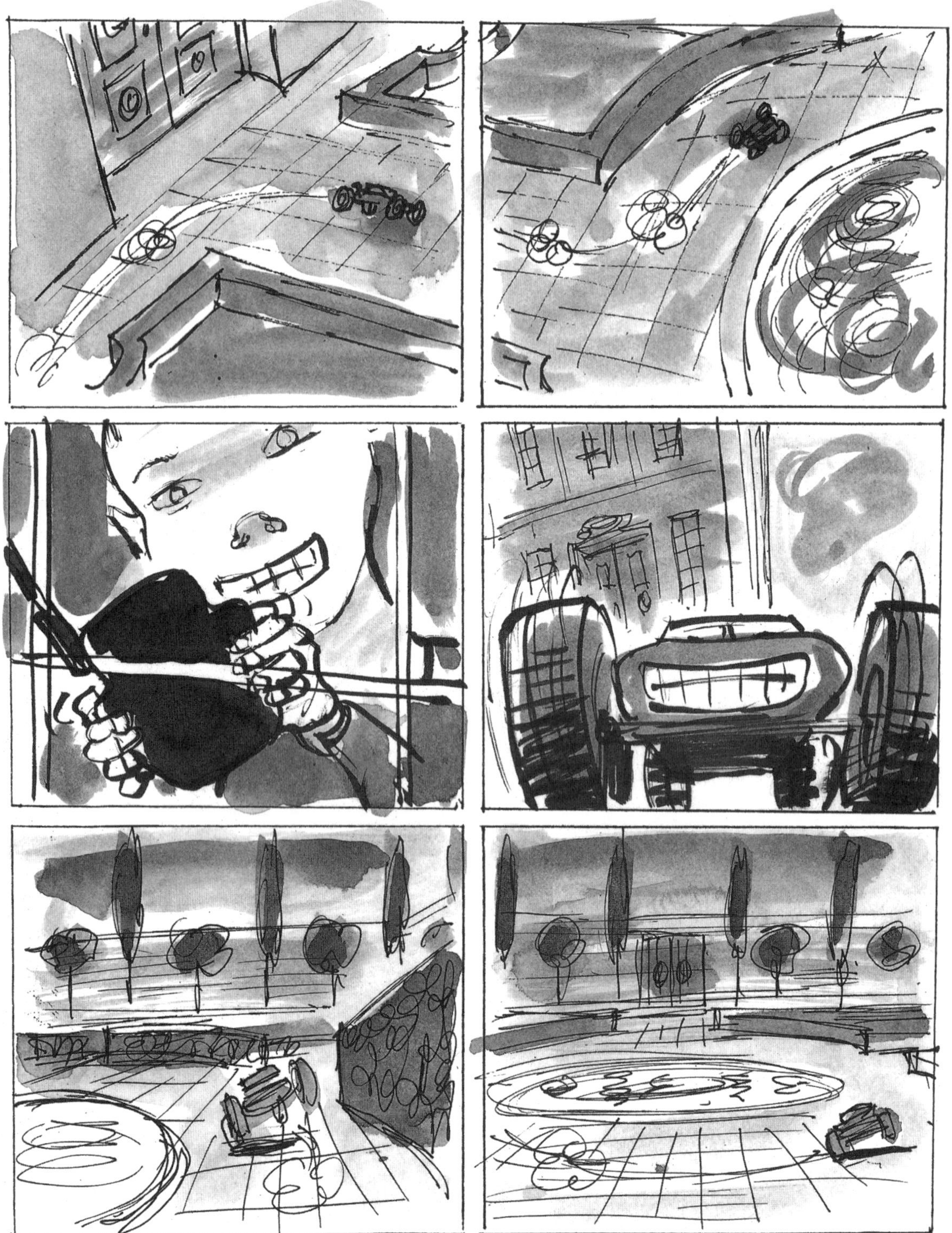

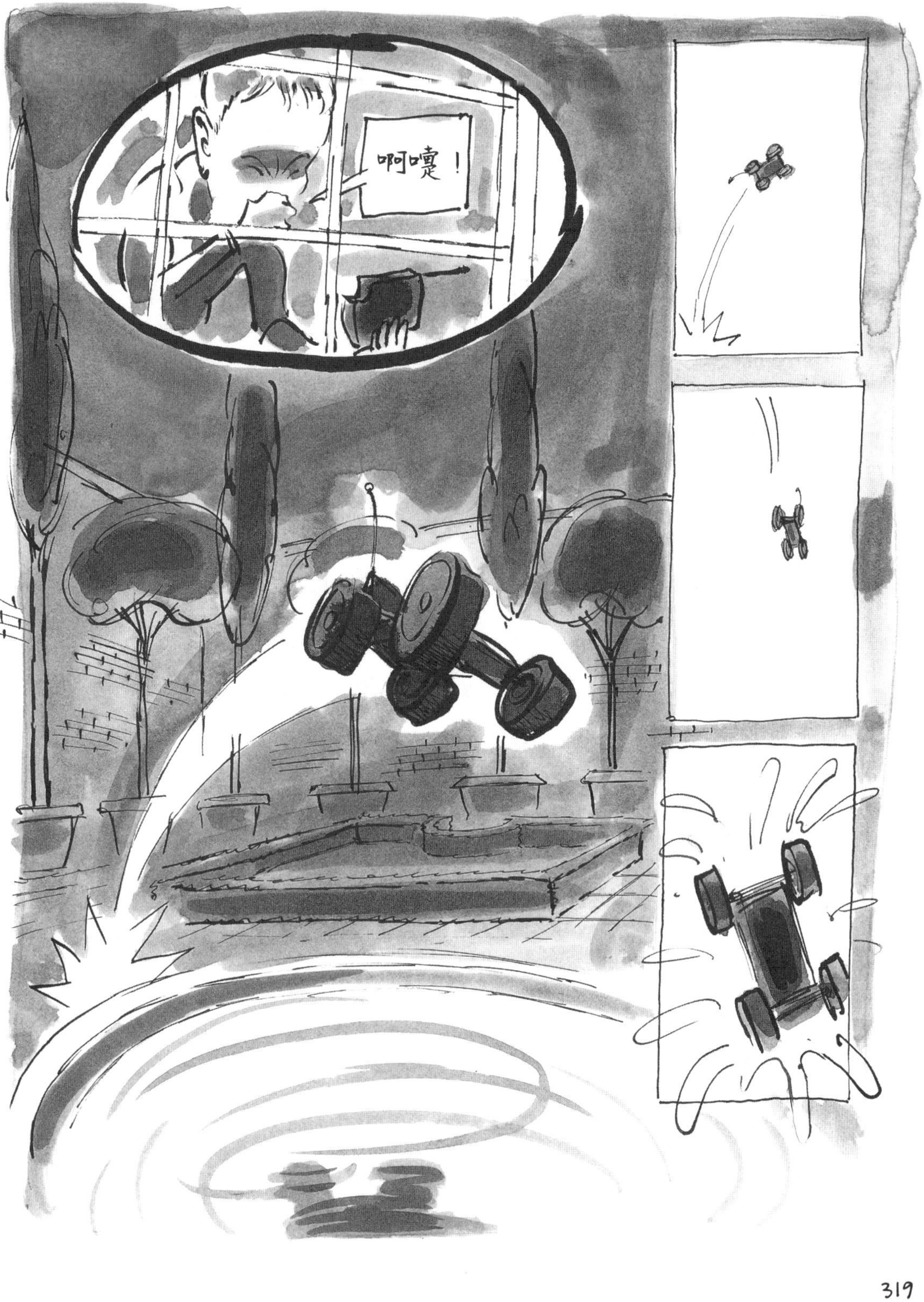
啊嚏！

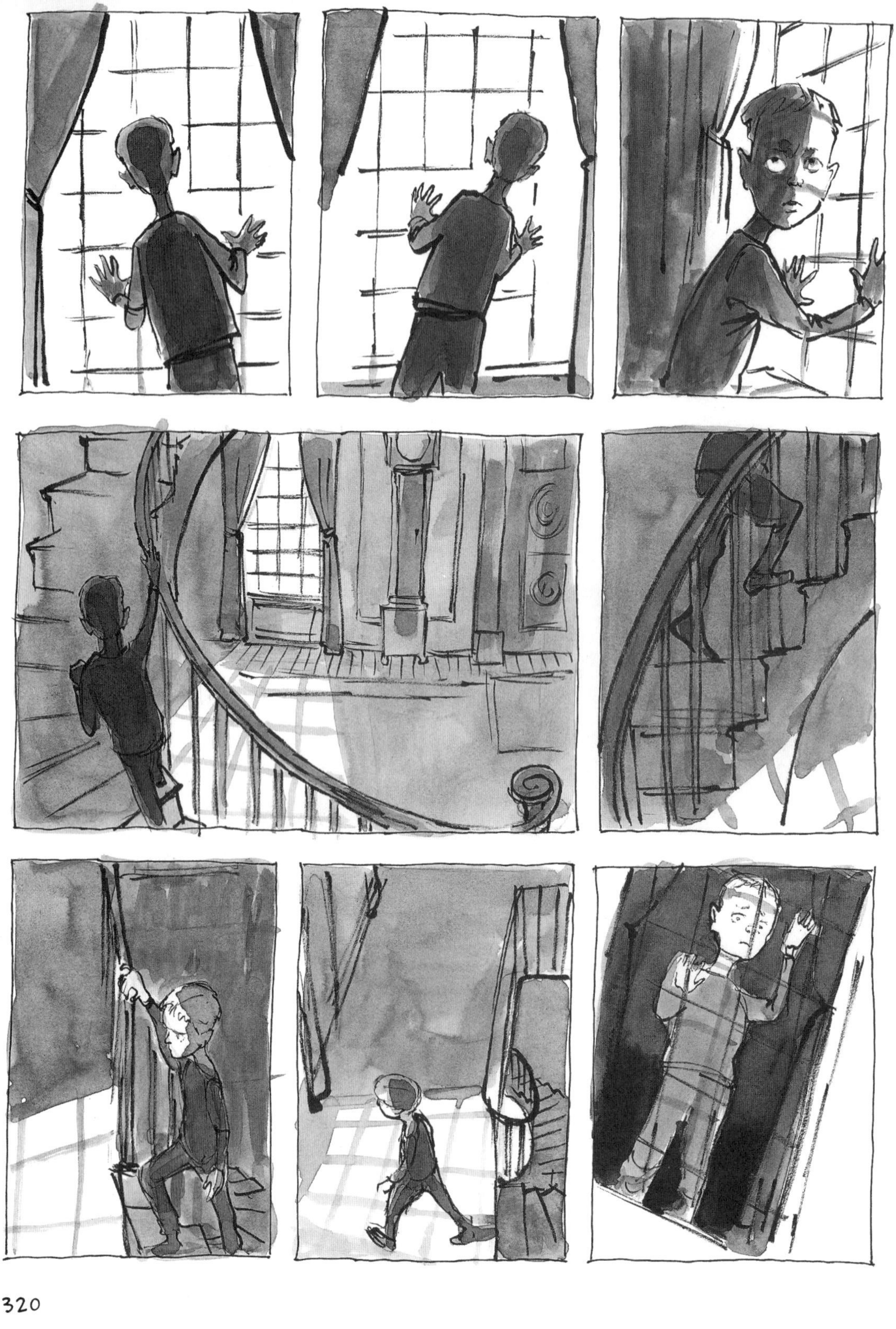

唯一能做的是：要让那辆小车重新开动起来，我得从这栋房子里走出去。

突然，我听到一种声音，便转过身，第一次越过花园的墙往外看。那栋旧房子是干什么的呀？

沙沙沙沙沙沙沙沙沙沙沙沙沙沙沙沙沙沙

那个在两栋房子之间的小径上扫地的人是谁?

突然，我意识到那栋房子是中央州立精神病院，外祖母就关在里面，而那个扫地的人是我的妈妈，她清扫道路，是要我跟着她去。

我没有去。

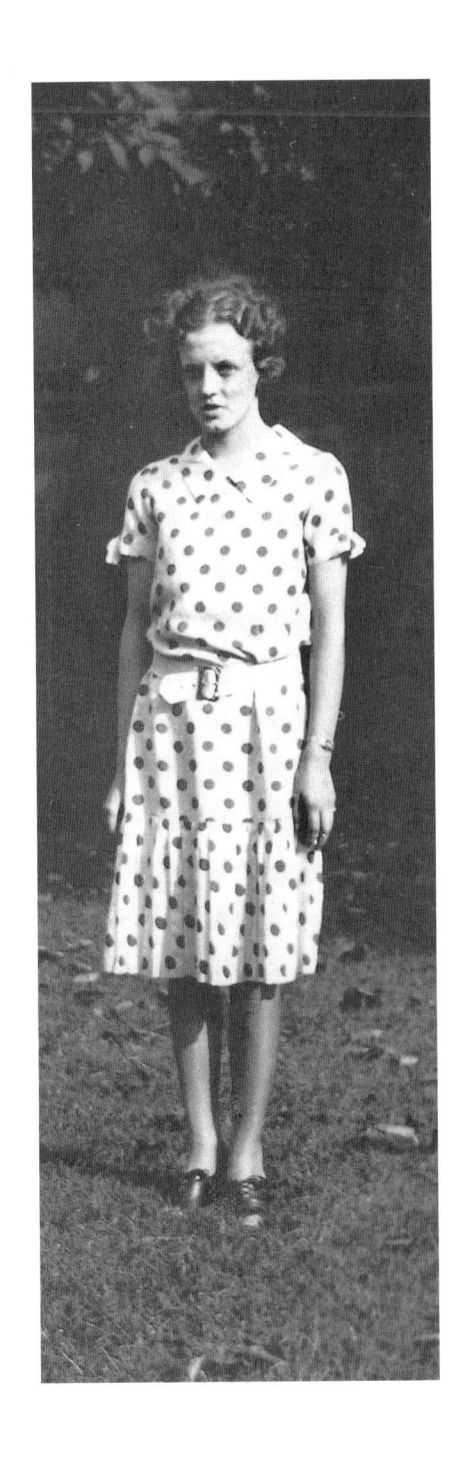

我妈妈于一九七〇年去世，享年五十八岁。她看似成熟内省，但根据家庭研究报告所揭示的一些事实，她实际是个郁郁寡欢、执拗难处的人。她身体有毛病，但那时我还小，无法想象，也无法理解，因为我们家从来没有开诚布公地谈论过任何事。她死后，我才渐渐知道了一些事情。

她出生时心脏长到胸腔的另一侧去了，以至于多年来她备受多发性心脏病的折磨直到死去。而且，她只有一个肺是正常的。

如果这些仅仅是她一个人的故事，而我是局外人，那她的同性恋生活想必不会暴露在这里。

我经常想起小说家和诗人爱德华·达赫伯格的一句诗：

"没有人听到她的哭泣；那颗心默默地流着眼泪，不发出一点儿声响。"

妈妈死后，过了几年，爸爸便再婚了。这次的婚姻很幸福，他一直活到八十四岁高龄。

我的哥哥特德后来成为一名打击乐演奏家，在科罗拉多交响乐团工作了三十年。

六岁时的我。

致 谢

　　无尽的祝福之外，我还要把爱和真挚的谢意献给我亲爱的朋友和妻子莎拉·斯图尔特，感谢她在我痛苦地创作这本书时对我的极度宽容；感谢我的代理霍利·麦克金，是他最早看出这本书的出版价值，并不知疲倦地和我一起致力于前十二幅草图的创作；感谢 Pippin 版权代理公司的艾米丽·凡·比克和萨曼莎·考森蒂诺；感谢我的耐心睿智的编辑鲍伯·韦伊，还有他那冷静沉着的编辑助理卢卡斯·维特曼；感谢保罗·巴克利、英苏·刘、鲁宾娜·叶、安娜·奥勒、苏·卡尔森等人在这本书的设计上带给我的灵感；感谢我的继子马克·斯图尔特·古恩，他的建议总能让我在语言和图像创作上将感情恰如其分地传达出来；感谢我的另一个继子戴维·斯图尔特·安德鲁斯，他协助我完成了最后一分钟的编辑工作；感谢所有好朋友，他们非常赞同出版这本书，对他们的鼓励，我深表感激，他们是布雷德·哲拉、M.T. 安德森、弗朗索瓦·普雷斯、皮埃尔·普雷斯、帕斯卡·勒曼特、斯图·迪贝克、琼·布罗斯、皮特·布罗斯、凯文·布雷迪、罗伯特·特雷纳利、威廉·特雷纳利、保罗·克莱门斯、约翰·马卡比、凯文·金、沃尔特·梅耶思、艾莉森·麦克金、李文芳、丹·波塔什，还有迈克尔·斯坦纳。感谢史蒂文·利戈斯凯，他特别详细地回忆了我们过去都了解的底特律的那些人和那些地方。

　　最后，特别感谢哈罗德·戴维森医生，是他给了我重新回顾和反思自己人生的勇气。